L'héritier de l'hiver

*

Une étreinte royale

*

Conquise par Sebastian Cattaneo

SCARLET WILSON

L'héritier de l'hiver

Traduction française de
ERWAN LARHER

HARLEQUIN

Titre original :
CINDERELLA'S NEW YORK CHRISTMAS

Ce roman a déjà été publié en 2020

Réalisation graphique couverture : L. SLAWIG (HarperCollins France)

HARPERCOLLINS FRANCE
83-85, boulevard Vincent-Auriol, 75646 PARIS CEDEX 13
Service Lectrices — Tél. : 01 45 82 47 47 - www.harlequin.fr

ISBN 978-2-2804-9743-5

Composé et édité par HarperCollins France.
Imprimé en octobre 2023 par CPI Black Print (Barcelone)
en utilisant 100% d'électricité renouvelable.
Dépôt légal : novembre 2023.

FSC www.fsc.org MIXTE Papier issu de sources responsables FSC® C159065

Pour limiter l'empreinte environnementale de ses livres, HarperCollins France s'engage à n'utiliser que du papier fabriqué à partir de bois provenant de forêts gérées durablement et de manière responsable.

Prologue

Très cher Léo,

Tu n'as pas idée de la joie que cela nous procure de t'écrire cette lettre. Nous avons espéré et prié pour ce moment depuis si longtemps ! Nous espérons que tu vas bien. Nous voulons que tu saches que chaque jour nous avons pensé à toi, et que nous avons passé les trente-cinq dernières années à te rechercher. Tu as toujours été dans nos cœurs, Léo, toujours. S'il te plaît, crois-le.

Il y a trente-huit ans, deux adolescents, Salvo et Nicole, sont tombés amoureux. Leurs parents désapprouvaient cette liaison, notre liaison. Quand Nicole est tombée enceinte de toi, nous avons été obligés de te donner à l'adoption.

Nous voulons que tu saches que cela n'a jamais été ce que nous souhaitions. Dès le premier instant où nous avons su que tu existais, nous avons voulu te garder. Mais les temps étaient différents à l'époque. Nos parents nous ont menacés, enfermés, fait du chantage, si bien que nous n'avons pas eu le choix.

Cela nous a brisé le cœur.

Nous parvenions à nous voir en cachette et chaque jour, nous parlions de toi, imaginions où tu étais, priions pour que tes parents adoptifs soient aimants et généreux.

Malgré l'avis de nos familles, nous sommes restés ensemble, et nous nous sommes finalement mariés.

Dès que nous avons eu un peu d'argent, nous avons commencé à te chercher. Mais nous nous sommes heurtés à des gens qui gardaient des secrets et d'autres qui mentaient. Il nous a fallu des années pour apprendre que tu étais parti aux États-Unis, et puis la piste s'est arrêtée.

Cela nous a brisé le cœur une fois de plus.

Tu as un frère, Sebastian, et une sœur, Noémi. Nous avons été jusqu'à présent incapables de leur parler de ton adoption, mais maintenant que nous t'avons trouvé, nous aimerions que notre famille soit réunie.

Nous avons toujours rêvé qu'un jour nous pourrions avoir tous nos enfants assis autour de notre table pour le dîner de Noël, comme la vraie famille que nous avons toujours voulu être. Nous aimerions que cela advienne cette année et souhaitons que tu puisses nous rejoindre à Mont-Cœur, en Suisse, où nous avons toujours aimé passer Noël.

Tu nous as manqué tous les jours, Léo.

Savoir que tu es vivant et en bonne santé nous a apporté tant de joie ! Nous savons que tu considères sans doute tes parents adoptifs comme tes seuls vrais parents ; nous respecterons toujours tes décisions et tes souhaits, mais s'il te plaît prends en considération notre demande de nous rencontrer.

Nous aimerions tant enlacer notre fils aîné et lui dire combien nous l'aimons !

Avec tout notre cœur,

Mamma e Papà

Salvo et Nicole Cattaneod

1

Léo se répéta qu'il n'aurait jamais dû ouvrir cette lettre.

Affreusement mal à l'aise, il monta les dernières marches vers la galerie qui ceinturait le luxueux chalet. En ce début du mois de novembre, il semblait que la station de ski de Mont-Cœur en Suisse était déjà passée en mode Noël. C'était peut-être le froid et la neige qui faisaient croire à toute la population qu'il était normal d'installer des sapins de Noël ou de décorer sa vitrine un mois et demi à l'avance. Partout où il regardait, il y avait des guirlandes et des lumières scintillantes.

N'importe quel autre jour, il aurait pensé que l'endroit était féerique, un décor de carte de Noël. Mais aujourd'hui n'était pas un jour comme les autres.

Le chalet de ses parents biologiques n'était pas en reste question décorations de fête. À travers la porte d'entrée vitrée, il pouvait voir l'arbre de Noël décoré de rouge et d'or ; des branches de houx avaient été fixées autour des rampes et sur la cheminée, dans laquelle flambait un feu. Sans parler des guirlandes accrochées tout autour du chalet.

Cela aurait dû être différent…

Il aurait dû se trouver ici, en Suisse, pour rencontrer les parents qui l'avaient fait adopter trente-huit ans auparavant, en savoir plus sur ces gens qui lui avaient écrit avoir pensé à lui tous les jours depuis. Au lieu de cela, il était venu sur l'insistance d'un avocat et d'une sœur, Noémi, qu'il n'avait jamais rencontrée.

Pour la lecture du testament de leurs parents.

Même vues de l'extérieur, la chaleur et l'atmosphère familiale du chalet lui semblaient totalement étrangères. Il n'avait jamais connu ce style de vie. Il n'avait jamais connu la vraie joie d'un Noël familial et heureux. Et il ne pouvait pas s'empêcher de se sentir coupable : si ses parents ne l'avaient pas retrouvé, s'il n'avait pas répondu à leur lettre, ils ne seraient jamais morts dans un accident d'hélicoptère en venant le rencontrer.

Son estomac se contracta lorsqu'il appuya sur la sonnette. Peut-être n'y avait-il personne à la maison ? Peut-être que son frère et sa sœur avaient changé d'avis ? Il serait tellement plus facile de tourner les talons, de retourner dans le chalet que son assistante lui avait réservé.

La porte s'ouvrit soudain sur une femme grande et mince, avec une coupe au carré. Derrière elle se trouvait un homme grand et musclé.

— Léo ? demanda la femme, ses yeux bruns remplis d'espoir.

— Oui, répondit-il d'une voix enrouée.

Elle poussa un cri et se jeta à son cou.

— Oh ! Léo ! Je suis si heureuse de te rencontrer enfin !

Il resta immobile, ne sachant pas s'il devait étreindre cette femme en retour. Après un long moment, elle s'écarta de lui, la larme à l'œil.

— Je m'appelle Noémi. Tu le sais, n'est-ce pas ? Et voici Sebastian, ton frère, ajouta-t-elle en désignant l'homme qui se tenait derrière elle.

Ce devait être la rencontre la plus embarrassante de l'histoire. L'animosité de Sebastian l'agressait presque physiquement. Il ne fit même pas un pas en avant, juste un petit signe de tête.

Léo prit une seconde pour rassembler ses esprits. Il était face à son frère et à sa sœur. Il avait toujours rêvé de faire partie d'une grande famille, mais ses parents adoptifs avaient décidé qu'un enfant, c'était déjà trop. Il n'avait jamais compris pourquoi ils l'avaient adopté : ils s'étaient si peu intéressés à lui.

Tout ce qu'il voulait faire maintenant, c'était se retourner et passer la porte. Il se sentait pathétique. Il était un homme d'affaires qui passait sa vie à surmonter des difficultés. Cette « réunion de famille » ne devrait pas être un problème pour lui. Pourtant, en lui se mêlaient des émotions qu'il n'avait jamais ressenties.

Il était évident que tout le monde à Mont-Cœur était riche, y compris son frère et sa sœur. Peut-être s'inquiétaient-ils de savoir s'il était là pour l'argent ? De l'argent dont il n'avait pas besoin et qu'il ne voulait pas.

Noémi lui prit la main.

— Entre, Léo. Je veux tout savoir sur toi. Je veux savoir comment tu vas.

Elle se mordit la lèvre inférieure et laissa échapper d'autres larmes. Sa sœur avait-elle toujours été aussi hypersensible ? Lui-même n'était pas très émotif, et cette atmosphère lui pesait déjà. Pourtant, il se laissa tirer à l'intérieur de la maison.

— Donne-moi ton manteau ! proposa-t-elle, enthousiaste.

Sebastian avait à peine bougé, tendu. Léo se demanda ce que cachait son attitude presque hostile.

Noémi s'assit et l'invita à la rejoindre sur le canapé. Léo obtempéra.

— Giovanni va bientôt arriver, mais je veux d'abord discuter avec toi.

Giovanni, l'avocat de la famille qui l'avait persuadé d'assister à la lecture du testament. Giovanni, à qui il aurait voulu à présent envoyer un mail pour lui dire qu'il avait changé d'avis.

Léo repéra des photos de famille sur le mur, prises au fil des années. La série débutait avec un jeune couple souriant qui portait un bébé et un bambin ; elle se terminait par quatre adultes tous debout qui se tenaient par les épaules. L'amour suintait de chaque photo. La famille qu'il aurait dû avoir, songea-t-il, le cœur serré. La famille dont il aurait dû faire partie.

Il aurait voulu des centaines de photos, les étudier, y lire l'histoire de ces trente-huit dernières années, y voir comment ses parents avaient grandi, comment ils avaient vieilli. Toutes les choses qu'on lui avait volées.

Il se leva du canapé.

— C'était une erreur...

— Quoi ? Non ! protesta Noémi, l'air affolé.

Quelque chose se tordit dans sa poitrine. Il ne pouvait vraiment pas supporter ça. Il n'était pas équipé pour y faire face. Il avait vécu une vie sans amour. Les relations amoureuses n'étaient pas son fort. La dernière femme avec laquelle il était sorti l'avait traité d'homme froid et dur ; comment lui donner tort ?

Recevoir la première lettre de ses parents l'avait pris au dépourvu. Il lui avait fallu quelques semaines pour répondre. De ce jour, sa mère lui avait envoyé des messages quotidiens et ils avaient organisé leur rencontre à New York. Et puis Noémi l'avait appelé pour lui dire que leurs parents avaient été tués dans un accident d'hélicoptère, alors qu'ils allaient enfin faire connaissance. Cela l'avait terrassé.

Il n'était pas prêt du tout à affronter les émotions liées au fait d'avoir une famille : la culpabilité, les attentes, les jugements. La curiosité l'avait fait venir jusqu'en Suisse pour rencontrer son frère et sa sœur, leur parler face à face. Il l'avait fait. Il devait partir d'ici. Il fallait qu'il prenne l'air.

Une main se posa fermement sur son bras.

— Ne pars pas.

Sebastian. Son frère. Qui semblait aussi peu à l'aise que lui et évitait son regard.

— Pas encore. Tu viens d'arriver. Prends un peu de temps.

Léo regarda à sa gauche. Noémi était au bord des larmes. Sebastian le retenait-il pour sa sœur – *leur* sœur ? Défendait-il son intérêt personnel ? Il soupira. Toute sa vie, il avait été calme, tranquille et posé. Là, il commençait à perdre le contrôle des événements.

— Je sais qu'on m'a demandé d'assister à la lecture du testament, dit-il à Sebastian en retirant son bras. Mais maintenant que je suis là, je vois que ce n'est pas une bonne idée. Je ne veux rien de vous deux. Je n'ai pas besoin de quoi que ce soit. Je ne suis pas ici pour prendre ce que vous pensez être à vous.

Une lueur de colère traversa les yeux de Sebastian. Mais avant qu'il ait le temps de répondre, une autre voix s'éleva :

— Ah, Léo, vous êtes arrivé !

Léo se leva. Le nouvel arrivant, un homme aux cheveux gris en costume élégant, ferma la porte d'entrée derrière lui et s'avança, la main tendue. Léo la serra.

— Giovanni Paliotta. C'est un plaisir de vous rencontrer. Vous ressemblez vraiment à votre père.

Ce fut comme un coup de poing dans le ventre. Giovanni ne sembla pas le remarquer. Il désigna de la main la grande table située dans le coin salle à manger.

— On s'assied ?

Jamais de sa vie Léo n'avait autant voulu partir d'un endroit. Il se força à respirer avec calme. Giovanni s'installa sur une des chaises et sortit de son attaché-case des papiers qu'il étala devant lui. Sebastian et Noémi s'assirent en échangeant un coup d'œil. Léo finit par les imiter.

— Nous savons tous pourquoi nous sommes ici, commença Giovanni, avant de fixer Léo. J'ai été l'avocat de tes parents pendant les trente dernières années. Je les aimais. Ils me manquent. Tout ce que je fais aujourd'hui est conforme à leurs souhaits.

Léo capta une pointe d'anxiété dans la voix de Giovanni. Ce dernier commença la lecture du testament. Lorsqu'il annonça la valeur de Cattaneod Jewels, la célèbre entreprise mondiale de joaillerie que ses parents biologiques avaient créée en partant de leur petite boutique italienne, il tiqua : il n'avait pas réalisé que la fortune de ses parents rivalisait avec la sienne.

— Salvo et Nicole souhaitaient qu'en cas de décès l'entreprise reste dans la famille.

Giovanni pinça les lèvres pendant une seconde, l'air décidément nerveux.

— Ainsi, la participation majoritaire dans Cattaneod Jewels passera à Léo Baxter, leur aîné biologique, qui gérera l'entreprise.

— Quoi ?! s'écria Sebastian en se levant, si violemment que sa chaise se renversa au sol.

La bouche de Noémi s'ouvrit puis se referma sous l'effet de la stupéfaction.

— Non, dit Léo en secouant la tête. C'est hors de question. Je ne connais rien à la joaillerie.

Il se leva, bien décidé à partir.

— Et moi, je me suis préparé à ça toute ma vie ! s'exclama Sebastian. Qui est-il pour hériter de l'entreprise ?

— Ton frère, déclara Giovanni.

À cet instant, Léo comprit pourquoi Salvo et Nicole avaient travaillé avec cet avocat pendant trente ans.

— Asseyez-vous, tous les deux, reprit l'homme de loi.

Léo croisa le regard furieux de son frère. La réaction de celui-ci le contrariait, même s'il la comprenait. Sebastian avait passé sa vie auprès de leurs parents tandis que lui ne les avait jamais rencontrés. Il se rassit, fixant Sebastian du regard jusqu'à ce qu'il en fasse autant.

— Il y a des conditions, reprit Giovanni. Léo doit gérer l'entreprise pendant au moins six mois. Les actions ne peuvent pas être vendues ou transférées à une autre société ni à un membre de la famille durant cette période.

— Que se passera-t-il sinon ? demanda la voix tremblante de Noémi.

— Contourner les termes du testament entraînera la liquidation de l'entreprise. Ses actifs seront alors répartis entre ses quatre cents actionnaires.

— Quoi ? s'exclama Sebastian.

— C'est du chantage, dit froidement Léo. Au mieux de la manipulation. Pourquoi mes...

Il s'interrompit, incapable de dire « mes parents ».

— Pourquoi Salvo et Nicole ont-ils fait ça ?

— Est-ce que c'est une disposition récente ? intervint Sebastian. Parce qu'ils ont retrouvé Léo ?

Giovanni se pencha en arrière sur sa chaise et s'éclaircit la gorge.

— Leur testament a toujours été le même.

— Quoi ? s'écrièrent les trois voix à l'unisson.

— Ils ont toujours su qu'ils trouveraient Léo. Au début, le testament le désignait comme « l'enfant biologique le plus âgé ». Ils n'ont jamais cessé de le chercher. Même s'ils sont morts avant de le revoir, ils voulaient qu'il sache qu'il a toujours fait partie de la famille, et lui donner la possibilité de connaître l'entreprise familiale. Ils croyaient en la famille. Vous le savez. Ils ont changé le testament pour y inclure son nom dès qu'ils l'ont connu. Mais la vérité est qu'il y a toujours été inclus. À leurs yeux, il a toujours été un membre de la famille.

Léo prit une grande inspiration, ému. Noémi cligna des yeux et regarda pile entre Sebastian et lui.

— Cela va au-delà de l'héritage, dit-elle doucement.

Sebastian était toujours en colère, Léo le voyait au tic nerveux de sa mâchoire. Il croisa le regard de sa sœur et lui fit un léger signe de tête.

— Je sais, lâcha enfin Sebastian.

C'était la chose la plus conciliante qu'il avait dite depuis l'arrivée de Léo. Celui-ci se sentait pris au dépourvu et il détestait cela. Il se préparait avant chaque réunion d'affaires, chaque négociation de contrat. Il connaissait le contexte, les finances, l'environnement humain, les personnalités des dirigeants avant même de mettre les pieds dans la pièce. Là, non. Pour la première fois depuis bien longtemps, il était totalement dépassé.

Il avait l'impression que la pièce se refermait sur lui, l'étouffait avec la chaleur du feu, l'amour visible sur les photos accrochées aux murs.

— *Mamma* et *papà* ont passé leur vie à développer cette entreprise familiale, dit Sebastian d'une voix tendue. À partir de quelques boutiques en Italie, ils en ont fait une entreprise connue dans le monde entier. Tu t'y connais peut-être en affaires, Léo, mais tu ne connais pas ce métier. Et je ne laisserai pas ruiner ce qui faisait leur fierté et leur joie parce que tu ne sais pas ce que tu fais.

Léo atteignit son point de rupture. Il balaya toutes les émotions qu'il peinait à garder sous contrôle. Sebastian lui parlait affaires, et peu de gens étaient meilleurs en affaires que lui.

— Je ne connais peut-être rien au monde de la joaillerie, Sebastian, mais une entreprise reste une entreprise. Ne te méprends pas : je n'ai aucune envie de m'y mettre. En plus, je n'en ai pas besoin, pas plus que de l'argent de ta *mamma* et de ton *papà*. Je pourrais m'en aller tout de suite, et avec joie, mais où est-ce que ça te mènerait ?

Le visage de Noémi était pâle lorsqu'elle se leva, chancelante, et lui prit la main. Léo lui attrapa le coude, mais Sebastian, rapide comme l'éclair, était déjà à ses côtés.

— Est-ce que ça va ?

Sebastian glissa le bras autour de la taille de Noémi afin de l'aider à tenir debout. C'était comme si elle était prise entre ses deux frères.

— Ce n'est rien. Juste un petit étourdissement.

Elle prit quelques respirations lentes et la couleur lui revint aux joues. Lorsqu'elle leva la tête, ses yeux étaient remplis de larmes. Son regard passa de Sebastian à lui.

— Ne faites pas ça. Je déteste cette situation, moi aussi. Mais maman et papa voulaient que nous travaillions ensemble. Que nous soyons une famille.

Elle se tourna vers Giovanni.

— Vous avez lu le testament, et je pense que nous devrions prendre un peu de temps pour réfléchir à ce que tout cela signifie.

Elle lâcha la main de Léo et le prit par les épaules, le faisant pivoter pour lui faire face.

— Léo, je veux te connaître. Je veux connaître mon frère. J'ai déjà manqué tellement de choses de ta vie, je ne veux pas en manquer davantage. Je ne te demande pas d'être mon meilleur ami, mais la famille est importante pour moi ; maintenant, plus que jamais. Nous avons tous besoin de réfléchir à la suite et… de nous calmer, ajouta-t-elle avec un regard en direction de Sebastian. Et si nous nous mettions d'accord pour nous revoir plus tard ?

Giovanni hocha la tête.

— Cela semble raisonnable. Il faudra six à huit semaines pour que les clauses du testament soient juridiquement mises en œuvre, et je peux faire traîner un peu…

— Bien, grommela Sebastian du bout des lèvres.

— Nous pouvons nous revoir vers Noël ? demanda Noémi d'une voix tremblante. Ici ? C'est ce que maman et papa ont toujours voulu.

Léo s'éloigna pour récupérer son manteau. Les émotions qui vibraient dans le chalet étaient plus qu'il ne pouvait supporter. Il se dirigea rapidement vers la porte d'entrée.

— Je reviendrai vers vous, dit-il. Au revoir.

Il sortit dans la nuit.

Léo n'avait pas pris la peine de refermer son manteau et l'air froid des Alpes suisses le fouetta aussitôt. Il aurait voulu être à

New York, où il se sentait chez lui – il avait quitté l'Indiana et ses parents adoptifs depuis si longtemps...

Alors qu'il marchait sur le chemin enneigé, il se rendit compte qu'il n'avait aucune idée de l'endroit où il allait. Le taxi de l'aéroport avait laissé ses bagages au chalet réservé par son assistante *après* l'avoir déposé devant celui de ses parents, donc il ne savait pas où il était.

Il sortit son téléphone pour chercher sur une carte. Autour de lui, il voyait des gens attablés dans les bars et les restaurants. Une clientèle riche. Très riche. Extrêmement fortunée, même. Il savait combien cette pensée était ironique : il appartenait à cette dernière catégorie, tout comme sa nouvelle famille. Mais il n'avait pas l'habitude de se mêler à ces cercles. Il avait toujours été très sélectif quand il s'agissait de son entourage, préférant les gens qui avaient les pieds sur terre à ceux qui ne se souciaient que de leur ascension sociale.

Il aurait pu entrer dans un bar et prendre un verre, mais il n'était pas vraiment d'humeur. Il consulta le GPS de son téléphone et emprunta une autre rue, un peu plus calme, qui l'éloigna de l'artère principale.

Il se dit qu'il aurait dû essayer de trouver un taxi, car la route vers son chalet était en montée. Mais cela ne le dérangeait pas vraiment : cela lui donnerait un peu de temps pour réfléchir à ce qui venait de se passer.

Plusieurs choses accaparaient son esprit. Giovanni avait dit que le testament l'avait toujours inclus, ce qui provoquait en lui un sentiment... étrange. Ses parents adoptifs avaient toujours soutenu que ses vrais parents avaient eu hâte de se débarrasser de lui. Ces mots durs s'étaient gravés dans son âme, le blessant d'une manière dont il n'avait jamais parlé à quiconque. Pendant des années, il en avait voulu à la fois à ses parents biologiques et aux adoptifs. Il ne s'était vraiment senti désiré nulle part. Découvrir maintenant que tout cela était faux était plus troublant qu'il n'aurait pu l'imaginer.

Il laissa échapper un long soupir, qui créa un nuage dans l'air glacé autour de lui. Au bout de la rue, il leva les yeux : son chalet devrait se trouver sur la droite. À sa gauche, sur les pistes, quelques personnes skiaient encore, éclairées par des projecteurs. Après tout, il n'était que 9 heures du soir, et Mont-Cœur était un village construit à mi-hauteur de la montagne, au bord des pistes.

Il s'arrêta. Appuyé sur la rambarde qui séparait la rue du domaine skiable, il observa une silhouette vêtue de noir descendre vers lui. Elle allait vite – trop ? – mais maîtrisait sa trajectoire. Un skieur confirmé, comme lui l'était.

Soudain, une forte détonation sur sa droite le fit sursauter. Lorsqu'il tourna la tête, il vit une voiture dont le capot laissait échapper un panache de fumée blanche. Reportant son attention sur le skieur, il ouvrit de grands yeux effarés : distrait lui aussi par le bruit, il avait perdu l'équilibre et termina sa course sur le dos, dans les filets de protection.

Sans réfléchir, Léo bondit par-dessus la rambarde et se précipita. Le skieur gisait empêtré dans ses skis et ses bâtons.

— Est-ce que ça va ?

Il s'agenouilla à côté de la silhouette en noir et constata que le skieur était une skieuse. Elle ne réagissait pas. Il lui toucha le bras.

— Je m'appelle Léo. Je peux vous aider ?

Elle gémit. Elle bougea la jambe droite et poussa un cri.

— *Foitrottl !*

Il sourit. Il n'avait pas compris la langue – du suisse allemand ? – mais il comprenait le sentiment exprimé par ce juron.

— Eh bien, au moins je sais que vous êtes consciente !

Elle repoussa ses lunettes et détacha son casque, libérant une masse de cheveux blonds.

— Qu'est-ce que c'était que ce bruit ? demanda-t-elle en anglais.

Léo ne put s'empêcher de sourire à nouveau. En plus de l'avalanche de cheveux blonds, cette femme avait les yeux bleus les plus clairs qu'il ait jamais vus. Elle ressemblait à une sorte de princesse des glaces, mais il pouvait déjà deviner comment elle prendrait ce genre de comparaison…

— Un moteur de voiture qui a eu un gros raté.

La jeune femme se redressa.

— Je peux vous donner un coup de main ?

Il se releva et lui tendit la main. Pendant une seconde, Léo songea qu'elle allait refuser, mais après une brève hésitation, elle retira un gant et serra ses doigts. Il la tira vers lui. Son autre bras s'accrocha autour de sa taille. Au moment où elle se remettait debout, elle poussa un cri. Léo resserra sa prise et cala la jeune femme contre sa hanche.

— Vous pensez avoir quelque chose de cassé ? Vous voulez que j'appelle des secours ?

Elle respirait fort et rapidement, la peau pâle.

— Donnez-moi une seconde, dit-elle d'une voix hachée.

Léo fut frappé par la chaleur qui émanait de sa frêle silhouette. Elle était plus grande que la plupart des femmes qu'il rencontrait, mais un peu plus petite que lui. Un peu de couleur apparut sur ses joues et sa respiration commença à ralentir. Elle tenait son pied droit décollé du sol et le reposait timidement, en faisant des grimaces presque immédiatement, avant de le relever.

— Voulez-vous que je vous porte ?

Elle fronça les sourcils, mais elle ne lui arracha pas la tête.

— Non, certainement pas ! En revanche, pourriez-vous m'aider à retourner au pied du télésiège ? Il y a là-bas un 4x4 que je peux utiliser pour retourner à mon chalet.

— Pouvez-vous tenir debout sans moi une seconde ?

Elle acquiesça d'un signe de tête. Léo se pencha pour récupérer ses skis et ses bâtons avant de lui glisser le bras autour de la taille. Elle s'agrippa à lui et commença à avancer en boitant à son côté.

— Aïe ! s'écria-t-elle tout à coup.

Instinctivement, Léo lâcha skis et bâtons puis la prit dans ses bras et la souleva. Elle écarquilla les yeux, mais ne protesta pas. Il se dirigea vers la grande cabane située au départ du télésiège.

— Vous skiez bien, vous êtes presque la dernière sur les pistes : vous êtes monitrice de ski ?

Une drôle d'expression passa sur son ravissant visage.

— Oui, je suppose...

Sur le côté du bâtiment était garé un 4x4 avec des pneus neige.

— Vous voulez que je conduise ? demanda-t-il en la reposant doucement à côté de la portière passager.

— Vous me porterez de l'autre côté si je dis non ? demanda-t-elle en riant.

Léo sourit. Quoi qu'il se soit passé d'autre aujourd'hui, la situation prenait une tournure amusante, à présent.

— Vos désirs sont des ordres, Princesse des glaces.

Princesse des glaces ? L'avait-il vraiment appelée « Princesse des glaces » ?

Si Anissa s'était sentie bien, elle l'aurait planté là. Or elle n'était pas dans son assiette, comme si toutes les parties de son corps au-dessus de ses chaussures de ski étaient mal en point.

Alors que son sauveteur était reparti récupérer ses skis, elle se demanda si c'était le bruit de la voiture qui l'avait distraite ou la foule de souvenirs qui lui revenaient en mémoire tandis qu'elle dévalait la pente.

Quand Léo fut de retour, elle lui tendit la clé.

— Je veux bien que vous me rameniez, dit-elle avec gratitude. Je vous promets que je n'habite qu'à cinq minutes en voiture d'ici.

Il lui fit un signe de tête rapide en appuyant sur le bouton pour déverrouiller les portières.

— Avec plaisir, dit-il aimablement.

Ce Léo était un gentleman. Et elle se rendait compte soudain, en se glissant sur son siège, qu'elle avait sans doute été un peu grossière.

— Et je m'appelle Anissa, pas Princesse des glaces.

Il sourit en démarrant le moteur.

— Anissa. Ça ressemble à un prénom de princesse des glaces, pour moi.

— Connaissez-vous beaucoup de princesses des glaces ?

Il rit et lui tendit la main.

— Léo Baxter. De New York. Juste ici pour quelques jours. Une... affaire de famille, ajouta-t-il avec une petite grimace.

Elle lui serra la main.

— Anissa Lang. Monitrice de ski et femme de ménage à temps partiel.

Il avait un beau sourire, des cheveux foncés et bouclés et des yeux bleus qui pouvaient ensorceler n'importe quelle femme. Elle soutint son regard quelques secondes de plus qu'elle ne l'aurait voulu. Il ne détourna pas le sien. Son sourire s'élargit et Anissa rougit. Elle prit une profonde inspiration et regarda à travers le pare-brise – c'était plus sûr.

Il s'arrêta à une intersection.

— À droite, dit-elle en pointant le doigt dans la bonne direction.

Elle fut soudain saisie d'une sorte de nausée et mit la main devant sa bouche.

— Vous allez bien ? demanda-t-il d'un ton inquiet.

Elle hocha la tête.

— Prenez la prochaine à gauche. J'habite au bout de cette route.

Elle s'appuya contre le dossier du siège et poussa un soupir.

— Peut-être que je me suis cogné la tête. Je me sens un peu patraque.

Les yeux de son chauffeur étaient pleins d'inquiétude, mais il resta silencieux. Une fois garé devant chez elle, il sortit de la voiture, en fit le tour et lui ouvrit la portière.

— Je vais vous aider à entrer. Peut-être que si vous vous asseyez quelques minutes et que vous prenez un peu d'eau vous vous sentirez mieux. Sinon, je suis sûr que je peux trouver un médecin dans la station pour vous examiner.

Anissa s'affaissa sur son canapé, soulagée, puis ouvrit son blouson de ski et prit plusieurs grandes inspirations, les yeux fermés. Lorsqu'elle les rouvrit, Léo avait déjà allumé le feu.

— Si je suis une princesse des glaces, vous devez être un prince charmant, dit-elle en souriant.

C'était étrange. Elle ne se sentait pas menacée par le parfait étranger qui se trouvait actuellement sous son toit. Au contraire, c'était du soulagement qu'elle ressentait, celui d'avoir quelqu'un avec elle en ce moment.

Il s'assit sur la table basse en face d'elle et souleva sa chaussure de ski.

— Un prince charmant ? N'est-ce pas le genre de type obsédé par les chaussures ? dit-il avec humour. Enlevons les vôtres, pour voir s'il y a des dégâts.

Il était vraiment beau, songea Anissa. *Dangereusement* beau...

Il défit les clips de sa chaussure, desserra la botte, puis la tira doucement. Elle serra les dents de crainte de souffrir, mais aucune douleur ne se manifesta. Il retira l'autre chaussure, en tenant son pied un peu plus longtemps que nécessaire, nota-t-elle.

— Ça va ?

Sa question semblait sincère, alors elle hocha la tête.

— Vous êtes encore très pâle. Je pense que vous êtes un peu sous le choc. Je vous propose un traitement radical : vous avez du cognac ?

Elle fit un signe de la main.

— Dans le buffet derrière vous.

Il se leva. Anissa se pencha en avant et retira ses chaussettes. Dieu merci, ni sa jambe ni sa cheville n'étaient gonflées. Elle bougea doucement ses deux pieds. L'un d'eux était douloureux, mais ce n'était pas aussi grave qu'elle l'avait craint au départ.

Léo lui mit un verre dans la main et s'assit dans le fauteuil à côté d'elle. Elle but une gorgée de cognac et grimaça.

— Je ne suis pas sûre que donner de l'alcool à quelqu'un en état de choc soit vraiment un traitement très orthodoxe. Vous savez, les saint-bernard n'ont pas vraiment un tonnelet de cognac autour du cou !

Il éclata de rire et leva son verre.

— Que voulez-vous, j'ai toujours été un adepte des contes pour enfants.

Elle le regarda avec curiosité. C'était l'un des plus beaux spécimens masculins qu'elle ait vus depuis longtemps. Mont-Cœur recevait chaque hiver de nombreux millionnaires play-boys de la jet set, mais il ne semblait pas tout à fait entrer dans cette catégorie. Elle prit une autre gorgée de son cognac, qui la réchauffa en descendant.

— Je ne suis pas sûre de vous croire, vous n'avez pas l'air d'un homme qui aime les contes de fées. Mais comme je ne suis pas le genre de fille à laisser un étranger conduire sa voiture ou entrer dans son chalet, je suppose que c'est une soirée de premières.

Son regard pétillait. Avec n'importe qui d'autre, elle aurait été méfiante, mais cet homme inspirait plutôt un sentiment de sécurité.

— Et si vous enleviez ce manteau de laine avant de mourir de chaud ? Je m'en voudrais, alors que vous venez de me secourir !

Son cœur sauta un battement. Avait-elle *vraiment* dit cela ? L'avait-elle *vraiment* invité à rester un peu plus longtemps ? Cela ne lui ressemblait pourtant pas ! En temps normal, elle aurait poliment congédié son sauveur. Mais Léo semblait... différent. Une aura de mystère très attirante planait autour de lui. Ajoutée à son sex-appeal, cela formait un mélange détonant.

Il ôta son manteau, les prunelles insondables.

— Un soir de premières, répéta-t-il. Oui, je suppose que oui...

— Que voulez-vous dire ?

Il secoua la tête.

— Disons que je trouve cette... *distraction* bienvenue.

— D'après mon expérience, les gens viennent à Mont-Cœur pour skier ou pour montrer à quel point ils sont riches. Dans quelle catégorie êtes-vous ?

Pendant une seconde, il resta silencieux. Puis il prit une longue et lente gorgée de cognac.

— Je me débrouille à peu près sur des skis. Mais je n'ai jamais skié ici. Je suis venu un peu en catastrophe. Je n'ai pas apporté d'équipement.

Il ne se livrait pas beaucoup. Pourtant, il la fixait avec une intensité qui la troublait au plus haut point.

— Donc vous n'êtes pas venu pour le ski...

— Je ne suis ici que depuis quelques heures. Je n'ai même pas encore mis les pieds dans mon chalet !

L'estomac d'Anissa se tordit. *Mon Dieu, pourvu qu'il ne réside pas dans un des chalets où je fais le ménage !*

— Alors, c'est pour le travail ou pour le plaisir ?

Elle se passa la langue sur les lèvres, étrangement nerveuse dans l'attente de sa réponse. Il pouvait être ici avec une femme ou une fiancée...

— Ni l'un ni l'autre. Je préférerais n'être jamais venu. J'aimerais pouvoir sauter dans le premier vol pour New York.

Le premier homme intéressant qu'elle rencontrait depuis longtemps n'avait qu'une hâte : mettre les voiles. Typique. Mais c'était la façon dont il avait prononcé ces mots qui la titillait. Comme s'ils le rendaient triste.

— Alors, pourquoi ne pas le faire ? demanda-t-elle doucement.

Ses yeux bleus se rivèrent aux siens.

— Parce que je suis un peu perdu. Les décisions que je vais prendre pourraient affecter d'autres personnes que moi, que cela me plaise ou non.

L'empathie la gagna. Une connexion avec lui. Parce que ces mots lui étaient familiers. Ce qu'elle faisait n'affectait personne d'autre qu'elle-même, mais se sentir perdue, en revanche, elle connaissait.

Anissa leva son verre.

— Je trinque aux gens un peu perdus !

Il leva également son verre. Ce simple mouvement emplit ses narines de l'odeur épicée et boisée de son eau de toilette. Ses sens s'éveillèrent.

Légèrement penché en avant, il lui décocha un sourire sexy.

— Comment une femme superbe comme vous s'est-elle « un peu perdue » à Mont-Cœur ? Avez-vous toujours vécu ici ?

Superbe ? Il venait de la qualifier de *superbe* ? Son pouls s'emballa. Depuis des mois, ses collègues femmes de ménage lui avaient dit de prêter plus attention aux hommes qu'elle croisait dans la station. Elle leur répondait invariablement qu'elle avait d'autres priorités. Et puis aucun homme ne l'avait attirée.

Jusqu'à ce soir…

Elle fit de son mieux pour paraître décontractée.

— Je suis autrichienne. J'ai passé la plus grande partie de ma vie sur des skis, où que j'aie vécu. L'année n'a pas été la meilleure de ma vie. Alors « un peu perdue », je sais ce que cela signifie…

Chaque souvenir de ces douze derniers mois faisait mal. Douleur physique d'une chute à flanc de montagne ; douleur psychologique de savoir que ses espoirs de médaille olympique et de titre mondial s'étaient envolés. Sans compter le traumatisme émotionnel de se faire larguer par Alain, son fiancé et entraîneur.

Léo tendit la main et prit la sienne. Le contact de sa peau chaude la fit instantanément frissonner. Son autre main lui coinça une mèche de cheveux derrière l'oreille en un geste doux, intime.

— Et si, l'espace d'une nuit, nous essayions d'oublier ce qui nous entraîne vers le bas ? proposa Léo d'une voix grave et sensuelle.

Anissa cilla. Lui avait-il vraiment proposé de passer la nuit avec elle ? Seigneur…

Le feu dansait derrière lui, diffusant une lueur chaude dans la pièce. Son cœur battait la chamade.

Impossible ! Elle ne pouvait pas. Jamais. Elle n'était pas ce genre de femme.

Et pourtant, ce soir, elle voulait être ce genre de femme.

Elle le voulait *vraiment*.

Elle pria pour que sa voix ne tremble pas.

— Je pourrais vivre en oubliant tout ce qui m'entraîne vers le bas.

Il se rapprocha d'elle. Sa bouche n'était plus qu'à quelques centimètres de la sienne. Nerveuse soudain, elle se passa la langue sur les lèvres.

— Promets-moi que tu n'as ni femme, ni fiancée, ni petite amie.

— Promis ! dit-il avec un sourire éclatant. Et toi ?

— Je te jure que je n'ai ni femme, ni fiancée, ni petite amie.

Il rit. Elle avait besoin qu'un homme ait de l'humour, et Léo n'en manquait visiblement pas. Il se leva et s'assit près d'elle sur le canapé, puis il glissa les doigts dans ses cheveux. Il se pencha, les lèvres tout contre son oreille, et murmura d'une voix rauque :

— Et si on se changeait un peu les idées ?

Elle devait être folle. Avoir perdu la tête. Mais tout ce à quoi elle pouvait penser, c'était à quel point elle se sentait bien contre cet homme qu'elle trouvait sauvagement attirant. Et qui lui laissait le choix. Ce serait *sa* décision.

Dieu, comme Léo Baxter était sexy ! Et il était tout à elle. Pour une nuit. Demain serait un autre jour, non ?

Elle effleura ses lèvres des siennes.

— Oui, change-moi les idées…

2

Léo cligna des yeux. Il entendit le bruit léger de quelqu'un qui se déplaçait. Cela lui prit quelques secondes pour se souvenir de l'endroit où il se trouvait.

Mont-Cœur. Le testament. Sebastian. Noémi.

Et Anissa...

Il se retourna et s'appuya sur un bras. Anissa était dans la pièce, enfilant une sorte d'uniforme dans la pénombre.

— Désolée, je ne voulais pas te réveiller. Je suis de l'équipe du matin aujourd'hui.

Il n'était pas du genre à passer la nuit avec ses maîtresses, préférant éviter les lendemains matins embarrassés. C'était vraiment une nuit de grandes premières, semblait-il... Le décalage horaire et le choc émotionnel de la rencontre avec son frère et sa sœur l'avaient visiblement épuisé.

Elle tira ses cheveux en queue-de-cheval. Elle était au moins aussi belle que la veille. Ce constat toucha une corde sensible en lui. Leurs regards se connectèrent. Léo était mal à l'aise soudain. Il aurait dû sortir en vitesse et essayer de trouver le chalet où il n'était jamais arrivé la veille.

Il essaya de repérer ses vêtements, disséminés dans la chambre – le début de leurs ébats avait été quelque peu passionné... Anissa enfila sa veste. Léo sortit du lit : elle devait partir, il ne pouvait pas rester.

— Donne-moi une seconde pour rassembler mes affaires et je te laisse tranquille.

Les images de la nuit dernière lui traversèrent l'esprit lorsqu'il enfila sa chemise et son pantalon. De belles images. De *superbes* images. Il n'aurait jamais pensé pouvoir ressentir une telle communion avec une femme.

À la porte de la chambre, Anissa l'observait, l'air un peu embarrassé.

— Merci de m'avoir aidée, hier soir.

— Comment va ton pied ce matin ? demanda-t-il en enfilant ses chaussures.

— Un peu endolori, mais rien de grave.

Lorsqu'il se dirigea vers la porte, Anissa ne bougea pas. Il s'arrêta à un pas d'elle.

— Hier soir, c'était…

Léo s'interrompit, à court de mots, pas certain de ce qu'il avait voulu exprimer.

— … La meilleure nuit de sexe de ma vie, compléta-t-elle.

Il ouvrit de grands yeux puis éclata de rire.

— Je crois que je ne peux qu'être d'accord avec cette affirmation.

Ses yeux bleus étaient fixés sur lui. Son estomac se tordit. Il avait l'impression que sa tête allait exploser : trop d'émotions à gérer en si peu de temps. En l'espace de quelques semaines, il avait retrouvé puis perdu ses parents, rencontré un frère et une sœur, et les dernières volontés de ses parents lui mettaient la pression pour qu'il s'intéresse à l'entreprise familiale. Il n'y avait pas de place pour autre chose en ce moment.

— Je ne cherche pas une histoire d'amour, dit très vite Anissa.

— Moi non plus.

La réponse était sortie toute seule, accompagnée d'un sentiment de soulagement.

— Et je ne fais jamais ce genre de choses d'habitude, ajouta-t-elle. Alors, s'il te plaît, ne va pas t'imaginer que c'est normal pour moi. Hier soir, c'était juste…

Cette fois, ce fut elle qui ne trouva pas les mots pour finir sa phrase. Léo s'en chargea :

— … Juste pour une fois.

— Une seule fois, acquiesça-t-elle.

Ils étaient assez proches pour qu'il puisse sentir l'odeur de shampoing fruité qui émanait d'elle. Il serait si facile de se pencher et de l'embrasser, de capturer à nouveau ces lèvres sensuelles, de tirer Anissa en arrière sur le lit défait…

La vérité était qu'elle avait raison : cette nuit avait été la meilleure de sa vie, et c'était plutôt inattendu. Mais cela tombait au mauvais moment.

Anissa s'écarta pour le laisser passer. La lumière du matin filtrait à travers les fenêtres du petit chalet. Il était propre et fonctionnel, avec seulement quelques indices sur la femme qui y séjournait. Une photo encadrée d'elle debout sur ses skis, les deux verres de cognac de la veille au soir, les chaussures de ski toujours posées sur le sol du salon. Il fut frappé de voir à quel point l'endroit, impersonnel, ne ressemblait pas à un foyer – tout comme son luxueux appartement new-yorkais, songea-t-il. Depuis combien de temps avait-elle dit qu'elle était ici ? Un an ? Il prit son manteau et l'enfila. Anissa lui tendit la main.

— Ce fut un plaisir de te rencontrer, Léo Baxter.

Son corps était raide, son au revoir formel, mais il pouvait encore lire une étincelle d'humour dans ses yeux.

— Plaisir partagé, Anissa Lang.

Sa poignée de main était ferme. Il n'était pas pressé d'y mettre fin. Ses yeux bleu pâle emprisonnaient son regard. Il n'avait pas ressenti une telle évidente attirance depuis… depuis si longtemps qu'il ne s'en souvenait plus. Il n'était pas sentimental, ne l'avait jamais été, ne le serait jamais, mais il y avait quelque chose chez cette fille, au-delà de sa beauté et de la passion qu'elle avait suscitée en lui la veille. Il eut un sourire ironique.

— Mauvais *timing*… Dans un autre monde, j'aurais aimé mieux te connaître.

Il lui déposa un baiser sur la joue, et avant qu'elle ait pu lui répondre, il sortit du chalet.

Il marcha dans la neige fraîche. La station s'éveillait. Il avait tant de choses auxquelles penser ; tant de choses à considérer.

Et il n'avait pas la moindre idée de ce qu'il voulait vraiment faire…

Anissa leva de nouveau le tableau de service devant elle.

— Oh ! allez, que quelqu'un échange avec moi ! S'il vous plaît.

Lucy regarda la liste des occupants des chalets les plus luxueux de toute la station.

— Qu'est-ce qui ne va pas avec Léo Baxter ? Mauvaise haleine ? Mains baladeuses ? Commentaires suggestifs ?

Anissa rougit. Chloé rit en rajustant son tablier.

— Oh ! non, rien de tout cela. Ou peut-être deux sur trois. Mais on dirait que personne ne veut nettoyer le chalet du magnifique milliardaire qu'Anissa a coincé l'autre jour...

Les yeux de Lucy s'agrandirent.

— C'était ce type ? Alors non, pas d'échange ! Tu dois aller nettoyer le chalet du beau gosse. Qui sait ce qui pourrait se passer..., ajouta-t-elle avec un clin d'œil malicieux.

Ses collègues parties, Anissa poussa un long soupir. Elle avait réussi à éviter d'avoir à faire le ménage dans le chalet de Léo ces derniers jours, car elle avait trouvé des collègues prêtes à échanger avec elle. Hélas, avant de se rendre compte que Léo logeait dans un des chalets que gérait la société qui l'employait, elle avait fait l'erreur de raconter à Chloé sa mystérieuse rencontre et sa folle nuit... Alors aujourd'hui, pas moyen d'y couper.

Elle vérifia sa montre. Elle avait un autre chalet à nettoyer. Peut-être qu'elle parviendrait à s'organiser pour éviter de croiser Léo... Il était là pour affaires, la probabilité qu'il sorte à un moment de la journée était donc grande.

Elle rassembla son matériel et se dirigea vers les chalets. Il y avait un 4x4 rouge à l'extérieur de celui où séjournait une famille, et rien devant chez Léo. Elle se dirigea vers sa porte, qu'elle entrouvrit grâce à son passe. Elle avait la gorge sèche, le cœur battant.

— Ménage ! lança-t-elle d'une voix mal assurée. Il y a quelqu'un ?

Sa voix résonna autour d'elle. Elle resta figée pendant quelques secondes, se demandant s'il y aurait une réponse. Rien. Elle poussa un soupir de soulagement et ferma la porte derrière elle.

« Chalet » était un terme un peu réducteur pour nommer l'endroit. Il convenait peut-être à celui où elle vivait, mais pas à ces immenses maisons construites au bord des pistes. Seuls y séjournaient des gens très riches, qui s'attendaient à un service impeccable. Et comme le chalet comptait une dizaine de chambres, ce n'était pas le genre d'intérieur que l'on pouvait nettoyer avec une brosse et un chiffon en une demi-heure.

Allez, ne reste pas plantée là ! Elle devait vraiment utiliser l'absence de Léo à bon escient et sortir le plus vite possible. Son cerveau essaya de penser logiquement. Il était impossible que Léo utilise toutes ces pièces. Il y avait de fortes chances qu'elle ait à nettoyer la pièce principale, une chambre, une salle de bains et la cuisine.

Elle brancha un diffuseur de parfum frais puis monta au dernier étage. Aucune des pièces ne semblait avoir été touchée, tout était encore impeccable. Elle descendit en courant au premier étage. Léo utilisait la suite principale – ce n'était pas une surprise. Mais c'était un peu étrange de voir ses affaires éparpillées. Le lit était défait. Elle s'approcha et le toucha, puis retira sa main. Sensation bizarre… Elle avait l'habitude de faire le lit d'inconnus, de ramasser leurs vêtements et de les plier, de réapprovisionner leurs salles de bains. Or Léo n'était pas un inconnu. Il était l'homme qui lui avait fait oublier que durant un an elle s'était sentie peu désirable et mal aimée. L'homme qui l'avait rendue à nouveau attirante et sexy.

Son odeur flottait dans la pièce. Elle prit une grande inspiration et s'assit une seconde sur le lit. Elle travaillait ici depuis un an et ne s'était jamais comportée ainsi. Qu'est-ce qui n'allait pas chez elle ? Qu'est-ce qui avait changé depuis sa nuit avec Léo Baxter ?

Elle jeta un coup d'œil paniqué autour d'elle, s'attendant presque à ce que des caméras cachées enregistrent ce terrible délit. Elle caressa de la paume les draps de Léo. Il avait dormi ici. Avait-il pensé à elle ? Se souvenait-il d'elle ? Et si quelqu'un d'autre avait partagé le lit avec lui ?

Arrête !

Elle se leva, en colère contre elle-même pour avoir laissé ses pensées aller aussi loin. Elle refit le lit avec des draps propres en un temps record. Elle nettoya la pièce, ramassa une chemise et un pantalon et les rangea, puis passa à la salle de bains.

Anissa travailla aussi vite qu'elle pouvait. Normalement, elle aurait pris plus de temps, en s'assurant que la porte de la douche soit impeccable, tout comme le miroir ; là, elle se contenta d'un coup de chiffon.

Ensuite, elle se dépêcha de descendre dans la cuisine et

commença à nettoyer. De temps à autre, elle levait les yeux vers la porte d'entrée. Elle était prête à prendre le risque que Léo se plaigne si cela lui permettait d'éviter de se retrouver face à lui. Elle ramassa les dosettes de café usagées. Zut ! Elle avait oublié le panier pour réapprovisionner la cuisine.

Elle sursauta en entendant un bruit qui venait de l'extérieur. Par la fenêtre, elle vit un 4x4 noir s'arrêter devant le chalet.

Oh ! non...

Elle rassembla les serviettes et les draps dans ses bras. Normalement, elle les mettait dans un sac à linge et téléphonait pour qu'on vienne les chercher. Elle se dit qu'elle allait sortir par la porte de derrière et les rapporter elle-même au bureau. Le temps qu'elle ordonne à ses jambes paralysées de la conduire à la porte, il était trop tard. Son cerveau embrouillé avait attendu trop longtemps.

Léo était à la porte.

Lorsque Léo ouvrit la porte du chalet, il fut frappé par le parfum frais de pin et de cannelle. Une touche de Noël. Un signe clair que le ménage avait été fait.

Il venait de revoir Giovanni. Il avait appelé ses propres avocats à New York afin qu'ils trouvent un moyen de le dispenser de gérer l'entreprise familiale pendant les six mois à venir. Mais les choses ne s'annonçaient pas bien et, à moins qu'il ne veuille la liquidation de Cattaneod Jewels, rester ici commençait à ressembler à une réelle possibilité.

Il se figea dans l'entrée et écarquilla les yeux.

— Anissa ?

Elle se tenait près du plan de travail de la cuisine, une pile blanche de linge dans les bras. Elle rougit instantanément.

— Tu travailles ici ?

— Je... Je..., bredouilla-t-elle, manifestement embarrassée.

— Tu m'avais dit que tu étais femme de ménage, mais je n'avais pas réalisé que tu travaillais dans ces chalets.

Il était surpris de la voir, mais encore plus surpris par le fait que ces retrouvailles le perturbaient. Il s'approcha d'elle.

— Pourquoi ne pas poser ce linge et prendre un café avec moi ? proposa-t-il.

Un éclair de panique lui traversa les yeux.

— Je ne peux pas. J'ai un autre chalet à nettoyer. Et je n'ai pas vraiment fini ici. Tu ne pourras même pas prendre un café, ajouta-t-elle avec une grimace. Je n'ai pas réapprovisionné la cuisine.

Léo s'approcha plus près. Il perçut l'odeur fruitée qu'il avait déjà respirée au matin qui avait suivi leur nuit torride. La fleur d'oranger. Les sensations lui revinrent. Sa chaleur. Sa passion. L'étincelle dans ses prunelles.

Ces derniers jours, il avait été enterré sous une montagne de dossiers légaux. Revoir Anissa faisait regretter le choix qu'il avait fait. Il avait aimé la façon dont elle l'avait *distrait*. Il avait plus qu'apprécié. Et il souhaitait en quelque sorte pouvoir revivre cette expérience.

— Qu'est-il arrivé à ma femme de ménage, alors ? Celle qui me ravitaille en différentes variétés de café tous les jours, avec du pain frais et des cookies aux pépites de chocolat.

Anissa laissa échapper un petit rire.

— Tu as eu Rena ces derniers jours, mais maintenant, c'est moi. Désolée.

Elle alla placer le linge dans le sac prévu à cet effet et le sortit devant la porte d'entrée. Puis elle passa un coup de fil, avant de revenir vers lui.

— Le café sera là dans quelques minutes.

Il hocha la tête. Son corps était en feu, il parvenait à grand-peine à contrôler son désir.

— Tu te joindras à moi ?

Elle jeta un coup d'œil à sa montre, puis lui adressa un large sourire.

— D'accord, mais vite. J'ai du travail, peu importe à quel point j'ai envie de le faire.

Parfait, songea Léo. Anissa Lang allait le distraire à nouveau...

Anissa avait l'estomac noué. Pendant les premières secondes, elle avait eu envie de s'enfuir. Le dieu du sexe avec lequel elle avait passé une nuit torride venait de la trouver en train de changer ses serviettes : ce n'était pas très glorieux, pour ne pas dire sacrément embarrassant.

Pourtant, Léo l'avait tout de suite mise à l'aise. Et comment nier qu'entre eux demeurait… quelque chose. Peu importait qu'elle l'ait délibérément évité ces derniers jours, il lui suffisait d'être à nouveau en sa présence pendant quelques secondes pour ressentir cette attirance – et l'étincelle dans ses beaux yeux posés sur elle était bien réelle. Elle aimait la compagnie de cet homme, et cela n'avait rien à voir avec son statut social ni l'épaisseur de son portefeuille.

Lorsque les fournitures leur furent apportées dans un panier en osier. Anissa les rangea pendant que Léo préparait deux cafés.

— J'espère que cela te conviendra, dit-elle.

— Je suis facile à satisfaire.

— C'est ce qu'ils disent tous, renchérit-elle sur le même ton humoristique.

Elle vit que sa repartie l'amusait, toutefois il avait l'espace d'une seconde froncé presque imperceptiblement les sourcils.

— Léo, j'espère que tu as compris que c'était une blague, reprit-elle malgré son cœur qui battait à tout rompre dans sa poitrine. Je te l'ai dit, je n'ai jamais fait cela avant toi.

Ses yeux bleus brillaient, rivés aux siens. Ce type pourrait se plaindre d'elle. Ce type pourrait lui coûter son travail.

— Je te crois. Tu prends quelque chose dans ton café ?

Une vague de soulagement s'abattit sur elle. Elle aurait détesté qu'il pense qu'elle finissait au lit avec tous les gars qu'elle rencontrait. Certaines femmes de ménage avaient cette réputation, Anissa ne voulait pas que Léo la voie ainsi.

Elle prit le lait sur le plan de travail et en versa dans sa tasse. Puis elle tira la chaise en face de la sienne et s'assit. C'était un peu bizarre. Un peu formel. La dernière fois qu'ils avaient été ensemble, c'était nus dans un lit.

— Comment va ta jambe ?

Elle haussa les épaules.

— Bien. Je me bande la cheville quand je donne des cours.

— Depuis combien de temps skies-tu ?

— Je skiais presque avant de savoir marcher. Je suis autrichienne, c'est dans mes gènes. Le soir de notre rencontre, j'ai eu une seconde d'inattention. Cela ne m'arrive jamais.

La dernière fois, cela lui avait coûté sa carrière internationale, et son monde s'était effondré. Elle avait passé l'année précédente à essayer désespérément de retrouver son niveau, en vain. L'accident de l'autre soir l'avait secouée plus qu'elle ne l'aurait cru. Si Léo n'avait pas été là pour l'aider, puis lui changer les idées…

— Tu avais des pensées parasites ?

— Comme toi en ce moment ?

Elle avait remarqué que son regard se perdait de temps en temps dans le vague.

Il sourit.

— Je suis si lisible que cela ?

Elle hocha la tête et prit une gorgée de café.

— J'avais prévu de rentrer à New York, pas de rester ici.

Anissa tiqua. Si Léo était retourné à New York, elle ne l'aurait pas revu. Elle fut surprise de voir à quel point elle n'aimait pas cette idée.

— Que s'est-il passé ?

Il se mordilla la lèvre inférieure. Il était clair qu'il essayait de trouver les bons mots.

— Problèmes… familiaux. L'affaire que je suis venu régler n'aurait dû prendre qu'une journée, mais il y a eu des complications.

Il passa les doigts dans ses cheveux ébouriffés. Il était tendu et avait l'air fatigué, comme s'il avait mal dormi. Elle devinait que quelque chose n'allait pas. Il était évident que ses histoires de famille le perturbaient.

— C'est la bonne période de l'année pour être à Mont-Cœur, dit-elle.

— En tout cas, on dirait que c'est déjà Noël, ici ! s'exclama-t-il avec un sourire amusé.

— D'après ce que j'ai entendu, c'est à peu près la même chose à New York. Bientôt, on commencera à décorer pour Noël en juillet !

— Ou alors on laissera toutes les guirlandes d'une année sur l'autre.

Ils rirent ensemble, complices. Anissa entoura sa tasse de ses mains et fixa Léo.

— Tu devrais essayer les pistes. En plus, skier de nuit, c'est paisible. Apaisant. Les pentes sont beaucoup moins fréquentées. Peut-être que cela t'aiderait à te vider un peu la tête.

Il esquissa un demi-sourire ironique.

— Tu me proposes un rendez-vous galant ?

— Ne prends pas tes désirs pour des réalités, le taquina-t-elle à son tour. Je faisais une simple proposition.

— Cela pourrait être dangereux sur les pistes, seul, la nuit..., dit Léo, les yeux scintillant de malice.

— Qu'est-ce que tu suggères ?

Il haussa les épaules avec insouciance.

— Je pensais que quelqu'un pourrait venir avec moi. Ce serait beaucoup plus sûr ! Je t'ai vue sur les pistes : tu pourrais avoir de nouveau besoin d'aide...

Anissa résista au rire qui lui venait et joua à la femme outragée :

— Ha ! monsieur Baxter ! Cela ressemble presque à une insulte. Je suis choquée !

— Et si vous preniez cela comme un défi, madame Lang, répliqua-t-il avec un accent aristocrate.

Elle aimait décidément son humour. Elle se leva de sa chaise : si elle n'arrivait pas au chalet suivant rapidement, elle aurait des ennuis.

— Très bien. En tant que résidente, je me dois en effet de montrer pourquoi tout le monde aime tant Mont-Cœur. As-tu des projets pour ce soir ?

Il secoua la tête.

— Aucun. Je suis tout à toi.

— On se retrouve vers 9 heures ?

Elle prit le bloc-notes posé à côté du téléphone et y inscrivit des coordonnées.

— Voilà le nom et le numéro de l'endroit où tu pourras louer du matériel. Ils sont super, tu verras.

Sa main frôla la sienne alors qu'elle faisait glisser le morceau de papier vers lui.

— Cela ressemble quand même à un rendez-vous galant, dit-il d'un ton taquin.

— Ne te fais pas d'idées, Léo Baxter, lui lança-t-elle en se dirigeant vers la porte d'entrée.

Elle lui décocha un clin d'œil effronté avant de sortir. Son cœur menaçait d'exploser dans sa poitrine. Elle avait le souffle court. Et tout son corps était traversé par une délicieuse onde sensuelle.

Seigneur, que venait-elle de faire… ?

3

Léo Baxter avait l'habitude de tout maîtriser, tout contrôler. Donc les derniers mois l'avaient sorti de ses schémas habituels.

La lettre qu'il avait reçue de ses parents biologiques était toujours dans sa mallette. Elle était là depuis qu'elle avait atterri dans la boîte aux lettres de son appartement, en août. Il lui avait fallu des semaines pour y répondre, puis, quand il l'avait fait, sa mère et son père avaient eu l'air très heureux et ils étaient tous les trois convenus d'un rendez-vous à New York.

Il avait dû lutter pour accepter que ce qu'il avait cru à leur sujet pendant la plus grande partie de sa vie était faux. Hélas, ils étaient morts dans un accident d'hélicoptère alors qu'ils venaient le retrouver. Il n'avait pas pu les voir en chair et en os. Il n'avait jamais pu les étreindre. Il n'avait jamais reçu un baiser de leur part. C'était presque comme si, depuis qu'il avait reçu leur lettre, son existence lui échappait.

Le testament en était la parfaite illustration. Il détestait être manipulé. Il détestait l'idée que quelqu'un puisse lui dire quoi faire.

Ses parents n'avaient aucune idée de l'endroit où il se trouvait ni de la vie qu'il menait lorsqu'ils l'avaient inclus dans le testament. Peut-être avaient-ils voulu lui donner la sécurité financière que la plupart des gens désirent. Mais Léo n'en avait pas besoin. Il avait créé sa propre entreprise et avait réussi au-delà de ses espérances, grâce à son travail acharné, à sa rigueur et à son côté parfois impitoyable.

Pour l'heure, ce testament ne servait pas ses intérêts. Il avait besoin d'être à New York car il avait plusieurs grosses affaires en cours. La perspective de rester à Mont-Cœur et gérer l'entreprise familiale lui mettait la pression et détournait son attention. L'idée d'Anissa d'aller skier pour se vider la tête était venue au bon moment.

Une légère bourrade dans le dos le prit par surprise.

— Prêt pour la grande descente ? lui lança Anissa, qui venait d'arriver derrière lui au pied du télésiège.

Elle le regarda des pieds à la tête.

— Ils ont amélioré leur gamme, on dirait, à la boutique de location.

Léo ne répondit rien, peu désireux de lui avouer qu'il avait acheté tout son équipement dans la boutique la plus huppée de la station. Anissa portait la même tenue noire que la première fois qu'il l'avait vue. Cette tenue lui allait divinement bien et mettait ses fesses en valeur. Ils s'installèrent côte à côte sur un siège ; quelques minutes plus tard, ils étaient au sommet, au départ de la piste noire.

À déconseiller aux âmes sensibles, se dit Léo en regardant vers le bas. Comme un village de poupées, Mont-Cœur scintillait de lumières, entouré d'un ciel sombre et d'une neige blanche.

— J'aime cet endroit, dit Anissa.

— Impressionnant, en effet.

Anissa se balançait d'un ski sur l'autre, visiblement impatiente de commencer. Un soupçon de malice saisit soudain Léo et il se tourna vers elle avec un large sourire.

— Bon, il va falloir me donner quelques conseils, à présent.

Elle le dévisagea comme s'il venait de lui annoncer qu'il était le président des États-Unis.

— Quoi ?!

— Tu sais, le genre de choses que tu enseignes à tes élèves.

Elle secoua la tête, l'air incrédule.

— Mais... Mais tu as dit que tu savais skier !

— J'ai peut-être un peu exagéré..., dit-il avec la mine la plus contrite possible.

— S'il te plaît, dis-moi que tu plaisantes ! dit-elle d'un ton inquiet. Je ne t'aurais jamais amené sur cette piste si tu n'étais pas expérimenté.

— Je le suis. Je suis peut-être juste... un peu rouillé.

Il adorait la faire marcher ainsi, la voir prendre tout ce qu'il disait pour argent comptant. Il était clair qu'elle envisageait de lui dire qu'il allait se tuer en descendant cette piste.

Elle inspira profondément, manifestement pour essayer de ne pas paniquer.

— OK, répétons les bases. Positionnement... Ralentir... S'arrêter...

Elle lui montrait chaque mouvement et essayait de le corriger, tandis qu'il prenait un malin plaisir à mal reproduire ses gestes.

— Quand as-tu skié pour la dernière fois ? demanda-t-elle.

— J'étais à la fac, dit-il en riant.

— À la fac ! s'écria-t-elle, horrifiée. Léo, ce n'est peut-être pas une si bonne idée...

— Depuis combien de temps donnes-tu des cours de ski ? demanda-t-il, curieux.

Son double emploi de monitrice et de femme de ménage l'intriguait. Elle pinça les lèvres. Elle avait soudain l'air vulnérable.

— Seulement depuis l'année dernière. Situation d'urgence.

Cette réponse ne fit qu'accroître sa curiosité.

— Pourquoi ? Que faisais-tu avant ?

Elle semblait mal à l'aise, nerveuse.

— Je... J'avais d'autres plans de carrière, mais ils ont été... mis de côté.

— Lesquels ?

Elle jeta un coup d'œil par-dessus son épaule, comme si elle vérifiait si quelqu'un écoutait. Puis elle poussa un long soupir.

— J'étais skieuse professionnelle. Depuis quelques années. Je m'entraînais pour les championnats du monde, quand... J'espérais décrocher l'or, en descente.

Pour la première fois depuis qu'il l'avait rencontrée, il fut frappé de mutisme.

— Quoi ? dit-il enfin dans un souffle.

Elle eut l'air un peu blessée, vexée.

— Est-ce vraiment si *incroyable* ?

— Heu... Non, bien sûr que non. Mais...

Il s'arrêta et la regarda droit dans les yeux, avant de reprendre, grave et sérieux :

— Que s'est-il passé ?

— J'ai eu un accident. Un accident que mon chirurgien a qualifié de « catastrophique ». Je me suis cassé la jambe en trois endroits. Il a dit qu'elle ne serait plus jamais assez forte pour que je puisse reprendre la compétition.

Léo tendit la main et lui toucha le bras.

— Oh ! Anissa... Je suis vraiment désolé.

— Ne le sois pas. Je m'améliore de jour en jour. Je peux sentir la force revenir. J'ai juste besoin de continuer à m'entraîner, à me préparer pour reprendre de l'élan.

Il n'était pas sûr de la croire, ni qu'elle-même croyait à ce qu'elle disait. Il avait vu à quel point elle avait été choquée l'autre soir après son petit accident. Et si son médecin lui avait dit qu'il n'était plus possible d'être compétitive, Anissa se faisait-elle des illusions ?

— Qu'est-il arrivé à l'équipe qui t'entourait ? N'avais-tu pas de sponsors ?

Elle regarda au loin pendant une seconde avant de reposer les yeux sur lui.

— Mes sponsors m'ont lâchée en apprenant le verdict du chirurgien qui m'a opérée. C'est du business, je les comprends.

Il aurait voulu lui toucher la joue, l'embrasser, lui faire savoir qu'il avait de l'empathie pour elle. Mais avec les skis, c'était mission impossible.

À l'entendre, la carrière d'Anissa était sur le point d'exploser, mais sa blessure avait tout gâché. Dans une station comme celle-ci, elle avait un rappel quotidien de ce qu'elle avait perdu.

Léo savait à quel point c'était difficile. Il avait passé les derniers jours à éviter Sebastian et Noémi – cette dernière l'avait appelé quatre ou cinq fois. Il essayait de réfléchir aux affaires de sa famille.

Il tendit la main et prit celle d'Anissa. Malgré les gants, un courant électrique le traversa.

— Je comprends, dit-il doucement.

Ses yeux bleu pâle rencontrèrent les siens. Il pouvait y lire une foule d'émotions contradictoires.

— Je comprends ce que l'on ressent quand sa vie change complètement, poursuivit-il.

Elle écarquilla les yeux, ce qui fit naître une petite ride sur son front.

— Vraiment ?

Il fit un signe de tête. Il ne voulait pas trop en dire.

— Disons simplement que la raison pour laquelle je suis venu à Mont-Cœur n'est pas vraiment celle qui m'oblige à rester. Tout est devenu très compliqué.

Soudain, Anissa se pencha en avant et le prit dans ses bras. Il respira profondément, laissant l'arôme familier de son parfum de fleur d'oranger l'entourer. Il resta là pendant quelques secondes, profitant de la sensation de son corps pressé contre le sien.

Lorsqu'elle s'écarta, elle lui sourit.

— Allez ! s'exclama-t-elle, nous sommes venus ici pour nous vider la tête et profiter de la vue !

D'un geste du bras, elle désigna le paysage. Niché dans la vallée, avec les montagnes et la neige qui l'entouraient, Mont-Cœur scintillait et dégageait une atmosphère chaleureuse. De là, on aurait dit une carte de Noël ornée de paillettes.

Léo se rendit compte avec un serrement au cœur qu'il n'avait jamais vraiment célébré Noël comme il l'avait toujours souhaité – dans un environnement où il se sentirait aimé. L'année précédente, il avait passé Noël dans un restaurant chic de New York avec un partenaire d'affaires en visite et une petite amie qui s'ennuyait. Lorsqu'il avait reçu la lettre de ses parents, il était à la fois excité et nerveux à l'idée de ce que Noël pourrait lui réserver cette année. Espoirs anéantis…

— Nous sommes aussi censés skier. Tu veux descendre sur une piste plus facile ? Nous pouvons le faire. Tu seras sans doute plus à l'aise.

Elle était sincère, essayant de ménager sa fierté et de lui rendre les choses faciles.

Ils venaient de s'ouvrir un peu l'un à l'autre. Anissa avait été une championne de classe mondiale. Impressionnant ! En fait, il ne pouvait pas imaginer la descente aux enfers qu'elle avait dû vivre. Qu'était-il arrivé à son entraîneur ? À son équipe ? Les sponsors, il pouvait *presque* comprendre, mais les autres ?

Cela le mit en colère. Il était furieux qu'elle soit obligée de passer ses journées à nettoyer les chalets des autres et à enseigner les bases de ce qui avait été sa passion. Elle méritait mieux. Et pourtant, elle se montrait altruiste.

— Ce n'est pas un problème, tu sais, ajouta-t-elle. Je suis sincère. Les gens se surestiment tout le temps et veulent descendre des pistes trop dures pour eux. On va trouver une piste plus facile.

Elle lui tapotait le bras gentiment, rassurante. Cela réveilla son côté provocateur. Il se redressa et regarda en bas de la pente.

— Et si on faisait une petite course ?

— Quoi ? s'écria-t-elle. Non ! C'est une piste pour skieurs expérimentés. Je pensais que tu l'étais, mais je me suis trompée. C'est beaucoup trop dangereux.

— Tu crois ?

Il lui fit un clin d'œil, poussa sur ses bâtons et entama la descente. Il l'entendit crier dans son dos :

— Léo !

Quel bonheur de dévaler la piste ainsi, le vent dans les oreilles, grisé par la vitesse et le crissement léger de ses skis sur la neige ! La nuit noire autour, les lumières blanches et bleues qui éclairaient la piste, c'était magique.

Il se baissa et prit de la vitesse, prenant de larges virages pour ne pas trop ralentir. Il avait menti à Anissa : cela faisait seulement quelques mois qu'il n'avait pas skié. Il aimait la sensation de l'air froid sur son visage et celle de liberté.

Trente secondes plus tard, il entendit le sifflement des skis d'Anissa derrière lui.

— Espèce de salaud ! cria-t-elle.

Il rit et jeta un coup d'œil par-dessus son épaule. Anissa avait déjà rattrapé son retard, le regard déterminé.

— Tu m'as menti ! Rattrape-moi si tu peux !

Il rit de plus belle. De l'avoir dupée sur son véritable niveau, de la voir si déterminée à le vaincre. Anissa Lang jouait pour gagner – encore une chose qu'il aimait chez elle…

Il essaya de garder le contact avec la fusée noire qui l'avait dépassé, mais Anissa était bien trop en phase avec la pente, trop expérimentée. Cela semblait facile, naturel. Un don.

Alors que le bas de la piste apparaissait, son estomac se serra.

— Ralentis ! marmonna-t-il entre ses dents serrées.

Mais Anissa continuait de foncer vers l'arrivée. La panique s'empara de lui. Puis ce fut comme si quelqu'un avait actionné un interrupteur : tout à coup, elle se redressa, plia les jambes, exécuta dans une gerbe de poudreuse une merveille de virage et s'arrêta net. C'était le plus gracieux des mouvements. Parfait. Professionnel.

Léo ralentit, mais beaucoup plus tôt qu'elle. Lorsqu'il arriva au bas de la pente, Anissa se tenait debout, appuyée sur ses bâtons, affichant un grand sourire.

— Alors, monsieur le petit malin ? On fait semblant de ne pas savoir skier, on joue à l'idiot du village et on voit combien de temps il faut à la dame pour nous rattraper, c'est ça ?

— Tu m'as rattrapé ? Je n'ai pas remarqué, ironisa-t-il.

— Je t'ai mis la pâtée. Un point, c'est tout !

Elle souriait toujours, essayant de provoquer son orgueil de compétiteur. Il croisa les bras et la toisa, un sourire moqueur aux lèvres.

— J'aurais pu te rattraper.

Elle croisa aussi les bras.

— Vraiment ? lança-t-elle d'un ton faussement dédaigneux.

— J'ai été gentil. Je t'ai laissée gagner.

Elle enfonça le loquet à l'arrière de sa chaussure avec son bâton et déchaussa, puis elle répéta la manœuvre avec l'autre ski.

— Ah bon, tu m'as laissée gagner ?

— Je suis un gentleman. Un gentleman laisse toujours gagner une *lady*.

Anissa s'accroupit dans la neige.

— Qui a dit que j'étais une *lady* ?

Quelque chose vola et le frappa en plein visage. Pendant une seconde, Léo resta stupéfait, de la neige plein les cheveux et le visage. Il secoua la tête et brossa la neige de son blouson.

— Tu veux la jouer comme ça ? Très bien.

Il déchaussa à son tour, tandis qu'une autre boule de neige le frappait à la poitrine, puis une troisième à l'épaule. Il se baissa, forma une boule et la lança. Mais Anissa était rapide. Elle se déplaçait à la vitesse de l'éclair, même avec ses chaussures de ski. Et ses mains étaient encore plus rapides pour former et lancer des boules de neige.

Paf ! Paf ! Paf !

— Vous, les New-Yorkais, vous pensez toujours que vous êtes meilleurs en tout !

Léo lançait des boules de neige lui aussi, mais pas une n'atteignit sa cible. Le rire d'Anissa égayait la nuit. Soudain, il se rua vers elle, d'une démarche pataude à cause de ses chaussures de ski. Le temps qu'elle revienne de sa surprise et comprenne ce qu'il s'apprêtait à faire, il plongeait sur elle et la plaquait. Ils roulèrent dans la neige fraîche.

Anissa était allongée sur le dos, l'air stupéfait. Léo ne put s'empêcher de rire, une jambe de chaque côté d'elle et les mains dans la neige à côté de sa tête.

— Tu n'es pas fair-play ! protesta-t-elle avec le sourire.

— Fair-play ? Comment suis-je censé rivaliser avec une potentielle championne olympique ? Tu me l'as dit avant qu'on arrive là-haut ? Non. *Ça*, ce n'était pas fair-play ! la titilla-t-il.

— Je n'avais pas prévu de te le dire du tout.

Léo plongea le regard dans ses prunelles bleues incandescentes et approcha le visage du sien.

— Je sais. Tu étais tellement craquante, là-haut...

Elle haussa les sourcils, comme s'il venait de prononcer une incongruité. Elle semblait gênée.

— En tout cas, je note que tu es souvent au-dessus de moi quand je suis allongée dans la neige, dit-elle d'un ton léger, comme pour changer de sujet.

— Tu as raison, on devrait peut-être trouver autre chose, la prochaine fois.

— Ou alors c'est notre destin. Peut-être que nous étions destinés à nous rencontrer.

Ses paroles touchèrent une corde sensible chez Léo.

— Tu crois au destin ? Après avoir reçu un coup si dur ?

En prononçant ces mots à haute voix, il constata à quel point ils reflétaient sa propre situation. La différence, c'était qu'Anissa avait toujours suivi un objectif. Léo, lui, n'avait pas osé espérer ; et lorsqu'il avait réalisé à quel point il aurait aimé avoir une relation avec ses parents, la chance s'était envolée. Le destin...

— Je dois croire en quelque chose, Léo, dit-elle d'une voix calme. Il ne reste pas grand-chose, sinon.

Son cœur se serra. Les cheveux blonds et les yeux bleu pâle d'Anissa se détachaient sur la neige blanche. Il ne put résister. Il se pencha vers elle, frôlant ses lèvres des siennes. Elle avait un goût sucré. Et des sensations troublantes l'enveloppèrent.

Anissa enroula les bras autour de son cou et l'embrassa en retour. En cet instant, rien ne comptait plus, l'univers se réduisait à cette femme superbe dans ses bras. Une femme vive, intelligente, drôle. Du soulagement l'envahit : il ne se sentait plus seul.

C'était fou…

Quand Anissa l'avait invité à cette séance de ski nocturne, il savait qu'il n'y avait aucun autre endroit sur Terre où il aurait préféré être. C'était étrange de voir comment deux âmes perdues se rapprochaient, toutes deux luttant contre leurs démons tout en essayant de reprendre leur vie en main.

Ses mains fines lui caressaient les cheveux. Elle s'écarta de ses lèvres et lui murmura à l'oreille :

— C'est comme ça que tu comptes gagner la prochaine course, en me distrayant ?

Il rit.

— Tous les moyens sont bons, non ?

4

Anissa avait l'estomac noué. Cela faisait longtemps qu'un homme ne l'avait pas fait se sentir attirante, importante, désirée.

Elle tira sur son haut noir à bretelles croisées dans le dos, décontracté, mais pas trop, qu'elle portait avec un jean. Elle avait les cheveux défaits et avait mis un peu plus de maquillage que d'habitude – une première pour le rouge à lèvres...

Elle fronça les sourcils devant son reflet dans le miroir. Amy et Chloé s'assirent sur son canapé.

— Comment je suis ? leur demanda-t-elle.

— Parfaite, dit Chloé après une gorgée de vin. Exactement comme tu l'étais il y a dix minutes avec le même haut.

— Tu es sûre ?

Elle retourna vers le lit, sur lequel étaient éparpillés plusieurs hauts.

— J'aurais peut-être dû choisir le bleu ? Celui-ci fait trop habillé, non ?

Elle soupira en se retournant vers le miroir.

— J'en fais trop, hein ?

Amy rit à gorge déployée.

— Anissa, tu es parfaite. Magnifique. Ton Léo a de la chance que tu aies accepté de sortir avec lui.

Elle leva son verre de vin et le tendit dans sa direction.

— Il n'est peut-être que 14 heures ici, mais quelque part dans le monde, c'est l'heure de l'apéritif !

Anissa n'avait pas touché à son verre. Chloé et Amy étaient

venues l'aider à se préparer. Elles avaient apporté du vin. Elle s'affala sur le canapé entre ses deux amies et se tordit les mains.

— C'est vraiment pathétique d'être aussi nerveuse. J'ai vingt-huit ans, bon sang ! J'ai l'impression d'avoir à nouveau treize ans et d'aller à mon premier rendez-vous.

— Qu'est-ce qui calme les nerfs ? demanda Amy.

— Le vin ! s'exclama Chloé.

Ses amies s'esclaffèrent.

— Pourquoi être nerveuse ? reprit Chloé. Tu as déjà vécu ce genre de situation, non ? Là, c'est un beau et riche célibataire qui est clairement attiré par toi. Va t'amuser un peu !

Amy posa sa main sur celle d'Anissa.

— Ça a été une année pourrie pour toi, ma chérie. Profite de cette opportunité, éclate-toi ! Tu le mérites.

Amy prit le verre d'Anissa et le lui tendit. Puis elle porta un toast :

— Au plaisir et aux hommes très beaux !

Anissa trinqua avec ses amies, sans toutefois pouvoir se départir de sa nervosité. Dans quelques minutes, Léo Baxter et elle se retrouvaient pour un déjeuner tardif…

Léo surveillait la porte. Il avait choisi un restaurant central et pas parmi les plus huppés de la station – il voulait qu'Anissa se sente à l'aise.

Lorsqu'elle entra, il poussa un soupir de soulagement. La nervosité était une sensation nouvelle pour lui. Elle était apparue au moment où il avait reçu la lettre de sa mère et de son père et se manifestait régulièrement depuis.

Il était sorti avec de nombreuses femmes à New York ces dernières années, même si sa priorité avait toujours été ses affaires. Aucune de ses toujours brèves relations ne l'avait rendu nerveux. Il avait toujours été maître de la situation, attentionné, mais distant. Heureux de laisser l'histoire évoluer si tout se passait bien, tout aussi heureux de la laisser se terminer lorsque c'était nécessaire. Pour la première fois, il était fébrile.

Étrange… Après les coups durs de l'enfance, il avait été déterminé à devenir un adulte confiant. Et il avait réussi, jusqu'à ce qu'il reçoive cette lettre. Depuis, le doute s'était immiscé dans sa vie. Alors voir Anissa franchir la porte et s'avancer vers lui était comme une bouffée d'air frais.

Elle lui adressa un sourire timide en le rejoignant au bar.

— Tu veux un verre ? lui demanda-t-il.

— Comme toi, une bière.

Il commanda. Dès qu'Anissa fut servie, ils se faufilèrent à travers la foule des clients et s'installèrent à la petite table à l'écart qu'il avait pris le soin de réserver. Une serveuse leur donna les cartes.

— On dirait que tout le monde ne vient pas à Mont-Cœur pour skier, lança-t-il avec un geste de la tête en direction de la salle bondée.

— Payer autant pour séjourner ici et passer la journée dans un bar, quel gâchis !

— Tu aimes vraiment le ski, n'est-ce pas ?

Elle soupira.

— C'est dans mon sang. Je ne peux pas... ne pas skier. J'adore ça. La liberté. La vitesse. L'exaltation. Si je rate ne serait-ce qu'un jour, ça me démange aussitôt de retourner sur les pistes.

— C'est génial que tu aies trouvé ta voie. Cela a dû être très dur quand tu as été blessée, ajouta-t-il après avoir choisi ses mots avec soin.

Elle cligna des yeux, où brillaient des larmes.

— Oui, c'était dur. Et long. J'ai dû subir deux opérations distinctes, avec six semaines entre chacune. Ensuite, j'ai fait de la rééducation pendant douze semaines.

— Comment va ta jambe, aujourd'hui ? Tu as retrouvé toute la force ?

Il était curieux, mais prudent. Se remettait-on vraiment complètement d'une telle blessure ?

Anissa remua la jambe sous la table, la frottant contre la sienne.

— La nuit, c'est encore un peu douloureux. Surtout si j'ai passé toute la journée sur des skis. Je dois prendre des analgésiques. Mais j'avais aussi mal tous les soirs après l'entraînement. Ce n'est donc pas nouveau.

— Mais si tu ne skies pas, tu n'auras pas besoin d'analgésiques ?

Léo n'avait pu cacher son inquiétude. Elle haussa les épaules, comme si cette pensée ne lui était jamais venue à l'esprit.

— Je ne sais pas. Je ne saurai jamais. Je skierai toujours.

— Tu es encore en contact avec des personnes de ton ancienne structure ?

Un éclair de douleur lui traversa le regard. Elle se reprit et secoua la tête.

— Je vais attendre d'être de nouveau au top avant de reprendre des contacts. C'est un petit monde. Je préfère être prête avant d'essayer de trouver un nouvel entraîneur.

Il devina qu'elle lui cachait quelque chose. Il n'eut pas le loisir d'approfondir : la serveuse arrivait pour prendre leur commande.

— Je vais prendre le burger suisse, à point, avec tous les accompagnements.

Léo n'avait pas encore jeté un coup d'œil au menu, trop pris par la conversation avec Anissa. Il rendit son menu avec un sourire.

— La même chose.

— Tu n'avais pas d'affaires à traiter, aujourd'hui ? demanda Anissa sitôt la serveuse repartie.

— Trois appels à New York, une centaine de mails, et j'ai une conférence téléphonique avec le Japon plus tard dans la journée.

Anissa appuya la tête sur une de ses mains en le dévisageant.

— Je voulais parler de tes affaires de famille. N'est-ce pas pour cela que tu es ici ?

Il soupira.

— J'attends juste des nouvelles avant de décider de ma prochaine étape, éluda-t-il, peu désireux de s'étendre sur le sujet.

Ce n'était pas faux. Il espérait toujours que son avocat trouverait une faille magique qui le libérerait des termes du testament – même si c'était très peu probable.

— Que fais-tu à New York ? demanda-t-elle. Si ça se trouve, tu es un tueur en série. Ou un espion. Ou un agent immobilier, star de la téléréalité !

Léo ne put s'empêcher de rire.

— Est-ce que je ressemble à une star de la téléréalité, d'après toi ?

Du regard, elle parcourut sa silhouette de haut en bas, comme si elle le contemplait vraiment.

— Mauvaise question, reprit-il. J'aurais dû te demander si je ressemblais à un tueur en série.

Elle rit et fit tinter sa bouteille contre la sienne.

— Merci, Léo. J'avais besoin de m'amuser un peu.

Il la fixa durant quelques secondes.

— Moi aussi, dit-il d'un ton grave, sincère.

C'est ridicule, songea-t-il aussitôt.

Il avait hâte de partir de Mont-Cœur. Il n'aurait jamais dû être ici, et c'était le dernier endroit où il se serait attendu à rencontrer quelqu'un. Mais la présence d'Anissa avait rendu les derniers jours un peu plus supportables.

La serveuse apparut avec leurs plats, qu'elle posa devant eux. L'endroit était animé et ils s'étaient rapprochés l'un de l'autre pour se parler, ce qui créait une intimité troublante.

Dès leur première rencontre, il avait été attiré par elle. Et plus il passait de temps avec elle, plus cette attirance augmentait. Anissa avait des qualités qu'il admirait : détermination, capacité à travailler dur, volonté. Mais il soupçonnait également des blessures, et pas seulement physiques. Cela ne faisait que renforcer ses liens avec elle, et aujourd'hui elle semblait plus détendue.

Avec elle, il remarquait des petites choses qu'il n'avait pas l'habitude de remarquer. Ainsi, quand elle bavardait, elle jouait toujours avec la boucle d'oreille dans son lobe gauche. Elle préférait mettre ses cheveux derrière son oreille droite. Elle était observatrice et semblait aimer étudier les gens.

— La fille avec la veste rouge, tu penses qu'elle est à un premier rendez-vous ? lui demanda-t-elle.

Léo suivit son regard. La fille gigotait sur son siège, puis s'y figea quand un type en veste noire engagea la conversation avec elle.

— Elle préférerait être ailleurs, non ? Et lui ne peut pas s'arrêter de parler. Il a l'air si nerveux !

Anissa fit un signe de tête vers la droite.

— Et les quatre filles dans le box, là-bas ? Il y a de l'orage dans l'air…

Léo les regarda en finissant sa bière.

— Tu pourrais avoir raison. On dirait que la situation s'envenime.

Quelques secondes plus tard, l'une d'entre elles prit son sac, sa veste, et sortit comme une furie.

— Tu aimes observer les gens, n'est-ce pas ?

— Bien sûr. Comme tout le monde, non ? D'habitude, je n'ai pas le temps. Je travaille dans les chalets le matin, puis en général je donne des cours l'après-midi, parfois aussi le soir. J'apprécie d'avoir un peu de temps libre.

Elle finit sa bière à son tour et prit un air de conspiratrice.

— J'aime imaginer la vie des gens. Ce couple, par exemple, commença-t-elle à voix basse, avec un léger mouvement de tête pour le désigner. Il a l'air normal, mais elle est en fait la princesse héritière d'une principauté et lui son garde du corps.

Elle se pencha en avant, regarda à droite et à gauche comme s'ils étaient espionnés et murmura derrière sa main :

— Ils sont vraiment amoureux l'un de l'autre.

Léo sourit.

— Tu as pas mal d'imagination.

— Et encore, tu n'as rien vu, crois-moi, le provoqua-t-elle d'une voix rauque et sensuelle.

Il aimait ça. Il aimait beaucoup ça.

L'écran de son téléphone s'alluma, elle saisit l'appareil, sourit en lisant le message et tapa une réponse rapide.

— Qui est-ce ? demanda-t-il malgré lui.

— Ma mère et mon père. Ils sont en Autriche et ils m'envoient des SMS tous les jours. Sauf quand nous regardons un épisode de notre série préférée en même temps. Alors, on s'envoie des SMS toutes les cinq minutes.

Ainsi, elle avait des parents qui l'aimaient et la soutenaient. Une relation qu'il n'avait pas connue dans le passé et qu'il ne pouvait pas développer à l'avenir. Il était surpris de découvrir que cela le rongeait.

La serveuse se matérialisa à côté d'eux.

— Quelque chose à boire ?

Exactement ce dont il avait besoin, se dit Léo. Il prit la carte des boissons qu'elle lui tendait.

— Un cocktail, Anissa ?

— Si tôt ?

Il se pencha vers elle, presque tête contre tête.

— Nous avons encore plein de gens à observer, dans ce bar ! chuchota-t-il.

— Évidemment ! Alors, surprends-moi.

Il parcourut la liste des cocktails.

— Nous prendrons deux stormy slopes.

La serveuse débarrassa leur table et s'éloigna. Elle revint quelques minutes plus tard avec deux grands verres. Anissa renifla le sien.

— Hum, intéressant.

Elle aspira une gorgée à la paille.

— Waouh, c'est bon ! Qu'est-ce qu'il y a dedans ?

— Rhum, bière au gingembre et citron vert, dit-il avant de goûter à son tour. Savoureux. Pas trop fort. Un cocktail de l'après-midi. Nous voulons garder le contrôle, n'est-ce pas. Pour l'instant en tout cas...

— Tu as fait les magasins, ici ? demanda-t-elle soudain.

Il secoua la tête.

— J'ai été trop occupé. J'ai passé la plupart de mon temps au téléphone avec New York.

— Pas vraiment des vacances !

— Ce n'était pas censé être des vacances.

Elle ne répondit rien et se contenta de le fixer. Léo prit une profonde inspiration.

— Y a-t-il un magasin que tu me recommanderais ?

Elle eut un petit sourire, comprenant sans doute qu'il voulait changer de sujet.

— Peut-être. Il y a beaucoup de boutiques originales à Mont-Cœur. Tu dois acheter des cadeaux pour quelqu'un, à New York ? Je peux te montrer où trouver quelque chose d'un peu différent.

Son estomac se contracta. C'était la première année qu'il aurait pu acheter quelque chose pour sa mère et son père. Noël. La période de l'année qu'il préférait éviter. Qu'en était-il de Sebastian ? De Noémi ? Devrait-il acheter des cadeaux pour son frère et sa sœur ? Que pourrait-il bien leur acheter ? Il les connaissait à peine.

Le visage de son assistante flotta dans son esprit. Keisa travaillait pour lui depuis six ans. Il achetait généralement pour elle quelque chose en ligne et le faisait livrer.

— J'achète toujours quelque chose pour mon assistante, Keisa.

— Quel âge ?

— La cinquantaine, je dirais.

— Je connais quelques magasins où nous pouvons aller.

Léo ne sut comment exprimer ce sentiment étrange et tiède qui le gagnait et qui ressemblait à de la gratitude. Décidément, Anissa était surprenante...

Dans les rues enneigées, la lumière commençait déjà à décliner. Les gens étaient emmitouflés dans des parkas, avec bonnets et écharpes.

Bien qu'il fasse un froid glacial, Anissa trouvait Mont-Cœur chaleureux. Peut-être parce que c'était la première fois depuis des années qu'elle rencontrait un homme aussi séduisant, à tous points de vue. Même si elle savait qu'il n'y avait aucune chance que leur histoire prenne son envol – la vie de Léo était à New York et la sienne ici –, il était agréable d'être à nouveau avec quelqu'un ; de regarder quelqu'un et de sentir qu'il s'intéressait vraiment à ce que vous disiez. L'électricité qui grésillait entre eux était elle aussi délectable.

Elle était malgré tout curieuse. Léo avait déclaré qu'il était ici pour une affaire de famille, mais il n'en avait mentionné aucun membre à qui il avait l'intention d'acheter un cadeau de Noël. N'était-il pas proche de sa famille ? Venir à Mont-Cœur depuis New York, c'était faire un long chemin pour la retrouver s'il n'en était pas particulièrement proche...

Ils firent un peu de lèche-vitrines. Anissa indiqua à son compagnon un magasin de mode, une chocolaterie suisse traditionnelle et une bijouterie. Aucune de ces boutiques n'attira l'attention de Léo. Elle s'arrêta et croisa les bras.

— Qu'est-ce que tu offres d'habitude à Keisa ? Oh non ! reprit-elle face à son silence gêné. Tu lui achètes une écharpe ou des bougies parfumées sur Internet !

— Comment tu le sais ? Tu m'espionnes ? grommela Léo.

Elle ressentit un soupçon de tristesse pour lui. Pourquoi un type aussi gentil que Léo n'avait-il qu'une assistante à gâter pour Noël ? Il semblait si seul !

— Pourquoi ne pas faire preuve d'imagination ? Regarde ces magnifiques boutiques. Pense à Keisa. Quel genre de personne est-elle ? Qu'est-ce qu'elle aime ? T'a-t-elle déjà dit quoi que ce soit qui puisse te donner une idée pour un cadeau un peu plus personnel ?

— Très bien, tu as raison. Voyons voir si je peux solliciter mon imagination, répliqua-t-il avec un clin d'œil.

Alors qu'ils avançaient dans la rue, la main de Léo frôla la sienne, lui envoyant une petite décharge électrique dans le bras. Elle ne s'en était pas encore remise qu'il lui prenait la main. Elle ne protesta pas.

Son ex n'aimait pas les démonstrations d'affection en public. Il ne lui avait jamais tenu la main. Il n'avait jamais mis son bras autour d'elle quand ils marchaient dans la rue. Ils étaient sortis ensemble pendant quatre ans et avaient pratiquement vécu ensemble pendant l'année de leurs fiançailles. Mais au fond d'elle-même, elle se demandait à présent s'ils avaient jamais été proches.

Entre eux, il n'était question que de ski, de séances d'entraînement, de chronos. Jamais de dîner au restaurant en tête à tête, toujours avec des membres de l'équipe ou des collègues, pour parler objectifs, compétition, ski, ski, ski. Les voyages à l'étranger étaient bien sûr liés à une course. En lui prenant simplement la main, Léo avait fait sauter un verrou dans sa poitrine – et lui donnait l'impression d'être passée à côté de quelque chose.

— Là ! s'exclama Léo.

Il montrait du doigt une boutique de l'autre côté de la rue, avec une façade en bois à l'ancienne et une porte à petits carreaux de verre. Un arbre de Noël délicatement décoré illuminait le centre de la vitrine.

— Oui, j'avais oublié cet endroit. Ils ont beaucoup de sculptures en bois, d'objets de décoration, quelques bijoux de créateurs aussi.

Léo poussa la porte et des effluves de cannelle, de pin et d'orange les entourèrent. Toute la boutique scintillait de lumières colorées. Ils admirèrent les créations artisanales qui étaient exposées.

— Waouh ! s'exclama soudain Léo.

Anissa suivit son regard. Le mur du fond de la boutique était couvert de rangées de coucous. Léo s'avança, passant de l'un à l'autre. Chacun était singulier, original, en bois sculpté à la main. Anissa n'avait jamais vraiment regardé de près un coucou, mais elle pouvait maintenant en apprécier les détails. Elle leva une main hésitante pour les toucher.

— Je me demande combien d'heures cela prend pour en fabriquer un.

— Je sais qu'en Suisse, en Autriche ou en Allemagne, ce n'est pas très original, un coucou. Mais à New York…

— C'est plus personnel qu'un flacon de parfum, dit-elle en souriant.

Il était planté devant un modèle magnifique, qui jouait sur les nuances naturelles de différentes essences de bois, avec quelques zones soigneusement peintes. Il y avait le coucou traditionnel en haut, avec sa double porte rouge, deux petits balcons, l'un avec un rocking-chair sculpté, l'autre avec quelques oiseaux perchés sur le bord. En dessous, sur un côté, deux enfants jouaient sur une balançoire, un chien à leurs pieds ; de l'autre côté était planté un arbre de Noël avec de petites boules rouges et bleues et une étoile scintillante en or au sommet. L'ensemble était décoré d'un saupoudrage de neige. Une véritable œuvre d'art !

Sans comprendre ce qui lui arrivait, Anissa sentit une larme dans le coin de son œil.

— C'est beau, murmura-t-elle.

Léo se cala derrière elle, une main à sa taille, et se pencha sur son épaule.

— Qu'est-ce qui ne va pas ?

D'une main, elle essuya la larme qui avait commencé à rouler sur sa joue.

— Ce n'est rien. Je suis parfois un peu stupide.

— Stupide à propos de quoi ?

Anissa fit un effort pour maîtriser le tremblement de sa voix.

— C'est juste que… C'est tellement parfait ! Et on peut voir quel travail cela a demandé. C'est comme si le rêve de quelqu'un était concrétisé juste devant nous. Tout le monde n'a pas la chance de réaliser ses rêves…

L'autre main de Léo se referma sur sa taille. Il la tira tout contre lui, la maintenant immobile. Anissa ferma les yeux, consciente de sa poitrine qui montait et descendait. Elle se laissa aller contre le torse de Léo.

— Je comprends ce que tu veux dire.

Elle fronça les sourcils : multimillionnaire à même pas quarante ans, n'avait-il pas réalisé son rêve ? Mais il était préoccupé par des problèmes familiaux, lui avait-il avoué…

— Tu m'as dit que tu étais ici pour voir ta famille. Quelque chose ne va pas ? Tu n'en parles pas, je sais juste que les choses sont… difficiles.

En rouvrant les yeux, la tête tournée vers lui, elle vit un éclair de douleur dans son regard.

— Je… C'était la première fois que je rencontrais mon frère et ma sœur.

Elle ne put retenir une exclamation de surprise. Elle se demandait bien sûr pourquoi il lui avait fallu autant de temps pour rencontrer son frère et sa sœur, mais elle devinait qu'il avait du mal à en parler. Après tout, cela ne la regardait pas. Et elle ne voulait pas le pousser à en dire plus qu'il n'était prêt à le faire.

— Jusqu'à il y a quelques mois, reprit-il d'une voix blanche, Sebastian et Noémi ne savaient pas que j'existais, ni moi qu'ils existaient. La première rencontre a été difficile. Je ne sais pas comment les choses vont se passer. Je ne suis pas sûr d'être capable de faire partie de cette famille.

Anissa percevait les non-dits cachés derrière les mots de Léo. Et les blessures. Insister serait une erreur. Elle se tourna vers lui et passa les doigts dans ses cheveux.

— Je suppose que c'est pour cette raison que tu ne te sens pas si… *chanceux*.

— Et toi ?

Elle se concentra sur la belle horloge qu'avait choisie Léo.

— Pas ces derniers temps, admit-elle. Cette année a été difficile. Mont-Cœur est l'endroit où je dois être, où je peux avoir la chance de m'entraîner, mais, honnêtement, depuis un an, c'est comme un rappel permanent de ce que j'ai raté, de ce que j'aurais dû accomplir. De ce que je veux encore accomplir.

Il continuait à la tenir dans ses bras. Elle s'y sentait bien. Et c'était stupide : ils venaient juste de se rencontrer. Pourtant, elle posa la tête contre son torse. Elle ne savait pas pourquoi, mais elle se sentait à l'aise avec Léo. C'était facile de parler avec lui, encore plus quand elle n'avait pas à le regarder dans les yeux.

— Rien de tel que d'apprendre une mauvaise nouvelle, de se tourner vers son fiancé pour obtenir son soutien et de le voir prendre ses jambes à son cou, poursuivit Anissa.

Léo se raidit.

— C'est ce qui s'est passé ?

Elle hocha la tête.

— Ouais. Plus de coach. Plus de fiancé. Plus de mariage. Super façon d'aider une fille quand elle est déprimée, non ?

Elle essayait de prendre un ton ironique, mais c'était sa lassitude que Léo devait entendre. Entendait à n'en pas douter. Car elle était fatiguée. Fatiguée de se battre tout le temps toute seule.

Les lèvres de Léo frôlèrent son oreille tandis qu'il se penchait pour lui parler tout bas.

— Une chose est claire, ce type ne te méritait pas. Pas une seconde.

Son téléphone vibra et il recula. Elle s'en voulut de lui en vouloir. Il regarda l'écran, décrocha et posa la main sur le micro de son téléphone.

— Donne-moi une minute.

Elle acquiesça de la tête.

— Tu veux que je demande qu'on emballe le coucou ?

— Ce serait formidable, dit-il en se dirigeant vers la porte.

Anissa se retourna vers l'horloge. Elle était magnifique. Une œuvre d'art. Elle aurait tant aimé pouvoir penser autant de bien d'elle-même de temps à autre…

Léo n'aimait pas ce qu'il entendait. Une affaire importante sur laquelle il travaillait depuis un an avait eu un contretemps de dernière minute. Joe, l'homme avec lequel il traitait, était âgé et n'avait confiance qu'en lui. Léo devait régler le problème lui-même.

— OK, soupira-t-il, je rentre dès que possible.

Il raccrocha. Il voulait retourner à New York depuis des jours, mais il savait qu'une fois là-bas il y avait peu de chances qu'il revienne pour passer Noël à Mont-Cœur avec sa nouvelle famille. D'autant qu'il était obligé d'assister à un bal de charité de Noël.

Par la vitrine du magasin, il voyait Anissa parler au propriétaire, qui emballait le coucou dans du papier de soie et du papier bulle. Son estomac se serra. Il n'allait jamais au bal de Noël seul… Et pour la première fois, la perspective de décider laquelle de ses maîtresses ou prétendantes il emmènerait danser ne lui semblait pas si attrayante.

Il rentra dans la boutique.

— Presque fini ! déclara Anissa, tout sourires.

— Je dois retourner à New York.

Elle se décomposa.

— Quoi ?

Elle était bouleversée. Il en était malade. Il détestait la douleur dans son regard. Elle la chassa aussitôt.

— Oui, bien sûr, je comprends, se reprit-elle.

— Une affaire particulièrement délicate, se justifia-t-il.

Anissa pinça les lèvres et hocha la tête comme mécaniquement. Alors, une idée qui lui avait traversé l'esprit pendant qu'il était dehors emplit soudain le cerveau de Léo, et les mots jaillirent de ses lèvres :

— Viens avec moi.

Il détestait la douleur qui avait émané de tout son être lorsqu'elle avait avoué que résider à Mont-Cœur lui rappelait en permanence ce qu'elle avait perdu. Peut-être avait-il le pouvoir de remettre un peu d'éclat et d'espoir dans ses yeux.

— Que… Quoi ? s'exclama-t-elle, une expression de profonde incrédulité sur le visage.

— Tu as dit que tu n'avais jamais vraiment eu de vraies vacances. Viens avec moi. Viens voir New York. Tu vas adorer cette ville en hiver !

Anissa était bouche bée.

— Mais… mon travail, bégaya-t-elle. J'ai des leçons réservées, des chalets à nettoyer !

Il se rapprocha d'elle.

— Quelqu'un doit bien pouvoir te remplacer, non ? Même si tu ne peux venir que pour quelques jours, ce sera génial ! Mais viens. Je dois assister à un bal de Noël et j'aimerais que tu sois ma cavalière. Je t'ai déjà appelée Princesse des glaces, deviens ma Cendrillon ! C'est le bal de Noël le plus spectaculaire de New York. Tu en auras le souffle coupé, je te le promets.

Le regard d'Anissa s'était encore agrandi. Léo pouvait presque voir son cerveau soupeser l'invitation. Cela fit naître en lui un espoir fou qui le prit par surprise.

— Allez, Anissa, vis un peu, murmura-t-il à son oreille.

Ses yeux bleu pâle rencontrèrent les siens. Il y vit une petite étincelle.

— D'accord, murmura-t-elle, au moment où il se penchait pour l'embrasser.

5

— Tu y vas ! Tu y vas vraiment ! s'enthousiasma Chloé pour la centième fois.

Anissa essaya de calmer la panique qui montait en elle. Elle avait dit oui à Léo sur un coup de tête, dans un état de fragilité émotionnelle.

— J'ai été folle d'accepter.

— Non, tu aurais été folle de refuser ! s'exclama Amy. On s'est arrangées pour les chalets. Et Regan revient à la station, il va te remplacer pour tes cours. Il te doit bien ça, tu l'as remplacé au pied levé quand son père est tombé malade et qu'il a dû partir ! C'est réglé.

Chloé griffonna quelque chose sur un bout de papier.

— Tiens, les coordonnées de ma cousine, Julie. Elle est dans une école de mode à New York. Si tu as besoin de quoi que ce soit, appelle-la.

Amy avait déjà sorti la valise de l'armoire. Elle chantait « New York, New York » et dansait dans le salon. Incroyable, elle allait à New York.

Avec Léo.

Son esprit était saturé. Ses affaires, la famille, plus le soulagement de quitter Mont-Cœur, au moins pour quelques jours.

La voiture qu'il avait envoyée chercher Anissa s'arrêta sur le tarmac, au pied de la passerelle du jet privé de Léo. Elle en sortit, regarda autour d'elle et fronça les sourcils. Elle portait un long manteau de laine bleu vif, un chapeau noir et des gants de cuir. Ses cheveux blonds encadraient son visage et la couleur du manteau faisait paraître plus intenses que jamais ses yeux bleu pâle. Elle s'était légèrement maquillée. Léo avait toujours pensé qu'Anissa était naturellement jolie, mais aujourd'hui, elle était éblouissante.

— Si je comprends bien, nous ne sommes pas à l'aéroport et tu possèdes ton propre avion, dit-elle, visiblement impressionnée.

— Oui, c'est plus simple.

Il la conduisit à l'intérieur, où ses bagages furent apportés peu après. La partie principale de l'avion était équipée de grands fauteuils en cuir crème et de tables en bois. Anissa regardait autour d'elle comme si elle attendait qu'on lui dise où s'asseoir.

— Il n'y a que toi et moi dans l'avion, tu peux t'installer où tu veux. Il y a le wi-fi si tu en as besoin. Si tu préfères dormir, il y a une chambre à l'arrière.

— Une chambre ? Léo, à quel point es-tu riche, exactement ?

Il se contenta de sourire et lui proposa un verre et quelque chose à grignoter. Elle refusa. Elle choisit un fauteuil. Il s'installa à côté d'elle. Elle semblait un peu nerveuse. Il lui expliqua les commandes du siège et celles pour l'écran et les différents programmes de divertissement. Elle le remercia et tourna la tête vers le hublot : l'appareil s'apprêtait à décoller.

Léo sortit son ordinateur. Il avait plusieurs dossiers à traiter pendant le vol.

Anissa s'endormit très peu de temps après le décollage. Elle se réveilla quelques heures plus tard, lorsque le steward vint leur demander ce qu'ils souhaitaient pour le dîner. Après avoir choisi, Anissa alla se rafraîchir à l'arrière de l'appareil.

Il lui avait proposé sur un coup de tête de venir avec lui. Il avait été bouleversé par son chagrin et avait senti un lien très fort entre eux à cet instant. Était-ce parce qu'il avait toujours eu le sentiment de ne pas être à la hauteur ?

Ses parents adoptifs ne s'étaient jamais vraiment intéressés à lui. Il semblait que la réalité d'être devenus parents leur avait paru beaucoup moins excitante que *l'idée* de le devenir. Ils ne s'étaient jamais intéressés à ses résultats scolaires, n'assistaient jamais aux réunions pédagogiques, aux sorties, aux spectacles ou aux événements sportifs. Et plus il avait travaillé dur, plus ils l'avaient ignoré.

En grandissant, il s'était rendu compte que leur ressentiment était profond. Ils lui parlaient souvent des opportunités qui leur avaient échappé parce qu'ils avaient un enfant. Et ils n'oubliaient jamais d'ajouter que ses parents biologiques n'avaient pas voulu de lui – ce qu'il savait désormais être faux. C'était comme s'il devait leur être éternellement reconnaissant de s'être sacrifiés pour lui en l'adoptant.

Il ne lui avait pas fallu longtemps pour réaliser à quel point cette relation était destructrice : la vie universitaire lui avait ouvert les portes d'un nouveau monde. Il avait occupé trois emplois à la fois pour pouvoir s'inscrire au New York College, subvenir à ses besoins et étudier le commerce. Il n'avait jamais manqué un devoir et avait été le meilleur de sa classe pendant toutes ses études.

Plus important encore, il s'était fait des amis, dont les familles l'avaient accueilli à bras ouverts. Il avait ainsi observé les relations entre des parents et leurs enfants, et cela ne ressemblait en rien à ce qu'il avait vécu avec les siens. Il avait pris conscience de tout ce qu'il lui manquait, sans toutefois réussir à se débarrasser du sentiment de ne pas être à la hauteur.

Lorsqu'il avait reconnu ce même sentiment chez Anissa, il avait décidé de faire tout ce qu'il pouvait pour l'aider. Il l'avait observée skier, il savait qu'elle avait du talent. Mais son rêve était-il encore réalisable ? Il avait des doutes, dont il ne pouvait lui faire part. Elle n'avait vécu jusqu'ici que pour sa carrière sportive, dans une bulle, focalisée sur la compétition. Que connaissait-elle du monde ?

Il l'avait invitée à New York pour des raisons en partie égoïstes : il ne voulait pas vraiment se séparer d'elle, et il savait qu'elle serait une cavalière parfaite pour le bal. Mais que pouvait-il faire pour elle en retour ?

Elle était revenue pendant qu'il était perdu dans ses pensées, et leur dîner était en train d'être servi. Il se tourna vers elle.

— Tu m'as dit que tu n'avais jamais vraiment passé de vraies vacances. Y a-t-il quelque chose que tu aimerais faire ou voir à New York ?

— À part passer du temps avec toi, je vais essayer de rencontrer la cousine de mon amie Chloé. Elle s'appelle Julie. Comme tu m'as dit que tu serais occupé et que tu avais des affaires à traiter, j'imagine que j'aurai un peu de temps libre. En plus, elle sera ma roue de secours si jamais tu me plantes à peine arrivés.

— J'ai du travail. Les affaires sont les affaires. Mais tu es mon invitée. New York est incroyable à cette époque de l'année. Il y a un million de choses que nous pourrons faire.

— Comme quoi ? demanda-t-elle d'un air intrigué.

Léo se creusa la tête. Il avait peut-être parlé trop vite... Il habitait New York depuis des années, mais n'avait jamais vraiment fait de tourisme. Il était probablement la pire personne au monde pour faire visiter New York à quelqu'un. Pourtant, il y avait tellement de choses à voir et à faire dans cette ville qu'il pouvait improviser :

— Nous pourrons nous promener dans Central Park. Visiter les musées. Faire du patin à glace. Faire du shopping. Voir l'Empire State Building et le Rockefeller Center. Times Square. La statue de la Liberté.

— Tout cela en quelques jours ?

Anissa avait l'air un peu incrédule. Léo n'avait pas précisé combien de temps ils resteraient à New York, parce qu'il ne savait pas combien de temps il lui faudrait pour conclure l'affaire qui l'avait obligé à revenir ici.

— N'oublie pas le bal de charité, ajouta-t-il. Tu vas adorer !

Il lui sembla que cette simple remarque l'avait affolée.

— Oui, le bal. Je vais devoir trouver une robe. J'ai oublié d'en prendre une.

— Ne t'inquiète pas pour ça. Keisa saura exactement où t'envoyer.

Elle ne répondit pas et Léo se demanda s'il avait gaffé. Ils terminèrent leur repas en silence. Léo se dit que ce serait peut-être un peu plus difficile que prévu...

Quand le pilote annonça qu'il fallait se préparer pour l'atterrissage, Anissa regarda par le hublot les lumières de New York en dessous d'eux. Il avait toujours aimé ce moment. Le sentiment de rentrer à la maison.

Mais cette fois-ci, c'était différent. Il était perturbé par une question inattendue. Où était sa maison, exactement... ?

D'abord, le luxueux jet privé ; puis la mention du bal ; puis l'aveu de Léo qu'il allait se débarrasser d'elle et la confier aux soins de son assistante. Accepter cette invitation à New York avait été une mauvaise idée. Une *très* mauvaise idée.

Pourtant, lorsque la ville était apparue sous les nuages, féerique ainsi saupoudrée de neige, Anissa avait ressenti une petite montée d'adrénaline. Même si tout le reste s'avérait désastreux, elle disposerait au moins de quelques jours pour faire la touriste. Cela pourrait même être amusant.

Une limousine les attendait au pied de l'avion. Une fois les bagages chargés, ils s'installèrent à l'arrière et le chauffeur prit la direction de Manhattan.

— Oh non ! s'exclama soudain Léo, qui grimaça. J'ai vraiment tout faux !

L'angoisse s'empara d'Anissa. Avait-il changé d'avis ? Regrettait-il sa présence ?

— J'ai oublié de te réserver un hôtel. Je suis désolé, je suis tellement habitué à être seul, j'étais tellement occupé à penser à ce contrat que je dois boucler...

Il soupira.

— Et je crois que mon inconscient devait me souffler que tu dormirais dans mon appartement.

Anissa fronça les sourcils. Ils avaient passé une folle nuit de passion sexuelle dans les bras l'un de l'autre et Léo était *gêné* de ne pas lui avoir réservé une chambre d'hôtel !

— Nous avons tout fait à l'envers, dit-elle doucement, plus amusée qu'embarrassée par la situation.

— Je peux te réserver un hôtel, dit-il. Je ne veux pas que tu te sentes mal à l'aise.

— Je ne veux pas que *tu* te sentes mal à l'aise, répondit-elle du tac au tac. De mon côté, tout va bien, je t'assure !

En fait, elle non plus n'avait pas pensé à tout cela. La situation était simple, évidente, et maintenant que Léo en parlait, le malaise s'installait, tout devenait compliqué, guindé.

— Écoute, reprit-il, je t'ai demandé de venir avec moi à New York parce que j'en avais envie. Mais je ne veux pas que tu te sentes obligée de quoi que ce soit. C'est censé être du plaisir. Mon penthouse est grand, j'ai trois chambres. Mais je ne veux pas que tu penses que c'est une sorte de… piège. Si tu préfères un hôtel, je réserve tout de suite, conclut-il en sortant son téléphone de sa poche.

Anissa capta son regard.

— Merci d'avoir été si honnête. Je n'ai pas l'habitude de voyager seule. Je me sentirai probablement plus en sécurité chez toi. Mais je dois te prévenir, ajouta-t-elle, malicieuse, que j'aime traîner en pyjama et grosses chaussettes ! « Glamour » est mon deuxième prénom.

Léo sourit.

— Tu es sûre ?

Elle hocha la tête.

— Je suis sûre.

Il soupira, l'air soulagé. Anissa l'était aussi. Par la vitre, elle voyait défiler les rues et les avenues, les néons, les passants, les vitrines. New York. Chez Léo. Si on lui avait dit cela une semaine auparavant…

Quand les portes de l'ascenseur privé s'ouvrirent, Anissa retint une exclamation. C'était comme dans un film. Le penthouse était entièrement vitré, du sol au plafond, offrant une vue incroyable sur la ville scintillante.

Le sol était de couleur ardoise, et l'ameublement crème. Tout était propre, net, en ordre, impersonnel, on aurait dit que personne n'habitait vraiment ici. C'était magnifique, certes, mais Anissa était frappée par le fait que rien dans cet endroit ne rappelait Léo.

La cuisine ouverte donnait sur le salon et ses élégants canapés en cuir. Une grande table et des chaises formaient un coin salle à manger.

Elle s'avança et passa les doigts sur la table.

— Tous les matins, tu prends ton petit déjeuner avec cette vue ? Quelle chance !

— C'est vrai. Je devrais d'ailleurs prendre plus de temps pour l'apprécier.

Il gagna la cuisine ultramoderne et sortit deux verres d'un placard blanc.

— Un verre de vin ? Qu'est-ce que tu préfères, le blanc ou le rouge ?

— Le rosé ! Tu en as ?

Léo eut l'air amusé.

— Du rosé... Voyons voir, laisse-moi une seconde...

Il appuya sur un bouton et tout un pan d'armoire murale coulissa pour révéler une cave à vin. Anissa n'en croyait pas ses yeux. Léo sélectionna une bouteille et l'ouvrit. Puis il en versa dans les verres.

— Moi qui me demandais comment vivent les riches..., dit Anissa en riant. Bon, apprends-moi à connaître New York.

Il fit un signe de tête en direction d'un immeuble qu'elle avait vu dans nombre de films.

— C'est l'Empire State Building. Là-bas, poursuivit-il avec un geste de la main, c'est le Rockefeller Center. Il y a un arbre de Noël géant au pied et une patinoire. Il y a aussi une boulangerie vraiment cool de l'autre côté de ma rue.

Anissa sourit en prenant une gorgée de vin.

— Quoi ? demanda Léo.

— J'aime ton sens de l'humour.

— Oh ! chouette ! Un peu plus bas, c'est Times Square. Et si tu aimes le shopping, c'est sur la Cinquième Avenue.

Elle tiqua.

— Je ne suis pas sûre d'aller faire du shopping sur la Cinquième Avenue. Du lèche-vitrines, peut-être...

Léo ouvrit la bouche comme s'il allait dire autre chose, puis sembla se raviser. Heureusement. La dernière chose qu'elle voulait, c'était qu'il lui propose de payer pour elle. Elle avait quelques économies, mais s'efforçait toujours de maîtriser ses dépenses. Et faire ses courses sur la Cinquième Avenue était bien au-dessus de ses moyens.

— Et Central Park ? demanda-t-elle. J'imagine que ce doit être magnifique, à cette époque de l'année.

— Oui, nous pourrons y aller. Mais attention, c'est beaucoup plus grand que ce que pensent la plupart des gens. Et il fera froid. *Très* froid.

— Aussi froid qu'à Mont-Cœur ?

Léo approuva de la tête.

— Le problème, à New York, c'est qu'à chaque fois qu'il neige la moitié de la ville s'arrête. Les vols sont bloqués à l'aéroport et certains des transports publics ne fonctionnent plus.

Anissa regardait la ville enneigée.

— Pourtant, la neige n'est pas une surprise, ici.

— C'est vrai. Néanmoins, une forte chute de neige entraîne immanquablement des problèmes.

Anissa se leva et se planta devant les baies vitrées.

— J'aime New York en hiver. C'est joli.

Léo vint la rejoindre, son verre de vin à la main.

— Moi aussi. Je suppose que ça fait trop longtemps que j'ai cessé de le remarquer.

Tout à coup, Anissa devint très consciente de la présence de Léo, dont elle voyait le reflet dans la vitre teintée. Consciente de la chaleur qui émanait de lui. À Mont-Cœur, elle le trouvait superbe. Ici, maintenant qu'il était de retour sur son terrain, elle percevait quelque chose en plus. De l'assurance, de la confiance. Qu'est-ce qui avait entravé la confiance de Léo, à Mont-Cœur ? se demanda-t-elle. S'agissait-il des soucis familiaux qu'il avait évoqués ? Elle pressentait désormais qu'il en avait minimisé l'importance.

Elle se focalisa de nouveau sur la vue. Cet appartement était magnifique. Cependant, il y avait si peu de lui, ici ! Quand elle imaginait un chez-soi, elle voyait aussitôt la maison de ses parents, en Autriche. Située sur une colline, avec de vieux trophées sur les étagères, un canapé confortable, des fauteuils dépareillés, des photos de famille, c'était un endroit vraiment chaleureux.

Elle revint au réel lorsque Léo se tourna vers elle et leva son verre de vin.

— Et si on portait un toast ? À New York et aux nouveaux départs.

Elle leva un sourcil. Un nouveau départ pour elle ou un nouveau départ pour lui ? Toutefois, elle leva son verre et le fit tinter contre celui de Léo.

— Aux nouveaux départs.

Elle regarda la ville. Son cœur battait un peu plus vite.

New York.

Tout un monde de nouvelles possibilités...

Quand Anissa se leva le lendemain matin, c'était la première fois depuis longtemps que sa jambe ne lui faisait pas mal. Elle était tellement habituée à cette douleur que, aussi étrange que cela puisse paraître, elle lui manquait presque. Elle avait automatiquement tendu le bras vers la table de nuit, sur laquelle elle avait déposé avant de se coucher les analgésiques qu'elle prenait toujours au réveil, puis avait arrêté son mouvement. Elle n'en avait pas besoin.

Peut-être était-ce grâce au lit, extrêmement confortable ? Elle aurait aimé le croire ; or elle n'était pas stupide. En moyenne, elle passait six heures par jour sur les pistes. Hier, c'était la première fois qu'elle ne skiait pas depuis la fin de sa rééducation.

Elle se doucha, enfila un jean et un pull bleu tout simple puis se dirigea vers la cuisine. Elle s'attendait à y trouver une note de Léo lui expliquant qu'il était au bureau et à quelle heure il rentrerait. Au lieu de cela, il était assis à la table et terminait un appel téléphonique.

— Tu m'avais promis un pyjama et des grosses chaussettes !

— Je les garde pour plus tard. Après une dure journée de tourisme, quoi de mieux que se remettre de ses émotions dans un pyjama bien confortable.

Elle se posta devant la vue. À couper le souffle ! La ville était aussi belle de jour que de nuit. En bas, les gens ressemblaient à des fourmis prises dans une folle sarabande.

Elle se retourna et s'appuya dos à la vitre.

— Je pensais que tu avais une affaire urgente à régler. N'est-ce pas pour cela que tu es revenu ?

— Si. Je viens de parler à Joe. Il est assez vieux jeu : il veut qu'on dîne ensemble pour en parler. Ce qui signifie que nous avons la journée libre pour nous balader.

— Alors, où allons-nous ?

— Tes désirs sont des ordres !

Le premier endroit où Léo emmena Anissa était un restaurant typiquement américain près de Central Park, son préféré pour les petits déjeuners. Il ne payait pas de mine vu de l'extérieur, mais une grande pile de pancakes plus tard, Anissa semblait conquise.

Elle portait à nouveau ce long manteau bleu qui faisait ressortir la couleur de ses yeux, dans lesquels il essayait de ne pas se noyer tandis qu'il dégustait ses œufs au bacon.

Ensuite, ils se rendirent à Central Park. Ils traversèrent le Bow Bridge, admirèrent la fontaine Bethesda puis gagnèrent le Belvedere Castle.

— Je ne savais pas qu'il y avait un château dans Central Park ! s'émerveilla Anissa. Je me demande si une vraie princesse a vécu ici.

Léo la fixa, amusé.

— Je ne suis pas sûr que quiconque, de sang royal ou pas, ait jamais habité ici.

— J'ai envie d'imaginer le contraire, c'est plus romantique ! Surtout avec toute cette neige.

New York réveillait quelque chose en elle ; ou peut-être que c'était Léo... À moins que ce ne soit simplement le fait d'être éloignée de ce qui avait pris toute la place dans son existence presque depuis sa naissance. Son épaule frôlait celle de Léo tandis qu'ils contemplaient le parc depuis les remparts du château.

— N'es-tu pas fatiguée de voir de la neige tout le temps ? Ne rêves-tu jamais d'une plage ensoleillée et du clapotis de l'océan ?

Ce n'était pas la question la plus étrange du monde, mais elle la prit un peu au dépourvu.

— Je n'ai jamais passé de vacances à la plage, murmura-t-elle, se demandant ce que ce serait de courir en bikini toute la journée. J'imagine qu'il faut penser tout le temps à rentrer le ventre, et qu'on ne cesse de se dire qu'on a oublié de mettre de la crème solaire quelque part.

Léo rit de bon cœur.

— Je t'assure que tu n'as pas à te soucier de ton ventre.

Il la dévisagea, l'air soudain sérieux.

— Quel âge as-tu, Anissa ?

— Vingt-huit ans. Mais on ne demande jamais son âge à une femme, espèce de mufle ! ajouta-t-elle avec une grimace.

— Tu n'as jamais vraiment pris de vraies vacances, n'est-ce pas ?

Une foule de souvenirs envahit son cerveau. Alain, son ex et entraîneur, avait toujours fait passer le ski au premier plan. Il était obnubilé par les contrats de sponsoring qu'il pouvait décrocher.

Chaque fois qu'ils étaient partis, c'était pour le travail, jamais pour se détendre ou prendre du bon temps ensemble. L'idée qu'il avait de l'amour était de la pousser à être la meilleure skieuse possible. À l'époque, Anissa n'y trouvait rien à redire. Mais là, dans Central Park, avec Léo, elle n'en était plus si sûre…

— Anissa ? Qu'est-ce qui ne va pas ?

Les bras de Léo glissèrent autour de son corps, derrière elle, l'enserrant en un geste protecteur.

— Tu trembles.

Elle ne pouvait pas s'en empêcher.

— Je me souviens juste de certaines choses, commença-t-elle d'une voix hésitante. Je pense au nombre d'endroits où je suis allée, mais que je n'ai pas vraiment vus.

Elle se retourna dans ses bras pour lui faire face. Elle se sentait plus en sécurité, ainsi.

— Je me demande tout simplement ce que j'ai loupé.

Elle ne pouvait pas regarder Léo en face. Elle ne voulait pas de pitié. Elle se sentait idiote d'avoir attendu si longtemps pour se rendre compte de ce qu'elle avait fait de sa vie.

D'un geste instinctif, elle se toucha la jambe. Ce n'était pas douloureux. Elle y avait pensé le matin même. La dernière fois qu'elle avait parlé de ski à Léo, elle lui avait dit qu'elle avait besoin de skier tous les jours. Mais maintenant qu'elle avait la possibilité de réfléchir à autre chose qu'au ski, elle se demandait comment elle avait pu s'enfermer ainsi.

Des larmes jaillirent de ses paupières. Elle avait une boule dans la gorge. Léo l'attira contre son torse.

— Je suis censé te rendre heureuse, murmura-t-il, pas triste.

Sans réfléchir, elle étreignit Léo. Cela lui fit du bien. Malgré la température glaciale, elle se sentait au chaud.

— Ce n'est pas ta faute, Léo.

— Qu'est-ce que c'est, alors ?

Elle secoua la tête.

— Je ne peux pas l'expliquer. Mais j'ai l'impression de me réveiller. J'ai vingt-huit ans et je viens de me réveiller, conclut-elle avec un rire ironique.

Elle était gênée par ce qu'elle ressentait. Embarrassée par les émotions qui la traversaient.

Léo posa un doigt sous son menton et lui releva le visage.

— En parlant de se réveiller, pourquoi ne pas aller ailleurs ? Qu'en penses-tu ?

Elle prit une grande inspiration.

— Excellente idée. Et je sais exactement où je veux aller !

Cinq minutes plus tard, chacun un café en main acheté à un vendeur ambulant, Anissa avait conduit Léo, en se guidant grâce à son téléphone, à une sortie qui donnait sur le côté ouest du parc, juste en face de...

— Le Muséum d'histoire naturelle ! s'exclama Léo en riant. C'est là que tu m'emmènes ?

Elle acquiesça, excitée comme une puce... ou comme un enfant, songea-t-elle.

— Je suis à New York depuis des années et je n'y ai jamais mis les pieds. Allez, on y va !

Léo avait ressenti un soupçon de panique quand il avait vu à quel point Anissa était bouleversée. Son instinct lui avait commandé de ne pas se montrer indiscret, de ne pas trop appuyer sur la blessure. Juste de prendre du recul et d'être son ami. Or penser à Anissa comme à une simple *amie* relevait de l'exploit.

La veille, il avait longtemps fixé la porte de la chambre fermée derrière laquelle dormait la belle Autrichienne, s'interrogeant sur elle ; et sur lui-même... Partager son espace vital, cette sorte d'intimité, était nouveau pour lui. Personne d'autre que lui n'avait dormi dans cet appartement. La présence d'Anissa changeait quelque chose, apportait une énergie, une vibration, mais cela restait indéfinissable.

Leur rencontre avait été un coup de chance, une pure coïncidence, avec un ensemble de circonstances qu'ils n'auraient jamais pu prévoir. La mort de ses parents, sa présence à Mont-Cœur, la lecture du testament, son choix de marcher pour gagner son chalet, le bruit du moteur, Anissa qui chutait juste au moment où il passait...

Puis il y avait eu l'étincelle. Aucun d'eux ne pouvait la nier.

Ils n'auraient jamais dû se rencontrer, et pourtant ils s'étaient rencontrés. Et cela lui semblait étrangement... *juste*.

— Léo, j'ai les billets ! lui lança Anissa depuis le guichet d'entrée en les agitant en l'air.

Elle paraissait si heureuse, radieuse.

— Très bien, mademoiselle Lang, amusons-nous !

Anissa n'avait jamais autant ri. Ils avaient passé du temps parmi les squelettes et reproductions de dinosaures, s'émerveillant de leur taille et de leur puissance. Anissa les avait photographiés tous deux au pied de l'énorme titanosaure.

— J'ai toujours voulu visiter un endroit comme celui-ci, murmura-t-il alors qu'ils se dirigeaient vers une autre aile du muséum.

— Tu n'es pas allé au musée avec ton père et ta mère ?

— Jamais, répondit-il tristement.

Mais cette mélancolie le quitta dès qu'ils découvrirent l'exposition sur les merveilles de l'océan. Ils furent estomaqués par l'impressionnante baleine bleue géante suspendue au plafond entre deux étages.

— Sais-tu qu'il est possible de passer la nuit ici ?

— Quoi ? s'exclama-t-elle, excitée. C'est pas vrai !

— Si. Devine comment ça s'appelle.

— Je ne sais pas.

— Une nuit au musée.

Elle laissa échapper un éclat de rire.

— C'est d'après le film ? J'adore l'idée !

— Un de mes amis a deux enfants. Ils ont pu faire le tour des expositions de dinosaures au milieu de la nuit avec des lampes de poche. Il m'a dit qu'il avait passé l'une des meilleures nuits de sa vie.

Anissa sautilla sur place en battant des mains.

— Je veux le faire ! Je veux le faire !

Il secoua la tête en souriant.

— Je crois qu'il faut avoir entre six et treize ans.

Il se pencha en avant et murmura, les lèvres frôlant son oreille :

— Je pense qu'il est un peu tard...

Elle fronça les sourcils et s'écarta de lui, relevant ses cheveux en couettes avec un sourire effronté.

— Pour toi, c'est sûr. Mais moi, on peut me donner treize ans si je veux.

— Tu es bien optimiste ! rétorqua Léo en riant. On peut toujours voler des enfants si on veut le faire.

Une mère passa devant eux avec un enfant qui hurlait dans sa poussette.

— D'accord, mais pas celui-là !

Elle glissa la main dans la sienne.

— Tu sais, j'ai fait ce genre de choses avec mes parents, mais pas assez. J'étais tellement passionnée par le ski. C'était tout ce qui m'intéressait. D'une certaine façon, j'ai eu de la chance parce qu'ils me soutenaient, mais maintenant... Pour la première fois, je me demande si parfois ils n'auraient pas dû me dire non.

— Comment te serais-tu sentie s'ils l'avaient fait ?

Ses yeux bleus brillaient, presque comme s'il connaissait déjà la réponse.

— J'étais une vraie petite princesse, qui ne supportait pas qu'on lui refuse quoi que ce soit, donc je te laisse imaginer.

— Je ne suis pas étonné, va savoir pourquoi...

Elle rit. Ils poursuivirent leur déambulation dans les salles de l'homme et de la culture avant de se rendre au planétarium. Là, dans l'obscurité, Anissa s'allongea sur un des sièges inclinables et laissa son regard se perdre dans l'univers sombre qui se trouvait tout autour d'elle, parsemé d'étoiles. Léo s'installa sur le siège voisin. Une musique douce jouait autour d'eux pendant le spectacle de la naissance du système solaire.

— J'adore..., soupira-t-elle.

— C'est assez étonnant, en effet.

Elle tourna la tête. Il regardait au-dessus de lui ; ses cheveux légèrement ébouriffés léchaient le col de sa chemise. La plupart des hommes avaient les cheveux courts, mais elle les préférait plus longs. Cela allait bien à Léo. Elle dut lutter contre l'envie d'y passer la main.

Elle enchevêtra les doigts aux siens. S'il fut surpris, il ne le montra pas.

— Merci de m'avoir amenée ici, Léo, murmura-t-elle.

Il tourna la tête dans l'obscurité et lui sourit, juste au moment où les planètes du système solaire apparaissaient derrière lui.

— C'est *toi* qui m'as amené, lui rappela-t-il d'un ton taquin.

C'était étrange… Elle avait vu beaucoup de choses merveilleuses aujourd'hui, pris une centaine de photos, mais l'image qui allait lui rester, ce serait Léo allongé sur ce siège, lui souriant, avec les planètes derrière lui.

— J'aurais aimé faire ça, enfant, chuchota-t-il.

Anissa se demanda quel genre de parents avaient été ceux de Léo. Elle en avait mal pour lui.

— Toutes les familles n'ont pas le temps, dit-elle pour essayer d'atténuer sa peine.

— Même s'ils avaient eu le temps, ils ne m'auraient pas amené ici. Mais cela n'a plus d'importance, maintenant. Parce que je suis là avec la bonne personne.

À ces mots, elle frémit. C'était fou. Ils avaient tout fait à l'envers. La première nuit, elle s'était complètement abandonnée à la passion de leurs corps mêlés, prenant un plaisir qu'elle n'avait jamais ressenti, essayant d'en donner sans tabous, sans pudeur, à tel point qu'elle ne s'était pas reconnue. Elle avait pensé que, inconsciemment, elle avait évacué les regrets de toute une vie.

Mais c'était plus que cela. Quelque chose venait de se produire.

Elle aurait voulu le faire parler de ses parents, de son frère et de sa sœur qu'il venait de rencontrer, mais ce n'était pas le moment. Pas quand il venait de lui dire qu'il était content d'être là avec elle.

— Je me demande s'il y a quelque chose, tout au fond de l'univers, murmura-t-elle avec un geste en direction du spectacle qui continuait autour d'eux.

— Qui sait ?

— C'est la question à un million de dollars, n'est-ce pas ? Nous avons toute cette beauté sur Terre et nous en avons gâché une bonne partie.

Les doigts de Léo lui caressaient toujours la paume en un geste apaisant.

— Tu as raison. Mais pour l'instant, restons allongés, admirons les étoiles et essayons d'imaginer un endroit où tout est parfait.

Ses paroles étaient comme une couverture chaude qui l'enveloppait. Il y avait une centaine de choses susceptibles de la faire stresser : l'entraînement, le travail, les finances, et la question de savoir si elle aurait un jour une chance de reprendre le fil de sa carrière. Parfois, elle s'en faisait des nœuds au cerveau.

Aujourd'hui était le premier jour de vacances de sa vie adulte. Et elle en avait adoré chaque minute. Du moins jusqu'à ce qu'elle réalise ce qu'avait été sa vie d'avant. C'était comme si un brouillard s'était levé devant ses yeux et qu'elle avait enfin une vision claire. Et la personne qu'elle voyait clairement en ce moment était Léo Baxter.

Elle sourit. Au-dessus d'elle, les planètes s'alignaient avec les étoiles, envoyant de belles traînées dans le ciel numérique. C'était presque comme un message. Un message auquel elle allait devoir réfléchir.

Et elle savait avec qui elle voulait le faire.

6

Léo avait adoré cette visite au Muséum d'histoire naturelle avec Anissa. Elle y avait pris plaisir. Il avait vu de l'excitation dans ses yeux. Elle trouvait de la joie dans les plus petites choses, avait un million d'idées, d'opinions et de questions auxquelles il n'avait jamais vraiment pensé auparavant.

En résumé, il aimait passer du temps avec Anissa Lang.

À Mont-Cœur, elle était enveloppée d'un halo de tristesse. Il savait que c'était probablement dû au brutal changement survenu dans son existence et à l'angoisse du futur. Et plus elle passait de temps à New York, plus il la voyait se débarrasser progressivement de ses soucis. Et cela lui plaisait. Beaucoup. Parce que cette femme lui faisait de l'effet.

Le matin même, il avait envoyé un message à Noémi. Il lui avait fallu près d'une heure pour en choisir les mots – ridicule…

Salut, j'ai dû retourner à New York pour une affaire urgente, mais je vous contacterai bientôt. Je ne ferai rien qui puisse mettre en danger Cattaneod Jewels.

Il avait voulu être rassurant. Noémi avait répondu aussitôt, en disant qu'elle espérait que tout allait bien.

Il s'était senti un peu mal de ne pas leur avoir parlé avant son départ. À sa décharge, il n'était pas habitué aux histoires de famille, pas plus qu'il n'avait l'habitude de rester en contact avec les gens. Voir Anissa envoyer fréquemment des SMS à ses parents l'avait culpabilisé. Il avait vraiment besoin de faire le point avec lui-même à ce sujet.

Mais ce n'était pas le moment : il était avec Anissa sur la Cinquième Avenue.

Elle s'arrêta devant un magasin, puis un autre. Il pouvait deviner quand quelque chose attirait son attention.

— Tu veux entrer ?

Elle secoua la tête.

— Pas question. Je fais du lèche-vitrines, un point c'est tout.

Léo essaya une stratégie de contournement :

— Je vais t'emmener au bal de Noël. C'est un événement très mondain. Tu auras besoin d'une robe de soirée. Et bien sûr, c'est moi qui invite. Donc si tu vois quelque chose qui te plaît et que tu veux essayer, vas-y.

Elle hésita une seconde, apparemment elle cherchait ses mots.

— Léo, je suis vraiment honorée que tu désires m'emmener à ce bal, et... je ne voudrais pas te mettre dans l'embarras, mais je ne suis pas sûre de me sentir à l'aise à l'idée que tu m'achètes quelque chose qui...

Elle s'interrompit et tendit la main vers le magasin derrière elle.

— ... Qui va probablement coûter plus que ce que je gagne en six mois.

La réaction d'Anissa ne le surprenait pas. C'était tout à son honneur. Cependant, il insista :

— Je *veux* que tu achètes quelque chose. Quelque chose qui te plaira.

Elle pinça les lèvres.

— Laisse-moi réfléchir.

Il y consentit d'un bref mouvement de la tête. Il devait respecter sa volonté, même si cela lui coûtait.

— Très bien. Mais réfléchis vite, le bal est dans trois jours.

— Marre de la Cinquième Avenue, décréta-t-elle. Amusons-nous un peu.

— Quel genre d'amusement ?

Elle sortit un papier de sa poche.

— J'ai fait une liste hier soir.

Il s'approcha d'elle et essaya de lire par-dessus son épaule.

— Une liste ?!

Elle la fit disparaître en riant pour qu'il ne puisse pas la voir.

— Oui, j'ai écrit toutes les choses que je pourrais faire à New York.

Elle sortit son téléphone et en fixa l'écran pendant qu'il lui vibrait dans la main. Une expression étrange s'afficha sur son visage.

— Qui est-ce ? demanda Léo.

— Quelqu'un avec qui j'avais l'habitude de travailler. Autrefois.

— Ton entraîneur ? Ton ex ?

Il n'avait pas pu se retenir, poussé par un inexplicable élan de jalousie. Anissa avait l'air perplexe.

— Non. C'est quelqu'un de la Fédération internationale de ski. Je n'ai aucune idée de la raison pour laquelle il veut me parler.

— Tu ne réponds pas ?

— Non. Pas maintenant. Pas ici. Ici, il n'est question que de nous. De nous à New York.

Il aurait voulu poser plus de questions, mais il était clair qu'elle faisait de son mieux pour mettre Mont-Cœur derrière elle.

— Très bien, alors, quelle est la prochaine étape sur la liste ?

— Voir la vue soit depuis l'Empire State Building, soit depuis le Rockefeller Center, selon ce que tu penses être le plus impressionnant.

Léo grimaça.

— Bien, on dirait que c'est le moment pour moi de rentrer sous terre…

— Pourquoi ? Non ? Non ! s'écria Anissa. Ne me dis pas que tu n'es allé au sommet d'aucun de ces deux gratte-ciel ? !

— J'ai des circonstances atténuantes, madame la juge. Mon avocat pourra tout vous expliquer, dit-il en riant.

— Eh bien, disons que nous allons vivre ensemble une grande première. Tu as une préférence ?

Léo était surpris. Et un peu impressionné.

— C'est une belle façon de voir les choses. En fait, il y a bien quelque chose d'autre qui serait une première et qu'on pourrait faire ensemble. Et cela me permet de décider plus facilement pour la vue. Tu me suis ?

Il lui tendit la main.

— Absolument, monsieur Baxter !

Le sapin était magnifique. Anissa avoua à Léo qu'elle n'en avait jamais vu de tel auparavant. Il mesurait environ vingt mètres de haut et se dressait sur l'esplanade du Rockefeller Center, dominant la patinoire.

Il s'appuya contre la barrière à côté d'elle.

— Si nous restions ici une semaine de plus, nous pourrions voir l'arbre de Noël s'illuminer. C'est même retransmis en direct à la télévision, maintenant.

— Oh ! ce serait génial ! Mais nous serons de retour à Mont-Cœur d'ici là, n'est-ce pas ?

Sa voix avait un ton presque nostalgique. Ne voulait-elle pas retourner chez elle ? Entendre prononcer le nom de la station suisse installa une sorte de manteau sombre autour de ses épaules. Tant d'incertitudes. Tant de choses à régler. Il n'était pas sûr d'être prêt pour tout ça.

— Probablement, dit-il enfin.

En dessous d'eux, les gens patinaient ; certains craintifs, accrochés à la barrière, d'autres de manière hésitante, chancelante, et quelques-uns avec aisance, les mains dans le dos, vers l'avant comme en arrière.

— Tu veux aller patiner ? demanda-t-il soudain à Anissa.

Elle montra du doigt une fille qui tournoyait gracieusement au milieu de la patinoire.

— Juste pour information, je ne ressemblerai pas à elle, ni de près ni de loin.

Léo désigna un homme qui essayait de se remettre sur ses pieds au bord de la patinoire et qui échouait lamentablement depuis de longues secondes.

— Tu ressembleras plutôt à celui-là ?

Elle rit.

— Je n'espère pas ! On monte d'abord voir la vue ?

— D'accord !

Ils eurent de la chance et purent prendre un billet sans avoir à attendre – Top of the Rock, l'observatoire situé au sommet du Rockefeller Center, était une attraction touristique très prisée. Au moment où ils sortaient sur la plate-forme, le soleil commençait tout juste à descendre dans le ciel.

Anissa était époustouflée. La terrasse faisait le tour de l'immeuble, offrant une vue à trois cent soixante degrés derrière la barrière de plexiglas. Elle s'approcha du petit télescope binoculaire qui permettait aux touristes d'avoir une vue panoramique et fouilla dans sa poche pour trouver de la monnaie. Léo fut le plus rapide : il glissa quelques pièces dans la fente alors qu'elle était encore en train d'essayer de comprendre la valeur des différentes pièces.

Ils passèrent une bonne heure à observer Manhattan sous toutes les coutures, mais aussi Brooklyn. Léo lui parlait des quartiers, des monuments. Anissa répéta au moins cinquante fois le mot « incroyable », ce qui amusa beaucoup son compagnon. Ils virent l'Empire State Building s'illuminer de blanc. Léo lui expliqua que le gratte-ciel pouvait prendre différentes teintes, et qu'à Noël il serait rouge et vert.

Gagnée par une incompréhensible tristesse, Anissa posa la tête sur l'épaule de Léo.

— Cela va me manquer, à Mont-Cœur…

La main de Léo glissa autour de sa taille.

— Merci de m'avoir emmenée à New York, Léo, murmura-t-elle.

Il était tellement beau ! Et élégant dans son costume italien. Pendant quelques secondes, malgré la foule autour d'eux, Anissa eut l'impression qu'ils n'étaient que deux, seuls au monde. Léo eut-il la même sensation ? Il pencha la tête vers la sienne et ses lèvres rencontrèrent les siennes.

Elle jeta les bras autour de son cou, incapable de penser à autre chose qu'à ce moment, ce baiser. Léo l'approfondit et la serra contre lui. Il glissa la main dans son dos ; l'étincelle qu'elle avait sentie l'embraser la première nuit la traversa à nouveau, ainsi que la connexion qu'elle avait ressentie à côté de lui dans le planétarium, leurs doigts entrelacés.

Tu commences à avoir Léo Baxter dans la peau, ma fille !

Une fois redescendus, Léo lui avait proposé une petite douceur avant d'enfiler les patins. Anissa n'avait pu résister, encore moins quand il l'avait emmenée juste au coin de la rue, dans une boulangerie où il avait ses habitudes. L'odeur dans la boutique était merveilleuse et la mettait un peu plus en appétit chaque seconde. La file d'attente avançait lentement, ce qui permit à Léo de lui donner des conseils.

— Ils ont des petits gâteaux, des scones, des tartes, des gâteaux au fromage, des gâteaux spéciaux. Ils font un cupcake spécial tous les jours. Aujourd'hui, c'est banane, ananas et noix de pécan, avec un glaçage au fromage frais.

— Que me recommandes-tu ?

— Le pudding à la banane. Gaufrettes à la vanille, bananes fraîches et un pudding crémeux à la vanille, le tout garni de copeaux de chocolat. L'essayer, c'est l'approuver.

Deux minutes plus tard, ils avaient chacun pris un café bien chaud et un pudding. Il faisait de plus en plus sombre dehors, et l'air froid commençait à mordre.

— C'est parfait, déclara Anissa après la première bouchée.

— Heureux que cela te plaise ! s'enthousiasma Léo. Tu es sûre que tu ne regrettes pas le cupcake ou le brownie ?

Elle prit une autre cuillerée.

— Certaine !

Les lumières étaient allumées autour de la patinoire, à présent, et elle était plus fréquentée qu'au moment de leur arrivée. Ils finirent tranquillement leur café et leur pudding, puis Léo alla louer des patins. Ils les enfilèrent et se dirigèrent vers l'entrée de la patinoire.

— Prête ?

Elle fit quelques pas hésitants vers lui.

— Allons-y !

Sa bravade dura environ cinq secondes, soit assez longtemps pour que Léo se rende compte qu'il aurait dû s'accrocher au bord.

Il vit la bouche d'Anissa former un O de surprise au moment où il se retrouvait à plat ventre sur la glace. Les gens passaient autour d'eux tandis qu'Anissa s'approchait pour l'aider à se relever. Quelques secondes plus tard, il était face à elle, haletant.

— Bon. Essayons encore une fois.

Elle éclata de rire, puis se retourna et fit une sorte de pirouette.

— Hé, tricheuse ! Tu as dit que tu ne savais pas patiner !

Elle secoua la tête en glissant vers lui.

— Je n'ai jamais dit ça, rétorqua-t-elle avec un sourire moqueur. J'ai peut-être laissé entendre que je n'étais pas très bonne, comme quelqu'un que je connais l'a fait sur les pistes, à Mont-Cœur. Tu essaies encore de me jouer un tour ? Cette jolie petite chute était une ruse ?

Léo posa les mains sur sa taille, s'accrochant à elle.

— Je te promets que non. Cela me semblait une bonne idée, cette histoire de patinage. Vu de *l'extérieur* de la patinoire, tout du moins. Je pourrais vite la regretter.

— Quelques bosses et quelques bleus entre amis, ça renforce les liens, non ? dit-elle en riant.

Ses yeux brillaient sous son bonnet bleu. Une sensation de chaleur se répandit en lui. Anissa s'épanouissait, comprenait-il. Elle s'épanouissait à New York, avec lui. Elle avait passé la plus grande partie de sa vie à s'entraîner : avait-elle jamais vraiment eu du temps pour elle ou avec ses amis ?

Peut-être avait-elle juste besoin de se reposer, de s'évader et d'essayer de découvrir qui elle était et ce qu'elle voulait vraiment faire.

— As-tu pensé à la suite des événements si… si le ski ne marchait pas ?

Son corps de rêve se tendit, sa mâchoire se crispa. Elle était furieuse, comme s'il avait enclenché un interrupteur – le minuteur d'une bombe à retardement, plutôt…

— Pourquoi le ski ne marcherait pas ?

Léo réfléchit. Il pouvait marcher sur des œufs ou prendre le taureau par les cornes. Cette dernière option lui parut la meilleure, car il se doutait que peu de gens osaient aborder le problème de front avec Anissa et son caractère volcanique.

— Tu as été victime d'une blessure horrible. Et tu as eu de la chance : tu as retrouvé ta mobilité, tu es debout, tu marches. Mais il se peut que tu ne retrouves pas le niveau que tu avais avant. Qu'est-ce que tu feras, alors ?

Pendant quelques secondes, on aurait dit qu'il avait annoncé venir d'une autre planète et vouloir l'emmener dans sa soucoupe volante : elle cligna plusieurs fois des yeux et sa bouche s'ouvrait comme si elle voulait parler, puis se refermait. Léo était déterminé à ne pas combler le silence.

Au bout de presque une minute passée à le dévisager, elle se lécha les lèvres et lui répondit enfin :

— Peut-être que j'ai de la chance, même si ce n'est pas le mot que j'aurais employé pour décrire ma situation. Mais tu as raison. Il y a plein de sportifs qui ont subi de terribles blessures et qui n'ont jamais retrouvé leur niveau d'avant. Mais moi, mon *niveau d'avant*, c'était concourir pour l'or olympique, Léo. J'aurais l'impression d'être une dégonflée si je n'essayais pas.

Il lui caressa doucement le dos pour l'apaiser. Et tâcha de ne pas se montrer trop direct :

— Je comprends. Et je pense que c'est génial. Mais il te faut un plan B. Même quand je mets tout dans une affaire commerciale, j'ai toujours un plan B. C'est indispensable.

Elle tenta de sourire.

— Un plan B… Je suppose que c'est l'option la plus raisonnable, en effet. L'option *adulte*. Je suppose que j'ai besoin de regarder d'autres horizons.

Elle roula des yeux de manière comique et pointa la patinoire du doigt.

— Alors, Léo, quel est ton plan B pour ça ?

— Je pourrais simuler une blessure, répondit-il, entrant dans son jeu.

Elle sourit, un vrai sourire cette fois, et glissa la main dans la sienne.

— Allez, dit-elle, tu n'as qu'à garder les pieds sur la glace et je te tirerai.

Elle avait voulu changer de sujet, passer à autre chose, ce que Léo pouvait comprendre. Il avait posé la question, elle allait y réfléchir. Il avait des problèmes plus immédiats : il devait rester debout, en équilibre, pendant qu'Anissa le poussait délicatement et veillait sur lui. Lorsqu'il faillit tomber, elle posa les mains sur sa taille.

Cela lui prit de longues minutes pour commencer à avoir un peu plus confiance en lui. Il faillit rire aux éclats quand un enfant passa devant lui, sa mère accrochée à sa taille comme l'était Anissa à la sienne. Il se redressa, plia légèrement les genoux et essaya de glisser.

— C'est mieux, lui dit Anissa en se penchant contre son oreille. Tu as compris. Continue.

Petit à petit, il se frayait un chemin au milieu des autres patineurs. Après quelques tours de la patinoire, Anissa relâcha sa prise à la taille et apparut à nouveau à ses côtés. Elle glissa la main dans la sienne. Ils ressemblaient à n'importe quel autre couple, riant et plaisantant tout en patinant.

Il n'avait jamais fait ça avant. En fait, il avait vécu plusieurs premières ces derniers jours, toutes avec Anissa. Il était revenu à New York pour régler des problèmes professionnels et il aurait dû se concentrer pour trouver les arguments susceptibles de convaincre Joe afin de finaliser leur accord. Ils dînaient ensemble le lendemain soir. Dans d'autres circonstances, Léo aurait été anxieux. Là, auprès d'Anissa, il était simplement... bien.

Lorsqu'ils quittèrent la patinoire, tous deux respiraient plus vite.

— C'était amusant, dit-elle.

Il éclata de rire.

— Ouais, c'était amusant. En fait, c'était... mieux que ce que je pensais.

Elle s'appuya contre la barrière. Son regard pétillait.

— Tu pensais que tu serais meilleur que ça, n'est-ce pas ? Que tu allais juste enfiler les patins et savoir glisser.

Encore une fois, elle avait visé juste. Il se baissa pour défaire ses patins afin qu'elle ne remarque pas son embarras un peu honteux. Mais Anissa s'agenouilla à côté de lui.

— Léo Baxter, monsieur Merveilleux-en-Tout !

Elle plaisantait, bien sûr, mais les termes le blessèrent malgré tout. Pendant une fraction de seconde, leurs regards se croisèrent, puis les mots jaillirent de ses lèvres, amers :

— Si seulement c'était vrai.

L'incompréhension se peignit sur le visage d'Anissa, qui posa la main sur le revers de son manteau.

— Léo ?

Il se dégagea et s'éloigna, gêné d'avoir laissé son ressentiment déborder ainsi devant elle. Elle était hésitante lorsqu'elle se rapprocha à nouveau de lui, ses patins à la main. Beaucoup de gens faisaient la queue pour louer ou rendre des patins. Quand la main chaude d'Anissa se posa sur son visage, il tressaillit. Plus rien ne comptait que ce geste, ce contact entre eux.

Elle se plaqua contre lui. Ce fut presque comme si une bulle se formait autour d'eux. Le monde extérieur s'était dissipé. Le silence régnait. Tout ce qu'il voyait, c'était les yeux bleu pâle qui le fixaient.

— Dis-moi ce qui ne va pas, murmura-t-elle.

Son penchant naturel était d'éviter ce genre de conversation, de changer de sujet. Mais avec Anissa, tout était différent.

Un étau lui comprimait la poitrine. Le poids de la mort de ses parents, les relations tendues avec son frère et sa sœur, la pression du testament : comment expliquer tout cela en quelques mots ? Il ne savait même pas par où commencer. Il n'avait jamais eu de confident. Il n'avait jamais vraiment révélé son passé à ses amis ou à ses collègues. Personne ne pouvait le protéger ou s'occuper de lui mieux que lui-même. Il avait toujours été persuadé de cela.

Cette certitude avait affecté toute son existence, toutes les relations qu'il avait nouées, professionnelles ou personnelles. Il n'était jamais sorti avec une femme pendant plus de six mois, jusqu'au moment (qui parfois survenait bien plus tôt) où elle commençait à exprimer ses attentes, à imaginer un futur commun. Il ne fonctionnait pas ainsi. Il ne s'était jamais imaginé en mari aimant ou en papa poule. Il n'avait jamais eu cet exemple sous les yeux. Et il ne l'aurait jamais...

La douleur le frappa comme un uppercut au menton. Il se pencha en avant, essayant d'aspirer de l'air.

— Léo ? Léo, qu'est-ce qu'il y a ? s'affola Anissa à mi-voix. Tu es malade ?

Elle l'avait entouré de son bras, la tête tout contre la sienne.

Il revoyait les funérailles. La chapelle bondée. Personne ne l'avait remarqué lorsqu'il s'était glissé au dernier rang, tout de noir vêtu. Les deux cercueils étaient côte à côte, une simple couronne de fleurs blanches sur chacun. Le prêtre avait longuement parlé de leur vie et de l'amour qu'ils se portaient. Et qu'ils portaient à Sebastian et Noémi. Là, son ventre s'était tordu. Pas un mot sur lui, bien sûr. L'enfant inconnu, oublié.

Il s'était rendu à la cérémonie, incognito, pour dire au revoir aux parents qu'il n'avait jamais pu rencontrer. Ils n'avaient partagé que quelques appels téléphoniques, mais ils lui avaient donné de l'espoir. L'espoir que la seule chose qu'il avait toujours désirée – l'amour d'une famille – était à portée de main. Il lui avait été arraché si cruellement...

Et aujourd'hui, il avait toujours le sentiment de ne pas être à la hauteur, de ne pas être désiré, de ne pas être à sa place, celui que ses parents adoptifs avaient perpétué, celui que Sebastian avait fait renaître à la lecture du testament. Cela le mettait encore en colère. Il avait essayé de ne pas trop réfléchir à tout cela, de se laisser distraire pendant quelques jours. Son esprit était en surchauffe.

Soudain, c'était comme si la bulle de calme autour de lui avait éclaté. L'odeur d'orange d'Anissa s'évanouissait et le bruit de la patinoire, les lumières brillantes l'agressaient.

« Merveilleux », c'était l'adjectif qu'elle avait employé. Il n'était pas merveilleux, même s'il avait essayé de l'être à différents moments de sa vie. Il n'était pas merveilleux en tant que fils, en tant que frère, ou dans n'importe quelle relation.

Il pouvait voir l'expression d'inquiétude sur le visage d'Anissa et dans ses yeux. Mais tout d'un coup, il avait besoin d'air.

Il s'écarta d'elle.

— Je dois y aller. Je... Tu m'avais parlé d'une amie à voir, non ?

— Léo ? dit-elle, sourcils froncés, avant de cligner des yeux et d'ajouter rapidement : Oui, bien sûr. Julie. Je peux l'appeler et voir si elle est disponible.

— Bien. J'ai des affaires à régler, reprit-il d'un ton détaché.

Il prit son portefeuille dans la poche de sa veste et en sortit une carte American Express.

— Tu peux l'utiliser pour tout ce dont tu as besoin. Si tu veux faire du shopping avec Julie, par exemple. Acheter une robe pour le bal.

Il partit avant qu'elle puisse lui répondre. Avant qu'elle ait une chance de l'arrêter. Il traça son chemin à travers la foule, aussi loin que possible de la gaieté et de la joie.

Anissa était figée, paralysée. Qu'est-ce qui venait de se passer ? Avait-elle dit quelque chose qu'il ne fallait pas ? Elle regarda sa main. En plus de la carte de crédit, Léo lui avait donné celle qui permettait d'entrer dans le penthouse.

Pensait-il vraiment qu'elle allait dépenser son argent ? Elle voulut lui courir après, savoir ce qui n'allait pas. Mais quelque chose la retint. Une petite voix intérieure qui lui murmurait qu'il avait besoin de se retrouver un peu seul. Elle n'avait pas encore vraiment compris ce qui se passait dans la vie de Léo Baxter.

Elle s'éloigna de la patinoire. Le bonheur et l'excitation qu'elle avait ressentis auparavant s'étaient dissipés.

Ses pieds la ramenèrent à la boulangerie. Elle regarda fixement la carte qu'elle tenait toujours. La colère la gagna : pour qui la prenait-il ? Elle jeta un coup d'œil au magasin de mode de l'autre côté de la rue. Elle pourrait y entrer et en sortir avec un sac, des chaussures, un jean et un manteau. Mais ce n'était pas elle.

Elle soupira et rejoignit la file d'attente de la boulangerie. Puis elle commanda vingt-quatre petits gâteaux à livrer au penthouse.

Elle marcha ensuite lentement dans les rues. Elle devrait peut-être tenter sa chance et appeler Julie. Elle ne voulait pas retourner déjà à l'appartement – d'autant que Léo risquait de s'y trouver. Et elle ne voulait pas vraiment se promener seule. Peut-être que la cousine de Chloé pourrait lui indiquer un endroit amusant où aller pendant quelques heures...

Elle sortit son téléphone et composa le numéro.

Julie lui avait donné rendez-vous dans un bar. Anissa s'y était rendue en métro. Elles avaient bu une bière en faisant connaissance et s'apprêtaient à entamer leur deuxième. Julie était habillée tout en noir, son épaisse chevelure rejetée d'un côté du visage.

— Quoi ? ! Tu me dis qu'un milliardaire t'a donné sa carte de crédit, t'a ordonné de dépenser, et que tu ne l'as pas fait ?

Julie la regardait comme si elle était complètement folle.

— J'ai acheté des cupcakes.

— Tu es à New York ! Tu aurais pu acheter une paire de Louboutin, un sac Vuitton, et tu as acheté des cupcakes ! Ton mec et toi m'avez l'air d'être deux sacrés numéros !

— Ce n'est pas mon mec. C'est juste… juste un ami.

Julie haussa les sourcils de manière comique.

— Un *ami* ? Il t'emmène à New York dans son jet privé, t'installe dans son penthouse, te fait visiter la ville, t'embrasse en haut du Rockefeller Center, mais c'est juste un ami !

Anissa soupira.

— Dit comme ça… En plus, il va m'emmener à un bal. Un truc de Noël. C'est dans ce célèbre palace sur la Cinquième Avenue, à côté de Central Park. D'ailleurs, je n'ai même pas de robe.

Anissa crut que Julie allait s'étouffer.

— Quoi ? !

— Quoi, « quoi » ?

Les yeux de Julie brillaient.

— Tu es invitée au bal dont tout New York parle ? s'exclama-t-elle. Oh ! la chance… C'est samedi.

Elle se redressa sur son tabouret, l'air horrifié.

— C'est samedi et tu n'as pas de robe ! Mon Dieu, Anissa, on dirait bien que tu es la version moderne de Cendrillon !

— Arrête, tu me rends nerveuse. Quel est le problème ? Léo ne m'a pas dit que c'était l'événement de l'année, juste que j'avais besoin d'une robe de soirée.

Julie leva les yeux au ciel.

— Bon, je vais prendre les choses en main, affirma-t-elle d'un ton résolu, avec l'air de réfléchir à plusieurs options. Viens avec moi. Viens avec moi tout de suite. Je crois que j'ai ce qu'il te faut.

La cousine de Chloé la traîna presque hors du bar, puis dans la rue. Après quelques minutes durant lesquelles elle avait marmonné entre ses dents serrées, elle la précéda dans un immeuble et la conduisit en haut d'une volée de marches jusqu'à un appartement.

Anissa eut l'impression de pénétrer dans un autre monde.

Il y avait des mannequins partout, chacun portant un modèle de robe unique, spectaculaire. C'était un chatoiement de couleurs, d'étoffes, de créations toutes plus originales les unes que les autres.

Julie semblait ne pas avoir remarqué son émerveillement.

Elle marcha droit vers une robe bleu pâle qui scintillait sur son mannequin.

Elle se tourna pour regarder Anissa, le regard anxieux.

— Qu'en penses-tu ?

Anissa s'approcha, intimidée. Julie tournait autour du mannequin.

— Dès que tu as dit que tu avais besoin d'une robe, je l'ai vue sur toi. Elle va à ton teint, à tes yeux. Qu'en penses-tu ? Tu serais d'accord pour porter une de mes créations ?

Anissa ne pouvait plus parler. Elle ne pouvait plus penser. La robe avait un corsage à paillettes orné de perles, à l'encolure échancrée, et une jupe longue faite de plusieurs couches de tulle bleu pâle. C'était tout simplement la plus belle robe qu'Anissa ait jamais vue.

— Tu voudrais que je porte un de tes modèles, bredouilla-t-elle.

Julie semblait aussi empruntée qu'elle, soudain.

— Eh bien, seulement si tu penses qu'elle est assez bien pour toi. Mais cela signifierait tellement pour moi qu'une robe que j'ai dessinée soit portée au bal de Noël le plus couru de New York. Ce serait un rêve devenu réalité !

Anissa n'en croyait pas ses oreilles. La robe était stupéfiante !

— Tu... Je...

— Tu ne l'aimes pas ? demanda Julie, sur la défensive.

— Oh non ! Je l'adore ! Mais... Est-ce qu'elle m'ira ? demanda-t-elle du bout des lèvres.

Julie acquiesça avec enthousiasme.

— Essaie-la ! Nous pouvons faire des retouches si nécessaire.

La jeune femme fit glisser la robe du mannequin et poussa Anissa vers sa chambre. Après quelques instants d'hésitation, celle-ci enleva ses vêtements et passa la robe. La doublure en satin glissa sur elle comme une seconde peau.

Lorsqu'elle sortit, elle vit les yeux de Julie s'agrandir. Elle semblait ébahie. Ébahie et heureuse. La jeune créatrice la guida jusqu'à un grand miroir en pied.

Anissa laissa échapper un petit cri. La robe était magnifique. Le corsage mettait en valeur ses courbes. Les couches de tulle flottaient lorsqu'elle bougeait, puis retombaient avec élégance.

Julie secoua la tête. Sa stupéfaction était visible.

— Tu ressembles à une princesse des glaces. C'est tout simplement incroyable !

Elle se plaça derrière Anissa, pinça un peu la robe à la taille et attrapa quelques épingles.

— J'ai seulement quelques retouches mineures à apporter.

Sa tâche terminée, elle fixa dans le miroir le reflet d'Anissa, puis releva ses cheveux blonds sur les côtés, laissant quelques mèches autour de l'oreille.

— Tu as pensé à ta coiffure ?

Anissa croisa son regard dans le miroir. Elle ne savait que répondre.

— Oh non, c'est pas vrai..., geignit Julie. Bon, tu me fais confiance ?

Anissa regarda son reflet dans le miroir. Cette robe était la création la plus parfaite qu'elle ait jamais vue, la plus belle qu'elle ait jamais portée.

— Après que tu m'as montré cette merveille ? Bien sûr que je te fais confiance ! Tu sais, Léo m'a appelée « Princesse des glaces » quand on s'est rencontrés pour la première fois. Et c'est exactement ce que j'ai l'impression d'être dans cette tenue.

Julie sourit.

— J'ai une amie qui peut te coiffer et te maquiller. Il faut t'acheter des chaussures. Des talons. Pas trop hauts. Tu seras parfaite !

Anissa pinça les lèvres.

— Mais après ce qui s'est passé aujourd'hui, il a peut-être changé d'avis.

— Ce type t'a amenée à New York. Il veut que tu sois sa cavalière pour ce bal. Peu importe ce qui s'est passé aujourd'hui, il te veut à ses côtés.

Le ton assuré de Julie lui fit du bien. Elle fit un lent signe de tête.

— Oui, tu as sûrement raison. Et j'aime tellement ta robe ! Combien je te dois ? Je ne suis pas...

— Non ! la coupa Julie. Pas question que tu me paies. Je veux juste que tu dises à tous ceux qui te le demanderont que la robe a été conçue par moi. Je te donnerai une pile de cartes de visite à distribuer.

Anissa cilla, incrédule.

— Vraiment ? Tu ne veux pas que je te paie ?

— Le fait que tu portes ma robe pourrait me faire beaucoup de publicité. Donnant donnant !

Anissa lui prit les mains et les serra dans les siennes, émue.

— Merci beaucoup. Je ne sais pas ce que j'aurais fait sans toi.

— De rien, Anissa. Tout le plaisir est pour moi. Et si je peux me permettre un petit conseil, fais un peu mariner M. Millionnaire. Et pourquoi ne pas l'inquiéter en lui faisant croire que tu n'as pas encore de robe ?

Anissa éclata de rire.

— Julie, tu es une vraie diablesse !

— Je parie que toi aussi...

7

Léo se sentait nul.

Exactement ce qu'il était.

Il l'avait abandonnée. Il l'avait laissée seule dans New York, une ville où elle ne connaissait personne. Tout ça parce qu'il avait paniqué. Qu'est-ce qui n'allait pas chez lui ? Et si elle n'arrivait pas à joindre son amie ?

Jusque-là, ils avaient eu une journée presque parfaite. Anissa était intéressante, amusante et magnifique. Que demander de plus ?

Et pourtant...

Il l'avait laissée tomber. Il les avait laissés tomber tous les deux.

Il regarda le téléphone. Il n'arrivait pas à décider qui appeler : Noémi ou Sebastian. Peut-être qu'il devrait téléphoner aux deux ? Peut-être qu'il ne devrait téléphoner à aucun des deux ?

Mais les textos qu'Anissa échangeait avec ses parents avaient déclenché quelque chose dans son cerveau. Elle faisait partie d'une famille. Peu importe où elle se trouvait dans le monde, elle faisait toujours partie d'une famille, et il était clair qu'elle aimait cela.

Les circonstances étaient différentes, mais ce sentiment constant de ne pas être à la hauteur n'était pas la faute de Noémi ou de Sebastian. Il trouvait son origine dans son enfance, la manière dont il avait été élevé, et ses propres peurs. Il devait le surmonter.

Anissa avait sur lui un effet inattendu...

Il appuya sur une touche de son téléphone. Noémi répondit à la deuxième sonnerie.

— Léo ? Comment vas-tu ? Je suis si contente de t'entendre !

Elle semblait vraiment heureuse. Une chaleur bienfaisante se répandit dans tout son être.

— Salut, Noémi, dit-il en s'installant dans un fauteuil. Je voulais juste prendre des nouvelles…

Le téléphone d'Anissa vibra au moment où elle sortait du métro. Elle regarda l'écran. C'était Hans, de la Fédération internationale de ski. Ils ne s'étaient pas parlé depuis dix-huit mois. La dernière fois qu'il lui avait téléphoné, elle avait ignoré l'appel. Elle choisit de répondre.

— Hans ?

— Anissa ! Enfin ! Où es-tu ?

— À New York ?

— New York ? s'exclama-t-il. Zut, alors ! Je suis à Mont-Cœur. Je pensais que tu étais ici.

Un nœud se forma dans son estomac. Hans était allé à Mont-Cœur pour lui parler ?

— Désolée, je suis partie quelques jours. Tu as quelque chose à me dire ?

Il s'éclaircit la gorge.

— J'espérais te parler face à face.

À présent, Anissa était vraiment nerveuse. Un silence inconfortable s'installa entre eux : elle ne savait que répondre.

— C'est juste que…, commença Hans, un peu hésitant, qu'il y a une place qui se libère au sein de la commission « Ski alpin ». Je voulais discuter avec toi pour savoir si tu étais intéressée.

Elle s'immobilisa au milieu de la rue, stupéfaite.

— Quoi ? ! s'exclama-t-elle.

— Un de nos membres va démissionner pour raison de santé. Nous voulons le remplacer par quelqu'un de jeune, qui connaît le circuit professionnel de l'intérieur. Ton nom fait l'unanimité, Anissa.

Prise d'une sorte de vertige, elle dut s'adosser à la façade d'un Starbucks. La fédération avait pensé à elle ? Pour une place dans un comité directeur ? Incroyable… Elle ne savait pas quoi penser. Ses jambes tremblaient.

— Quand reviens-tu à Mont-Cœur ?

— Je… Je ne sais pas, bredouilla-t-elle. Dans trois ou quatre jours.

— Écoute, je vais t'envoyer des informations par mail pour que nous puissions discuter quand tu seras de retour. Cela te donnera quelques jours pour réfléchir, qu'en dis-tu ?

Elle acquiesça, le cerveau en surrégime. Elle donna à Hans son adresse électronique, puis ils se saluèrent et elle raccrocha.

Elle reprit sa marche, un peu perdue. Elle n'avait jamais vraiment envisagé d'autre possibilité de carrière que le ski. En fait, elle ne pensait pas pouvoir faire autre chose, à part enseigner le ski – ou être femme de ménage. La proposition de Hans ressemblait au plan B que Léo lui avait suggéré. À une lumière au bout d'un très long tunnel.

Léo faisait les cent pas lorsqu'il entendit les portes de l'ascenseur s'ouvrir dans l'entrée du penthouse.

— Je suis désolé, dit-il à Anissa dès qu'elle pénétra dans la pièce principale.

Il avait passé les heures précédentes à regretter ses actes. Il ne pouvait pas vraiment s'expliquer pourquoi il avait agi de la sorte, alors comment diable l'expliquer à Anissa ?

C'était comme si trop de choses lui étaient tombées dessus en même temps : ses parents, le testament, son frère, sa sœur et, cerise sur le gâteau, Anissa. Il l'aimait bien. Elle avait lentement mais sûrement trouvé son chemin sous la carapace qu'il avait construite autour de lui. Il aimait son rire. Il aimait ses questions. Il aimait son éthique du travail et ses efforts pour bien faire. Il aimait sa relation avec ses parents et une foule de petits détails, gestes, attitudes du quotidien. Même s'il ne la connaissait que depuis quelques jours, il se souciait d'elle. Il voulait qu'elle s'amuse à New York ; or il avait presque tout gâché, aujourd'hui. À cause des émotions qui l'avaient submergé.

Il avait passé les heures précédentes à se sentir coupable, à se demander où elle était, à espérer qu'elle reviendrait. Il avait saisi son téléphone une centaine de fois pour l'appeler, mais chaque fois il avait renoncé – cela lui semblait ridicule après l'avoir laissée seule.

Cela n'avait pas aidé qu'une heure auparavant, une livraison soit arrivée de la boulangerie : vingt-quatre cupcakes qu'il n'avait pas commandés – c'était donc Anissa… Elle alla droit au but :

— Qu'est-ce qui n'allait pas, tout à l'heure ?

Les mots restèrent coincés dans sa gorge. Il s'était préparé à débiter des excuses, mais maintenant qu'elle se tenait devant lui, ses yeux bleu pâle rivés aux siens, étincelants, ses excuses toutes prêtes se désagrégeaient.

— C'est juste que…

— Juste que quoi ? insista-t-elle en retirant son bonnet et son manteau, puis ses chaussures.

Léo était incapable de parler, figé. Anissa soupira et se dirigea vers la cuisine. Elle attrapa une bouteille de vin et prit un verre dans le placard.

— Il est tard, Léo. Je suis fatiguée. Je… Je me suis bien amusée, aujourd'hui. Du moins, je pensais que *nous* nous étions amusés. Jusqu'à ce qu'on ne s'amuse plus.

Elle se versa un verre.

— Tu m'as amenée ici sur un coup de tête, reprit-elle. Tu m'as emmenée faire du tourisme, logée dans ton appartement, tu m'as invitée à un bal. Puis tu m'as presque jeté ta carte de crédit au visage en m'abandonnant tel un mufle. Tu te rends compte comme c'est insultant ? Que je pourrais croire que tu essaies de m'acheter ?

Léo s'approcha des baies vitrées. Il se tenait debout, les mains dans les poches. Dans l'obscurité, il pouvait voir toutes les lumières de la ville. Il n'avait pas l'habitude de partager. Il n'avait jamais vraiment eu personne à qui se confier, avant. Sa conversation avec Noémi avait été… intéressante. Il avait enfin eu l'impression qu'il commençait à prendre la bonne direction avec sa famille. Et maintenant, Anissa lui demandait franchement ce qui n'allait pas.

Quelque chose attira son attention. Un scintillement sur le côté. Un hélicoptère, réalisa-t-il. Comme il en volait tant au-dessus de New York. Ce fut comme si un éléphant posait un pied sur sa poitrine.

Bon sang…

— J'étais à Mont-Cœur pour la lecture du testament de mes parents, commença-t-il avec peine, la voix éraillée.

— Tes parents sont morts ? s'exclama-t-elle, clairement surprise. Oh ! Léo, je suis vraiment désolée.

— Je n'ai même pas eu la chance de les connaître. Quand ils sont venus à New York afin de me rencontrer pour la première fois depuis ma naissance, ils... Ils sont morts dans un accident d'hélicoptère.

Il vacilla. Heureusement, Anissa le rattrapa et, non sans renverser une partie de son vin, le guida vers une chaise. Il s'y écroula, terrassé par les émotions qui s'étaient accumulées en lui ces derniers mois.

— S'ils n'étaient pas entrés en contact avec moi, ils ne seraient pas morts. C'est ma faute. Je n'aurais jamais dû répondre à cette lettre. Je n'aurais jamais dû accepter de les rencontrer.

Des larmes commencèrent à couler sur ses joues. Anissa s'agenouilla devant lui et prit ses mains dans les siennes.

— Oh ! Léo... Je suis désolée. Vraiment désolée. Mais ce n'est pas ta faute. C'est le destin.

Une pensée la traversa tout à coup.

— Je ne comprends pas, reprit-elle. Tu ne connaissais pas tes parents, pourtant tu m'en as parlé pour me dire qu'ils ne s'occupaient pas beaucoup de toi.

Léo lui expliqua comment et pourquoi ses parents biologiques avaient été contraints de l'abandonner.

— Mes parents adoptifs m'ont toujours dit que je n'avais pas été désiré, ajouta-t-il. Ce sont eux qui ne s'occupaient pas beaucoup de moi. J'ai passé toute ma vie à ne pas me sentir assez bien, ni pour eux ni pour mes vrais parents puisqu'ils m'avaient rejeté. Ce qui était faux, ils m'avaient désiré.

— Mais tu n'étais qu'un enfant ! Pourquoi tes parents adoptifs étaient-ils aussi cruels ?

Ce fut comme si une petite lumière s'allumait dans sa tête.

— Cruels, oui, c'est le mot juste. Ils n'étaient pas vraiment intéressés par moi. Je pense que l'idée d'avoir un enfant était plus excitante que l'enfant lui-même. Ils m'ont toujours donné l'impression d'être de trop, une gêne.

— C'est terrible... Tu leur parles encore ?

Il secoua la tête.

— Je suis parti quand j'avais vingt ans et je n'ai jamais regardé en arrière. Quand j'ai reçu la lettre de mes vrais parents, j'ai été stupéfait. Au début, je n'y croyais pas. Il m'a fallu quelques semaines pour prendre contact.

— Et quand tu l'as fait ?

Léo prit une profonde inspiration et leva la tête.

— Salvo et Nicole étaient impatients de me rencontrer. Ils m'ont affirmé qu'ils me cherchaient depuis qu'ils m'avaient abandonné. Ils voulaient d'abord parler de moi à Sebastian et Noémi, car, rongés par la culpabilité, ils ne l'avaient jamais fait.

Il frissonna avant de poursuivre, d'une voix de plus en plus tremblante :

— Je n'avais jamais eu de vraie famille où je me sentais à ma place. Tout d'un coup, j'ai eu l'impression que ça pouvait arriver. Et puis... Ils sont morts. Ils étaient arrivés à New York avec quelques heures d'avance et avaient décidé de faire un tour de la ville en hélicoptère. Ensuite, il y a eu les funérailles...

La main d'Anissa serra la sienne.

— Tu n'y as pas rencontré Sebastian et Noémi ?

— Je n'étais pas sûr de ce qu'ils savaient sur moi. Je suis resté au fond. Il y avait des centaines de personnes. Bon sang, Sebastian et Noémi doivent vraiment me détester ! Si mes parents ne m'avaient pas retrouvé, ils ne seraient pas allés à New York et seraient encore en vie. Tout est ma faute.

Ce sentiment l'avait enveloppé comme un manteau sombre dès la seconde où il avait appris l'accident. Cela hantait ses rêves la nuit. La culpabilité était vraiment un sentiment horrible, qui vous vidait de votre vie, lentement mais sûrement.

— Arrête de dire que c'est ta faute, Léo ! Comment aurais-tu pu prévoir cela ? Ce n'était qu'un horrible accident. Tu as dit qu'ils t'avaient cherché toute leur vie ; ils n'auraient jamais arrêté.

Léo pressentait qu'Anissa avait raison. Mais il ne pouvait pas l'accepter. Pas encore.

Léo avait réussi à calmer sa respiration. Près de lui, Anissa veillait, réconfortante présence.

— D'après ce que tu m'as dit des funérailles, dit-elle d'une voix douce, il semble que tes parents étaient très populaires.

— Oui. Tu as peut-être entendu parler d'eux : Salvo et Nicole Cattaneod.

Anissa plissa le front. Une seconde plus tard, Léo lut dans ses yeux qu'elle les remettait – le nom de Cattaneod était connu dans le monde entier.

— Les joailliers ?

— Oui. Les choses sont si difficiles aussi parce qu'ils m'ont nommé dans leur testament.

— C'est normal, tu es leur fils.

Léo ferma les yeux une seconde. Avec Anissa, tout devenait si simple, si évident !

— Apparemment, ils ont fait ça il y a longtemps. Ils exigent que j'assume le contrôle de l'entreprise familiale pendant six mois. Si je n'accepte pas, l'entreprise sera dissoute.

Les yeux d'Anissa s'agrandirent sous l'effet de la surprise.

— Quoi ? Non. C'est terrible ! C'est une position affreuse pour toi !

— Je sais. Imagine ce que Sebastian et Noémi ressentent. Le frère mystérieux surgi de nulle part qui prend la tête de l'entreprise familiale. Faut-il s'étonner que Sebastian soit en colère ? Je ne peux pas m'empêcher d'imaginer ce que je ressentirais si l'entreprise que j'ai vu mes parents construire était confiée à un inconnu.

Il soupira et appuya la tête contre le fauteuil.

— Je n'ai aucune idée de ce qui va se passer. J'ai été seul pendant si longtemps. Mais la question que je dois me poser est : est-ce que je veux vraiment une famille ? Ma mère et mon père ne sont plus là maintenant, et ce sont les personnes avec lesquelles j'avais vraiment envie de tisser une relation. Avec Sebastian et Noémi, nous n'avons pas pris un bon départ. J'hérite de leur entreprise familiale, comment pourraient-ils me faire confiance ? De mon côté, je sais qu'ils sont obligés de me ménager pendant les six prochains mois, qu'ils le veuillent ou non. Cela fausse complètement les rapports.

Anissa s'assit sur l'accoudoir du fauteuil, à côté de lui. Elle lui passa les doigts dans les cheveux. C'était un geste intime, le geste de quelqu'un qui se souciait de lui.

— Tu es en train de te noyer parce que tout est allé trop vite, on dirait. Tu n'as même pas eu l'occasion de dire correctement au revoir à tes parents.

Il enroula le bras autour de sa taille et la tira vers lui, la faisant glisser sur ses genoux. Elle mit les mains de chaque côté de sa tête et pressa le front contre le sien.

— Léo, à qui as-tu parlé de tout cela ?

— À mes avocats. J'ai essayé de trouver un moyen de m'en sortir sans détruire l'entreprise Cattaneod.

Il avait compris où elle voulait en venir, bien sûr, mais comment lui avouer qu'il n'avait *personne* d'assez proche avec qui il aurait pu en parler ? Sauf elle, désormais...

— J'ai vu à quel point tu es proche de tes parents. Je n'ai jamais rien eu de tel. Je ne sais même pas comment je devrais me comporter avec mon frère et ma sœur. J'ai téléphoné à Noémi, tout à l'heure. Je me sentais... guindé, pas naturel du tout. Je ne sais pas comment avoir ce genre de conversation. Pas encore.

— Léo, murmura Anissa à quelques centimètres de son visage, les yeux rivés aux siens, je ne peux pas imaginer à quel point cela a été difficile pour toi. Mais je veux te dire une chose : tu es quelqu'un de bien.

Alors, sans réfléchir, Léo captura les lèvres sensuelles de sa belle Autrichienne.

Une merveilleuse onde de chaleur traversa Léo. L'électricité entre eux grésillait depuis la première fois qu'ils s'étaient rencontrés. Mais désormais, c'était plus que cela. Plus profond. Et il aimait ce sentiment d'être enfin connecté avec quelqu'un ; il aimait vouloir sentir sa peau contre la sienne, son cœur battre contre le sien. Son cœur indulgent qui lui avait déjà pardonné de l'avoir délaissée.

Elle tira sur son pull, et le fit passer au-dessus de sa tête. Toutes les cellules de son corps s'embrasaient. Et ce n'était pas une banale attirance : c'était de l'empathie, de la compréhension. Ses mots, son réconfort, la sincérité dans ses yeux quand elle lui avait dit qu'il était quelqu'un de bien, tout cela l'avait troublé comme jamais.

C'était nouveau. Tout cela était nouveau pour lui. Et quoi qu'il arrive, quelle que soit la décision qu'il prendrait concernant l'entreprise familiale, son instinct et son cœur lui soufflaient que pour la première fois de sa vie il avait trouvé quelque chose à quoi il pouvait se raccrocher.

Tandis qu'il portait Anissa dans ses bras jusqu'à sa chambre, il se dit qu'il ne s'était jamais senti aussi certain de quoi que ce soit.

8

Anissa s'étira dans le lit, alanguie. Heureuse. Pour la première fois depuis une éternité, ses muscles étaient *agréablement* douloureux.

La veille au soir, elle était rentrée à la maison furieuse contre Léo. Mais son expression contrite, défaite, avait presque éteint sa colère.

Avant qu'il lui parle, elle n'avait aucune idée de ce qu'il avait enduré. Elle ne pouvait pas imaginer la dévastation causée par la perte de ses parents. Chaque partie de son récit avait fait se tordre un peu plus son cœur. Chaque mot lui avait fait aimer un peu plus la relation qu'elle entretenait avec ses parents. Comment se sentait-on quand on n'avait jamais vécu cela ? Et quand, alors que la possibilité se faisait soudain jour, elle s'éteignait dans un accident d'hélicoptère ?

Pas étonnant qu'il ait été dévasté...

Elle comprenait maintenant que derrière sa façade d'homme d'affaires couronné de succès se cachait un homme en souffrance. Et que ce masque le faisait tenir debout.

Parce qu'il n'avait personne. Personne avec qui partager.

Sa relation avec son frère et sa sœur n'avait jamais eu la chance de se développer ; à cause du testament de leurs parents, elle n'aurait peut-être jamais cette chance.

Mais c'était son sentiment de ne pas être assez bien, de ne pas être à la hauteur, auquel elle pouvait s'identifier le plus.

— Coucou, fit la voix endormie de Léo à côté d'elle.

Elle se tourna vers lui. Il avait le regard ensommeillé. Seigneur, il était sexy même au réveil !

— Salut, répondit-elle.

— Qu'est-ce que tu veux faire aujourd'hui ? demanda-t-il d'une voix rauque.

— Est-ce que je peux encore jouer les touristes ?

Elle retint son souffle dans l'attente de sa réponse.

— Absolument. Dis-moi où tu veux aller et je t'emmènerai. Ce soir, j'aimerais vraiment que tu viennes avec moi à mon dîner d'affaires avec Joe.

— Tu penses qu'il sera d'accord pour que je sois là ?

— Il n'aura pas le choix ! Je suis revenu à New York pour lui. Il hésite encore sur un contrat que je pensais sur le point d'être conclu.

Léo lui prit la main et l'embrassa.

— Et puis qui ne voudrait pas d'une femme aussi intelligente que toi à sa table ? Je pense qu'il t'aimera : qui ne t'aimerait pas ?

Le compliment la flatta. Mais qu'était-elle à ses yeux ? Femme de ménage le jour et petite amie la nuit ? Elle repoussa cette question et sourit à Léo.

— Qu'est-ce que je devrai porter ?

Il grimaça.

— Est-ce que j'ai tout gâché hier en te donnant ma carte de crédit et en te conseillant de t'en servir ?

Anissa hocha la tête.

— C'était à deux doigts… Mais ne t'inquiète pas, le problème de la robe de bal est réglé.

Elle s'était déjà sentie offensée bien avant, lorsque Léo avait proposé que son assistante personnelle lui trouve la robe. Aujourd'hui, elle préférait de loin faire du tourisme plutôt que du shopping. Il y avait peut-être un moyen de tout arranger.

— Et si tu me donnais le numéro de Keisa ? Je pourrais lui dire quelle taille je fais, quelle couleur je préfère et quel style de robe j'aime. Aucun de nous deux ne s'approchera d'un magasin de vêtements aujourd'hui ! De toute façon, j'ai quelque chose de beaucoup plus amusant en tête…

Pendant que Léo prenait sa douche, Anissa, déjà prête, appela Keisa et lui donna ses consignes. Ensuite, elle consulta ses messages en buvant un café. Elle remarqua tout de suite le mail de Hans.

Il avait joint une fiche de poste détaillée – rôle, responsabilités, attributions, salaire et montant des frais remboursés. C'était beaucoup mieux payé que ce qu'elle avait imaginé. Elle serait au cœur des compétitions de ski alpin, mais pas sur la piste...

Une part d'elle-même se réjouissait de cette proposition. Elle n'aurait jamais pensé qu'ils la contacteraient. C'était flatteur. Mais une autre partie d'elle-même se sentait insultée : les membres de la fédération étaient persuadés qu'elle ne reviendrait jamais au plus haut niveau.

Presque automatiquement, sa main commença à frotter sa jambe tandis que son autre main attrapait son sac et... Elle se figea. Elle cherchait ses analgésiques. Ceux qu'elle prenait tous les jours. Ceux dont elle n'avait pas besoin en ce moment.

Depuis qu'elle était remise sur pied, elle n'avait cessé de s'entraîner. Elle pensait qu'il lui suffirait d'apprendre à vivre avec la douleur et de prendre des cachets. Il ne lui était jamais venu à l'esprit que si elle arrêtait de skier la douleur pourrait disparaître.

Malmenait-elle dangereusement son corps pour poursuivre un rêve qui ne se réaliserait jamais ?

Des larmes lui piquèrent les yeux tandis qu'elle regardait la ville enneigée. Dehors, il y avait un monde de possibilités. Peut-être avait-elle besoin d'envisager ses options de manière un peu plus rationnelle, en se coupant de ses émotions... En était-elle capable ?

Sa bonne humeur, sa joie de vivre, sa capacité à s'émerveiller étaient contagieuses. Et Léo aimait cela. Aimait *beaucoup* cela. Anissa l'avait entraîné sur Liberty Island pour la visite touristique de la statue de la Liberté. Ils montèrent les marches jusqu'au piédestal, puis grimpèrent jusqu'à la couronne.

— C'est génial, chuchota-t-elle en regardant le port de New York et Manhattan.

Léo acquiesça, se demandant pourquoi il n'avait jamais fait cela auparavant.

Ensuite, elle l'emmena à l'Intrepid Museum, sur la rivière Hudson, un endroit étonnant dont Léo n'avait jamais entendu parler. Ils y visitèrent la navette spatiale *Pavilion*, exposée par la NASA, un Concorde de la British Airways et le sous-marin *Growler*.

— Tu n'es qu'une grande enfant, n'est-ce pas ? lui lança Léo à leur retour.

— Peut-être, dit-elle rapidement. Ou peut-être simplement que je réévalue les choses ; que je décide de ce qui est important.

Le regard qu'elle lui jeta en prononçant ces mots le toucha au cœur. Il perçut de nouveau le signe qu'ils étaient sur la même longueur d'onde. Elle leva les mains et les posa sur ses épaules, les yeux dans les siens.

— Peut-être que nous avons tous les deux besoin de réfléchir à certaines choses. Parle-moi de ta discussion d'hier avec Noémi.

— C'était chouette. Elle était bavarde. Elle posait beaucoup de questions, voulait connaître la date de mon retour. En fait, reprit-il après une pause, c'était le rêve de nos parents d'avoir tous leurs enfants réunis pour Noël.

— Et Noémi veut-elle réaliser ce rêve ?

Léo hocha affirmativement la tête.

— Mais n'est-il pas trop tard ? Ils ne sont plus là.

— Toi, tu es là ! assena-t-elle, véhémente. Noémi et Sebastian sont là. C'est ta famille, Léo. Les gens que tu devrais connaître. Les gens que tu devrais aimer.

Elle avait raison. Il savait qu'elle avait raison. Mais cela lui faisait l'effet d'un grand saut dans l'inconnu.

— Noël est un moment très spécial pour les familles, poursuivit-elle. J'aime passer cette période avec ma mère et mon père.

— Ce sera le cas cette année ?

Il eut un petit pincement au cœur : il n'était pas sûr de la façon dont il voulait qu'Anissa réponde à cette question.

— Non. J'ai promis de travailler et je respecte toujours mes engagements. Je rentrerai chez moi quelques jours autour du 20 décembre et je reviendrai à Mont-Cœur le 23. Nous fêterons Noël en avance.

Elle sera là !

Léo avait envie de chanter. S'il décidait de retourner en Suisse passer Noël avec son frère et sa sœur, Anissa serait là. Tout lui semblait soudain plus léger, moins décourageant.

— Noémi était la plus facile à appeler, n'est-ce pas ? demanda Anissa, fine mouche. La personne à qui tu dois vraiment parler, c'est Sebastian.

— Toi, on peut dire que tu ne tournes jamais autour du pot ! s'exclama-t-il en riant.

Elle rit aussi.

— La vie est trop courte. Ton frère est en colère à cause du testament, sûrement blessé. Il a sans doute passé toute sa vie à se préparer à diriger l'entreprise, il doit avoir l'impression qu'on lui a arraché son dû, que son travail compte pour du beurre. Mais quel est l'enjeu pour Noémi ?

— Elle est actionnaire, mais ne siège pas au conseil d'administration. Je ne sais pas comment elle vit cette situation.

Anissa posa la main sur son torse.

— Tu ne sais rien de ce qui se passe dans leurs vies. Ils viennent de perdre leurs parents, ils ont découvert qu'ils avaient un frère, mais il pourrait y avoir d'autres choses.

Elle se mit sur la pointe des pieds et murmura à son oreille en le serrant très fort dans ses bras :

— Respire, Léo. Prends le risque. Une fois qu'ils te connaîtront, ils te trouveront génial.

Jamais quelqu'un ne l'avait soutenu comme Anissa le faisait en ce moment. Il désirait plus que tout au monde lui rendre la pareille, mais cela signifierait lui poser des questions qu'elle ne voulait pas qu'on lui pose sur sa carrière de skieuse professionnelle. Or la dernière chose qu'il voulait faire, c'était la blesser ; ou endommager la relation précieuse qu'il avait commencé à nouer.

Ils avaient tout juste le temps de se préparer pour le dîner. Anissa s'empara des sacs que Keisa, l'assistante de Léo, avait fait livrer pour elle et se précipita dans sa chambre. Elle prit une douche, se sécha les cheveux et se maquilla sommairement.

Elle ouvrit la boîte de chaussures posée sur le lit. Des escarpins à talons aiguilles en cuir verni noir avec des semelles rouges. Magnifiques, et probablement plus chers que ce qu'elle gagnait en un mois.

Elle dézippa ensuite la housse à vêtements et en sortit la robe. Elle était d'un rouge sublime – une couleur qu'elle portait rarement. Elle avait un décolleté droit, et tombait de ses hanches au-dessus des genoux, où elle était finie par un petit volant rouge.

Elle enfila le tout et, après un rapide coup d'œil dans le miroir, sortit en hâte de sa chambre.

— Waouh, fit Léo lorsqu'elle le rejoignit.

Son regard était admiratif. Il portait un costume sombre et une cravate ; il avait un verre de vin rouge à la main. Les lumières de l'appartement étaient tamisées et Anissa aimait la façon dont brillaient les yeux de son amant.

— Je n'ai pas encore rencontré Keisa, mais elle semble avoir un goût impeccable.

— En effet. Et je lui ai peut-être envoyé une photo..., ajouta-t-il avec un petit sourire.

— De moi ? s'exclama-t-elle, étonnée. Quand ?

— Aujourd'hui. Nous avons pris des tonnes de photos ces deux derniers jours !

— Oui. D'ailleurs, cela me fait penser que j'en ai une sur laquelle tu fais semblant de tenir dans tes bras une baleine bleue géante, le taquina-t-elle.

Il rit.

— J'avais oublié celle-là ! Tu pourrais vraiment me faire chanter, avec. Même si, de mon côté, j'en ai une de toi la tête dans une mâchoire de T rex.

Elle glissa les bras autour de son cou, souriante.

— Tu serais capable de me faire chanter ?

Léo avait les mains sur ses hanches.

— Tu pourrais me persuader de ne pas le faire...

Elle se rapprocha afin de sentir son corps contre le sien.

— Parle-moi de ce soir. Parle-moi de Joe.

— Tu t'inquiètes pour le dîner ?

— Je ne suis pas inquiète, mais... je sais que c'est important pour toi. Je ne veux pas commettre d'erreur.

— Sois juste toi-même. Tu es parfaite. Joe va t'adorer.

C'était comme si du miel chaud se répandait en elle. Depuis que Léo s'était ouvert à elle, la veille, c'était comme si un mur entre eux s'était écroulé. Il semblait plus détendu. Elle ne doutait pas qu'il réfléchissait encore à ses problèmes familiaux, mais il était moins sombre. C'était presque comme s'il était soulagé d'avoir enfin partagé ses sentiments.

Elle s'écarta de lui et glissa la main dans la sienne.

— Allez, monsieur Baxter, emmenez-moi dîner !

The View, en haut de l'hôtel Marriott, était un de ses restaurants préférés – et il en allait de même pour Joe, Léo le savait. Sa particularité était de pivoter à 360 degrés en une heure, ce qui signifiait que l'on pouvait voir toute la ville à ses pieds pendant le dîner. Léo avait réservé une table près des grandes baies vitrées.

Comme il l'avait prédit, Joe fut charmé par Anissa dès l'apéritif. Elle l'avait enchanté avec des histoires sur son enfance en Autriche, puis intrigué en relatant son expérience de skieuse professionnelle. Léo ne put s'empêcher de remarquer le ton légèrement mélancolique de sa voix lorsqu'elle évoquait sa carrière.

Une fois leurs plats principaux déposés devant eux, elle se racla la gorge et dit, l'air nerveux :

— J'ai reçu une offre d'emploi intéressante.

— Ah bon ? s'exclama Léo, surpris.

— Un poste va se libérer au sein de la Fédération internationale de ski. Ils ont pensé à moi.

Joe se pencha en avant et posa la main sur celle d'Anissa.

— On dirait qu'ils savent reconnaître le talent et l'intelligence quand ils les voient. Et... vous avez accepté ?

Léo retint son souffle. Il voulait connaître la réponse à cette question, lui aussi. Il se demandait pourquoi Anissa ne lui avait pas parlé de cette proposition plus tôt. Du bout de la fourchette, elle jouait machinalement avec la nourriture dans son assiette.

— Pas encore, lâcha-t-elle enfin, tête basse.

Léo ne put se retenir d'intervenir :

— Pourquoi ? Cela semble intéressant, non ?

Elle poussa un petit soupir.

— Parce que, si j'accepte, c'est fini. Ma carrière professionnelle, la compétition, les jeux Olympiques. Mes rêves de médaille d'or. Et je ne sais pas si je suis prête à renoncer.

— Vous avez dit tout à l'heure que vous aviez eu un accident, dit Joe. Pensez-vous honnêtement que vous pourrez revenir à un niveau mondial ?

Léo gigota nerveusement sur son siège. Il avait demandé à Anissa d'envisager un plan B, mais il n'avait pas été aussi direct. Elle était livide. Elle ne répondit pas.

— Quoi que vous décidiez, ce sera le bon choix. Après tout, vous êtes la mieux placée pour savoir ce qui vous rendra heureuse, affirma Joe, avant de lever son verre de vin pour porter un toast : à Anissa, une belle femme avec un bel avenir, quel qu'il soit !

Anissa trinqua avec Joe et but une gorgée. Elle avait l'air triste et perdu, nota Léo. Il détestait cela. Son cœur se serra. Et soudain, il comprit.

Il l'aimait.

Il aimait Anissa.

Pour la première fois de sa vie, il était amoureux...

Il voulait qu'Anissa soit heureuse, fière d'elle, qu'elle choisisse la carrière qui lui convenait. Mais plus que tout, *il voulait qu'elle soit avec lui.*

À son tour, il leva son verre et le fit tinter contre celui de la jeune femme.

— À Anissa. Tu peux être qui tu veux être.

Leurs regards se croisèrent. L'incertitude et un soupçon de tristesse voilaient encore celui d'Anissa. Mais lui n'avait jamais été aussi sûr de quoi que ce soit dans sa vie...

Joe était un vieux charmeur. Il savait être effronté, il savait être flatteur, et il pouvait certainement charmer même les oiseaux. Les affaires entre lui et Léo avaient été réglées en cinq minutes. Il y avait eu quelques désaccords en amont et en aval, mais pas de rancune. Il était clair que les deux hommes se respectaient. Anissa appréciait que Joe reconnaisse le sens des affaires de Léo, ainsi que son honnêteté. Il avait de l'estime pour lui, et cela la rendait heureuse.

Le dîner se termina relativement tôt. Après avoir salué Joe, Léo et elle décidèrent de rentrer à pied. Il la prit par la taille et ils se dirigèrent vers le penthouse.

Elle se décida à poser la question qui lui brûlait les lèvres depuis longtemps :

— Tu as réfléchi à ce que tu allais faire avec ton frère et ta sœur ?

Il pinça les lèvres pendant une seconde.

— Je devrais probablement parler à Sebastian et le rassurer. Lui dire que je ne désire pas prendre sa place à la tête de Cattaneod Jewels. Je le lui ai déjà dit, mais je ne sais pas s'il m'a entendu.

— Tu es sûr de ne pas vouloir t'impliquer dans l'entreprise familiale ?

— Que veux-tu dire ?

Elle s'arrêta et le dévisagea. Peau claire mais cheveux foncés, ébouriffés ; yeux bleus brillants ; corps agile et musclé. Oui, on pouvait deviner son ascendance italienne.

— C'est aussi *ton* entreprise, Léo. Si ta mère et ton père t'en ont laissé le contrôle, il doit y avoir une bonne raison. Ils t'aimaient. Tu étais leur fils. Ils voulaient que tu la diriges. Tu veux vraiment refuser sans y réfléchir ?

Il avait un regard confus et secouait lentement la tête.

— Comment pourrais-je leur enlever ce qui leur appartient ?

Anissa lui prit le bras.

— Parce que cela t'appartient aussi ! La réaction de Sebastian te fait penser le contraire, mais ce n'est pas à lui de décider pour toi. Je ne veux pas que tu tournes le dos et que tu le regrettes dans quelques années.

Elle ne pouvait pas contenir sa fougue, ne pas dire à Léo ce qu'elle ressentait. La veille, ils s'étaient connectés comme jamais. Elle avait vu comment il avait été brisé, mais elle avait aussi senti son puissant désir de faire partie d'une famille.

Son cœur battait pour cet homme magnifique qui essayait de cacher ses émotions. Peut-être qu'attendre les six mois puis se retirer de l'entreprise familiale était exactement ce qu'il devait faire. Mais pas sans analyser la situation. Il était un brillant homme d'affaires. Il avait peut-être des idées et des compétences à apporter.

Avant de prendre une décision, il devait parler à Sebastian, faire la connaissance de son frère.

Elle était enfant unique et, comme la plupart des enfants uniques, elle avait désiré un frère ou une sœur. Comment se sentirait-elle si elle découvrait maintenant qu'elle en avait un ou une ? Elle voudrait tout savoir de sa vie.

Léo n'avait toujours pas répondu à sa question. Son front était plissé, comme s'il réfléchissait à ce qu'elle avait dit. Elle eut soudain une idée.

— Tu m'as dit que tu n'avais pas rencontré la famille de Sebastian parce qu'elle n'était pas encore arrivée à Mont-Cœur.

— Oui.

— Il a des enfants ?

— Oui, je... Un fils, je crois.

— Donc tu as un neveu.

Elle eut l'impression que Léo prenait soudain conscience qu'il était oncle. Elle décida de creuser cette piste.

— Comment s'appelle-t-il ? Quel âge a-t-il ?

— Il s'appelle Frankie. Il a... deux ans, si j'ai bien compris.

Anissa tapa dans ses mains, excitée.

— Un neveu de deux ans ? C'est génial ! Il paraît que New York possède les plus beaux magasins de jouets du monde.

Léo semblait perdu, comme s'il ne comprenait pas où elle voulait en venir.

— Dans quelques semaines, c'est Noël. Que tu décides de retourner à Mont-Cœur ou non, tu ne peux pas ignorer le fait que c'est ton premier Noël en tant que tonton. Tu dois lui offrir quelque chose !

Ce fut comme si une lumière s'allumait dans ses yeux. Une ébauche de sourire étira ses lèvres.

— Donc, nous devons aller lui trouver un cadeau !

— Enfin, tu te réveilles ! Moi qui croyais que tu étais un businessman à l'esprit vif, le provoqua-t-elle en souriant.

— Mais qu'est-ce que je vais acheter à un garçon de deux ans ? gémit-il.

Elle lui fit un clin d'œil.

— Tu devrais le savoir, tu en as été un, non ? Mince, les magasins de jouets doivent être fermés, maintenant.

Léo sortit son téléphone de sa poche en imitant James Bond :

— Mon nom est Baxter. Léo Baxter.

Les lumières étaient toujours allumées dans le magasin de jouets, mais les volets étaient tirés sur la façade du magasin. Léo lui avait dit que c'était une grande soirée d'inventaire à l'approche de Noël et que le personnel était sur place.

Un homme sortit peu après leur arrivée et se présenta comme le gérant. Il les fit entrer par une porte latérale.

— Merci de nous accueillir, dit Léo.

L'homme sourit.

— Quiconque fait un don aussi important à notre fondation contre le cancer des enfants est le bienvenu. Voulez-vous que l'un de mes employés vous aide ou préférez-vous simplement jeter un œil ?

Léo la regarda. Anissa mourait déjà d'envie de déambuler parmi les jouets.

— Je pense qu'on va se débrouiller.

— Dans ce cas, amusez-vous bien ! leur lança le gérant.

Anissa était aux anges.

— Léo, allons-y !

Léo semblait un peu déconcerté par les allées bondées et les panneaux colorés. Ils passèrent des jeux de société aux figurines, puis aux voitures, aux pistolets laser, aux consoles de jeux, aux vélos, aux skate-boards, aux patins à roulettes, sans qu'il réussisse à faire un choix.

— Je n'ai aucune idée de ce qui lui plairait, lâcha-t-il enfin, l'air épuisé. Et s'il est comme son père, il va probablement me détester.

Anissa détestait le voir vaincu avant même de s'être battu. Elle s'approcha de lui, passa un bras autour de son cou et une main dans ses cheveux.

— Léo Baxter, tu pars perdant ! Arrête de penser que le verre est à moitié vide, vois-le à moitié plein. Pense à toutes les nouvelles aventures que tu pourrais vivre.

Il posa les mains sur sa taille et lui répondit avec douceur :

— La vérité, c'est que je pourrais acheter tout le magasin. Mais à quoi cela servirait-il ?

— Ce que tu dois faire, c'est penser à quelque chose que tu aimais quand tu étais enfant. Quelque chose que tu achèterais pour ton propre fils… Si un jour tu en as un.

Il la fixa de ses prunelles intenses. Pendant une seconde, il lui coupa le souffle. C'était presque comme s'il regardait droit dans son âme et voyait chaque partie d'elle. Personne ne l'avait jamais regardée comme ça.

— Pourquoi ne m'as-tu pas parlé de l'offre d'emploi ? demanda-t-il d'une voix rauque.

Sa question la prit par surprise. Elle ne lui avait rien dit parce qu'elle n'avait pas encore vraiment eu le temps d'y réfléchir. C'était sorti au cours de la conversation avec Joe sans qu'elle ait rien prémédité.

Avant qu'elle ait le temps de se reprendre, Léo poursuivit :

— Cela ressemble à une opportunité, non ? Ils doivent penser beaucoup de bien de toi et de tes compétences ! Tu n'aimerais pas travailler pour eux ?

Elle pouvait voir un véritable enthousiasme dans son regard, enthousiasme qui ne se reflétait pas dans le sien.

— Je… Je ne sais pas, bafouilla-t-elle.

— Tu pourrais influer sur ton sport, sur l'avenir du ski professionnel ! reprit-il, toujours aussi exalté.

Mais je n'aurai jamais de médaille d'or.

Cette pensée semblait être implantée dans son cerveau et y tournait en boucle depuis le moment où Hans l'avait appelée. Une pensée ridicule sans doute, mais dont Anissa ne parvenait pas à se débarrasser. Une obsession.

Tout à coup, elle se sentit dépassée. Ce séjour à New York était fabuleux, mais toute sa vie était sens dessus dessous. Elle n'arrivait pas à se concentrer pour prendre des décisions. En plus, elle avait rencontré un homme merveilleux qui avait partagé avec elle des moments très intimes, un amant fabuleux qui lui avait peut-être même volé une petite partie de son cœur…

Anissa se raidit. Avait-elle vraiment pensé cela ? Alors qu'elle connaissait Léo depuis si peu de temps ?

Ressaisis-toi, ma fille !

Il fallait absolument changer de sujet.

— On ne peut pas rester ici toute la nuit, dit-elle. Le personnel va finir par partir. Quel était ton jouet préféré quand tu étais enfant ?

Pendant une brève seconde, il eut l'air un peu surpris, puis son regard s'illumina.

— Les dinosaures ! s'exclama-t-il.

— Bien sûr. Quel enfant n'aime pas les dinosaures ? Partons à la recherche des dinosaures ! proposa-t-elle en lui prenant la main.

Dix minutes plus tard, ils avaient un tapis de jeu avec un volcan, la jungle, des rivières, ainsi qu'un modèle de chaque dinosaure présent en rayons. Les bras de Léo étaient pleins.

Tandis qu'ils se dirigeaient vers les caisses, Anissa rafla quelques figurines humaines et une jeep miniature.

— Nous avons besoin de gens que les dinosaures peuvent manger, dit-elle en riant.

— Bonne idée.

Soudain, il s'arrêta et se tourna vers elle.

— Anissa ? Merci.

— De quoi ?

— D'avoir pensé à Frankie. D'être là pour moi. Merci pour tout, dit-il d'une voix tremblante.

Ce fut comme si un étau lui broyait le cœur. Elle ne voulait pas qu'il en dise plus. Elle n'était pas prête. Elle en était encore à s'habituer à ce que sa jambe et son dos ne lui fassent pas constamment mal. Elle en était encore à éviter de penser à son avenir. Surtout, elle essayait encore de comprendre ce qu'elle ressentait pour le magnifique milliardaire qui l'avait emmenée à l'autre bout du monde.

— C'est à cela que servent les amis, non ?

9

Si physiquement ils étaient plus proches que jamais, Léo sentait qu'émotionnellement Anissa s'éloignait de lui. Il la voyait parfois partir dans un monde dont il était exclu, réfléchir à des choses qu'elle ne partageait pas avec lui.

Il se dit qu'il était temps d'agir. Pour faire en sorte qu'elle se voie comme il la voyait : non pas comme une sportive qui avait eu un accident et avait vu ses rêves détruits, mais comme une femme belle et intelligente qui pouvait repenser son existence et ce qu'elle voulait accomplir.

Quand il avait vu la douleur dans ses yeux lorsqu'elle lui avait parlé de son accident, il avait imaginé que l'emmener loin de Mont-Cœur lui donnerait une chance de changer ses perspectives ; une chance de voir ce que sa vie pourrait être en dehors du ski. Or il semblait qu'Anissa était toujours focalisée sur sa réussite sportive. Il se détestait de se demander si elle serait vraiment capable d'un *come-back*.

— Anissa ? demanda-t-il à travers la porte close. Comment vas-tu ?

Elle avait disparu pendant quelques heures pour se faire coiffer et maquiller pour le bal de bienfaisance de Noël, puis, dès son retour, elle s'était réfugiée sans qu'il puisse la voir dans sa chambre pour se changer. Il ignorait ce qu'elle allait porter. Tout ce qu'il savait, c'était que sa carte de crédit n'avait été débitée que pour une paire de chaussures, ce qui le rendait très nerveux.

— Je vais bien, lui répondit la voix étouffée de la jeune femme.

— Besoin d'aide ?

Il y eut un long silence, puis la porte s'ouvrit.

— Non, dit-elle simplement en avançant vers lui.

Léo se figea, le souffle court. Les cheveux blonds d'Anissa étaient relevés sur le dessus de sa tête avec quelques torsades autour du visage. Elle portait une robe bleu pâle, avec des perles et des paillettes sur le corsage ; sa jupe semblait scintiller lorsqu'elle marchait. C'était comme si elle lui avait jeté un sort.

— Tu ressembles à une princesse des glaces, balbutia-t-il, émerveillé.

Elle sourit.

— C'est ainsi que tu m'as appelée à Mont-Cœur. Je l'ai gardé à l'esprit.

— Où diable as-tu trouvé cette robe ? Elle est parfaite, de la couleur exacte de tes yeux.

— Tu te souviens que je t'ai dit que la cousine de Chloé était à New York ? Elle est étudiante en mode. Quand elle a appris à quel bal j'allais, elle m'a demandé si je voulais bien porter une de ses robes.

Elle fit un tour sur elle-même ; la lumière joua avec les paillettes de la robe. Le cœur de Léo se serra dans sa poitrine. Anissa était superbe. Éblouissante. À l'intérieur et à l'extérieur. Et ce soir, il allait lui dire ce qu'il ressentait pour elle.

— Très bien, mademoiselle Lang. Laissez-moi vous emmener au bal le plus prestigieux de New York.

C'était encore plus grandiose que dans ses rêves les plus fous...

La limousine noire s'arrêta devant le tapis rouge qui menait au palace. À peine sa portière ouverte, des dizaines de flashs éblouirent Anissa. Heureusement, Léo vint à sa rescousse et ils montèrent les marches main dans la main.

Dans le hall, Léo commença à saluer de la tête des invités. Soudain, une femme s'approcha d'Anissa et lui posa la main sur le bras.

— Votre robe est divine ! Qui est le créateur ?

— C'est une jeune créatrice, répondit-elle en souriant. Elle s'appelle Julie Chen. Retenez bien ce nom, je pense qu'on va bientôt se l'arracher.

Anissa ressentit un peu de fierté lorsqu'elle lui donna la carte de Julie.

— Si j'en crois votre robe, je n'ai aucun doute, acquiesça l'inconnue avant de la saluer et de se fondre dans la foule.

Léo la conduisit dans la salle de bal ; de chaque côté, un bel escalier incurvé menait à l'étage. Comme s'il avait été conçu spécialement pour elle, l'éclairage était bleu et or, et les énormes lustres envoyaient une myriade d'éclats arc-en-ciel sur tous les murs. Toute la pièce était décorée dans l'esprit de Noël, avec des guirlandes lumineuses scintillantes et élégantes. De fins sapins blancs étaient décorés de boules bleues, et des guirlandes bleues et dorées étaient enroulées autour des piliers au milieu de la pièce.

Des serveurs leur proposèrent du champagne et leur présentèrent des amuse-gueules appétissants disposés sur des plateaux d'argent tandis qu'un orchestre installé sur une estrade jouait des standards.

Léo lui présenta de nombreux invités, dont beaucoup de couples glamour et quelques célébrités. On demandait sans cesse à Anissa qui avait créé sa robe et très vite, elle n'eut plus de cartes de visite de Julie à distribuer.

Finalement, une bonne heure après leur arrivée, Léo se tourna vers elle et lui tendit la main.

— M'accorderas-tu cette danse ?

Elle sourit et posa sa coupe de champagne sur une des tables hautes.

— J'ai cru que tu ne le demanderais jamais !

Léo la conduisit au milieu de la piste de danse au moment où débutait une valse.

— Tu sais danser la valse ? lui demanda-t-elle.

— Pas toi ? rétorqua-t-il avec un sourire provocant.

— Disons que je n'ai jamais eu beaucoup de temps pour les bals, dans le passé, répliqua-t-elle sur le même ton taquin.

— C'est facile, murmura-t-il contre son oreille. Suis-moi.

Anissa frissonna et se laissa emporter. Léo était un cavalier remarquable, tout en souplesse et grâce.

— Je t'avais dit que je pouvais t'apprendre, dit-il, ironique.

— Quand on sait skier, on sait tout faire, lui répondit-elle, bravache.

Il haussa les sourcils.

— Ah oui ?

Alors il se mit à la faire tournoyer tant et si bien qu'elle en eut le vertige. Elle appuya la tête contre son torse, haletante.

— Arrête, je suis étourdie.

— Je n'ai même pas encore commencé, dit-il en riant.

Il ralentit toutefois le rythme. Il la fit tourner encore une fois et les paillettes de sa robe scintillèrent dans la lumière. Elle se sentait une vraie princesse. Et certainement pas une princesse des glaces. Son cœur battait si fort que tout Manhattan devait l'entendre.

Personne ne lui avait fait ressentir cela auparavant. Alain n'avait jamais fait battre son cœur ainsi – il ne l'avait jamais traitée aussi bien. Pas besoin d'argent pour traiter une femme comme une princesse. Léo y parvenait sans problème, comme si c'était naturel chez lui. Chaque regard, chaque sourire faisait vibrer chaque cellule de son corps. Elle ne pouvait pas nier la connexion entre eux ni le halo de sensualité électrique qui semblait les entourer.

Mais quelles étaient les attentes de Léo à son égard ?

Elle constatait que les gens les regardaient pendant qu'ils dansaient, avec plus ou moins de discrétion. Grand, athlétique, élégant, Léo était de loin l'homme le plus beau de la soirée. Ce type était milliardaire. Et il était avec elle. Anissa Lang. Femme de ménage et monitrice de ski.

Pourquoi l'avait-il choisie ?

Pourquoi prêter attention à une fille qui ne savait même pas ce qu'elle voulait dans la vie ?

Les questions l'envahirent. Peut-être qu'elle se faisait un film, qu'elle fantasmait complètement. Une fois que Léo aurait eu le temps de réfléchir et de résoudre les problèmes qu'il avait avec sa famille, il la délaisserait. Puis l'oublierait.

La peur s'installa en elle. La perspective de ne plus jamais revoir Léo, de ne plus jamais être auprès de lui, la ravageait. Elle ne s'attendait pas à une réaction aussi violente.

Il lui souriait ; ses yeux bleus brillaient. Il la conduisit hors de la piste de danse.

— Faisons une pause, proposa-t-il doucement. Il faut qu'on parle.

Ils quittèrent la salle de bal désormais bondée et se dirigèrent vers une salle plus petite, qui donnait sur Central Park.

Léo lui prit la main.

— J'ai appelé Sebastian aujourd'hui.

— C'est vrai ? s'écria-t-elle.

— Quand tu es allée te faire coiffer et maquiller. J'ai décidé qu'il était temps.

Anissa avait l'impression d'être devant un film policier au suspense insoutenable. Elle avait besoin de savoir ! Elle trépignait presque.

— Alors, que vous êtes-vous dit ? C'était comment ?

— Un peu gênant, avoua-t-il. Je ne sais toujours pas si j'ai une place dans cette famille.

— Mais tu progresses. Tu passes des étapes.

Il prit une profonde inspiration.

— Des étapes, oui… C'est ce dont je… j'aimerais te parler.

Anissa fronça les sourcils. Pourquoi Léo avait-il soudain l'air si grave et mal à l'aise ? Pourquoi se mettait-il à bafouiller ?

— Je ne sais pas trop ce qui va se passer avec ma… *famille*. Mais apprendre qui étaient mes vrais parents, puis les perdre, m'a permis de réfléchir à ma vie. À ce que je veux en faire.

— Et que veux-tu en faire ? demanda Anissa, la bouche sèche, de plus en plus désorientée.

Léo lui prit l'autre main. Il semblait exalté, à présent.

— C'est plutôt *avec qui* je veux le faire qui importe.

Le cœur d'Anissa manqua un battement.

— Que… Quoi ? bredouilla-t-elle d'une voix presque inaudible.

Les yeux de Léo étaient brillants et son sourire large. Il referma les deux mains sur les siennes.

— Reste avec moi, Anissa. Reste avec moi à New York. Coupe avec ta vie passée et prends ton temps pour décider de la suite. Tu as été différente ces derniers jours. C'est comme si un voile avait quitté ton regard, et que tu rayonnais de nouveau.

Elle tressaillit à ces mots, peut-être parce qu'ils reflétaient la vérité, se dit-elle.

— Reste avec moi, continua Léo avec un enthousiasme débordant. Nous savons tous les deux que tu ne redeviendras peut-être pas la skieuse que tu étais, mais tu es une femme brillante. Un monde de possibles s'ouvre à toi. Il te suffit d'en choisir un. Éloigne-toi des pistes de ski. New York pourrait te donner le temps pour imaginer ton avenir.

Elle se hérissa. Léo avait énoncé sa propre peur à voix haute, celle de ne jamais retrouver son niveau d'avant l'accident. Cela lui trottait dans la tête en permanence depuis un an, tout le monde autour d'elle le pensait en silence, comme le prouvait la disparition de son entourage de sa vie, et Léo était la première personne à le lui dire en face. Et cela faisait mal…

Il lui toucha la joue.

— S'il te plaît, dis-moi que tu vas rester, Anissa. Maintenant que je t'ai trouvée, je ne veux pas te perdre. Je t'aime.

Quoi ?! Avait-elle bien entendu ? Oui, Léo semblait sincère, un feu brûlait dans ses prunelles.

Mon Dieu…

Une part d'elle voulait hurler de joie, une autre éclater en sanglots. Elle avait rencontré quelqu'un avec qui elle était étroitement connectée. Quelqu'un qui d'un seul regard pouvait accélérer son pouls. Elle comprenait sa douleur, son sentiment de ne pas être à sa place, d'être rejeté. Elle avait voulu l'aider tant elle détestait voir cet homme merveilleux et attentionné se déprécier.

Peut-être devrait-elle rire. Peut-être devrait-elle lui passer les bras autour du cou et lui dire qu'elle l'aimait aussi.

Parce qu'elle l'aimait.

Mais elle ne pouvait pas. Pas maintenant. Pas ici. Pas alors qu'il venait de prononcer d'autres mots si difficiles à entendre pour elle. Peu importait que le cadre soit fichtrement romantique, peu importait que la plupart des femmes présentes la prennent pour une folle si elles savaient : elle n'était pas prête à renoncer à ses rêves. Un lent sentiment d'être dépassée par les événements s'était développé ces derniers jours et prenait maintenant de la vitesse, comme la neige qui dévale une montagne devient une avalanche.

Sa tête allait exploser.

Elle fit un pas en arrière. Hors de portée de Léo, de l'odeur boisée de son eau de toilette, de la chaleur de son corps si viril. Elle avait besoin d'espace.

Ses yeux s'élargirent, comme s'il avait enfin compris que quelque chose n'allait pas.

— Anissa ?

Soudain, derrière eux, une horloge commença à sonner minuit. Ce fut l'éperon dont elle avait besoin. Elle secoua la tête et rassembla sa jupe dans sa main droite.

— Non, Léo. Je suis désolée.

Les mots s'étouffèrent à moitié dans sa gorge. Alors qu'elle se dirigeait en courant vers l'escalier, elle trébucha et perdit une de ses sandales à talon argentées. Pendant une seconde, elle hésita, se demandant si elle devait la ramasser. Mais Léo la fixait comme si elle avait perdu la tête ; ou comme si c'était lui qui l'avait perdue. Elle ne pouvait pas prendre le risque qu'il essaie de la persuader de rester.

Les larmes lui brouillaient la vue. Elle devait s'enfuir avant que la pression dans sa poitrine devienne trop forte. Elle se retourna et s'enfuit dans l'escalier au son du dernier coup de minuit.

Léo était stupéfait. Que venait-il de se passer… ?

Il invitait la femme qu'il aimait à rester avec lui et la seconde suivante, elle s'enfuyait en larmes !

Pendant quelques secondes, il resta figé, incapable de bouger, se demandant comment il avait pu se tromper à ce point. Avait-il mal interprété ce qui vibrait entre Anissa et lui ?

Non loin, une femme le fixait d'un regard désapprobateur, comme s'il venait de commettre un acte barbare. Il ramassa la chaussure d'Anissa et se fraya un chemin à travers la foule. Bon sang, elle avait été si impatiente de le fuir qu'elle avait laissé une sandale derrière elle ! Qu'avait-il dit ? Qu'avait-il fait ?

Il avait pensé que lui offrir la chance de prendre un nouveau départ dans un endroit nouveau était exactement ce dont elle avait besoin. Manifestement il s'était trompé. Ou peut-être s'était-il trompé en lui avouant qu'il l'aimait. Il ne pouvait pas nier ce qu'il ressentait. Or il était clair qu'Anissa ne ressentait pas la même chose. Ses aveux avaient dû lui mettre la pression, surtout si elle ne partageait pas ses sentiments.

Avait-il imaginé les étincelles et l'électricité entre eux ? Était-il vraiment si loin du compte ?

Pris dans l'atmosphère de la soirée, captivé par la beauté de la femme qui lui faisait face, étourdi par ses propres émotions, il avait été heureux.

Il l'aimait.

Il l'aimait et voulait qu'elle soit heureuse. Il avait imaginé que sa suggestion de rester ici avec lui et de ne plus penser à la compétition aurait été un soulagement pour elle.

Comme il avait eu tort...

Quand elle lui avait parlé de la proposition de travail qu'elle avait reçue, il avait supposé qu'elle avait envisagé de rester. Elle était tellement plus heureuse depuis qu'elle était à New York !

Mais il semblait qu'elle n'en ait pas encore pris conscience.

Il se précipita dans le hall et essaya de la repérer. Elle n'avait pas pu aller loin avec une seule chaussure, si ?

L'ironie de la situation lui sauta aux yeux. Il l'avait appelée Princesse des glaces, mais en vérité, elle était sa Cendrillon.

Et elle lui avait échappé.

10

Anissa avait paniqué. Elle était sortie en courant du palace et avant même de se rendre de sentir la morsure du froid dans la rue enneigée, elle avait fait signe au premier taxi qu'elle avait croisé.

Elle devait avoir l'air d'une folle dans sa robe de bal, une seule chaussure aux pieds, mais elle savait que les chauffeurs de taxi new-yorkais en voyaient de belles. Lorsque le sien lui demanda où elle allait, l'adresse de Julie lui vint aussitôt à l'esprit. La seule autre personne qu'elle connaissait à New York. Elle aurait pu sortir son téléphone et vérifier si Julie était là, mais que la jeune femme soit chez elle ou pas, Anissa n'avait pas d'autre endroit où aller. En cas d'absence, elle pourrait toujours attendre dans un bar à proximité.

Lorsque le taxi s'arrêta devant l'immeuble de Julie, Anissa paya, remercia le chauffeur et sortit du véhicule. Son pied nu entra instantanément en contact avec le sol gelé ; elle retint un cri et claudiqua vers l'entrée.

Elle appuya sur la sonnette.

— S'il te plaît, sois chez toi, s'il te plaît, sois chez toi, répéta-t-elle à voix basse plusieurs fois comme une formule magique.

Et cela fonctionna ! Julie lui ouvrit la porte de l'immeuble et vint la chercher en bas des marches. Anissa était gênée : elle avait laissé le bas de la belle robe de Julie traîner dans la neige sale des rues de New York.

— Je ne savais pas où aller, haleta-t-elle. Je suis désolée d'arriver si tard.

Le visage grave, Julie lui fit traverser le salon et l'installa sur le canapé ; elle s'assit sur la table basse devant elle.

— Que s'est-il passé ?

— Oh ! la robe… Je ne voulais pas la salir, je suis désolée. Mais j'ai perdu une chaussure en sortant et je ne pouvais pas retourner la chercher. Ne t'inquiète pas, je paierai pour le nettoyage.

Elle prit soudain conscience du fait qu'elle était de retour dans le salon de Julie. Tout autour d'elle, des robes sublimes étaient exposées sur des mannequins. Elle avait pratiquement ruiné l'une de ces créations… Des larmes commencèrent à couler sur ses joues.

— Je suis désolée, beaucoup de gens ont demandé qui avait créé ma robe. Je n'ai pas arrêté de parler de toi. J'ai distribué toutes tes cartes de visite.

Julie secoua la tête et posa sa main chaude sur celle, froide, d'Anissa.

— Arrête de parler de la robe.

Elle prit la tablette posée sur la table et fit défiler des images sur l'écran.

— Je sais que tu as dit à tout le monde que j'étais la créatrice. Plein de sites web en parlent déjà !

Anissa saisit la tablette que lui tendait Julie. Elle était là, debout sur le tapis rouge avec le bras de Léo autour de la taille. Ils se regardaient et se souriaient comme s'il n'y avait personne autour d'eux. Comme s'ils se trouvaient dans leur bulle. Ils ressemblaient au couple parfait. Et dans l'éblouissante robe de Julie, elle ressemblait à une princesse.

« Le milliardaire et la Belle du bal », était sous-titrée la photo.

— Tu m'as rendu un service inestimable en portant ma robe, reprit Julie. Mais ce n'est pas le plus important. Qu'est-ce qui ne va pas, Anissa ? Qu'est-ce qui s'est passé ce soir ? Pourquoi es-tu venue ici à plus de minuit avec une chaussure en moins ? Qu'a fait M. Millionnaire ?

Anissa avait la gorge serrée. Des larmes lui coulèrent sur les joues. Son corps était tendu. Elle s'efforça de respirer avec calme. Son esprit commençait à s'éclaircir. Elle était là, dans l'appartement de Julie. Tout allait bien.

— Il m'a dit qu'il m'aimait et m'a demandé de rester à New York avec lui.

Ses sanglots redoublèrent. Cette fois, il ne s'agissait pas de quelques larmes, mais d'un véritable torrent. Julie s'assit sur le canapé à côté d'elle, passa le bras autour de ses épaules et la laissa poser la tête sur son épaule.

C'était comme si tout ce qui bouillonnait sous la surface depuis si longtemps, ses frustrations refoulées, ses interrogations, avait finalement éclaté. Ses sentiments pour Léo avaient tout fait exploser. Après des années passées sous la houlette d'un fiancé ambitieux, elle avait enfin rencontré quelqu'un qui l'aimait pour qui elle était, et non pour ce qu'elle pourrait être ou devenir.

Au bout d'un moment, Julie lui donna une petite tape dans le dos.

— Anissa, dit-elle d'un ton amusé, j'essaie de comprendre pourquoi c'est un tel désastre qu'un magnifique milliardaire t'ait dit qu'il t'aimait, et t'ait demandé de rester à New York.

— Ne le dis pas comme ça, supplia Anissa, à qui l'ironie de la situation n'avait pas échappé.

— Comment veux-tu que je le dise ?

Le téléphone d'Anissa sonna de nouveau. Il avait sonné presque continuellement pendant son trajet jusque chez Julie. Elle n'avait pas besoin de regarder l'écran pour savoir qui c'était…

Elle secoua la tête avec force.

— Je ne peux pas. Je ne peux tout simplement pas. Il m'a dit que je ne reviendrais probablement pas à mon niveau de ski. Il m'a dit d'envisager d'autres plans. Je ne suis pas prête.

Julie s'écarta d'elle. Son regard était celui d'une femme bien plus expérimentée que son âge.

— C'est bien le problème, dit-elle succinctement.

Anissa essuya quelques larmes.

— Quel problème ?

Julie se leva, gagna la cuisine et alluma la machine à café. Puis elle se tourna vers Anissa.

— Tu as dit que tu n'étais pas prête. C'est le cœur du problème. Maintenant, tu dois te demander pourquoi. Pourquoi n'es-tu pas prête ? Il ne t'a rien dit que tu n'as déjà pensé.

Anissa tiqua. Elle n'était pas sûre d'aimer la tournure que prenait la conversation.

— Tu l'aimes ? demanda Julie à brûle-pourpoint.

— Je… Je…, balbutia Anissa, prise au dépourvu.

Julie revint avec une tasse dans chaque main.

— Est-ce que tu l'aimes ?

Cette fois, son ton était beaucoup plus ferme.

— Bien sûr que je l'aime ! s'exclama Anissa, presque malgré elle.

Et voilà. C'était ce qu'elle ressentait. Ce qu'elle ressentait depuis quelques jours. Elle l'avait enfin admis. Elle l'avait enfin dit à haute voix.

Maintenant, c'était réel.

— Donc on a besoin de café, déclara joyeusement Julie.

La lumière du petit matin se déversait dans le grand salon. Julie était allongée sur le canapé, les yeux fermés. Anissa n'avait pas dormi. Après le café, elle avait bu de l'eau chaude avec du citron. Elle se sentait déchiquetée, mise en pièces.

La robe bleu pâle était désormais de retour sur l'un des mannequins. Le bas semblait avoir été traîné dans une flaque d'eau boueuse et Anissa pouvait voir que certaines paillettes étaient décousues.

Julie lui avait prêté un T-shirt, un jean, une paire d'épaisses chaussettes et des baskets fourrées.

Julie gémit et se blottit contre l'un des coussins du canapé. Elles avaient longuement parlé, et la jeune styliste était épuisée.

Anissa avait les idées claires, à présent. Léo lui avait dit qu'il l'aimait, lui avait demandé de vivre avec lui, et elle s'était enfuie. Au lieu de se concentrer sur le fait qu'elle avait rencontré un homme bon et gentil qui avait ravi son cœur, elle s'était concentrée sur ses échecs.

Elle se rendit compte qu'elle avait mal à la jambe et au dos. Ses vieilles blessures se rappelaient à elle, comme pour donner raison à Léo. Son corps lui disait qu'elle n'atteindrait jamais ses rêves de gloire olympique. Pas après ce qu'il avait subi ; même si durant les années à venir elle s'entraînait comme une forcenée. Oui, son corps le lui disait depuis un certain temps déjà, mais son cerveau n'écoutait pas.

— Je ne serai jamais championne olympique, murmura-t-elle en regardant fixement la rue par la fenêtre.

— Quoi ? dit Julie en bâillant.

Anissa se retourna.

— Je ne serai jamais championne olympique, répéta-t-elle à voix haute. Je ne retrouverai pas ma technique, mes sensations sur des skis, ma vitesse. Ni peut-être ce grain de folie qui fait oublier la peur au moment de s'élancer du haut de la piste.

C'était une sensation étrange. Comme si elle découvrait qui elle était. Son cerveau avait enfin rassemblé les pièces du puzzle. Avoir affirmé à haute voix cette évidence l'avait rendue réelle. Sa carrière était terminée. Elle chancela, les jambes en coton soudain. Elle s'assit sur le sol et se prit la tête dans les mains.

Elle sentit que Julie était à côté d'elle. Sa main chaude se referma sur la sienne.

— J'ai été idiote, murmura-t-elle en levant la tête. J'ai été une telle idiote !

Julie s'assit près d'elle, amicale.

— Explique-moi.

— Je n'ai que le ski en tête, la compétition, la victoire, depuis trop longtemps. Depuis si longtemps que je ne pouvais rien imaginer d'autre. Léo m'a amenée à New York pour me montrer un autre monde. Il a deviné que je ne redeviendrais probablement jamais une skieuse professionnelle, et il essayait de me dire plus que ça. Il voulait que je voie qu'un autre monde est possible. Mais je n'écoutais pas, conclut-elle en essuyant une larme.

Le visage de Julie se plissa.

— Mais ton cœur écoutait, lui. Tu m'as dit que tu l'aimais. C'est sûrement tout ce que tu as besoin de savoir.

Anissa se redressa, puis se leva. La panique qui l'avait saisie la nuit dernière la gagnait de nouveau, mais c'était une panique différente.

— Je dois trouver Léo.

Elle prit son sac à main.

— Je ne lui ai même pas dit que je l'aimais. Et s'il pense que ce n'est pas le cas ? Ce serait affreux !

Julie lui fit un clin d'œil et se releva à son tour.

— Cela signifie-t-il que je peux enfin dormir ?

Anissa s'approcha d'elle et la serra très fort dans ses bras.

— Julie, tu es merveilleuse. Repose-toi, maintenant. Tu es la plus fabuleuse et la plus talentueuse créatrice de robes de toute la planète. Merci de m'avoir aidée.

Julie se traîna jusqu'au canapé, sur lequel elle s'effondra.

— Allez, dit-elle en agitant le bras. Va dire à ton milliardaire que tu as enfin réglé ton problème et que tu l'aimes.

Anissa se dirigea vers la porte. Elle pouvait téléphoner à Léo. Il lui avait envoyé des SMS dès l'aube. Mais le téléphone ne lui semblait pas approprié vu ce qu'elle avait à lui dire.

Elle sortit dans le matin glacial. Elle avait oublié de demander un manteau ou une veste à Julie et le vent mordant la gelait jusqu'aux os.

Heureusement, un taxi apparut au bout de la rue. Elle agita la main. Une fois installée dans le véhicule, elle donna au chauffeur l'adresse de Léo. Elle pria pour que son cœur ait arrêté de battre aussi fort quand elle y parviendrait…

New York n'avait jamais été aussi gris. Léo avait finalement cessé d'envoyer des SMS à Anissa et se contentait d'espérer qu'elle soit en sécurité. Il n'avait pas dormi. Il portait toujours le smoking de la veille. Peut-être qu'elle avait réservé dans un hôtel au hasard ; ou peut-être qu'elle avait sauté dans un avion pour retourner en Suisse…

En entendant un déclic derrière lui, il se retourna. Anissa sortit de l'ascenseur du penthouse, les joues rougies. Ses cheveux étaient toujours attachés sur le dessus de sa tête, mais plusieurs mèches s'étaient échappées de sa coiffure. Elle avait changé de vêtements et portait un T-shirt et un jean.

— Tu étais où ?

Elle fit un pas en avant.

— Je suis désolée. Désolée. Je ne savais pas… Tu m'as prise par surprise…, bredouilla-t-elle, le souffle court. Je ne m'attendais pas à… Je veux dire… J'ai juste…

Elle ne parvenait visiblement pas à parler. Tout ce qu'il ressentait, c'était le soulagement qu'elle soit là, de retour dans son appartement. De longues heures durant, il s'était demandé s'il la reverrait un jour. Et cela l'avait rendu malade.

Il aurait voulu la prendre dans ses bras et l'enlacer, mais il n'était pas sûr de ce qu'*elle* voulait. Il se pouvait qu'elle soit là pour prendre ses affaires et repartir – cette perspective lui déchira le cœur.

Elle avança jusqu'à lui. Elle tremblait. Était-ce parce qu'elle avait froid ou à cause d'autre chose ? Il ne voyait que ses grands yeux bleu pâle. Sa peau était presque translucide. Elle tendit les mains et le toucha. Elles étaient froides, mais une décharge électrique se propagea dans tout son corps.

Léo se refusait à bouger. Il s'était déjà tellement trompé. Il ne voulait pas faire un geste qui pourrait être mal interprété.

— Tu m'as fait venir ici, commença-t-elle avec geste vers la vue derrière les baies vitrées. Tu m'as montré un autre monde. Un monde que je n'avais jamais connu auparavant car j'étais concentrée uniquement sur le ski. Ma vie. Ma passion. Le ski influençait ma manière de voir le monde, chacune de mes décisions. Même quand j'étais blessée et que j'aurais dû prendre du recul.

Léo retenait son souffle. Il voulait entendre ce qui allait suivre.

— Tu m'as ouvert les yeux. Sur ce que je pouvais faire. Un monde avec des possibilités. L'opportunité de travailler au sein de la fédération est une chance. Et si j'étais encore à Mont-Cœur, à m'entraîner tous les jours, je ne l'aurais jamais envisagée.

Elle eut un sourire triste.

— J'étais tellement concentrée sur la conquête de titres et de médailles. Je pensais que c'était le seul but à atteindre. Je ne pouvais pas voir au-delà. Et parce que je ne pouvais pas voir au-delà, je suis passée à côté de tant de choses !

Elle s'interrompit et le regarda droit dans les yeux avant de reprendre :

— Tu m'as montré que je pouvais être aimée pour moi-même, et pas pour une potentielle médaille d'or. Je n'ai jamais vécu cela. Je ne savais pas que c'était possible. Je... Je n'ai jamais pensé que j'étais assez bien pour ça.

Léo ouvrit la bouche pour répondre, mais elle le devança, un délicieux sourire aux lèvres.

— Je suis vraiment désolée. Je doute de moi-même depuis mon accident, il y a plus d'un an. Je ne voulais pas admettre certaines choses, je me cachais la vérité. Je prenais constamment des analgésiques pour essayer de faire face à mes souffrances après un entraînement intensif. J'avais commencé à penser que c'était normal, au lieu de prendre une grande respiration et de me demander si c'était bon pour moi. M'éloigner des pistes et prendre des vacances était une grande nouveauté. Chaque jour que j'ai passé avec toi, j'ai réalisé à quel point tu comptes pour moi ; et peu importe que nous ne nous connaissions que depuis quelques semaines. Ces émotions m'ont fait peur, Léo. Je suis désolée. Je suis désolée d'être partie en courant hier soir.

Lui disait-elle vraiment ces mots ? se demanda Léo. Pouvait-il commencer à espérer ? Anissa lui toucha la joue, les larmes aux yeux. Sa voix tremblait lorsqu'elle poursuivit :

— Je t'aime, Léo Baxter. Je n'ai jamais rencontré quelqu'un comme toi. Tu as le plus grand cœur du monde, et je veux que tu le partages avec moi. Je veux que tu le partages avec ta famille. Je veux que tu saches la chance qu'ils ont de t'avoir. Je veux que tu saches que tes parents seraient fiers de l'homme que tu es devenu. Ils n'auraient pas pu espérer mieux.

— Quand tu t'es enfuie, hier soir, j'ai cru que j'avais tout faux. Je pensais avoir imaginé la connexion que nous avions, ce qui nous rapprochait. Ce qui nous liait, même. J'ai cru que je t'avais fait peur.

Elle lui passa les doigts dans les cheveux.

— Tu n'imaginais pas tout cela, Léo. L'attirance, la magie sont là depuis la première seconde. Je ne pouvais pas me laisser aller à le reconnaître parce que je n'avais de place dans ma vie que pour le ski. J'avais tort. Je n'ai jamais aimé quelqu'un comme je t'aime. C'est pour ça que c'est si effrayant.

Léo sourit à la femme sublime et merveilleuse qui avait ravi son cœur et son âme. Il choisit ses mots avec soin.

— Anissa, si tu veux poursuivre tes rêves de skieuse, je te soutiendrai complètement, affirma-t-il, sincère. Je serai là pour toi quoi que tu décides de faire.

Elle secoua la tête.

— J'avais besoin de me rendre compte de ce que je faisais subir à mon corps, et que mes rêves étaient irréalisables. Je devais arriver à cette conclusion toute seule. Et je ne vais pas te mentir : ça n'a pas été facile.

Léo l'avait compris. Cependant, voir des larmes dans les yeux de celle qu'il aimait à la folie lui brisait le cœur. Heureusement, elle esquissa un sourire.

— Tu m'as aidée plus que tu ne peux l'imaginer. Je renonce à la compétition et je vais accepter l'offre de la fédération. J'aimerais avoir la chance d'encourager les autres à réaliser leurs rêves.

L'excitation brillait dans ses yeux. Léo en fut soulagé : son choix n'était pas par défaut mais réfléchi.

— Mais je ne veux le faire que si nous pouvons être ensemble. Si j'accepte ce travail, cela signifiera beaucoup de voyages partout dans le monde. Or je ne veux pas être loin de toi. Je t'aime, Léo. Je veux être avec toi.

Le cœur de Léo gonfla dans sa poitrine. C'était exactement ce qu'il voulait entendre ! Il tira Anissa vers lui et posa les lèvres sur les siennes.

Anissa lui rendit ses baisers avec passion, les bras enroulés autour de son cou.

— J'ai bien fait d'acheter un jet privé, alors, murmura-t-il, malicieux, contre les lèvres de sa belle Autrichienne, avant de reprendre d'un ton sérieux : je t'accompagnerai le plus souvent possible. Quand tu seras aux États-Unis, nous pourrons être basés ici, à New York. Nous pouvons faire en sorte que ça marche, Anissa. Je sais qu'on peut.

Elle lui décocha un sourire radieux qui envoya de la lave dans ses veines. Collée à lui, Anissa ne pouvait pas manquer de sentir son désir…

— Je pensais t'avoir perdu, chuchota-t-elle.

— Moi aussi, avoua-t-il.

Il s'écarta un peu d'elle. La présence d'Anissa dans ses bras lui semblait si… *naturelle* ! Chaque chose était à sa place désormais, tout était clair dans sa tête. Comprendre qu'il aimait Anissa n'était que le point de départ.

— J'ai fait quelque chose qui t'aurait peut-être surprise, hier soir.

— Quoi ? demanda-t-elle, l'air intrigué, visiblement curieuse.

— J'ai téléphoné à Sebastian. Je… J'ai téléphoné à *mon frère*.

Elle écarquilla les yeux.

— C'est vrai ? Qu'est-ce que tu lui as dit ?

— Je lui ai dit que j'avais amené la femme que j'aimais à New York et que j'avais tout gâché. Je lui ai dit que j'avais demandé à cette femme de rester dans ma vie, près de moi, et qu'elle s'était enfuie.

— Qu'a-t-il répondu ? demanda Anissa avec prudence.

— Il lui a fallu quelques instants pour se remettre du choc que mon appel puis ma confession avaient provoqué. Ensuite, il m'a conseillé de prendre une grande inspiration. Il m'a dit que si je t'aimais je devais respecter ta décision et ta liberté, attendre et te laisser revenir vers moi.

Anissa sembla un peu surprise.

— Il ne t'a pas conseillé de sortir le grand jeu, ou de partir à ma recherche ?

— C'est exactement ce que je voulais faire. Selon Sebastian, j'avais déjà sorti le grand jeu en avouant mon amour, il fallait que cela fasse son chemin en toi.

Elle glissa les bras autour de sa taille.

— Waouh ! Un gars qui te détestait est devenu un frère qui te donne des conseils !

Léo acquiesça lentement, le regard posé sur la ville qui s'étalait autour d'eux. Il soupira.

— J'aime New York, mais je dois apprendre à connaître Sebastian et Noémi. Je ne veux pas faire partie de l'entreprise familiale, mais je dois trouver ma place dans ma famille. Cela me fait peur, Anissa. Très peur.

— Je comprends. J'ai dû prendre une décision. Il a fallu que je sois courageuse. Deux fois. J'ai dû décider de quitter la seule carrière que j'avais connue et de donner mon cœur à quelqu'un.

Elle se hissa sur la pointe des pieds et lui murmura à l'oreille :

— Une fois qu'on l'a fait, on se rend compte que ce n'est pas si difficile. Qu'on s'en était fait une montagne. Et puis tu as déjà fait le plus dur, non ? conclut-elle en s'écartant de lui.

Elle lui fit un clin d'œil tandis qu'une sensation de chaleur l'enveloppait tout entier. Elle avait raison : lui ouvrir son cœur avait été son premier pas. Le premier pas vers la construction de vraies relations dans sa vie. Avec son aide, il pourrait passer à l'étape suivante.

Il se laissa tomber dans l'un des grands et confortables fauteuils de son immense salon, entraînant Anissa avec lui.

— Si je demandais à la femme que j'aime de venir avec moi à Mont-Cœur pour rencontrer ma famille, que dirait-elle ?

Anissa s'installa sur ses genoux et lui prit le visage entre les mains. Ses yeux brillaient.

— Elle dirait : « Essaie un peu de m'en empêcher, pour voir ! »

Puis elle l'embrassa, et Léo se laissa emporter dans un tourbillon de sensualité et d'amour infini.

JENNIFER FAYE

Une étreinte royale

Traduction française de
ERWAN LARHER

HARLEQUIN

Titre original :
HEIRESS'S ROYAL BABY BOMBSHELL

Ce roman a déjà été publié en 2020

Prologue

Milan, Italie, mi-août

Noémi s'était dit que Stéphania, sa meilleure amie, avait sans doute raison : une fête pleine de célébrités, de champagnes millésimés et de bonne musique était peut-être le remontant idéal. Elle venait de se disputer une nouvelle fois avec Sebastian et avait besoin de penser à autre chose qu'à Cattaneo Jewels, l'entreprise familiale.

Pour son frère aîné, Noémi n'avait pas voix au chapitre dans la conduite des affaires ; actionnaire, certes, mais partenaire silencieuse. On ne sollicitait ni n'écoutait ses avis, opinions ou conseils. Et elle en avait assez d'être traitée comme une enfant, cantonnée au rôle de visage de la marque.

Elle prit une nouvelle gorgée de champagne pour essayer de se calmer. *Pense à autre chose !* Pour couronner le tout, Stéphania avait disparu. Venir à cette fête de fiançailles ultra chic n'avait peut-être pas été une si bonne idée, après tout… Elle se dit qu'elle devrait partir.

Du regard, elle chercha Stéphania dans la foule. Il s'arrêta sur un bel inconnu aux yeux noisette qui se tenait à l'autre bout de la pièce, entouré d'une demi-douzaine de femmes souriantes qui semblaient rivaliser pour attirer son attention. Pourtant, c'était *elle* qu'il fixait. Et ce n'était pas la première fois de la soirée.

Son pouls s'accéléra. Peut-être y avait-il une raison de rester, finalement.

Noémi décelait quelque chose de légèrement familier chez lui.

N'étant pas du genre à scruter les magazines people, elle ne parvenait pas à mettre un nom sur son visage. Mais s'il était présent à cette fête très select, ce devait être quelqu'un d'important.

Ses problèmes recommencèrent à essayer de s'insinuer dans son esprit. Elle décida de prendre l'air et sortit sur la terrasse. Le soleil était à peine couché et la lumière du soir éclairait les montagnes au loin, tandis qu'une douce brise caressait sa peau.

— Magnifique, dit derrière elle une belle voix masculine avec un léger accent.

Noémi tourna la tête. Le mystérieux inconnu au regard hypnotique était là. Il était aussi sexy que son délicieux accent.

— Je suis désolé, reprit-il. Est-ce que je vous dérange ?

— Pas du tout. Joignez-vous à moi, je vous en prie.

Il se rapprocha d'elle, au bout de la terrasse.

— Vous aussi, vous admiriez les montagnes ? lui demanda-t-elle.

Il lui retourna un regard perplexe.

— Vous avez dit « magnifique ». Vous ne faisiez pas référence à la vue ?

Il sourit et secoua la tête.

— Non. Je parlais de vous. *Vous* êtes magnifique.

Mannequin, visage de Cattaneo Jewels, Noémi avait été complimentée à de nombreuses reprises au fil des ans. Mais l'inconnu la regardait comme s'il voulait la prendre dans ses bras et la dévorer de baisers affamés. Elle rougit.

— Merci.

L'atmosphère de cette chaude soirée d'août ne l'aidait pas à garder la tête froide. Elle savait qu'il serait poli de faire la conversation, mais pour une fois, son esprit était vide. Cet homme ne semblait pas savoir qui elle était, et cela lui allait très bien. Ce soir, elle voulait être une femme comme les autres.

Elle croisa le regard de l'inconnu. Son cœur se mit à battre la chamade. Serait-il immoral, coupable de succomber à ses désirs, de vivre l'instant présent ? Mais si elle voulait que les gens la prennent au sérieux, elle ne pouvait pas céder à ce genre de caprices...

— Nous devrions probablement retourner à l'intérieur avant que les gens commencent à se demander où nous sommes passés, dit-elle.

Pourtant, elle n'avait aucune envie de se replonger dans la fête. Elle était ravie de rester ici avec cet homme.

— Qu'ils se posent des questions, murmura-t-il d'une voix suave en se penchant vers elle. Je me plais beaucoup plus ici en votre compagnie.

— Je commence à comprendre cette cour de femmes autour de vous… Si vous les flattez toutes ainsi, comment résister ?

Un sourire terriblement sexy étira ses lèvres sensuelles.

— Croyez-moi, je ne fais rien pour avoir des admiratrices. Avec vous, c'est différent. Comment se fait-il que vous soyez venue seule, ce soir ?

Noémi voulait le croire quand il disait qu'elle était différente : ces paroles étaient comme un baume apaisant sur son ego meurtri.

— Je ne suis pas venue seule.

Le sourire s'effaça instantanément du visage de son compagnon. Noémi réalisa ce qu'il avait pu déduire de sa réponse et ajouta avec précipitation :

— Je suis venue avec une amie.

Il sourit de nouveau et captura son regard de ses prunelles ensorcelantes. Il l'hypnotisait littéralement. Son souffle se bloqua dans sa gorge. L'envie lui vint une fois de plus d'embrasser cet étranger. Elle devait absolument résister. Rompre le sortilège.

— Je… Vous connaissez bien les fiancés ? bafouilla-t-elle afin de changer de sujet.

— Non.

Noémi fronça les sourcils, étonnée. Le couple de jeunes fiancés n'avait invité que leurs connaissances, presque toutes riches et célèbres, et avait tenu soigneusement secret le lieu de la fête, désireux d'éviter les paparazzis. Ce bel étranger s'était-il incrusté ? Était-il un parasite mondain ? À le voir – traits ciselés, élégance aristocratique —, cela semblait peu probable. Et puis aurait-il avoué tout de go ne pas connaître les fiancés s'il n'avait pas été invité ?

— Si vous ne connaissez pas les fiancés, comment se fait-il que vous soyez ici ?

Il haussa les épaules, désinvolte.

— L'hôte de la fête m'a invité.

Quelque chose en lui rendait Noémi curieuse d'en savoir plus. Il l'intriguait.

— Vous vivez à Milan ?

— Je ne fais que passer.

— En route pour où ?

— Je n'ai pas encore décidé.

Qu'il ne vive pas à Milan était un bon point pour lui. La dernière chose que Noémi voulait à ce stade de sa vie était une relation. Elle devait se concentrer sur son avenir. Sa carrière de mannequin perdait de plus en plus de son attrait à ses yeux, il lui fallait réfléchir à se battre pour une place plus importante dans l'entreprise familiale ou regarder ailleurs.

Dans ces circonstances, une soirée de plaisir ne pourrait pas lui faire de mal, n'est-ce pas ?

— Que diriez-vous d'aller dans un endroit plus calme ? demanda-t-il, comme s'il avait lu dans ses pensées.

— Mais... Je ne connais même pas votre prénom !

Il leva très brièvement les sourcils. Noémi se demanda si sa réaction était due au fait qu'il s'attendait à ce qu'elle le connaisse, ou s'il était simplement surpris qu'elle n'ait pas sauté sur son offre. Pourtant, en cet instant, elle ne pouvait rien imaginer de plus excitant que passer la soirée avec cet homme mystérieux et si attirant.

Son sombre costume parfaitement coupé était à n'en pas douter du sur-mesure. Alors qu'il portait son verre à ses lèvres, elle remarqua qu'il affichait une montre de marque. Tout en lui respirait la confiance, l'assurance. Il se tenait les épaules en arrière et le menton haut. Mais il n'était pas inaccessible non plus et semblait avoir le sens de l'humour. Par-dessus tout, il paraissait être du genre à savoir ce qu'il voulait et à le prendre. Et là, il semblait la vouloir *elle*.

— Je m'appelle Max.

Elle s'était attendue à un prénom plus sophistiqué, plus... imposant. C'était un prénom simple pour un homme en apparence complexe. Son visage avait dû refléter ses pensées, car il lui demanda :

— Vous n'aimez pas mon prénom ?

— Non, ce n'est pas ça, bredouilla-t-elle, gênée.

— Alors qu'est-ce que c'est ?

— J'avais imaginé quelque chose de plus... de moins... *commun.*

De manière très surprenante, il éclata de rire.

— Je ne dirai pas à ma mère que vous avez prononcé ces paroles.

— Non, s'il vous plaît ! répliqua-t-elle en feignant d'être horrifiée.

Elle aimait sa légèreté, son humour.

— Et quel est le vôtre ?

Sa question la tira de ses pensées.

— Mon quoi ?

— Votre prénom ? dit-il, visiblement amusé par son trouble.

— Oh ! s'exclama-t-elle en rougissant. C'est Noémi.

— Un très beau prénom pour une très belle femme.

Il se rapprocha d'elle. Rien dans son expression n'indiquait qu'il avait reconnu l'héritière de Cattaneo Jewels, dont les créations étaient portées par les célébrités du monde entier. En revanche, quelque chose d'autre se reflétait dans ses yeux.

Du désir...

Leurs regards se soudèrent. Ce magnifique spécimen d'homme, qui pouvait avoir d'un claquement de doigts n'importe laquelle des invitées de la fête, la désirait *elle*. Son cœur s'emballa. Cela faisait bien longtemps qu'un homme ne lui avait pas tourné la tête.

Les battements de son cœur étaient si forts qu'elle pouvait à peine entendre ses propres pensées. Max tendit la main. Son pouce, tout en douceur, suivit le contour de sa mâchoire, avant que son doigt effleure sa lèvre inférieure. C'était un geste simple, tendre, qui envoya une onde de chaleur jusqu'aux tréfonds de sa féminité. Avant qu'elle puisse réagir à ces sensations inattendues, le regard de Max se posa sur ses lèvres. Allait-il l'embrasser... ?

Son cœur manqua un battement. Elle devait... faire quelque chose. Or son corps la trahissait : ses pieds refusaient de bouger et son menton se souleva légèrement. Max dut comprendre son muet consentement – son invitation ? – car il baissa la tête. Noémi ferma les yeux. Il n'était pas *bien* de désirer cela, de désirer cet homme... Et pourtant, elle le désirait, plus qu'elle ne croyait possible de désirer.

Les lèvres de Max étaient douces et tièdes. Gourmandes. Jamais un baiser n'avait été aussi bon. Elle n'avait pas l'habitude d'embrasser des inconnus, mais malgré le peu de temps qu'elle avait passé avec Max sur cette terrasse, elle avait l'étrange sentiment de pouvoir lui faire confiance.

Elle glissa les bras sur ses épaules musclées. Le baiser s'approfondit. Elle agrippa les doigts à sa nuque. Elle n'avait jamais été embrassée avec autant d'intensité et de passion. Elle n'était même pas sûre que ses pieds touchaient encore terre…

Soudain, Max s'écarta. Cela fut si rapide que Noémi se demanda si elle avait imaginé leur baiser. Mais ses lèvres frissonnaient encore à l'endroit où sa bouche avait touché la sienne ; et il lui envoya un sourire éblouissant qui lui promettait la même chose.

Si elle faisait preuve de sagesse, elle mettrait tout de suite fin à cette petite aventure. Or son corps bourdonnait d'un désir inassouvi. Pour une fois, elle voulait s'amuser, faire fi de toute prudence. Son frère ne l'avait-il pas accusée d'être impulsive ? C'était l'occasion de se montrer à la hauteur de l'accusation !

Max sortit son téléphone portable de la poche de sa veste.

— Qu'est-ce que tu fais ?

Noémi se rendit compte qu'elle l'avait instinctivement tutoyé. Il ne semblait pas s'en formaliser – après tout, ne venaient-ils pas de s'embrasser ?

— J'appelle mon chauffeur.

La conversation ne dura que quelques secondes. Max se tourna vers elle.

— Ma voiture nous attendra en bas dans quelques minutes. On y va ?

Elle n'avait jamais dit qu'elle irait quelque part avec lui ! songea-t-elle. La manière dont elle le regardait lui donnait-elle la certitude que tel serait le cas ? Ou se fiait-il au baiser si excitant qu'ils avaient partagé ?

— À quoi penses-tu ? demanda-t-il en dardant son regard sur elle.

— Je pensais que… Euh… Ce serait bien d'aller dans un endroit plus calme.

— Comme moi !

Il lui tendit le bras. Il fallut un moment à Noémi pour comprendre pourquoi. Puis elle fit le lien avec les vieux films en noir et blanc que sa mère collectionnait et posa la main sur son avant-bras. Elle trouvait son geste de gentleman terriblement romantique, même s'il était un peu dépassé. Avait-elle déniché un vrai chevalier servant ? Cet homme était différent de tous ceux qu'elle connaissait.

Il l'attirait.

Noémi avait le sentiment que cette soirée allait être inoubliable…

1

Trois mois plus tard
Mont-Cœur, dans les Alpes suisses

Noémi faisait les cent pas dans son immense chambre – presque une suite – du chalet familial. Un feu crépitait joyeusement dans la cheminée, diffusant sa douce chaleur. Et pourtant, elle était incapable de tenir en place.

Mon Dieu, que dois-je faire... ?

Tant de choses s'étaient passées ces derniers mois que cela lui donnait le tournis. Tout d'abord, le test de grossesse qui s'était révélé positif. Alors qu'elle s'efforçait de comprendre ce que cela signifiait pour son avenir, elle était tombée par hasard sur une lettre destinée à ses parents, qui lui avait appris qu'elle avait un autre frère que Sebastian, Léo. Cette découverte l'avait bouleversée : comment ses parents avaient-ils pu garder un tel secret toute leur vie ?

Une dispute avait alors éclaté entre ses parents et elle. Sous le coup de la colère, Noémi avait hurlé des mots blessants, des mots qu'elle ne pensait pas, bien sûr. Et pourtant, elle ne pouvait plus les reprendre, ne pouvait plus dire à ses parents qu'elle était désolée et qu'elle les aimait.

Parce qu'ils étaient morts peu après, dans un accident d'hélicoptère, alors qu'ils étaient à New York pour rencontrer Léo.

C'était seulement à la lecture de leur testament que Noémi avait réalisé que ses parents ne seraient pas présents au chalet pour Noël. Mais les trois frères et sœur avaient décidé d'y passer les vacances ensemble.

Rencontrer son frère Léo pour la première fois avait été étrange, et plus étrange encore d'entendre le contenu du testament de ses parents. Elle n'aurait jamais imaginé qu'ils auraient pu donner à Léo le contrôle de Cattaneo Jewels pour six mois. Sebastian ne l'avait pas imaginé non plus : il avait été furieux. Et bien que Léo ait été clairement réticent, les conditions stipulaient que s'il refusait, l'entreprise familiale de joaillerie, une marque connue dans le monde entier, cesserait ses activités et serait liquidée.

Face à une situation très tendue, tout ce que Noémi avait pu faire pour convaincre ses frères d'y réfléchir avait été de les réunir ici, dans le chalet familial de Mont-Cœur. Ils allaient devoir prendre des décisions tous les trois ensemble.

Ses parents lui manquaient beaucoup, surtout sa mère. Elle avait plus que jamais besoin d'elle en ce moment. Elle essuya d'un geste décidé les larmes qui perlaient à ses paupières. Même si leur dernière conversation avait été virulente, Noémi ne doutait pas que ses parents l'avaient aimée, malgré ses quelques erreurs de parcours. Hélas, rien ne pouvait plus effacer les derniers mots de colère qu'ils avaient échangés, ni lui ramener Salvo et Nicole Cattaneo.

Noémi fixa le ciel nuageux de l'après-midi. De gros flocons de neige paresseux dérivaient lentement vers le sol, où ils fondaient aussitôt. D'habitude, elle trouvait cette vue paisible et relaxante. Mais pas aujourd'hui. Bientôt, elle ne pourrait plus garder son secret. Bientôt, même ses vêtements les plus amples ne pourraient plus cacher sa grossesse.

Que devrait-elle dire aux gens quand ils lui demanderaient qui était le père ?

« Il s'appelle Max. Il a un regard fascinant, et ses yeux semblent changer de couleur selon son humeur. Son corps athlétique, parfait, aurait pu servir de modèle à un sculpteur de la Grèce antique : son corps est comme une sculpture de muscles définis. C'est un amant merveilleux et délicat, et j'aime son rire profond. »

Son rire... S'en souvenir fit sourire Noémi. Après la nuit magique et torride qu'ils avaient passée ensemble, Max avait insisté sur le fait qu'il serait préférable de n'échanger ni leurs noms complets ni leurs numéros de téléphone. Elle avait hésité, puis accepté : après tout, aucun des deux ne cherchait une relation durable. Et maintenant qu'elle avait vraiment besoin de parler à Max, elle ne savait pas comment le joindre...

Son téléphone vibra, la tirant de ses pensées. Elle n'était pas d'humeur à parler à qui que ce soit, mais quand elle vit que c'était Maria, elle répondit.

— Comment vas-tu ? demanda sa belle-sœur et amie.

— Bien, je suppose..., soupira Noémi.

— Eh bien, qu'est-ce que ce serait si quelque chose n'allait pas !

— Qu'est-ce que tu veux dire ?

— D'habitude, tu es joyeuse, pétillante, mais ces derniers temps, tu sembles avoir moins le moral. À cause de tes parents ?

— Non. Même s'ils me manquent beaucoup.

— De quoi s'agit-il, alors ?

Maria avait toujours su lire en elle. Son amie était ce qui ressemblait le plus à une grande sœur pour Noémi. Et puis si elle ne se confiait pas à quelqu'un rapidement, elle allait éclater. Elle se mordilla la lèvre inférieure, puis se lança :

— Je peux te dire quelque chose ? Mais tu dois me promettre de ne pas en parler à Sebastian.

Il y eut une légère pause à l'autre bout du téléphone.

— Oublie ça, reprit Noémi. Je n'aurais jamais dû te demander de cacher quoi que ce soit à ton mari.

— Ne t'inquiète pas. Tu as besoin de te confier et tu sais que je serai toujours là pour toi. Je te promets que ton frère ne saura rien de ce que tu vas me dire. Parfois, il a tendance à te surprotéger.

— Et quand il apprendra la nouvelle, il va s'effondrer. Il sera comme papa et...

Elle s'interrompit en se souvenant que ses parents avaient vraiment mal pris la nouvelle de sa grossesse. Même s'ils avaient eu un enfant à l'adolescence, qu'ils avaient dû faire adopter, ils avaient malgré tout été déçus par sa grossesse non désirée. Elle en avait été choquée et blessée. Elle avait pensé que plus que n'importe qui au monde, ils auraient compris. Et ils étaient déjà morts avant qu'ils aient pu tous les trois apaiser cette tension.

— Relax, dit Maria, la tirant de ses pensées. On va trouver comment s'occuper de Sebastian.

— Merci, Maria. Je vais m'en charger.

— Comme tu veux. Mais tu ne m'as toujours pas dit ce qui te préoccupait. Je peux peut-être t'aider. Ce n'est sans doute pas aussi grave que tu l'imagines.

— Non. C'est pire.

Noémi frémit, nerveuse. En disant les mots à haute voix, elle allait rendre cette grossesse réelle, tout comme la lecture du testament avait rendu réelle la mort de ses parents. Une fois qu'elle aurait parlé du bébé à Maria, il n'y aurait plus de faux-semblants. Dans moins de six mois, elle allait accoucher.

— Je suis enceinte.

Silence. Silence total et absolu. Le cœur de Noémi s'emballa. Ses mains étaient moites, son estomac noué. À quoi pensait Maria ? Était-elle déçue, elle aussi, tout comme ses parents l'avaient été ?

— Tu es sûre ?

— Trois tests de grossesse positifs, une visite médicale : c'est officiel.

— Comment te sens-tu ?

— Je savais que je voulais des enfants un jour, mais pas si tôt. Je n'ai que vingt-six ans !

— Et le père, comment se sent-il ?

— Je... Je ne sais pas, bredouilla-t-elle.

— Noémi, tu lui as dit, n'est-ce pas ?

Elle prit une profonde respiration, en essayant de calmer son angoisse. Puis elle se mit à raconter comment elle avait rencontré Max et à quel point elle avait été stupide ce soir-là. Elle n'allait pas très bien et n'avait pas les idées claires.

— Ne t'inquiète pas, tout ira bien, affirma Maria, dont la voix disait le contraire.

— Même toi, tu n'y crois pas. Qu'est-ce que je vais faire ? Je ne vais pas pouvoir cacher mon état plus longtemps. La plupart de mes vêtements ne me vont plus !

— J'ai trouvé ! s'exclama Maria, comme si elle venait de découvrir la réponse à tous les problèmes de Noémi. Il te faut une cure de shopping !

Ses épaules s'affaissèrent. C'était la toute dernière chose dont elle avait envie.

— Tu es sérieuse ?

— Très sérieuse. Que fais-tu en ce moment ?

— Les cent pas dans ma chambre.

— Et cela t'aide ?

— Je réfléchis.

— Et jusqu'à présent, tu n'as obtenu aucune réponse. Tu dois sortir de ce chalet. L'air frais te fera du bien. Du shopping, c'est juste ce qu'il te faut.

— C'est ce que tu as fait quand Sebastian et toi vous êtes séparés ?

Noémi réalisa qu'elle abordait un sujet très douloureux. *Quelle idiote !*

— Oublie ce que je viens de dire. Pardon, je ne suis pas moi-même, aujourd'hui.

— En fait, c'est ce que j'ai fait.

— Cela a-t-il aidé ?

— Temporairement, déclara-t-elle, la voix emplie d'émotion. Mais assez parlé de moi ! Tu sais que si c'était possible, je serais là avec toi. Crois-moi, après avoir acheté quelques cadeaux de Noël et de nouveaux vêtements confortables, tu te sentiras beaucoup mieux. Il n'y a rien de pire que d'être à l'étroit dans des vêtements trop serrés !

Maria avait donné naissance à Frankie, le neveu de Noémi, près de deux ans auparavant. Elle en savait beaucoup plus qu'elle sur la grossesse. Peut-être avait-elle raison, après tout...

Elle jeta un coup d'œil à son jean posé sur le lit. Elle rentrait encore dedans, sans pouvoir remonter la fermeture Éclair, cependant. Et même si elle aimait bien ses leggings, elle ne pouvait pas les porter jusqu'à l'accouchement.

— Tu vas le faire, n'est-ce pas ? demanda Maria.

— Oui, je vais y aller.

— Bien. Appelle-moi plus tard pour me dire comment ça s'est passé.

Après avoir raccroché, Noémi resta un long moment immobile, l'esprit vide. Elle n'était toujours pas certaine que faire du shopping était la solution, mais que faire d'autre alors qu'elle était seule au chalet ?

Le puissant 4x4 conduit par l'un de ses gardes du corps serpentait sur la petite route de montagne qui menait à la très huppée station de sports d'hiver de Mont-Cœur. Assis à l'arrière à côté de Shaun, un autre de ses gardes du corps, Max observait par la fenêtre le sublime paysage qu'offraient les Alpes suisses. Installé sur le siège passager, Roc, gorille lui aussi en plus d'être son ami, complétait le quatuor.

Être Maximilien Steiner-Wolf, prince héritier du petit royaume d'Ostanie, lui imposait de toujours voyager encadré par un strict dispositif de protection. Max s'y était habitué depuis son plus jeune âge, et ses gardes du corps étaient très doués pour devenir invisibles.

Max avait l'intention de skier une semaine ou deux à Mont-Cœur avant de retourner au palais. Il n'était pas rentré chez lui depuis des mois, mais Noël était une fête importante en Ostanie et la tradition voulait que la famille régnante y passe les fêtes. Après tout, il était toujours le prince héritier, même s'il ne serait jamais roi – ce que son peuple ignorait encore.

Bien que Max, l'aîné, ait été préparé dès sa naissance à diriger son petit pays coincé au milieu de l'Europe, le cancer qui l'avait frappé à l'adolescence avait changé la donne. Car même s'il avait surmonté la maladie, les médecins l'avaient informé qu'il était très probablement devenu stérile. Or le roi d'Ostanie devait être capable d'engendrer un héritier. Max savait donc depuis des années qu'il ne monterait jamais sur le trône. Afin de ne pas créer de remous autour de l'avenir du royaume, le palais avait tu l'infertilité de Max, tout en préparant son frère cadet, Tobias, à diriger. Aux yeux du monde entier, Max était toujours le prince héritier.

Il laissait ses pensées vagabonder tandis que de légers flocons virevoltaient à l'extérieur.

Pendant que l'attention de ses parents se portait sur Tobias, il avait parcouru le monde. S'il n'était pas aussi fêtard que la presse people le prétendait parfois, il savait comment s'amuser. Mais tout cela était sur le point de changer. Il était fatigué d'aller de palace en palace, de station balnéaire en station balnéaire, de femme en femme. Au début, c'était amusant ; la liberté était enivrante. Aujourd'hui, il en avait assez. Il voulait faire autre chose de sa vie.

Son escapade à Mont-Cœur serait sa dernière. Après avoir dévalé les pentes et s'être vidé la tête, il aurait une discussion difficile avec ses parents. Il l'avait repoussée depuis trop longtemps. Il devait officiellement renoncer à son statut de prince héritier afin de se construire un avenir. Cela ne serait pas facile. Il avait toujours été un compétiteur, et la perspective de se retirer pour laisser son jeune frère prendre sa place lui laissait en bouche un goût amer. Pire, il avait l'impression qu'il allait laisser tomber sa famille, son pays.

Le 4x4 ralentit alors qu'ils entraient dans le village. Max demanda au chauffeur de s'arrêter devant un magasin de ski. Il avait perdu ses lunettes de soleil et avait besoin d'une nouvelle paire avant de s'élancer sur les pistes.

À peine le véhicule immobilisé, Max ouvrit la portière. Il n'avait pas fait deux pas dans la rue qu'un badaud brandissait un téléphone sous son nez et le prenait en photo. Max pesta intérieurement : cela s'annonçait être un de ces voyages où il était sans cesse sollicité pour des photos et des autographes. Normalement, ça ne le dérangeait pas, et puis ce n'était pas si fréquent, mais en ce moment il avait trop de choses en tête.

— C'est le prince d'Ostanie ! s'écria quelqu'un.

Tous les passants se tournèrent vers lui. Aussitôt, Shaun et Roc l'encadrèrent. Il s'efforça de sourire et entra dans la boutique.

Les murs étaient tapissés de snowboards et de paires de skis. Des lumières scintillantes colorées étaient disposées un peu partout et les employés portaient des chapeaux de Père Noël rouges avec des pompons blancs. Max tourna dans la première allée et faillit entrer en collision avec une jolie jeune femme, qui lui décocha un large et engageant sourire. Il n'y répondit pas, peu désireux d'entamer un échange. Il s'excusa et s'éloigna.

Depuis qu'il avait rencontré Noémi, songea-t-il en cherchant le rayon des lunettes, aucune femme ne lui avait fait tourner la tête. Pire : ils les avaient toutes trouvées fades. Et pourtant, il l'avait laissée s'enfuir sans lui demander son numéro. Il pensait à l'époque qu'il s'en remettrait rapidement, comme d'habitude avec les femmes qui passaient dans sa vie. Mais il y avait quelque chose de différent chez Noémi.

Elle semblait dure, mais à l'intérieur, là où elle n'autorisait personne à entrer, Max avait décelé de la fragilité. Elle l'avait laissé s'approcher suffisamment pour qu'il aperçoive son côté tendre. Mais aussitôt, elle s'était cachée derrière un grand sourire et une plaisanterie.

Il se souvenait avec précision de son beau visage. Ses yeux bruns étaient pailletés d'or. Et quand il fermait les yeux, il sentait le doux toucher de ses lèvres pressées sur les siennes. D'une secousse mentale, il chassa ces pensées, puis se concentra sur le choix de sa paire de lunettes. Lorsqu'il arriva à la caisse, la jolie femme qu'il avait croisée en entrant faisait semblant de choisir un baume à lèvres. Elle leva la tête et planta le regard dans le sien, en une muette invitation. Max s'empressa de payer et de sortir. Tout ce qu'il désirait, c'était rejoindre son chalet pour se détendre.

Lorsqu'il poussa la porte, il se retrouva face à une petite foule et des flashs l'aveuglèrent aussitôt.

2

Peut-être que le shopping n'était pas une si mauvaise idée, après tout, songea Noémi en se dirigeant vers la sortie de la boutique dans laquelle elle venait d'acheter des jeans extensibles, beaucoup plus adaptés à son état.

Elle avait également trouvé au cours de sa petite virée thérapeutique des chemisiers et des pulls amples qui lui descendaient jusqu'aux hanches. Pendant un certain temps, ils cacheraient l'arrondissement de son ventre. Ces vêtements ne ressemblaient pas à ceux, souvent ajustés et près du corps, flatteurs pour la silhouette, qu'elle portait normalement ; mais aux grands maux les grands remèdes.

Comme Maria le lui avait suggéré, Noémi avait pris le temps de faire quelques courses de Noël. Elle avait acheté deux pulls de marque, un pour Léo, son frère retrouvé, et un pour Sebastian. Sebastian et elle n'étaient pas toujours d'accord, et le ton montait parfois, mais elle l'aimait profondément.

Cachée derrière de grosses lunettes de soleil noires et un bonnet gris en tricot porté en arrière du crâne, Noémi sortit du magasin et se dirigea vers sa voiture. Les nuages qui avaient donné de la neige un peu plus tôt dans la journée avaient disparu et le soleil brillait à nouveau. Devant elle, une petite foule se pressait sur le trottoir et jusque sur la chaussée. Elle jeta un coup d'œil autour d'elle : que se passait-il ?

Tous ces gens étaient massés entre sa voiture et elle. Noémi essayait de se faufiler malgré ses nombreux sacs, lourds et encombrants. Mais peu de personnes étaient coopératives, toutes tournées vers un magasin de ski. Soudain, ce fut comme si un frisson électrique parcourait la foule. Noémi s'arrêta et se tourna vers une jeune femme qui tenait son téléphone portable à bout de bras, comme pour filmer ou prendre une photo.

— Excusez-moi, vous savez ce qu'il se passe ?

La jeune femme lui sourit, l'air exalté.

— Le prince Maximilien Steiner-Wolf est dans cette boutique !

Noémi avait déjà entendu ce nom auparavant, mais elle était incapable d'y associer un visage. À en croire le monde autour d'elle, elle était en minorité...

— Ses gardes du corps ne laissent plus entrer personne, reprit la groupie.

Elle avait de la peine pour ce type. En tant que visage de Cattaneo Jewels, elle avait été très exposée, mais jamais une foule ne s'était formée devant un magasin où elle était entrée ! Elle releva ses lunettes de soleil et essaya d'apercevoir ce fameux prince qui soulevait tant d'enthousiasme, en vain.

Au moment où elle reprenait ses sacs pour continuer de tâcher d'avancer, une acclamation s'éleva ; puis les gens se précipitèrent, s'agglutinèrent, surexcités. Comme Noémi était en bordure du rassemblement, elle se retrouva à l'extérieur de la cohue. Son soulagement fut de courte durée : quelqu'un la percuta de plein fouet. Elle battit des bras pour garder l'équilibre et le contenu de ses sacs se répandit au sol autour d'elle. Au moment où elle allait tomber, deux mains se tendirent vers elle et lui saisirent la taille. Elle leva les yeux vers son sauveur et...

Mon Dieu !

C'était Max.

Le cœur de Noémi battait la chamade. Que faisait Max ici ? Attendait-il lui aussi pour voir ce satané prince Machin ?

— Noémi ?

Ses yeux étaient écarquillés, une expression de pure surprise marquait ses traits. Et puis un sourire souleva les commissures de ses lèvres.

— Je suis désolé. Je ne t'avais pas vue.

Max se pencha et commença à remettre dans les sacs les paquets éparpillés. Abasourdie, sonnée, Noémi s'agenouilla à côté de lui pour l'aider.

— Que... Qu'est-ce que tu fais ici ? demanda-t-elle.

— Comme tout le monde, je crois : je suis venu skier.

Ils se redressèrent en même temps. Noémi croisa son hypnotique regard noisette. Lorsqu'elle parvint à s'en détacher, trop consciente du danger, elle s'aperçut que la foule faisait cercle autour d'eux. En silence – même si la plupart continuaient à filmer et à prendre des photos.

— Qu'est-ce qui se passe ? marmonna-t-elle en fronçant les sourcils.

Une ampoule s'alluma alors dans sa tête.

— Non ? C'est toi ? Tu es le prince de tous ces cœurs ?

Max ne sembla pas goûter son ironie : son corps s'était raidi et sa voix était crispée lorsqu'il lui répondit :

— Oui. Je suis le prince Maximilien Steiner-Wolf.

Réalisant que tout le monde les regardait, Noémi se força à refermer sa bouche restée grande ouverte. Comment était-ce possible ? Était-elle si déconnectée de la réalité qu'elle n'avait pas compris que le père de son bébé était de sang royal ?

Elle avait quantité de questions à lui poser, mais elles restaient coincées dans sa gorge : ce n'était ni le moment ni l'endroit pour reparler d'un passé pas si lointain.

— Viens avec moi, proposa-t-il.

Sans attendre sa réponse, il lui prit la main et, encadrés par deux armoires à glace, ils atteignirent un 4x4 noir. Noémi n'était pas certaine de faire preuve de sagesse en suivant ainsi un homme auquel elle pensait encore beaucoup trop, mais c'était mieux que d'être cernés par tous ces curieux.

Ils s'installèrent à l'arrière du véhicule. Max donna l'ordre à son chauffeur de démarrer. Noémi se tourna vers lui. Elle avait besoin de réponses. Elle avait besoin de savoir pourquoi il lui avait caché son titre. Elle mourrait d'envie de savoir.

— Pas maintenant, dit Max comme s'il lisait dans ses pensées.

— Ma voiture est garée juste là, s'exclama Noémi tandis qu'ils passaient devant.

— Ne t'inquiète pas, nous reviendrons la chercher.

Était-elle en train de rêver ? La foule, Max à Mont-Cœur, le 4x4, les trois gardes du corps… Oui, elle rêvait. Parce qu'il n'était pas possible qu'elle soit enceinte d'un prince.

— Noémi ?

La voix de Max la ramena au réel. Au *réel*. Tout cela était donc vrai…

— Oui ?

— Je t'ai demandé où tu logeais.

— Prenez à gauche au prochain carrefour, dit-elle au chauffeur.

— Vers la résidence fermée ? s'étonna Max.

Elle hocha la tête. Il se demandait probablement pourquoi elle vivait dans un quartier aussi huppé – ses voisins étaient des acteurs, chanteurs, des personnalités plus ou moins célèbres mais toutes fortunées. Apparemment, elle n'était pas la seule à être dans le noir ; il ne l'avait pas reconnue, alors que son visage avait été imprimé dans tous les magazines du monde pendant des années.

Lorsqu'ils atteignirent le portail d'accès à la résidence, Max baissa la vitre pour qu'elle puisse parler au gardien. Elle dut insister un peu, car la sécurité était très stricte, mais lorsque le gardien reconnut Max, il leva aussitôt la barrière. Noémi indiqua au chauffeur l'emplacement du chalet familial.

— Je ne suis jamais venu dans cette partie de Mont-Cœur, déclara Max. J'ai toujours préféré loger près des pistes.

Une pointe de tristesse assaillit Noémi en constatant une nouvelle fois que cette année, leur chalet n'était pas le plus ni le mieux décoré pour Noël. D'habitude, c'était son père qui s'en chargeait, mais cette année… Eh bien cette année, elle avait dû tout faire elle-même, et ce n'était pas aussi spectaculaire que les années précédentes.

Ses paumes devinrent moites. Elle ne pouvait pas se détendre – pas avec Max à côté d'elle. Elle ne parvenait pas à savoir ce qui la rendait le plus nerveuse : le revoir alors qu'elle était enceinte de lui ou avoir appris qu'elle avait passé la nuit la plus torride de sa vie avec un prince de sang.

Quand elle raconterait cela à Maria, son amie n'allait jamais la croire !

Max mourrait d'envie d'embrasser les lèvres framboise de Noémi. Le souvenir de leur douceur le narguait, le tentait, l'excitait. Néanmoins, maintenant qu'il l'avait retrouvée, la dernière chose qu'il voulait était l'effrayer. Quelles étaient les probabilités pour qu'ils se rencontrent à nouveau ?

Minces. *Très* minces.

Il était impossible qu'elle ait découvert sa véritable identité et manigancé ces retrouvailles puisque, avant la veille au soir, lui-même n'avait pas encore décidé de venir en Suisse.

Noémi était raide, le visage tourné vers l'extérieur. Visiblement mal à l'aise. Normalement, en apprenant qu'il était prince héritier, les femmes se rapprochaient de lui. Noémi, elle, s'éloignait. Intéressant...

Pourtant, malgré sa froideur, il était certain qu'elle aussi avait apprécié la nuit qu'ils avaient partagée. Et qui sait ? Peut-être l'étincelle entre eux ne s'était-elle pas éteinte...

Le 4x4 s'arrêta devant un luxueux chalet. Noémi bondit hors du véhicule en lançant un « merci » par-dessus son épaule. Ce serait facile de la laisser rentrer chez elle et de faire demi-tour. Il aurait toujours les souvenirs ardents de leurs étreintes et du plaisir qu'il en avait retiré. Mais elle, qu'avait-elle éprouvé ? Avait-il imaginé qu'elle avait pris du plaisir entre ses bras – *beaucoup* de plaisir ? S'il ne la retenait pas, il ne saurait jamais.

Il ouvrit sa portière et suivit la jeune femme dans l'allée qui menait à la petite véranda.

— Noémi, attends !

Pendant un moment, il pensa qu'elle n'allait pas s'arrêter. Elle avait grimpé les marches et sa main était sur la poignée de la porte. Il la vit hésiter. Elle se tourna vers lui sans un mot. Son regard évitait de se river au sien. Elle se tenait là, attendant qu'il parle.

— Tu ne m'as même pas dit ton nom. Je ne veux pas faire deux fois la même erreur : te laisser partir sans pouvoir te retrouver.

— Oh... C'est Cattaneo. Noémi Cattaneo.

— Cattaneo ? Ce nom me dit quelque chose...

— Tu as probablement entendu parler de notre entreprise familiale de joaillerie, Cattaneo Jewels.

Max faillit se frapper le front du plat de la main. Quel idiot ! Bien sûr qu'il connaissait Cattaneo Jewels, qui fabriquait parmi les plus beaux bijoux du monde, portés par des stars et des personnalités sur toute la planète.

— Oui, évidemment. Bref, je voulais te dire que… je suis désolé. J'ai mal géré tout ça.

— Ce n'est pas ta faute si les gens t'ont reconnu dans la rue.

— Non, dit-il en secouant la tête. Pas pour ça. Je suis désolé d'avoir insisté pour qu'on ne reste pas en contact. J'ai pensé à toi…

— Je n'ai pas besoin de ta pitié, le coupa-t-elle.

— Ce n'est pas de la pitié. Je… J'ai juste mal géré la situation et je tiens à m'excuser.

Elle écarquilla les yeux, comme si sa contrition la surprenait, puis son regard se perdit au loin.

— Nous avons pris la bonne décision. Nos vies sont trop différentes. Je veux dire que tu… tu as un pays à diriger. Et je suis… Je… J'ai des choses à faire.

Max n'avait jamais vu Noémi nerveuse. Elle en bafouillait. Ils n'avaient pas passé beaucoup de temps ensemble, certes, mais il avait toujours vu une jeune femme sûre d'elle et amusante. La Noémi qui se tenait devant lui était différente, et il voulait savoir ce qui l'avait changée. Pourquoi évitait-elle de le regarder en face ?

Un prince… Comment est-ce possible ?

Tellement d'émotions contradictoires traversaient Noémi qu'elle ne savait pas quoi lui dire. Une partie d'elle avait envie de tomber dans ses bras et de reprendre là où ils s'étaient arrêtés. Pourtant, sa part raisonnable lui disait de faire attention. Max était un homme très puissant. Elle ne pouvait pas laisser échapper qu'elle était enceinte de lui. Découvrir qu'il était prince de sang avait tout changé. Elle avait besoin de temps pour réfléchir.

— … dîner avec moi ?

Elle n'avait pas entendu le début de la question, perdue dans ses pensées, mais elle répondit aussitôt :

— Je ne pense pas que ce soit une bonne idée.

L'espoir quitta le visage de Max.

— Ce que nous avons partagé ensemble était si… *oubliable* ?

— C'était loin d'être oubliable.

Les mots lui étaient sortis de la bouche avant qu'elle réalise qu'elle en dévoilait trop. Elle n'avait pratiquement pas pu penser à autre chose depuis qu'elle avait appris qu'elle était enceinte. Et pour être franche avec elle-même, elle avait beaucoup pensé à lui depuis le lendemain de leur folle nuit. Elle se demandait ce qu'il faisait, avec qui il le faisait, et si lui aussi pensait à elle.

— Voilà qui fait plaisir à entendre, dit-il. Alors on va dîner !

Noémi se souvint de la foule qui attendait Max devant le magasin de ski. Elle ne pouvait même pas imaginer se donner en spectacle en dînant dans un restaurant. Ils seraient comme deux animaux de zoo.

— Nous ne pouvons pas, répondit-elle, même si cela la chagrinait. Désormais, tout Mont-Cœur sait que tu es ici. Les paparazzis, les simples curieux sont déjà tous à ta recherche.

Et jusqu'à ce qu'elle ait un plan concernant leur bébé, Noémi ne voulait pas faire d'erreurs – et surtout pas que quoi que ce soit devienne public.

Il rit.

— Je ne vois pas ce qu'il y a de drôle, s'offusqua-t-elle.

— Ne te méprends pas, je ne me moque pas de toi. Je te trouve incroyable, rafraîchissante. La plupart des femmes se damneraient pour dîner avec moi. Pas toi. Ce qui me rend encore plus déterminé à te revoir. Je ne partirai pas d'ici tant que tu n'auras pas accepté.

— Pas ce soir.

Elle voulait se vider l'esprit et faire quelques recherches sur Internet. Max s'assombrit.

— J'ai le sentiment que si je cède pour ce soir, je n'aurai pas de seconde chance ; que tu trouveras toujours une excuse.

— Une autre fois, je te le promets.

— Dois-je te supplier, *cara mia* ?

— Tu parles italien, s'exclama-t-elle, surprise.

— Français, italien, anglais et un peu allemand. L'Ostanie est située à proximité de la France, de l'Italie et de la Suisse. Nous y parlons français, mais sommes influencés par les pays environnants. Je pourrais t'en dire plus sur mon pays au cours du dîner, conclut-il avec un clin d'œil.

Ce n'était pas au sujet de son pays qu'elle avait envie d'en savoir plus. Et ils avaient beaucoup de choses à se dire. D'instinct, sa main se déplaça vers son ventre, mais elle se rattrapa à temps et baissa le bras le long de son corps.

— Si tu t'inquiètes pour ta vie privée, nous pouvons dîner dans mon chalet, proposa-t-il, une belle lueur d'espoir dans les yeux.

— Tu es déterminé, n'est-ce pas ?

— Je n'ai jamais été aussi déterminé de ma vie.

Elle ne rêvait pas : un prince riche et terriblement beau la suppliait de dîner avec lui. Mais même si elle voulait passer plus de temps avec lui, une partie d'elle s'inquiétait de ce qui se passerait lorsqu'il apprendrait l'existence du bébé. La rejetterait-il ? Rejetterait-il sa propre chair et son propre sang ? Essaierait-il de lui enlever le bébé ? L'idée la fit frémir.

Reste prudente !

La seule façon pour elle d'obtenir des réponses à ses questions était d'accepter son invitation.

— D'accord, céda-t-elle. Je vais dîner avec toi.

— Super ! s'écria-t-il, visiblement ravi. Je t'envoie une voiture à 19 heures.

— Je peux conduire, protesta-t-elle, avant de se souvenir qu'elle n'avait plus son véhicule. Ah, mince ! J'ai laissé ma voiture au village.

— Je vais envoyer la mienne. Et si tu me donnes tes clés, je m'assurerai que la tienne t'attendra à mon chalet.

Noémi soupira.

— Très bien. Disons 19 h 15.

Cela devrait lui laisser juste assez de temps pour trier ses achats afin de trouver quelque chose d'approprié à porter, puis de faire des recherches sur Internet.

Max fit un signe de tête.

— À tout à l'heure.

Il se dirigea vers son 4x4, puis s'arrêta et se tourna vers elle.

— Y a-t-il quelque chose de particulier que tu aimerais manger ? Quelque chose dont tu as envie ?

— Non, je ne suis pas difficile.

Il lui décocha un regard surpris. Apparemment, le prince n'était pas habitué aux femmes qui mangeaient de tout. Elle se demanda avec quel genre de femmes il sortait d'habitude.

— Très bien. Alors je vais essayer de te surprendre.

Il se retourna et s'éloigna. Noémi avait une envie folle de foncer à l'intérieur et de se diriger directement vers son ordinateur, mais elle se retint. Elle attendit que le 4x4 ait démarré avant de rentrer.

Elle prit son ordinateur portable sur son bureau et s'assit sur son lit, l'appareil sur les genoux. Ce n'était peut-être pas bien d'espionner sur Internet, mais maintenant qu'elle savait qui était le père de son bébé, elle devait en apprendre davantage.

Noémi avait eu maille à partir avec les paparazzis, donc elle savait que la plupart des articles seraient exagérés. Pourtant, une boule se forma dans sa gorge lorsqu'elle découvrit les gros titres à l'écran :

« Deux bombes blondes pour le prince ! », « Le prince Maximilien avec la femme numéro cinq en autant de soirées ! », « Le prince play-boy frappe encore ! », « Le prince Max et son harem ! »

Seigneur ! C'était pire que ce qu'elle s'était autorisé à imaginer. Et comme des photos illustraient la plupart des articles, elle se demandait à présent qui était vraiment Max...

Découragée, elle referma son ordinateur portable. Elle avait toujours cru que la nuit où leur bébé avait été conçu, ils avaient partagé quelque chose de spécial ; elle n'aurait jamais pensé n'être qu'un nom de plus au tableau de chasse d'un coureur de jupons...

Elle posa une main sur son ventre.

— Dans quel pétrin nous ai-je mis, murmura-t-elle à son bébé.

3

Il n'aurait peut-être pas dû insister. Après tout, il n'était pas homme à mendier la compagnie d'une femme. Du moins jusqu'à aujourd'hui… Noémi devait avoir quelque chose de différent pour qu'il ait ainsi agi contre nature. Son sourire éblouissant ? Ses yeux envoûtants ? Ses délicieuses lèvres charnues ?

Assis à son bureau, dans sa chambre, Max essayait de se concentrer sur les dizaines de courriels qui requéraient son attention. Ses responsabilités ne cessaient pas quand il quittait le palais. Il commençait même à penser que ses parents lui donnaient beaucoup de travail pour faire en sorte qu'il ne se coupe pas des affaires de son pays.

Il repéra un message de sa mère, la reine. Elle ne lui écrivait pas souvent. Elle était un peu fâchée après lui ; selon elle, il devrait être plus souvent au palais pour jouer son rôle de prince héritier. Elle n'avait aucune idée de ce que cela lui coûtait d'agir ainsi alors qu'il savait, et toute la cour aussi, qu'il ne serait jamais couronné roi.

Il ouvrit le courriel de sa mère. Le ton était froid et professionnel pour lui indiquer le calendrier des événements de Noël et comment il devrait participer aux festivités. Il n'y avait pas un seul mot personnel dans tout le message. Celui-ci n'appelait pas de réponse, aussi Max ne répondit-il pas. Il savait qu'elle le pensait parti depuis trop longtemps et qu'elle avait feuilleté la presse people, donc qu'elle était en colère après lui. Une fois de plus.

Toc ! Toc !

Max se leva de son bureau et alla ouvrir la porte.

— Monsieur, Mlle Cattaneo est arrivée, déclara Shaun.

— Déjà !

Il consulta sa montre. Bon sang, il n'avait pas fait attention à l'heure ni vu le temps passer !

— Offrez-lui un verre et dites-lui que j'arrive tout de suite.

Il ferma son ordinateur portable et gagna la salle de bains attenante à sa chambre. Il sauta dans la douche.

Cinq minutes plus tard, les cheveux encore humides, Max entra dans le salon. Noémi était toujours là.

— Je suis désolé, dit-il en lui souriant.

Il fit un geste en direction de son verre vide sur la table basse.

— Un autre verre ?

— Avec plaisir.

— Qu'est-ce que tu buvais ?

— De l'eau.

De l'eau ? Cela lui sembla étrange. Peut-être s'était-il habitué à servir du vin lors de ses rendez-vous galants. Noémi était décidément différente des autres femmes ! Il saisit la carafe et remplit le verre de son invitée. Lorsqu'il le lui tendit, leurs doigts se frôlèrent. Aussitôt, il se souvint de la douceur de sa peau, de la chaleur de son corps et de ses baisers. Sa bouche devint sèche et il décida de boire lui aussi un peu d'eau. Il s'assit ensuite dans le fauteuil en face du sien.

— C'est vraiment bon de te revoir, dit-il. Je ne m'attendais pas à te rencontrer à Mont-Cœur.

Elle arqua un sourcil.

— Pourquoi ? Le ski est réservé aux hommes, de nos jours ? ironisa-t-elle.

Max comprit que la partie allait être serrée. Elle était en colère – sans doute à cause de la façon dont ils s'étaient séparés après leur incroyable nuit. Et c'était sa faute.

— Noémi, à Milan, je n'ai pas bien géré les choses. Y a-t-il une chance que tu me pardonnes ? Peut-être pouvons-nous repartir de zéro ?

— Je t'ai dit que tout allait bien.

Ses mots disaient blanc mais son regard disait noir.

— Le givre qui commence à se former dans cette pièce me fait penser que je devrais aller chercher mon blouson de ski et mes gants, la taquina-t-il.

Sa boutade arracha un petit sourire crispé à Noémi. Ce n'était pas grand-chose, mais c'était un début.

— C'est mieux, dit-il.

Elle inclina la tête sur le côté. Son regard fouilla le sien comme si elle pouvait lire la vérité dans ses yeux.

— Pourquoi faire tant d'efforts alors que tu peux avoir toutes les femmes que tu veux ?

— J'ai beaucoup pensé à toi depuis cette nuit-là. Je me suis demandé ce qui aurait pu arriver si nous avions passé plus de temps ensemble.

— Vraiment ?

Il y avait du doute dans sa voix.

— C'est si difficile à croire ?

— Tu voulais une aventure sans lendemain.

— Si je me souviens bien, tu étais d'accord.

Noémi baissa les yeux et soupira.

— C'est vrai, admit-elle.

Enfin ils semblaient arriver à quelque chose !

— Et tu penses que nous pouvons essayer de prendre un nouveau départ ?

Le silence s'installa. Max savait qu'il serait difficile de retrouver la magie de cette nuit milanaise si spéciale, mais il devait essayer. Hélas, à chaque seconde qui s'écoulait sans réponse de Noémi, ses espoirs déclinaient.

— Oui, nous pouvons essayer, finit-elle par murmurer.

Le dîner s'était déroulé dans une ambiance détendue. Max avait choisi des sujets de conversation légers, désireux de voir Noémi se détendre. Il avait demandé à son cuisinier de préparer un repas basique, car il n'avait absolument aucune idée de ce que Noémi aimait manger.

Après une salade César, on leur avait servi une assiette de pâtes à la sauce bolognaise avec du parmesan râpé. Noémi avait mangé de bon appétit. Elle avait également adoré la vue sur la montagne et les pistes de ski encore éclairées qu'offraient les immenses baies vitrées de la salle à manger. Dire qu'elle était belle était un euphémisme, songea-t-il.

— C'était incroyable ! Merci, dit-elle en se levant de table. C'était chouette de te revoir. Je vais rentrer, maintenant.

Max s'affola, tout en tâchant de ne pas le montrer. Il ne pouvait pas la laisser partir ! Pas encore.

— Reste. Nous n'avons même pas pris de dessert !

— Je n'ai plus de place, après ce délicieux repas.

Il se dirigea vers le canapé, posé devant la cheminée dans laquelle crépitait un feu de bois.

— Pourquoi ne pas t'asseoir quelques minutes ?

Noémi ne fit pas mine de le rejoindre. Elle restait debout, immobile, le regard tourné vers la porte.

— S'il te plaît, laisse-moi une chance de te parler.

Il capta une fugace lueur d'intérêt dans son regard. Elle le rejoignit. Lorsqu'ils s'assirent, elle laissa un grand vide entre eux. Il espérait qu'à la fin de leur conversation, cet espace serait considérablement réduit.

— Le soir où nous nous sommes rencontrés, commença-t-il, j'ai été captivé par ta beauté.

Un petit sourire se dessina sur les lèvres de Noémi. Un bon signe. Pourtant, elle resta silencieuse, comme si elle lui donnait la possibilité de s'expliquer sans interférer.

— Je ne comptais pas rencontrer quelqu'un, reprit Max. En tout cas, pas quelqu'un comme toi. Tu as été comme une chaude brise de printemps par une nuit glaciale. Et le lendemain matin, j'ai reçu de mauvaises nouvelles de chez moi.

Il n'avait pas voulu accabler Noémi avec la dégradation de l'état de santé de son père. Ce n'était pas comme s'ils étaient engagés dans une relation sérieuse. C'était à lui de porter ce fardeau tout seul.

Lorsque sa mère l'avait appelé, ce matin-là, Max avait prévu de rentrer en Ostanie immédiatement. Il était à l'aéroport quand son père lui avait téléphoné à son tour, pour lui dire que sa mère avait réagi de façon excessive. Le roi avait insisté sur le fait qu'il allait bien ; il avait ajouté, en termes très clairs, qu'il n'avait que faire de la pitié de son fils et qu'il était inutile de venir le voir. Il était si animé au téléphone que Max avait pensé que sa mère avait un peu exagéré dans l'inquiétude. Même si le long combat de son père contre le diabète le préoccupait, Max avait obéi. Il était allé à Madrid, pour une mission diplomatique visant à encourager l'augmentation des échanges commerciaux entre l'Espagne et l'Ostanie.

— Tu n'as pas à te justifier, dit Noémi.

Pourtant, Max décida de lui dire la vérité. Elle le méritait.

— C'était mon père. Ma mère était très inquiète pour sa santé.

Noémi le dévisagea un long moment.

— C'est pour ça que tu étais si différent, au matin ? Parce que tu étais inquiet pour ton père, pas parce que tu regrettais d'avoir passé la nuit avec moi ?

— Oui.

— Tu le penses vraiment ? Tu ne dis pas ça pour ne pas me blesser ?

— Je me suis affolé. Ma mère dramatise facilement, et j'ai eu peur en l'entendant que mon père ne passe pas la journée.

Noémi se leva et vint s'asseoir à côté de lui.

— Je suis désolée. Comment va-t-il ?

Dans ses yeux, Max lut une sincère empathie. Il s'éclaircit la gorge.

— Beaucoup mieux. Et toujours aussi têtu.

— Pourquoi ne pas me l'avoir dit ? J'aurais compris que tu partes immédiatement.

— Je ne voulais pas que tu le saches. Je ne voulais pas que quiconque le sache. Le dire à quelqu'un aurait rendu la situation réelle, et je n'étais pas prêt à y faire face. Mais je regrette la façon dont j'ai réagi. Je n'aurais pas dû briser ainsi notre... complicité. J'aurais aimé que nous puissions rester en contact.

Il la fixait du regard, se demandant si elle ressentait la même chose que lui.

— Ça aurait été bien, dit-elle doucement. Moi aussi, j'ai pensé à te contacter.

Max respirait plus facilement. Noémi baissait lentement sa garde. Il apercevait enfin de nouveau la femme étonnante qui avait attiré son attention depuis l'autre côté de la salle, à Milan. Il était heureux de ne pas avoir renoncé. Il savait que s'il continuait à essayer, il la retrouverait.

Il résista à l'envie de la toucher. Il ne voulait pas précipiter les choses. Il ne voulait pas lui faire peur.

— Je reste ici une semaine, avant de retourner en Ostanie. J'aimerais que nous passions du temps ensemble.

Il lui sembla que Noémi allait accepter et il commença à s'en réjouir intérieurement.

— Je ne pense pas que ce soit une bonne idée, annonça-t-elle, douchant ses espoirs. Surtout avec la presse qui surveille chacun de tes mouvements.

— Je me charge des paparazzis. Ils ne nous dérangeront pas.

— Comment vas-tu t'y prendre ?

— Fais-moi confiance. J'ai beaucoup d'expérience, je sais comment les éviter. Alors, c'est d'accord ?

Elle secoua la tête.

— Ce n'est pas seulement cela.

Max avait reconquis trop de terrain pour tout reperdre maintenant.

— Quoi, alors ? Dis-moi. Quoi que ce soit, je peux l'arranger, j'en suis sûr !

— Non, tu ne peux pas.

Elle se leva et marcha jusqu'aux baies vitrées. Max la suivit, comme attiré par son magnétisme. Il s'arrêta juste derrière elle. Une fois de plus, il résista à l'envie de la toucher.

— Noémi, je sais que nous ne nous connaissons pas depuis longtemps, mais j'aimerais que tu me considères comme un ami, quelqu'un sur qui tu peux t'appuyer.

Elle se tourna vers lui.

— Je te considère comme un ami.

— Alors dis-moi ce qui te tracasse. Cela ne peut sûrement pas être aussi grave que le laisse croire l'inquiétude sur ton visage.

— Non. C'est pire.

Elle baissa les yeux. Elle se mordillait machinalement la lèvre inférieure.

— Je suis enceinte, lança-t-elle soudain en relevant la tête.

Max eut l'impression que sa mâchoire se décrochait et tombait au sol. Il cligna deux fois des paupières. Il n'avait sûrement pas bien entendu.

— Tu es... *quoi* ?

— Enceinte. De ton bébé.

Il était sonné, un boxeur envoyé au tapis d'un crochet imparable. Il n'aurait jamais pensé qu'une femme lui dirait un jour ces mots. Et maintenant que cela arrivait, il ne pouvait pas croire que c'était vrai. Mais il voulait que ce soit vrai.

Déchiré par des émotions contradictoires, son corps se raidit. De la colère monta en lui. Qu'espérait Noémi avec une affirmation aussi farfelue et improbable ?

4

Quelle idiote !

Hélas, maintenant qu'elle avait craché le morceau, Noémi ne pouvait pas le reprendre… Ce n'était pas ainsi qu'elle avait envisagé de parler à Max du bébé. Non : en fait, elle n'avait rien envisagé du tout. Elle n'avait pas trouvé comment lui annoncer cette nouvelle qui allait changer leurs vies. Mais ce n'était certainement pas une nouvelle qu'on laissait échapper sans préparer le terrain, comme elle l'avait fait. D'ailleurs, Max était pâle comme la mort.

— Non, fit-il en secouant la tête avec insistance. C'est un mensonge.

Elle refusa de baisser les yeux sous son regard accusateur. Elle avait imaginé beaucoup de réactions possibles de la part de Max, mais être traitée de menteuse n'avait jamais fait partie de ses hypothèses. Elle redressa les épaules et releva le menton.

— Je ne suis pas une menteuse. Je suis enceinte et tu es le père.

— Impossible ! tonna-t-il, catégorique.

Max commença à faire les cent pas dans la pièce.

— En fait, c'est tout à fait possible. Tu seras père dans environ six mois.

Il stoppa net et son regard incrédule croisa le sien.

— Es-tu allée voir un médecin ?

— Oui. Il a été affirmatif.

Elle constatait à son attitude de défiance qu'il était toujours dans le déni.

— Je ne rentre plus dans mes vêtements et j'ai des nausées matinales, si tu veux tout savoir.

— Alors c'est l'enfant de quelqu'un d'autre !

Noémi eut le plus grand mal à se contenir. Comment osait-il ? Pensait-il vraiment qu'elle couchait tellement à droite à gauche qu'elle était incapable de savoir qui était le père ? Elle réussit toutefois à garder son calme.

— Ce bébé est le tien. Tu peux prétendre le contraire autant que tu veux, ça ne changera pas les faits.

— Tu te trompes.

Elle croisa les bras et le regarda fixement.

— Tu es peut-être un prince et tout le tralala, mais cela ne te donne pas le droit de me parler ainsi ! Aucun de nous n'a voulu cette grossesse, mais maintenant nous devons tous les deux trouver comment affronter la situation.

Il s'approcha d'elle. Il avait le regard tourmenté.

— Tu ne m'écoutes pas. Je ne suis pas le père de ce bébé. C'est *impossible.*

Ce qu'il disait n'avait aucun sens. Elle ne s'était pas attendue à ce qu'il prenne bien la nouvelle, mais c'était pire que ce qu'elle avait imaginé. Il lui tournait le dos, à présent.

— Tu dois partir. Maintenant.

— Tu... Tu me chasses ? bredouilla-t-elle, hébétée.

— Oui.

Elle serra les poings. Elle avait les lèvres pincées. Elle luttait pour contrôler ses émotions. La colère coulait dans ses veines. Max pensait-il qu'il avait été facile pour elle de venir ici ? De lui faire cet aveu ? Elle rassembla rapidement ses affaires. Pensait-il vraiment qu'elle aurait inventé une telle fable ?

Elle se dirigea vers la porte le plus dignement possible. Elle s'arrêta sur le seuil et regarda en arrière. Max avait toujours le dos tourné. Il était raide, immobile. Noémi essaya de trouver une repartie cinglante, en vain. Et sa fierté l'empêchait d'implorer Max.

Alors, sans un mot, elle sortit.

Une fois dehors, des larmes de frustration et de colère lui brouillèrent les yeux. Elle cilla plusieurs fois. Elle refusait de pleurer à cause d'un homme aussi borné et mufle que Max.

Elle mentait.

C'était la seule explication possible.

Max avait renvoyé son personnel, même sa sécurité. Il avait besoin d'être seul. Il était assis seul dans le noir depuis deux bonnes heures. Les paroles de Noémi tournaient dans son crâne. Elles réveillaient ses peurs, son sentiment d'insécurité, des émotions négatives qu'il pensait avoir laissées derrière lui. Il s'était seulement bercé d'illusions en pensant qu'il avait fait la paix avec la perte de sa place d'héritier du trône. Il s'était trompé aussi en pensant qu'il avait digéré la certitude qu'il ne serait jamais capable de fonder une famille.

Bon sang ! Noémi n'aurait pas pu le blesser davantage, même si elle avait voulu le faire exprès.

Le sommeil le fuit cette nuit-là. Le lendemain après-midi, il avait pris une décision. Avant de changer d'avis, il se dirigea vers le chalet de Noémi. Par chance, le gardien à l'entrée de la résidence était le même que la veille. Il le reconnut et le laissa entrer.

Quand Noémi ouvrit la porte, il ne lui laissa pas la chance de parler la première.

— Es-tu prête à l'admettre ?

Elle fronça les sourcils.

— J'admets que je suis enceinte. Qu'est-ce que tu attends d'autre de moi ?

Il avait besoin de l'entendre dire qu'elle avait inventé toute l'histoire. Il chercha à lire la vérité dans ses yeux. Il était plutôt doué pour déchiffrer les gens. Or il ne voyait que l'honnêteté dans les prunelles de Noémi. Soit elle s'était persuadée de son mensonge, soit elle lui disait la vérité. Mais ce n'était pas possible, n'est-ce pas ?

Max se passa une main nerveuse dans les cheveux. Peut-être avait-il besoin d'aborder la question sous un angle différent.

— On peut parler ? soupira-t-il.

Pendant un long moment, Noémi resta immobile, silencieuse, comme si elle pesait le pour et le contre. Il ne pouvait pas s'en aller avant de lui avoir fait comprendre que ce qu'elle prétendait était absolument impossible.

— S'il te plaît, insista-t-il. Ça ne prendra pas longtemps et c'est important. Je suis resté debout toute la nuit à penser à ce que tu m'as dit.

Il commençait à croire qu'elle allait refuser de le laisser entrer quand soudain, elle ouvrit la porte et s'écarta. Max entra, ôta chaussures et manteau couverts de neige et suivit Noémi dans la pièce principale du chalet. Un grand arbre de Noël trônait près de la cheminée éteinte.

Noémi posa une fesse sur l'accoudoir du canapé.

— Je sais que c'est difficile à croire pour toi. Ça l'a été pour moi aussi.

— Ce n'est pas difficile, c'est impossible.

— Pourquoi continues-tu à dire cela ?

Il se frotta la joue. Sa barbe d'un jour ressemblait à du papier de verre sous sa paume. Il était venu ici pour régler cette histoire une fois pour toutes. Il ne pouvait pas s'arrêter maintenant.

— Viens t'asseoir, l'invita-t-elle en tapotant le coussin à côté d'elle.

Il obtempéra, laissa aller sa tête en arrière et ferma les yeux.

— Ce que je m'apprête à te dire, personne en dehors de ma famille et de quelques membres de la cour ne le sait. Puis-je te faire confiance ?

— Je ne dirai rien à personne.

— Très bien. Je suis le prince héritier d'Ostanie. C'est un tout petit pays, mais il est prospère. Depuis mon premier souffle, j'ai été préparé à monter sur le trône. Cependant, à l'âge de treize ans, on m'a diagnostiqué un lymphome de Hodgkin. C'est resté secret. Il a été décidé qu'il valait mieux que les citoyens d'Ostanie ne soient pas au courant de ma maladie.

— Cela a dû être tellement effrayant de traverser cette épreuve !

Le cancer avait été plus qu'effrayant, il avait changé la façon dont Max se voyait. Depuis qu'il était petit, il savait exactement qui il était, ce qu'on attendait de lui et ce que son avenir impliquait. Le cancer lui avait volé cette identité.

Une fois guéri, il avait couru le monde à la recherche de lui-même, d'une nouvelle identité. Il avait fait des choses folles – parachutisme, saut à l'élastique, plongeon depuis des falaises, etc. —, mais aussi mené des missions diplomatiques pour son pays.

Malgré tout cela, il avait toujours eu l'impression que quelque chose manquait à sa vie.

— J'étais jeune. Au début, j'étais certain de pouvoir survivre à tout. Et cela m'a aidé que tout le monde autour de moi soit si positif. Mais plus le traitement devenait agressif, plus je perdais mon optimisme. À un moment donné, j'ai lâché prise. Je me suis dit que je ne vivrais pas assez longtemps pour voir mon prochain anniversaire.

Noémi tendit la main et la plaça dans la sienne.

— Je ne peux même pas imaginer combien tu as souffert...

— Je ne t'ai pas dit ça pour gagner ta sympathie. Je voulais que tu te rendes compte de l'intensité de mes traitements. Les médecins m'ont dit qu'il était fort probable que je ne puisse jamais avoir d'enfants.

— Ah, je comprends ta réaction, à présent ! Eh bien, sache que les médecins se sont trompés. Parce que je suis enceinte, et qu'il n'y a aucun doute que tu es le père.

Max aurait voulu la croire. Or il avait été suivi par les meilleurs spécialistes du monde. Ceux-ci n'auraient pas évoqué la quasi-certitude de sa stérilité à la légère. S'il était le père du bébé de Noémi, c'était vraiment un miracle. Et il ne croyait pas aux miracles.

— Je ne pense pas que cela puisse être vrai, dit-il. Les médecins...

— Stop ! Je te dis que c'est vrai !

Il fixa Noémi droit dans les yeux. Il voulait désespérément la croire. Mais il hésitait.

— J'ai besoin de temps.

— Je comprends.

— Nous en reparlerons.

Il se leva et sortit du chalet. Il avait besoin de marcher. Il avait besoin de réfléchir. Il avait besoin d'espace.

Les enjeux étaient tellement élevés...

Si Noémi disait la vérité, alors il redevenait l'héritier du trône d'Ostanie. Il ne s'était pas autorisé à l'envisager depuis des années. Enfin, il se sentirait à nouveau entier. Mais son existence allait changer. Radicalement.

5

Après une nuit agitée, Noémi se leva en bâillant. Aussitôt, elle pensa à Max. Avant de quitter le chalet, il avait au moins accepté de considérer que le bébé était peut-être le sien. Elle savait qu'il lui faudrait du temps pour accepter la nouvelle, surtout après avoir été convaincu par des médecins qu'il ne pourrait jamais être père.

Ses nausées matinales passées, elle se doucha, puis s'habilla. Dans les nouveaux vêtements achetés grâce à Maria, elle se sentait beaucoup plus à l'aise.

Elle sursauta en entendant le carillon de la porte d'entrée. Même pas 8 heures du matin, qui cela pouvait-il bien être ? Pas Sebastian, qui avait sa propre clé. Peut-être Léo, qui serait arrivé plus tôt que prévu de New York pour passer les fêtes. Noémi sourit à cette hypothèse. Elle était impatiente de revoir son nouveau grand frère. Elle s'était immédiatement entendue avec Léo.

Elle se précipita vers la porte, qu'elle ouvrit. Max se tenait devant elle, ébouriffé, un peu débraillé, des ombres sous les yeux, avec une barbe de trois jours.

— Salut ! Euh... Je n'ai fait que penser à ce que tu m'as dit. Et j'aimerais parler un peu plus.

Noémi frissonna sous une rafale de vent frisquet.

— Entre.

Comme il ne bougeait pas, elle tendit la main, prit Max par la manche et le tira à l'intérieur. Puis elle referma la porte. Elle regarda machinalement par la fenêtre pour voir s'il avait été suivi par des paparazzis, puis songea que ceux-ci ne pouvaient pas pénétrer dans la résidence privée.

— Qu'est-ce que tu regardes ?

Quand elle se retourna, elle faillit heurter Max, qui se tenait tout près d'elle. Elle s'adossa contre la porte. Son cœur palpitait dangereusement.

— Je... Je vérifiais si tu avais été suivi. C'est idiot, seuls les résidents peuvent entrer. D'ailleurs, comment fais-tu pour venir jusqu'ici ?

— Le gardien me reconnaît. Et personne ne m'a suivi.

Elle hocha la tête et, profitant du fait qu'il retirait veste et chaussures, le contourna pour gagner le salon.

— Comment peux-tu en être aussi sûr ?

— L'un de mes gardes du corps a la même silhouette que moi. Après que les paparazzis m'ont repéré, il a quitté Mont-Cœur et s'est envolé pour l'Ostanie. Dans le même temps, mon personnel et moi avons changé de véhicule et de résidence.

Noémi sourit.

— Je vois... Tu es du genre prudent.

— Prudent, hein ? Je t'ai suivie sur la terrasse à Milan, et puis... Je ne pense pas que l'on puisse qualifier mon attitude, lors de cette soirée, de prudente.

— Nous ne discuterons pas de cette nuit-là.

— Ah bon ?

— Non.

Ils avaient des affaires beaucoup plus urgentes à régler, des affaires qui l'avaient apparemment tenu éveillé une grande partie de la nuit. Peut-être que le choc commençait à s'estomper et que la réalité s'imposait.

— Je suis désolé, je n'aurais pas dû te déranger si tôt.

— C'est bon. Je n'ai pas bien dormi la nuit dernière, je me suis levée tôt.

Max s'assit sur le canapé. Noémi alluma un feu dans la cheminée. Pour un homme qui voulait parler, il ne disait pas grand-chose.

Elle laissa une distance respectable entre eux lorsqu'elle s'assit à son tour. Même débraillé, Max était d'une beauté dévastatrice. Et quand il la regardait avec cet air perdu, il la troublait profondément.

— Comment peux-tu être aussi calme ? demanda-t-il.

Elle haussa les épaules.

— J'ai eu le temps d'encaisser le choc.

— Si nous ne nous étions pas croisés par le plus grand des hasards, tu me l'aurais dit ?

— Je voulais le faire, mais je n'avais ni ton nom de famille ni ton numéro de portable. Je ne savais pas comment te joindre.

Il se frotta la nuque, la mine embarrassée.

— C'est ma faute.

— Mais tout s'est arrangé. Comme si le destin avait fait en sorte que nos chemins se croisent à nouveau.

Elle se tut brusquement. Son estomac faisait des loopings.

Mon Dieu, s'il vous plaît, pas devant Max !

Elle déglutit avec difficulté, sous le regard inquiet de Max.

— Qu'est-ce qui ne va pas ?

— Ce n'est rien, marmonna-t-elle, nauséeuse.

— Tu es toute pâle, déclara-t-il, sourcils froncés. C'est le bébé ?

Son estomac se retourna de nouveau. Elle se leva précipitamment.

— Je reviens.

Elle se rua à l'étage sans avoir le temps d'en dire plus.

Max faisait les cent pas dans le salon. Était-il *vraiment* en train de vivre cette scène ? Allait-il *vraiment* être père ? Et si oui, comment sa famille allait-elle le prendre ?

Depuis des années maintenant, Tobias apprenait à devenir le futur roi d'Ostanie. Comment se sentirait-il si Max retrouvait sa place de prince héritier ? Tobias serait-il déçu ? Reconnaissant d'être débarrassé de la pression et de pouvoir retrouver une vie « normale » ? Il n'en avait aucune idée. Depuis que les rôles avaient été inversés, ils s'étaient éloignés l'un de l'autre.

— Désolée, fit la voix de Noémi derrière lui, interrompant le cours de ses pensées.

Il se retourna. Elle était encore pâle, mais ses joues avaient néanmoins repris quelques couleurs.

— Tu te sens mieux ?

Elle hocha la tête.

— Ce sont juste des nausées matinales. Mon médecin affirme que c'est fréquent et qu'il n'y a pas lieu de s'inquiéter.

Max ne voyait pas comment le fait d'être malade pouvait ne pas être un souci.

— Où est la cuisine ?

Noémi fit un geste de la main en direction de l'arrière du chalet.

— Là. Pourquoi ?

— Assieds-toi, je reviens.

Il se dirigea vers la porte qui s'ouvrait à côté de la grande cheminée. La cuisine était spacieuse. Il commença à ouvrir les placards et tiroirs. Il finit par trouver ce qu'il cherchait : du thé à la menthe. Il remplit la bouilloire électrique et l'enclencha. Puis il se mit à la recherche de biscuits, avec succès. Il ouvrit la boîte et en disposa quelques-uns sur une petite assiette. Il versa l'eau bouillante dans la théière. Sur un plateau, il disposa sucre, tasses, petites cuillères, l'assiette de biscuits et la théière. Il le porta jusqu'au salon, où Noémi l'attendait. Elle l'accueillit avec une expression interrogative sur le visage.

— Tu as faim ? Tu aurais dû me demander !

— Ce n'est pas pour moi.

— Oh ! eh bien, merci. Mais je ne bois pas de thé, annonça-t-elle d'un air désolé.

— Je pense que tu aimeras celui-là. C'est bon pour ton estomac.

Max jeta un coup d'œil autour de lui. Le chalet était très spacieux, semblait fonctionnel et aménagé avec goût.

— C'est un grand endroit pour une seule personne.

— Il n'est pas à moi. Il appartient à mes parents ; je veux dire... à notre famille.

— Tes parents sont ici ? s'exclama-t-il.

Quel idiot ! Il venait ici lui parler à cœur ouvert de leur relation, d'un enfant qu'ils auraient ensemble, et il n'avait même pas pensé à lui demander s'ils étaient seuls !

— Il n'y a personne d'autre que moi, en ce moment, affirma-t-elle, visiblement mal à l'aise.

Max se demanda ce que les parents de Noémi pensaient de sa grossesse – si elle leur en avait parlé...

— Qu'est-ce qui te tracasse ? Tes parents ? Tu veux que je leur parle ?

— Tu ne peux pas, dit-elle en baissant les yeux. Ils... Euh... Ils sont morts.

Il se serait giflé ! Il avait bien sûr vu passer cette information, mais cela lui était sorti de l'esprit. Les yeux de Noémi brillaient de larmes. Il se rapprocha d'elle, enroula son bras autour de ses épaules et cala la tête sur celle de Noémi. Il posa la joue sur ses cheveux.

— Tu ne peux pas savoir à quel point je suis désolé.

Ils restèrent un long moment assis serrés l'un contre l'autre. Sa main lui caressait la tête. Quand il lui embrassa les cheveux, un délicieux parfum de shampoing le grisa.

Lorsque Noémi finit par s'écarter de lui, elle s'essuya les joues.

— Pardon. Je ne suis pas si émotive, d'habitude.

— Tu n'as pas à t'excuser. Ni à te justifier. C'est ma faute.

Il ferait ou dirait n'importe quoi pour qu'elle arrête de pleurer. Il n'était pas à l'aise avec les larmes, avec le chagrin des autres. Il ne savait jamais comment se comporter.

— Merci pour ton épaule.

— De rien.

Il espérait que la prochaine fois qu'elle se blottirait contre lui, ce serait dans des circonstances plus heureuses.

— Tu as des frères et sœurs ?

La question à peine posée, il se demanda s'il n'abordait pas de nouveau un sujet sensible.

— Un frère aîné. Non, en fait, deux frères aînés.

Max tiqua devant l'étrangeté de sa réponse. Mais il estima qu'il avait assez posé de questions personnelles à Noémi pour le reste de la journée. Dans un silence de plus en plus pesant, ils burent du thé et mangèrent des biscuits.

— Tu te sens mieux ? finit-il par demander.

— Oui, merci. On dirait que c'est efficace, le thé, ajouta-t-elle avec un pâle sourire.

— J'en buvais des litres pendant qu'on soignait mon cancer. Je ne sais pas si c'est cela qui m'a guéri, mais sait-on jamais ! essaya-t-il de plaisanter pour détendre l'atmosphère.

Noémi semblait avoir repris des forces.

— Je peux faire quelque chose pour toi ?

Elle secoua la tête.

— Je devrais peut-être y aller, maintenant, reprit-il. Je n'aurais vraiment pas dû te déranger si tôt.

— Ne t'inquiète pas. Je me doute que tu as beaucoup de questions.

— Je n'en ai qu'une.

Elle lui retourna un regard interrogateur.

— Tu as des projets pour demain ?

Il n'était pas venu la voir avec l'intention de l'inviter à sortir, mais faire quelque chose ensemble pourrait aplanir certaines tensions entre eux.

— Non, aucun projet.

— Et si on prévoyait quelque chose ensemble ?

— Tu es sûr ? Tu n'as pas une foule de trucs importants à faire ?

— Il n'y a rien de plus important que d'apprendre à mieux nous connaître, répliqua-t-il.

Il était sincère. En ce moment, il ne pouvait penser à rien d'autre qu'à Noémi et au bébé.

— Tu ne me dois rien, Max, tu sais ?

— Je sais. Mais il s'agit d'une envie, pas d'un devoir.

Noémi parut surprise, mais accepta sa proposition. Ils décidèrent qu'ils iraient faire une course de *snowtubing*. Dévaler une piste assis sur de grosses chambres à air devrait être amusant et leur permettre, du moins Max l'espérait-il, de se rapprocher un peu. Mais pour l'instant, il avait besoin de travailler et surtout de dormir.

— Comment ça, elle est enceinte ? s'exclama Enzo à l'autre bout de la ligne.

Max venait d'annoncer la nouvelle à son secrétaire particulier, qui était aussi son confident – ils se connaissaient depuis leur plus tendre enfance. Il ne pouvait pas garder cet énorme, cette incroyable nouvelle pour lui-même. Il allait être père. Son monde était sur le point de changer.

— Mais tu ne peux pas avoir d'enfants ! Les médecins ont dit...

— Je sais ce qu'ils ont dit. Que la probabilité était très faible. Très, très faible. Mais pas nulle.

— Ne te fais pas d'illusions. Cette femme ne serait pas la première à mentir pour entrer dans la famille royale. N'oublie pas...

— Je n'ai pas oublié, interrompit-il de nouveau Enzo.

Il avait essayé d'oublier Abree, pourtant. Elle semblait être la femme idéale. Parfaite. Ils avaient été heureux pendant trois mois, puis Abree lui avait annoncé être enceinte. Or le test de paternité avait prouvé qu'il n'était pas le père. Les mensonges de la jeune intrigante avaient dévasté Max. Heureusement, sa famille n'avait jamais découvert l'ampleur de la trahison.

Depuis ce traumatisant épisode, Max ne s'était jamais engagé dans une relation sérieuse. Par choix. Pourtant, Noémi était différente. Il en était persuadé. Elle ne semblait pas se soucier de ce qu'il pensait ou de ce qu'il attendait. Elle faisait ce qu'elle voulait. Et jusqu'à présent, elle n'avait rien exigé de lui.

— Quel est le nom de cette femme ? demanda Enzo. Je vais faire des recherches sur elle.

Max savait ce que cela signifiait : fouiner dans la vie de Noémi pour traquer le moindre détail sordide, le moindre faux pas qu'elle aurait pu faire, dans le but de prouver à Max qu'elle ne lui convenait pas. Parce qu'Enzo, comme ses propres parents, avait une image très précise de l'épouse qu'il fallait à un prince d'Ostanie.

— Je ne te dirai pas comment elle s'appelle.

— Mais...

— Laisse tomber, Enzo.

Max entendit son secrétaire soupirer.

— Bien, Votre Altesse.

Quand Enzo redevenait formel, c'était qu'il n'était pas d'accord avec lui. Mais Max ne s'en souciait guère. Il apprendrait par lui-même tout ce qu'il avait besoin de savoir sur Noémi. Pas de détective privé, pas de recherches dans les profondeurs d'Internet, seulement son instinct. Ce même instinct qui lui disait qu'il pouvait faire confiance à cette femme.

Pour soulager l'inquiétude d'Enzo, Max lui affirma qu'il allait s'occuper de la situation.

— Lui as-tu parlé d'un test de paternité ?

— Pas encore.

— Qu'est-ce que tu attends ?

Max ne répondit pas. La vérité, c'était qu'il ignorait pourquoi il hésitait. Il n'avait pas hésité avec Abree. Une petite voix intérieure lui avait soufflé qu'elle mentait peut-être. Il ne voulait pas être gagné par de tels soupçons avec Noémi ; et il ne voulait pas faire quoi que ce soit qui puisse gâcher leur fragile relation. Toutefois, Enzo avait raison. Les enjeux étaient immenses, pour lui comme pour sa famille. Et lui ne supporterait pas d'être à nouveau manipulé.

Il parlerait du test à Noémi le lendemain. Elle comprendrait sûrement, n'est-ce pas ?

6

Le lendemain matin, Max alla comme prévu chercher Noémi chez elle. Sur le chemin, il décida qu'ils devaient parler avant leur séance de *snowtubing*. Les enjeux étaient importants, et il devait s'assurer que Noémi comprenait à quel point.

Quand Noémi lui ouvrit la porte, elle souriait. Mais son sourire s'évanouit aussitôt.

— Max, qu'est-ce qui ne va pas ? Si tu dois annuler nos plans, ce n'est pas grave. Je comprends.

— Ce n'est pas ça. Nous avons besoin de parler.

— Entre.

Ils s'assirent dans le salon.

— Nous devons parler du bébé et de l'avenir, déclara Max.

— Si tu es sur le point de me dire que tu ne veux rien avoir à faire avec le bébé, je peux l'entendre.

— Non ! s'écria-t-il. Non, ce n'est pas ce que j'allais dire.

— Tant mieux. Y avait-il autre chose dont tu voulais discuter ?

Il s'éclaircit la gorge.

— Les lois de mon pays nous imposent d'apporter la preuve de la légitimité du bébé.

— De quoi parles-tu ? demanda-t-elle, le front plissé.

Cette réaction étonna Max. Il n'avait pas imaginé un seul instant que Noémi puisse ne pas désirer que son enfant fasse partie de la famille royale.

— Nous devons faire un test de paternité dès que possible.

— Oui, j'avais compris. Mais pourquoi ?

— Pour que nous puissions devenir une famille et que le bébé devienne l'héritier légitime du trône d'Ostanie.

Noémi secoua la tête.

— Non.

— Comment ça, « non » ?

Il se leva. Pourquoi Noémi était-elle aussi peu raisonnable ? Son enfant avait le devoir d'assumer son royal destin ! Elle se leva à son tour, redressa les épaules et leva le menton jusqu'à ce que leurs regards se croisent.

— Je sais qu'en tant que prince, tu n'es pas habitué à entendre le mot « non » ; pourtant, je te le répète : non.

Son cœur sombra. Max ne savait pas si c'était à l'idée qu'il ne deviendrait pas père, ou parce qu'une fois de plus, une femme lui avait menti. Et pas n'importe quel petit mensonge, un mensonge qui terrassait tout son être.

Il lui fallut un moment pour rassembler ses forces et être capable de parler de nouveau :

— Es-tu en train de me dire que tu as menti sur l'identité du père de ton enfant ?

— Quoi ? s'exclama Noémi, visiblement outrée. C'est ce que tu espères ?

— Non. Mais si tu refuses le test de paternité, il doit y avoir une raison. Et la seule qui me vient à l'esprit, c'est que tu m'as menti.

— Peut-être as-tu mal interprété ma réponse.

Max soupira et se frotta la nuque. Il ignorait que parler avec une femme pouvait être aussi compliqué. Depuis Abree, il n'avait fait que flirter ; il n'avait jamais laissé aucune de ses relations devenir sérieuse. Son avenir n'avait jamais été en jeu.

— Cela signifie-t-il que tu acceptes de passer le test ? C'est la seule façon de devenir une famille et…

— Cela signifie que quoi que révèle le test, nous ne nous marierons pas. Je ne deviendrai pas une princesse.

— Si je résume, tu acceptes le test, mais tu ne veux pas te marier avec moi.

— Exactement !

— Et qu'as-tu prévu pour l'enfant ? Parce que si c'est le mien, sache que je ne lui tournerai pas le dos.

— Je… Je ne sais pas comment les choses vont se passer. Je n'ai pas eu beaucoup de temps pour y réfléchir.

— Mais tu es certaine de ne pas vouloir faire partie de la famille royale.

— J'ai déjà une famille compliquée, je n'en ai pas besoin d'une autre. Si je me marie, ce sera par amour. Or tu ne m'aimes pas.

Max ne pouvait pas lui mentir. Ils avaient passé de merveilleux moments ensemble, mais il n'était pas prêt à risquer son cœur. Il avait été élevé pour faire ce que l'on attendait de lui, ce qui incluait de faire passer les besoins de la famille royale avant les siens. Dès son plus jeune âge, on lui avait inculqué que le mariage était un contrat commercial qui n'avait rien à voir avec des fantasmes romantiques.

L'expérience lui avait montré que beaucoup de gens s'accrochaient à leurs rêves d'amour et de bonheur. Pourquoi, alors que cela brisait tant de cœurs ? L'amour n'existait pas vraiment, au contraire du respect ou de l'amitié.

Son regard se posa sur Noémi. La lueur de détermination qui brillait dans ses yeux lui apprenait qu'il serait inutile de discuter avec elle. Il devait lui montrer qu'ils pouvaient avoir une belle vie ensemble même s'ils ne s'aimaient pas.

— Pourquoi ne pas se donner un peu plus de temps pour réfléchir à notre situation et trouver la solution la plus sensée pour l'enfant ?

— Bonne idée. En attendant, passe le reste de la semaine avec moi.

La surprise se dessina sur son beau visage. Elle semblait vraiment interloquée par sa proposition.

— Je… Je ne sais pas, bredouilla-t-elle.

— Nous ignorons ce que l'avenir nous réserve, alors profitons de la relative intimité que nous avons à Mont-Cœur pour mieux nous connaître. Parce que, au minimum, je vais être le père de ton enfant.

Noémi le fixa en silence, comme si elle pesait ses mots. Puis elle hocha la tête.

— Tu as raison. Nous devrions mieux nous connaître, puisque nous serons liés pour la vie. Mais j'ai une condition.

— Et ce serait ?

— Que tu ne me mettes pas la pression pour le bébé et le mariage.

Max leva la main comme s'il allait prêter serment au trône.

— Je le jure.

Épouser un prince...

N'était-ce pas le rêve de toutes les petites filles ?

Noémi avait envie de parler à sa mère. Que lui dirait celle-ci ? De ne pas transiger sur l'amour ? Ou d'être pratique et de donner au bébé une mère et un père vivant sous le même toit, même s'ils ne s'aimaient pas ? Elle était déchirée. Les deux options avaient leurs avantages et leurs inconvénients. Mais qu'est-ce qui était le mieux pour tous les trois ?

Au moins, Max l'avait écoutée et leur donnait le temps de comprendre ce qui se passait. Il n'avait pas idée du cadeau qu'il lui avait fait en prenant son point de vue en compte.

Ils marchaient vers le remonte-pente qui menait en haut de la piste de *snowtubing*. Max avait gagné la première manche mais elle avait remporté la seconde. Ils avaient ri ensemble, complices. Elle profitait du soleil sur son visage, de l'air froid qui remplissait ses poumons.

Elle s'était attaché les cheveux en queue-de-cheval et les avait recouverts d'un bonnet blanc. Elle portait également de larges lunettes de soleil. Depuis qu'ils étaient sortis du chalet familial et avaient commencé à marcher dans la neige, elle se sentait comme une enfant. Pas de responsabilités, pas d'histoires de famille. Max l'avait aidée en ne prononçant plus le mot « mariage ». Il était léger, décontracté, et elle ne se souvenait pas d'une journée où elle avait autant souri.

— Tu vas bientôt te raser ou tu as abandonné cette idée ? lui demanda-t-elle en détaillant son profil altier.

Il passa une main sur sa barbe qui s'épaississait.

— Tu n'aimes pas mon nouveau look ? Ça fait partie de mon déguisement pour passer inaperçu.

— Je ne sais pas encore...

Les choses allaient si bien entre eux qu'elle eut une idée. Elle ne savait pas ce que Max en penserait, mais c'était quelque chose qu'elle voulait partager avec lui.

— J'ai rendez-vous chez le médecin la semaine prochaine. Je me demandais si tu voudrais venir avec moi…

Il ouvrit de grands yeux.

— Pour le bébé ? Quelque chose ne va pas ?

— C'est une visite de routine. Ils vont faire une échographie et nous pourrons entendre les battements du cœur du bébé.

— Déjà ? s'exclama-t-il, l'air ému. Oui, j'aimerais beaucoup être là. Merci de me l'avoir proposé.

Noémi songea qu'elle était tout simplement heureuse. Ce sentiment n'allait pas durer, mais une voix dans sa tête lui ordonna d'en profiter. Quand ce serait terminé, elle aurait au moins de beaux souvenirs. Car Max – ou plutôt : le prince héritier Maximilien Steiner-Wolf – la faisait vibrer chaque fois qu'il lui souriait. Non seulement ils s'amusaient ensemble, mais il avait été là pour la réconforter pendant ses nausées matinales et se révélait avec elle d'une gentillesse troublante. Plus qu'un prince, un homme exceptionnel.

— Allez, la manche décisive ! lança Noémi en s'approchant de la caisse.

— Tu n'as pas faim ?

— Ne te défile pas, Max !

Elle lui prit la main sans réfléchir et l'entraîna vers la file d'attente. Seigneur… Était-il possible de sentir la chaleur d'un corps à travers des gants ou fantasmait-elle complètement ? Elle ferait mieux de lui lâcher la main, les sensations étaient trop perturbantes… Mais il était tellement agréable de vivre le moment présent et de ne pas penser à ce que l'avenir leur apporterait ! Elle resserra son emprise sur ses doigts.

— Je peux sentir l'odeur de la neige ! dit-elle en fermant les yeux.

— Non, Noémi, tu ne peux pas sentir la neige. La neige n'a pas d'odeur.

Elle inhala profondément et rouvrit les paupières.

— Ça sent le frais et le croustillant.

Il sourit et secoua la tête.

— Si tu le dis… Ça ne sent pas aussi un peu l'eau minérale ?

Elle éclata de rire. Lorsque leurs regards se rivèrent l'un à l'autre, son cœur manqua un battement. Le préposé au remonte-pente les appela. Avec réticence, Noémi lâcha la main de Max et grimpa la première. Elle ne savait pas pourquoi ce lien signifiait tant pour elle. Ce n'était pas comme s'ils étaient amoureux... Ils étaient amis. Rien de plus. Enfin, pas tout à fait. Ils allaient devenir parents d'un innocent petit bébé. Pour lui, ils devaient continuer à s'entendre. Noémi ne voulait pas que son enfant grandisse dans un environnement stressant, avec des parents qui se disputaient sans cesse.

Une fois qu'il l'eut rejointe au sommet de la petite colline, ils s'installèrent sur leurs chambres à air géantes.

— Le premier arrivé en bas choisit ce que nous faisons cet après-midi, lança-t-elle à Max.

— Tu penses vraiment que tu vas me battre ?

— Je *sais* que je vais te battre !

Elle s'élança. Tandis qu'elle dévalait la piste, rebondissant sur les bosses, Noémi riait. Pour la première fois depuis qu'elle avait appris qu'elle était enceinte, elle avait le sentiment que tout allait s'arranger. Il lui fallait seulement faire attention à ne pas trop s'attacher à Max. Mais plus elle s'efforçait de résister, plus elle tombait sous le charme de ce prince si sexy.

7

— Tu as triché !

Max se moquait d'avoir perdu la course contre Noémi, mais il aimait la taquiner et la voir sourire. Elle avait le plus beau sourire du monde, qui illuminait ses yeux bruns.

— Pas du tout ! Je n'y peux rien si tu es lent.

Il n'avait pas été lent à transformer son attirance pour elle en rencontre lors de la fête à Milan, trois mois auparavant. L'élan de désir qui le traversait à chaque fois qu'elle était proche de lui n'avait rien de lent non plus. Pas plus que son envie de s'occuper d'elle et de leur enfant à naître.

Ils avaient déjeuné dans un restaurant élégant, à l'abri des regards. Maintenant que leur repas était terminé, il était temps de passer à la suite du programme.

— Alors, qu'as-tu décidé pour notre après-midi ? S'il te plaît, dis-moi que ce n'est pas du ski !

— Eh bien, maintenant que tu en parles, voilà qui me semble parfait ! répliqua-t-elle, malicieuse.

— Noémi, tu devras vraiment faire attention.

Elle éclata de rire.

— Je n'aurais jamais deviné que tu étais un angoissé !

— Prudent, pas angoissé.

— Ne t'inquiète pas : je ne remonterai pas sur des skis avant la naissance du bébé.

— Merci. Alors, qu'as-tu en tête pour cet après-midi ?

— Je me demandais si tu voudrais faire du shopping avec moi.

— Faire du shopping ?

Max soupira. Il détestait le shopping. Un rendez-vous chez le dentiste lui aurait paru plus attrayant. Noémi fronça les sourcils.

— Je vois que l'idée t'enchante, ironisa-t-elle.

Il se dit qu'à l'avenir, il devrait éviter que ses pensées se reflètent sur son visage. Il s'efforça de sourire. Il savait être bon perdant.

— Tout à fait ! Qu'est-ce qu'on achète ?

— J'ai pensé qu'on pourrait regarder des trucs de bébé.

Des *trucs de bébé* ? Qu'est-ce que cela pouvait bien être ? Mais le regard plein d'espoir que Noémi posait sur lui était irrésistible. Il ne pouvait pas refuser.

— Alors, qu'est-ce que tu en penses ?

— Je pense qu'on devrait y aller. Je vais appeler mon chauffeur.

La boutique était petite mais charmante. Des peluches, des vêtements trop mignons, des petits jouets en bois, le tout agencé avec goût au milieu d'une décoration aux tons pastel.

Quand une vendeuse s'approcha d'eux, ils lui annoncèrent qu'ils ne faisaient que regarder. Elle leur sourit et retourna derrière sa caisse.

— Ce sera vraiment difficile de ne pas acheter quelque chose. Tout est si craquant, tu ne trouves pas ?

Max haussa les épaules. Elle devinait qu'il était tourneboulé par ce que leur présence dans cette boutique disait de leur avenir. Dans moins de six mois, ils allaient avoir un petit bébé dans les bras. Il aurait besoin d'eux. L'énormité de cette responsabilité l'effraya soudain. Elle n'avait jamais été responsable que d'elle-même. Et si elle n'y arrivait pas ?

Lorsqu'elle avait appris qu'elle était enceinte, elle avait envisagé l'adoption, puis rapidement écarté cette idée. C'était ce que ses parents avaient été obligés de faire avec Léo, et ils l'avaient regretté toute leur vie. Elle ne voulait pas être séparée de son enfant. Elle l'aimait déjà.

En regardant une charmante petite robe rose, jaune et blanche, elle sentit des regards posés sur elle. Lorsqu'elle leva la tête, elle remarqua qu'une jeune femme avait rejoint la vendeuse plus âgée à la caisse. Elle les regardait fixement. Noémi remit ses lunettes de soleil et tira sa casquette vers le bas pour qu'elle lui couvre un peu plus le visage.

— Peut-être que venir ici n'était pas une si bonne idée, chuchota Noémi à Max, qui avait suivi son regard et pris la mesure de la situation.

— Mes gardes du corps et la voiture sont près de la porte. Il ne se passera rien.

— On devrait peut-être y aller.

— Continuons, tout va bien.

Il avait peut-être raison. Après tout, il savait bien mieux qu'elle vivre avec la célébrité. Une fois descendue des podiums et démaquillée, on ne reconnaissait en général pas l'égérie de Cattaneo Jewels. Fut un temps où cela la dérangeait. Fut un temps où elle avait soif de gloire et rêvait d'une grande carrière de mannequin. Elle recherchait une attention qu'on ne lui accordait pas dans sa famille. En ce qui concernait le développement de Cattaneo Jewels, personne ne tenait compte de ses idées et elle se sentait dépréciée.

Or, ces derniers mois, elle avait appris qu'elle était enceinte, ses parents étaient morts et Léo était entré dans sa vie. Depuis, être reconnue dans la rue, signer des autographes avait perdu de son attrait. Elle avait appris qu'il y avait des choses bien plus importantes dans la vie.

À côté d'elle, Max enfila une minuscule paire de chaussons au bout de son index et de son majeur.

— Tu crois que le bébé aura des pieds assez petits pour rentrer là-dedans ? demanda-t-il d'un ton perplexe.

— Je l'espère. Sinon, je vais avoir un vrai problème, le jour de l'accouchement, plaisanta-t-elle.

— Tu seras une mère fantastique.

Il avait dit cela avec sérieux. Elle leva le visage pour le regarder dans les yeux.

— Tu le penses vraiment ?

— Bien sûr !

Il n'y avait aucune hésitation dans sa voix et son regard était resté rivé au sien.

— Au moins, l'un de nous deux est confiant…

Le regard de Max s'abaissa jusqu'à ses lèvres et s'y attarda. Une onde de chaleur envahit Noémi. Elle avait sa source au cœur de sa féminité et irradiait tout son corps, jusqu'à ses joues qui rougirent aussitôt. Max envisageait-il de l'embrasser… ? Et même s'ils avaient déjà passé la nuit ensemble, tout avait changé depuis. Son désir pour elle était-il réel ? Éphémère ? Elle l'ignorait. Et elle ignorait ce qu'elle voulait qu'il soit.

Elle recula.

— Oh ! regarde ! Ne sont-ils pas adorables ?

Elle se précipita vers une étagère pleine d'animaux en peluche. Il y avait des canards jaunes, des grenouilles vertes, des hippopotames roses, des singes bruns, des chenilles à pois et tout un assortiment d'autres créatures.

— Pourquoi ne pas en choisir un ?

— Je ne pourrais pas en choisir un seul. Ils sont tous si mignons !

— Alors je les achèterai tous.

Elle se tourna vers lui, espérant qu'il plaisantait. Il semblait du plus grand sérieux…

— Max, tu ne peux pas faire ça !

— Bien sûr que si. Tu les aimes tous. Ton sourire a illuminé toute la pièce. J'aime quand tu souris comme ça. J'achèterai ces peluches pour que tu gardes le sourire.

— Qu'est-ce que j'en ferais ? Si je les mettais dans la chambre du bébé, il n'y aurait plus de place pour le berceau ou la table à langer.

— Je n'avais pas pensé à ça. Peut-être que le bébé aura deux chambres : une pour les objets pratiques et une pour les jouets !

Le sourire de Noémi s'élargit.

— Quelque chose me dit que tu le ferais vraiment…

— Bien sûr !

— Et si pour l'instant on choisissait juste un animal en peluche pour le bébé ? Un chiot ? Un chaton ? Une tortue ?

— C'est à toi de choisir. C'est toi qui es tombée amoureuse de ces peluches.

Noémi hocha la tête pour lui signifier qu'elle était prête à relever le défi. Elle était très excitée à l'idée de choisir la première peluche de leur bébé. Ce serait un souvenir. Peut-être même que leur enfant l'aurait encore en grandissant et le garderait toute sa vie. Elle songea qu'elle n'avait jamais été aussi sentimentale. Les hormones ?

Après de longues minutes, elle avait réduit son choix à un ours, un lion et un éléphant. Si choisir une peluche était aussi difficile, qu'est-ce que ce serait quand elle devrait prendre des décisions importantes concernant son enfant ? Ses parents décédés, elle n'aurait personne vers qui se tourner avec ses questions et ses doutes. Elle regarda Max, qui s'efforçait de ne pas montrer qu'il s'ennuyait. Quelque chose lui disait qu'il serait toujours disponible pour leur enfant. Et aussitôt, le choix devint évident.

— Tiens, dit-elle à Max en lui tendant la peluche.

— Un lion violet ? Choix audacieux !

— Je veux que la première peluche de notre enfant soit spéciale. Le lion lui rappellera son père. Le roi de la jungle, le prince d'Ostanie. Et puis le lion est fort, loyal et protège ceux qui lui sont chers.

— Et c'est ainsi que tu me vois ?

— C'est ainsi que je te vois en tant que père. Ou plutôt futur père.

Max étudiait le lion comme s'il réfléchissait à ses paroles.

— On y va ? lui proposa-t-elle.

Il la regarda d'un air perplexe. Ses paroles l'avaient-elles affecté si profondément ? Lorsqu'elle tendit la main vers le lion en peluche, Max sembla sortir de sa rêverie.

— En route !

Noémi le suivit dans les allées étroites jusqu'à la caisse. À peine l'avaient-ils atteinte que Max tourna le dos à la vitrine du magasin et tira une Noémi abasourdie contre son torse. Elle comprit alors que les éclairs qu'elle venait de percevoir étaient des flashs d'appareils photo.

— Des badauds, et sûrement des paparazzis, grommela Max.

Seigneur… Ils étaient dans une boutique pour bébés ! Avec le prince héritier d'Ostanie. Et bientôt, le monde entier serait au courant…

— Je suis désolé, dit Max avec douceur, avant de demander par-dessus son épaule à la vendeuse : Y a-t-il une sortie par-derrière ?

— Oui, il y a une porte au fond de la boutique.

Max prit la main de Noémi et l'entraîna vers l'arrière du magasin. Un de ses gardes du corps, qui devait avoir empêché les curieux d'entrer, les avait rejoints et indiquait par micro leur position à son collègue.

Quelques secondes plus tard, un coup de klaxon leur indiqua que le 4x4 était là. Le gorille ouvrit la porte de sortie et tous trois s'engouffrèrent dans le véhicule noir aux vitres teintées, juste au moment où les premiers photographes arrivaient au coin de la rue.

Ce ne fut que lorsque le 4x4 commença à s'éloigner que Noémi commença à se détendre. Elle appuya la tête en arrière contre le siège en cuir. Que venait-il de se passer... ?

8

Tôt le lendemain matin, Max reçut un SMS de Noémi. Elle lui annonçait annuler leur projet d'aller faire de la motoneige. Elle ne le précisait pas, mais c'était à cause des paparazzis, bien sûr. Une nouvelle fois, ils mettaient le bazar dans sa vie. Avant, cela n'avait pas beaucoup d'importance ; aujourd'hui, cela compromettait son avenir.

Comme il était déjà prêt, il se rendit aussitôt à son chalet, sans rappeler ni sa mère ni Enzo, qui avaient essayé plusieurs fois de le joindre. Apparemment, ils étaient déjà informés des gros titres sur les sites de la presse people, mais il avait besoin de temps pour élaborer un plan avant de s'entretenir avec l'un ou l'autre.

Lorsqu'elle lui ouvrit, Noémi portait encore son pantalon de pyjama et un joli peignoir en soie rose. Ses cheveux étaient tirés en queue-de-cheval. Son visage était pâle.

— Je suis désolé, s'excusa une nouvelle fois Max. C'est ma faute. Je n'ai pas été assez prudent. Je pensais vraiment qu'ils s'étaient désintéressés de moi.

— Je vais bien.

Max n'en croyait pas un mot, mais il ne le dit pas. De toute façon, après ce qu'il avait à lui montrer, elle ne pourrait plus faire semblant... Il sortit son téléphone, tapota l'écran et le tendit à la belle Italienne.

— Qu'est-ce que c'est ?

L'inquiétude voila ses traits parfaits. Max détestait être le porteur de mauvaises nouvelles. Il connaissait presque par cœur à présent l'article titré : « Quand le prince devient papa ! » Sous le titre se trouvait une photo de lui dans la boutique pour bébés. Noémi avait la tête à demi tournée et cachée par son épaule. Comme de plus elle portait son bonnet et ses lunettes de soleil, les probabilités pour qu'on la reconnaisse étaient quasiment nulles. Mais bien sûr, le journaliste se demandait qui était la maman du bébé.

Si Max n'avait pas été surpris de faire l'objet d'un article comme celui-là – et d'autres avaient commencé à fleurir sur le web —, il l'avait été en revanche en constatant que l'identité de Noémi était encore un mystère. Et il ne voulait pas que cela change.

Elle était livide à présent. L'article résumait également sa vie et évoquait son accession au trône. Au fil des ans, les journalistes people avaient écrit de nombreuses histoires fausses à son sujet, de sa fugue à son renoncement à la couronne, en passant par son enrôlement dans un groupe de rock. Mais sur cette histoire-ci, sa famille ne pouvait pas fermer les yeux. Elle allait changer tellement de choses pour tout le monde ! Il devait donc retourner en Ostanie immédiatement.

Or il ne voulait pas le faire sans Noémi. Accepterait-elle de venir avec lui ?

Elle lui rendit son téléphone. Puis, sans un mot, elle sortit de la pièce. Il n'avait pas besoin de demander : il savait que les nausées matinales étaient revenues.

Son corps était tendu, la frustration l'envahissait. Il devait faire mieux à l'avenir. C'était son travail de protéger sa famille et de veiller à leur bien-être. S'il ne pouvait pas s'occuper de la mère de son enfant, comment allait-il pouvoir s'occuper de toute une nation ?

Il décida alors que, quoi qu'il en coûte, quoi qu'elle en pense, Noémi retournerait en Ostanie avec lui. De cette façon, il pourrait veiller sur elle. Là-bas, ils pourraient faire des projets pour l'avenir, *leur* avenir. Parce qu'il avait la ferme intention d'épouser Noémi.

Cela ne pouvait pas être vrai…

Le cœur de Noémi battait la chamade. Depuis l'incident à la boutique, elle avait compris que son fantasme de vivre une vie ordinaire avec Max n'était qu'un rêve. Ils n'étaient pas ordinaires. Elle était l'héritière d'une prestigieuse marque de joaillerie et il était le prince héritier d'un royaume européen. Cela signifiait qu'aucun d'eux n'aurait de vie privée, ni maintenant ni jamais.

En ce moment, elle avait besoin que son estomac se calme. Elle s'assit sur le carrelage froid de la salle de bains et appuya sa tête migraineuse contre le mur.

On frappa un coup à la porte.

— Noémi, ça va ?

Depuis combien de temps avait-elle quitté le salon ? Elle ne devait pas être très présentable, mais elle savait que Max ne partirait pas tant qu'il ne serait pas certain qu'elle allait bien.

— Tu peux entrer.

La porte s'ouvrit lentement. Max se tenait devant elle, sourcils froncés, l'air inquiet.

— Tu n'as pas l'air bien.

— Tu sais parler aux femmes !

— Je suis désolé. Je voulais juste dire que...

— Je sais ce que tu voulais dire. Je te taquine.

Il prit un gant de toilette, le mouilla à l'eau froide et le lui posa sur le front. C'était réconfortant, tout comme le fait d'avoir Max à ses côtés. Noémi ne le lui avoua pas. Il n'était pas bon d'encourager cette relation, à moins d'être prête à partager sa vie avec le monde entier – l'incident de la veille l'avait prouvé. Et elle ne voulait pas que son bébé fasse les gros titres des magazines.

Elle retira le tissu de son front et se releva.

— Je me sens mieux, merci.

— Lire ce genre d'articles n'est jamais très agréable. Alors ça plus les nausées...

— Au moins, ils ne savent pas qui je suis.

— Pas encore, non.

— Tu veux dire qu'ils n'abandonneront pas tant qu'ils n'auront pas découvert mon identité ?

— Ils peuvent être comme des chiens après un os. Implacables.

— Comment peux-tu vivre comme ça ?

Noémi avait connu quelques désagréments avec les paparazzis, mais sa notoriété était minuscule comparée à celle de Max.

— J'ai toujours vécu avec. Cela va de pair avec mon statut, la famille dans laquelle je suis né. Les médias peuvent aussi être des partenaires positifs dans la gestion d'un pays comme l'Ostanie. En ce moment, pour moi, c'est une malédiction. Je suis désolé que tu te retrouves impliquée.

— Je veux laisser tomber.

Elle avait réfléchi à cette solution une grande partie de la nuit. Avant que les mots sortent de sa bouche, elle n'avait pas réalisé qu'elle avait pris sa décision.

Max ne disait rien. C'était comme s'il n'était pas sûr d'avoir compris. Mais peu à peu, il s'assombrit et ses prunelles devinrent noires comme un ciel d'orage.

— Tu veux laisser tomber quoi ? Notre bébé ?

— Non ! s'écria-t-elle, offusquée. Comment peux-tu imaginer une chose pareille ? Je veux sortir de… de *nous*. Je veux que tu t'en ailles. Il n'y a rien qui te lie à ce bébé. Aucune trace écrite. Je n'ai rien dit à personne.

— Tu oublies un détail : je suis le père du bébé, lança-t-il d'un ton froid.

Elle se détourna de lui et pressa les mains contre le granit froid du lavabo.

— Si tu ne le dis à personne, personne ne le saura. Nous pouvons chacun repartir de notre côté et suivre notre propre chemin.

Dans le miroir, Noémi constata que sa suggestion n'avait pas l'heur de le dérider, bien au contraire. Ce n'était pas non plus la façon dont elle voulait que les choses s'agencent pour elle ou son enfant, mais il fallait être réaliste. Elle ne voulait pas d'une vie sous les projecteurs, sous les objectifs des photographes, avec des paparazzis cachés dans les buissons.

— Je te laisse finir ce que tu as à faire ici, déclara Max d'une voix glaciale.

Elle savait qu'il n'était pas aussi calme et détaché qu'il en avait l'air, qu'il masquait ses émotions. Toutefois, quand il referma la porte derrière lui, elle ne put s'empêcher, une main posée sur son ventre, de murmurer à son bébé :

— Eh bien, bout de chou, on dirait que cette fois, j'ai vraiment tout gâché…

9

Elle veut laisser tomber...

Max n'était pas bête : il avait compris que ce que Noémi voulait vraiment, c'était s'éloigner de lui, ou plutôt de tout ce qui était inséparable de l'état de prince héritier. Elle ne semblait pas comprendre que c'était impossible. Ce petit bébé en elle était l'héritier du royaume d'Ostanie, sans compter que Max ne voulait pas se soustraire à ses responsabilités envers le bébé et envers Noémi.

Ils étaient liés, qu'ils le veuillent ou non.

Il fit du thé dans la cuisine, y prit une boîte de biscuits puis regagna le salon. Il devait retourner en Ostanie et il était toujours déterminé à emmener Noémi. Comment la convaincre que c'était la meilleure solution ?

Elle fut à l'évidence surprise de le trouver dans le salon ; elle avait dû imaginer qu'il s'enfuirait – pas son genre d'abandonner au premier obstacle !

— Tu pensais vraiment que j'allais partir sans mettre les choses au clair entre nous ? demanda-t-il doucement.

— Ce n'est pas ce que nous avons fait ? demanda-t-elle, avant de prendre une gorgée de thé. C'est mieux pour tout le monde si nous nous séparons maintenant.

— Est-ce le fond de ta pensée ?

Elle baissa le regard.

— Oui.

Max secoua la tête. Il ne la croyait pas. Pourquoi était-elle si têtue ? Elle avait sans doute peur. Les paparazzis pouvaient être intimidants ; sa position de prince héritier aussi.

Pourtant, il devait la convaincre. Il fallait qu'elle cesse de croire qu'elle pourrait l'effacer de sa vie. Car cela n'allait pas arriver. Il ne la laisserait pas faire.

— Noémi, je ne vais nulle part sans toi. Nous sommes dans cette situation *ensemble.*

— Je me débrouillerai très bien toute seule.

— Mais notre bébé se débrouillera-t-il très bien sans père ?

— Beaucoup d'enfants sont élevés par un parent isolé.

— La plupart n'ont pas le choix. Toi, si. Notre enfant peut avoir deux parents investis dans son éducation, son bien-être.

— À quel prix ? s'écria-t-elle en acceptant enfin de croiser son regard. Ma grossesse va devenir un scandale qui fera la une des magazines. Elle sera commentée, observée, disséquée à la télévision et sur Internet. Les médias titreront sur « l'enfant de l'amour » ou « l'héritier illégitime ». Ou pire encore !

Max prit une grande inspiration avant d'abattre son argument massue, non sans inquiétude – n'allait-il pas trop loin ?

— Tu penses que c'est une chance d'avoir perdu tes parents ? demanda-t-il d'une voix douce.

La douleur se refléta aussitôt dans ses yeux.

— Ce n'est pas la même chose.

— Ne penses-tu pas que notre enfant se demandera pourquoi ses amis ont tous une mère et un père, et pas lui ? Ne penses-tu pas que cela le blessera ? Ne penses-tu pas qu'il va grandir avec des interrogations ?

Le silence emplit la pièce, s'étira. Max se dit qu'il avait peut-être été trop dur. Néanmoins, il ne pouvait pas laisser Noémi se bercer d'illusions : le rejeter ne serait bon pour personne, surtout pas pour leur enfant.

— Très bien, dit-elle, le message est reçu. Mais je ne vois pas comment ça peut se passer.

Max se redressa. Il était temps d'en arriver à la raison de sa visite.

— Je dois partir aujourd'hui pour l'Ostanie.

— À cause de l'article sur Internet ?

— En partie.

Il avait également besoin de discuter avec sa famille.

— Alors il n'y a pas d'urgence à prendre des décisions.

— Je veux que tu viennes avec moi.

— En Ostanie ? s'écria-t-elle.

— Ce sera mieux que de rester assis ici pendant que des paparazzis recherchent la mystérieuse femme de la photo.

Noémi semblait songeuse. Il commençait à prendre son silence pour un signe positif quand son téléphone tinta. Elle fronça les sourcils en lisant le SMS. Elle répondit. Une fois qu'elle eut reposé son téléphone, elle jeta un coup d'œil à Max. Un soupçon d'inquiétude se décelait encore sur son visage.

— Est-ce que tout va bien ?

— C'était Léo, mon frère. Il est rentré à New York.

— Donc tu es seule à Mont-Cœur ?

— Jusqu'à Noël.

— Alors il n'y a aucune raison pour que tu restes seule ici, conclut Max, avant de reprendre, déterminé à la convaincre : tu pourras faire autant de tourisme que tu le souhaites. Tu verras, c'est un pays magnifique. Considère cela comme des vacances. Et nous pourrons faire un peu plus connaissance.

— Tu ne seras pas occupé par tes fonctions officielles ?

— Si, bien sûr. Mais je te promets que tu ne t'ennuieras pas, au palais. Et une voiture sera à ta disposition.

L'expression de Noémi changea soudain. C'était comme si elle venait de se rappeler quelque chose.

— Je ne peux pas venir : j'ai un rendez-vous chez le médecin !

Bon sang ! Celui où il devait entendre battre le cœur de leur bébé et voir l'échographie...

— Tu ne peux pas rater ça.

— Je suis d'accord, dit Noémi, visiblement soulagée.

— Mais tu pourrais voir un médecin en Ostanie.

Elle poussa un soupir.

— Ce n'est pas si facile. C'est le médecin qui me suit depuis le début.

— Je peux le faire venir par avion.

Noémi baissa la tête. Elle se tordait nerveusement les mains.

— Tu ne lâches pas facilement l'affaire, n'est-ce pas ?

— Si tu restes ici, moi aussi.

— Mais ta famille...

— … attendra ! L'échographie, c'est plus important.

— Je ne suis pas prête à affronter ta famille et à discuter du bébé. Nous devons résoudre certains problèmes avant d'en parler autour de nous.

— Je suis d'accord. Pour l'instant, nous tairons que ton bébé est aussi le mien.

Si elle essayait de trouver une autre raison de ne pas faire ce voyage avec lui, Max continuerait à trouver des moyens d'apaiser ses inquiétudes. Elle devait comprendre qu'il ferait tout pour assurer la sécurité de la mère de son bébé.

Noémi le dévisagea longuement, puis secoua la tête. Elle semblait avoir pris sa décision. Max retint son souffle.

— Si je viens avec toi, je devrai être de retour à Mont-Cœur pour passer Noël en famille. Nous avons nous aussi quelques problèmes à régler.

— Alors tu m'accompagnes ?

Elle acquiesça.

— Je vais faire ma valise.

Elle n'ajouta rien et gagna sa chambre. Max n'aurait su dire si elle était en colère ou simplement résignée. Il espérait qu'avec un peu de temps, elle verrait que cet arrangement était la meilleure solution.

Avait-elle pris la bonne décision ? se demandait une nouvelle fois Noémi.

De toute façon, il était trop tard pour changer d'avis alors que le jet privé s'élevait au-dessus des nuages. Une part d'elle pensait qu'elle aurait dû rester au chalet et hiberner jusqu'à ce que la presse abandonne ses recherches sur la mystérieuse femme de la photo, mais une autre part d'elle n'était pas prête à abandonner Max et le rêve que leur bébé pourrait faire partie de leur vie *à tous les deux*.

Durant le court vol, Noémi regarda par le hublot, perdue dans ses pensées. Elles concernaient Max, bien sûr. Cet homme avait quelque chose de spécial. Sa douceur, sa gentillesse, cette manière de lui sourire qui la faisait chavirer, cette façon de la regarder comme si elle était la seule femme au monde.

Non pas qu'elle soit tombée amoureuse de lui. Elle avait accepté de s'envoler pour l'Ostanie parce qu'il était préférable pour le bébé d'avoir des parents qui s'entendaient bien, qui pouvaient travailler ensemble pour élever un enfant heureux et en bonne santé. Rien de plus.

Quand le jet amorça sa descente, elle aperçut le palais. C'est là que vivait Max ? Waouh ! Même à cette hauteur, il était impressionnant avec ses tourelles bleues et ses murs blancs. Elle ne pouvait même pas imaginer que cet endroit était *chez lui*. On aurait dit qu'un village entier pouvait tenir dans ses murs. Avec autant d'espace, elle se demandait pourquoi Max avait ressenti le besoin de partir pendant si longtemps. Que fuyait-il ? Ses parents ? Étaient-ils durs, sévères ? Elle espérait que non.

Elle vit une petite clairière avec une piste d'atterrissage, nichée dans les montagnes enneigées et déchiquetées. Tout autour, il y avait de la neige. Les roues touchèrent le sol avec une secousse, puis l'appareil s'immobilisa.

— Tout va bien ? demanda Max.

— Oui, pourquoi ?

— Tu es restée silencieuse pendant tout le vol.

— J'ai beaucoup de choses en tête.

— Je comprends.

Comprenait-il vraiment ? Savait-il à quel point cela allait être difficile pour tous les deux ?

— Ta famille a dû avoir vent des rumeurs nous concernant. Tu vas pouvoir garder le secret sur notre bébé ?

— Jusqu'à ce que tu sois prête, oui. Mes proches savent que depuis ma thérapie contre le cancer, je suis censé être stérile. Ils vont me croire si je leur dis que je ne suis pas le père.

Une berline noire avec des drapeaux qui flottaient sur les ailes avant les attendait à leur descente de l'avion. Ils montèrent dedans. Noémi perçut quelques regards surpris. Elle se dit que Max n'avait peut-être pas pour habitude de ramener ses maîtresses chez lui. Cela lui fit du bien.

La voiture démarra. Noémi avait l'estomac noué. Elle se demandait si la famille de Max allait l'apprécier. Il posa la main sur la sienne.

— Détends-toi. Ma famille va t'adorer.

Elle lui jeta un regard surpris. Comment savait-il ce qu'elle pensait ? Plus la voiture se rapprochait de sa destination, plus elle devenait nerveuse.

— Je ne viens pas d'une famille noble. Je ne sais même pas comment m'adresser à tes parents. Qu'est-ce que je fais ? Une révérence ?

Max rit. Un rire chaud et profond qui l'aida à se calmer.

— Je ne pense pas que ce sera nécessaire.

— Mais je dois faire quelque chose, non ?

— Que dirais-tu d'une légère inclinaison et d'un hochement de tête ?

— Vraiment ? Parce que je ne veux pas les offenser.

— Tu t'en soucies vraiment tant que ça ? demanda Max, apparemment surpris.

— Je ne devrais pas ?

Même s'ils n'avaient pas été les parents de Max et les grands-parents de son bébé, elle aurait voulu faire bonne impression. Après tout, ils étaient roi et reine. Seigneur… Quand elle raconterait ça à Stéphania et à Maria !

Le soleil s'était couché, mais la nuit n'était pas encore tombée. Leur voiture traversa lentement un village niché dans la vallée. En arrière-plan, elle voyait le palais, à mi-chemin de la montagne, qui brillait comme un bijou sous l'effet des projecteurs. Au centre du village se tenait un énorme sapin de Noël éclairé par de scintillantes lumières blanches. Les branches étaient recouvertes de neige.

Noémi avait envie de rester ici, dans le village, beaucoup moins intimidant que le palais. Tous les passants s'arrêtaient pour regarder passer leur cortège. Même s'ils ne pouvaient pas savoir qui se trouvaient dans leur voiture, à cause des vitres teintées, les hommes enlevaient leurs couvre-chefs et les posaient à l'endroit du cœur tandis que les femmes saluaient de la tête avec respect. Noémi résista à l'envie de leur faire signe.

— Est-ce qu'ils font toujours ça ?

— Oui. Et dans d'autres circonstances, je m'arrêterais pour les saluer.

— Tu n'arrêtes pas parce que je suis là ?

— Oui.

Noémi se sentit mal. Elle savait déjà que son état changerait la vie de Max. Comment réagirait sa famille quand il leur parlerait du bébé ? Exigeraient-ils qu'ils se marient ? Son corps se raidit à l'idée d'un mariage arrangé. Si jamais elle se mariait, ce serait par amour, c'était non négociable. Essaieraient-ils de lui forcer la main parce qu'elle portait l'enfant du prince héritier ?

Non, tenta-t-elle de se rassurer. Bien sûr que non. Elle n'était pas citoyenne d'Ostanie. Ils n'avaient aucun pouvoir sur elle. Elle jeta un coup d'œil à Max, qui regardait par la vitre. Elle lui faisait confiance : il ne laisserait pas ses parents les forcer à faire ce qu'ils ne voulaient pas.

La berline accéléra à la sortie du village. Alors que le palais se rapprochait, Noémi pressait pratiquement le visage contre la vitre. Elle avait l'impression qu'un livre avait été ouvert et qu'elle allait entrer dans les pages d'un vrai conte de fées. Et elle n'avait absolument aucune idée de la façon dont l'histoire allait se terminer…

10

— Détends-toi. Mes parents ne sont pas si terribles que ça !

— *Pas si terribles ?* répéta Noémi d'un ton affolé. Tu sais vraiment comment mettre quelqu'un à l'aise !

Max grimaça et posa la main sur la sienne.

— Tu m'as compris.

— Oui, je comprends qu'ils vont me détester !

— Ça va aller. Je serai à côté de toi tout le temps.

— Et toi, tu n'es pas nerveux ? lui demanda-t-elle en posant sur lui ses grands yeux inquiets.

— Disons que… mon père est peut-être le roi, mais ma mère dirige la famille. Elle a des idées bien arrêtées sur la façon dont les choses doivent se faire, et notre histoire ne correspond pas exactement à ses attentes.

— Je le savais. Elle va me détester.

— Tu veux bien arrêter de dire ça ? Il va falloir que chacun fasse un petit effort, voilà tout !

— Surtout si tu lui as dit que nous n'allions pas nous marier.

Max ne répondit pas. La voiture avait franchi les grilles du palais et s'était arrêtée au pied des marches qui menaient au perron.

— Tu leur as dit que je venais, n'est-ce pas ? demanda Noémi, visiblement paniquée.

Il garda de nouveau le silence. Il n'avait parlé à personne de Noémi. Pas même à Enzo, son secrétaire particulier et ami. Cela aurait généré des questions auxquelles il n'était alors pas prêt à répondre. Autant les mettre devant le fait accompli et affronter cette situation complexe au fur et à mesure. Car il était certain d'une chose : en connaissant le fin mot de l'histoire, sa famille insisterait pour qu'un test de paternité soit pratiqué puis que Noémi et lui se marient. Or elle ne voulait pas d'un mariage avec lui. Il allait devoir marcher sur des œufs avec elle aussi, sinon elle s'enfuirait. Et il ne pouvait pas laisser cela se produire.

Ensuite, l'héritier du trône d'Ostanie devait résider dans le palais et être éduqué dès sa naissance dans l'optique de diriger un jour le royaume. Il n'y avait pas de place pour un arrangement moderne de garde alternée ou de droit de visite. Et il savait déjà que Noémi rechignerait à cette perspective…

— Max, tu le leur as dit, n'est-ce pas ?

Avant qu'il ait pu répondre, les deux portières de la voiture s'ouvrirent. Il sortit. Lorsqu'il se tourna vers le palais, Enzo se tenait en haut des marches. À côté de lui se trouvait la reine. Bon sang ! Elle ne l'accueillait pas à la porte, d'habitude…

Max redressa les épaules et se dirigea du côté de Noémi. Il lui présenta son bras puis ils montèrent les marches.

— Votre Altesse, salua-t-il sa mère, avec un signe de la tête.

— Maximilien, répondit-elle avec la même solennité. Il était temps que tu rentres à la maison.

Elle était la seule à l'appeler autrement que par son surnom. Même son père ne l'appelait pas ainsi. Mais sa mère était une femme qui soignait les apparences. Il ne se souvenait pas de la dernière fois qu'il l'avait vue avec les cheveux défaits… Leur relation avait toujours été un peu tendue ; il s'entendait beaucoup mieux avec son père.

Le froncement de sourcils de sa mère s'accentua.

— C'est quoi, ce… bazar sur ton visage ?

Il sourit : sa mère détestait les barbes.

— Je pensais essayer quelque chose de différent.

— Eh bien, tu es à la maison, désormais. Rase-toi, s'il te plaît. Qui est-ce ? ajouta la reine en se tournant vers Noémi.

Espèce d'idiot ! À croire qu'être de retour à la maison après avoir été absent depuis des mois et des mois l'avait un peu chamboulé.

— Mère, je te présente Noémi Cattaneo, de Cattaneo Jewels. Noémi, voici ma mère, la reine Marguerite.

Si Noémi fut surprise qu'il mentionne l'entreprise familiale, elle n'en montra rien. Dans les vieilles familles aristocratiques, les gens n'étaient pas seulement reconnus pour ce qu'ils étaient, mais aussi pour ce qu'ils représentaient. Et Max savait que sa mère avait commandé quelques pièces spéciales à Cattaneo Jewels.

— Je suppose que vous êtes parente des propriétaires.

— Mes parents ont lancé l'entreprise. À présent, mes frères et moi la dirigeons.

— Comme c'est intéressant ! Nous en reparlerons plus tard. Maximilien, poursuivit-elle en se tournant vers lui, tu aurais pu nous prévenir que tu amenais une invitée.

— Je ne l'ai pas fait ? fit-il mine de s'étonner. Je pensais l'avoir fait.

— Non. Tu ne l'as pas fait. Est-ce qu'il l'a fait, Enzo ?

— Pas que je me souvienne, Majesté. Mais la connexion téléphonique n'était pas très bonne, peut-être ai-je mal compris.

Max ne put s'empêcher de sourire devant la diplomatie de son bras droit. Il avait élevé l'impartialité au rang d'art.

— Mère, il ne fait pas très chaud, dehors. Si nous rentrions ?

La reine hocha la tête et se tourna vers la porte. Impossible de savoir ce qu'elle pensait. Il ne savait pas si elle serait ravie à l'idée d'avoir un petit-enfant grâce à son fils que tout le monde croyait stérile ou si elle serait indignée face à un enfant hors mariage, roturier en plus. Mais la première personne à qui il en parlerait serait Tobias, son frère, dont la vie était sur le point d'être bouleversée.

Max jeta un coup d'œil à Noémi. Son visage était pâle. Elle arborait un sourire crispé. La première rencontre avec sa mère s'était plutôt bien passée, compte tenu de la situation. Peut-être aurait-il dû prendre le temps de prévenir Noémi que sa mère n'était pas du genre chaleureux. La reine aimait ses fils, il n'en avait jamais douté, mais elle n'exprimait pas ses émotions. Elle avait été élevée ainsi.

Il se souvenait clairement de son réveil après une des lourdes opérations qu'il avait subies à l'adolescence. La pièce était sombre, il était désorienté. Il avait entendu des pleurs étouffés. Ceux de sa mère, qui avait posé la tête sur son lit et, sans se rendre compte qu'il était réveillé, avait dit une prière pour lui. Max n'avait jamais été aussi touché de sa vie, puis Noémi lui avait dit qu'il allait devenir père… Les deux moments les plus intenses de son existence.

Il se dit à cet instant précis qu'il ne laisserait jamais son enfant douter de l'amour féroce qu'il lui portait.

C'était un rêve.

Cela ne pouvait pas être réel.

La grand-mère de son bébé était une reine ; qui ne l'aimait pas, alors qu'elles ne se connaissaient pas encore. Noémi ne voulait même pas imaginer ce que dirait la mère de Max lorsqu'elle apprendrait l'existence du bébé. Peut-être était-il d'ailleurs préférable qu'elle ne l'apprenne jamais.

Oui, c'est la meilleure solution, songea Noémi. Dès qu'elle parviendrait à coincer Max en tête à tête, elle lui expliquerait qu'elle devait repartir. Il devait bien déjà se rendre compte que venir ici était une erreur.

Une fois à l'intérieur du palais, Noémi s'arrêta dans l'immense vestibule, le souffle coupé par la magnificence des lieux, du sol carrelé à motifs bleu ciel et noir à l'imposant lustre de cristal, qui faisait au moins trois mètres de large. Au fond, de part et d'autre de la pièce, partaient des escaliers jumeaux avec d'artistiques rampes en fer forgé et des mains courantes dorées.

— Noémi ?

Elle sortit de sa contemplation émerveillée et posa les yeux sur Max. Un homme se tenait à côté de lui et… *Oh ! mon Dieu !*

— C'est mon père, le roi Alexandre.

Le roi ? Elle s'affola. Que devait-elle faire ? S'incliner ? Faire la révérence ? Elle fit un petit mouvement entre les deux qui devait être ridicule.

— Votre Majesté.

Le roi s'approcha d'elle. Il souriait, au contraire de sa femme qui semblait si revêche. Il lui tendit la main. Allait-il serrer la sienne ? Les rois faisaient-ils de telles choses ?

— C'est si agréable de rencontrer une amie de mon fils !

— C'est… C'est un plaisir de vous rencontrer aussi, bafouilla-t-elle.

Était-ce la bonne réponse ? Elle avait rencontré beaucoup de gens riches et célèbres, mais aucun dirigeant d'un pays. C'était impressionnant, surtout dans ce cadre fastueux. Or elle avait sa fierté et voulait faire bonne impression. Avec la reine, cela n'avait pas été très concluant ; elle se débrouillait beaucoup mieux avec le roi.

— Connaissez-vous mon fils depuis longtemps ?

— Nous nous sommes rencontrés il y a quelques mois, déclara Max.

Son père le foudroya du regard.

— Grâce à des amis communs, enchaîna Noémi. Nous avons immédiatement sympathisé.

— Immédiatement ? intervint Max. Si je me souviens bien, tu n'as pas été *immédiatement* impressionnée. Comme tu ne m'avais pas reconnu, je n'étais à tes yeux qu'un de tes nombreux admirateurs.

Noémi avait l'impression que son visage était en feu. Que faisait Max ? Essayait-il de donner à son père une mauvaise image d'elle ?

— Nous avons commencé à discuter et nous sommes vite devenus amis.

Max semblait amusé par son embarras. Elle lui fit les gros yeux.

— Oui, amis. Et je... J'ai pensé que Noémi aimerait voir où j'habitais.

Son père souriait encore, mais elle devinait qu'il se demandait ce qu'il y avait entre eux. Une passade ? Quelque chose de plus sérieux ? Elle aurait été bien en peine de lui répondre, parce qu'elle-même n'avait pas de réponse. Seul le temps pourrait leur en donner.

— Nous sommes heureux que vous soyez venue nous rendre visite, lui affirma le roi. N'est-ce pas, Marguerite ?

La reine resta silencieuse un long moment.

— Oui, c'est vrai, dit-elle enfin. Quelqu'un va vous montrer votre suite pour que vous puissiez vous installer pendant que nous parlons en privé avec notre fils.

— Merci de m'accueillir dans votre palais, répondit Noémi, qui se rendait compte qu'elle avait été congédiée.

Elle remarqua qu'un domestique l'attendait un peu plus loin, en bas des marches. Lorsqu'elle se retourna, elle vit le roi et la reine s'éloigner.

— Ne t'inquiète pas, lui chuchota Max à l'oreille. Tout va bien se passer. Je te rejoins dans un instant.

Noémi espérait qu'il avait raison. Jusqu'à présent, elle était persuadée que venir ici avait été une erreur, même si le roi avait été très gentil avec elle.

Elle regarda Max rejoindre à grandes enjambées ses parents. Qu'allaient-ils faire ? Parler des articles sur Max parus dans la presse people ? Discuter de sa grossesse ?

Le domestique la pria de la suivre. Elle acquiesça et ils montèrent les marches. L'idée de s'allonger un peu lui semblait séduisante. Elle n'avait jamais été aussi fatiguée de sa vie. D'habitude, elle était une boule d'énergie, mais pas ces derniers temps. Cette grossesse l'épuisait. Physiquement, mais aussi mentalement depuis qu'elle avait retrouvé Max.

Il devrait le leur dire. Il le voulait. Max avait hâte de faire savoir à la terre entière qu'il allait être père. Cependant, Noémi n'était pas prête à subir la pression ou les attentes qui pèseraient alors sur sa vie. Pour l'instant, il devait la protéger.

Son pays était imprégné de traditions archaïques, comme l'étaient ses parents. Max n'était pas d'accord avec la plupart de ces traditions, mais il n'était pas en mesure de les changer – pas encore. Lorsqu'il deviendrait roi, que son autorité ne pourrait être contestée, il pourrait mettre en œuvre des réformes.

Max entra dans la bibliothèque. Il se figea en constatant que ses parents n'étaient pas les seuls à vouloir lui parler. Il y avait les deux plus hauts membres du cabinet royal ainsi qu'Enzo. Cela ressemblait plus au début d'un interrogatoire qu'à un retour à la maison...

Depuis le seuil, il observa ses parents. Sa mère n'avait pas changé. Elle avait toujours une silhouette élancée et n'avait pas de cheveux gris, mais on aurait dit qu'elle les avait discrètement dissimulés. Son père, en revanche, avait l'air plus âgé et plus frêle. Son visage semblait fatigué et ses yeux étaient ternes. Il était sans doute plus malade qu'il n'était prêt à l'admettre. Leurs regards se croisèrent. Son père avança vers lui.

— C'est *la* femme, n'est-ce pas ?

Max avait le sentiment d'être entré au milieu d'une conversation et que tout le monde s'attendait à ce qu'il sache ce qui avait été dit.

Or il refusait d'être acculé, de se retrouver sur la défensive. Il avait été dans cette position délicate trop souvent ces dernières années.

— La femme ? demanda-t-il d'un ton candide.

— Ne joue pas à ça, intervint sa mère en rejoignant le roi. Nous t'avons laissé beaucoup de liberté après ta... ta maladie. Peut-être qu'avec le recul, c'était trop de liberté. Les gros titres qui fleurissent sur ton passage sont de plus en plus négatifs. Et maintenant, tu ramènes cette fille à la maison.

— Ce n'est pas une fille, c'est une femme. Et elle s'appelle Noémi.

La reine croisa les bras sur sa robe de lin blanc et marine.

— Je suppose que c'est elle qui prétend être enceinte ?

— Depuis quand avez-vous commencé à croire les ragots colportés par certains magazines ? Vous savez ce que le médecin a dit : je ne serai jamais père.

La colère de sa mère parut s'éteindre aussitôt.

— Alors ce n'est pas vrai ? Il n'y a pas de bébé ?

— Il n'y a rien de sérieux entre Noémi et moi. Nous sommes... amis. Elle est adorable. J'aimerais que tu lui donnes une chance.

Sa mère le dévisagea attentivement.

— Elle est importante pour toi ?

— C'est une bonne amie, commença-t-il en choisissant ses mots avec précautions. Et elle a traversé beaucoup d'épreuves ces derniers temps. Je veux que cette visite se passe bien pour elle.

— Quelles épreuves a-t-elle traversées ? demanda sa mère, de plus en plus curieuse.

— Chérie, laisse Max tranquille, dit son père d'un ton léger. Il est à la maison ; c'est ce que tu voulais, non ? Ne le poussons pas à repartir.

— N'ai-je pas le droit de m'intéresser à mon fils et à ses amis ? s'offusqua sa mère, qui détestait que le roi et Max se liguent contre elle.

— Bien sûr, Marguerite. Mais tu n'as pas besoin de donner l'impression que c'est l'Inquisition.

Les prunelles de sa mère brillaient de fureur contenue tandis qu'elle les dardait sur son époux.

— Très bien. Tu t'occupes de ça. Et quand ça nous explosera au visage, tout retombera sur toi !

Elle se tourna vers Max.

— Merci de bien vouloir te raser avant le dîner.

Sa mère quitta la pièce en faisant signe aux dignitaires de la suivre. La porte se referma avec un bruit sourd.

Son père secoua la tête.

— Ta mère veut bien faire. Tu lui as manqué. J'aimerais que tu ne t'absentes plus aussi longtemps.

— Je suis désolé, père. C'est juste…

— … plus facile pour toi d'être loin. Je sais.

Max approuva d'un signe de tête. Il aimait chez son père cette façon de le comprendre. Alors que sa mère était féroce dans son amour et son besoin de protéger sa famille, son père était à l'opposé et laissait son amour s'épancher librement. Max était d'ailleurs impressionné que deux êtres aussi différents aient réussi à faire fonctionner et durer leur mariage.

— Cependant, reprit son père, je suis d'accord avec ta mère. Cette Noémi est plus qu'une amie.

Max s'apprêtait à protester, mais son père leva la main pour l'en empêcher.

— Peut-être que tu ne le vois pas encore, mais ça viendra, fais-moi confiance. C'est dans la façon dont tu la regardes, dont tu parles d'elle. Cependant, je ne suis pas sûr qu'elle ressente la même chose que toi. Alors, fais attention.

Il n'était pas étonnant que son père soit un bon roi. Il pouvait voir clair dans une situation et aller au cœur du problème. Max lui sourit et se retira. À présent, il voulait s'assurer que Noémi était confortablement installée.

Tandis qu'il montait les marches, les mots de son père défilèrent dans son esprit. Était-il si évident que Noémi n'était pas attirée par lui ? Et si c'était le cas, que prévoyait-il ? De séparer la mère de l'enfant ? Cette pensée lui vrilla l'estomac. Il devait y avoir un meilleur moyen… La payer pour qu'elle reste ici avec leur bébé et lui jusqu'à ce que l'enfant ait grandi ? Là encore, l'idée ne lui plaisait pas. Que lui restait-il comme option ? La faire tomber amoureuse de lui ?

Max fit une pause devant la porte de Noémi. Il chassa ses sombres pensées. Il ne voulait pas qu'elle sente son trouble intérieur. Il devait tout garder pour lui jusqu'à ce qu'il trouve la meilleure solution.

— Entrez.

La voix de Noémi était faible. Max ouvrit la porte et trouva la belle Italienne assise sur le lit. Son visage était pâle. Il referma la porte et se précipita à son côté. Il s'agenouilla devant elle.

— Est-ce que tout va bien ?

Elle hocha la tête.

— Je me suis sentie épuisée et j'ai fermé les yeux pendant quelques minutes. J'ai dû m'endormir.

— Je ne voulais pas te réveiller.

— Je ne veux pas trop dormir maintenant, sinon je ne dormirai pas cette nuit.

— Le dîner se tiendra à 19 heures. Tu seras en forme ?

Elle sourit, mais son sourire n'atteignit pas ses yeux.

— Ça ira. Et demain, je serai comme neuve.

Max ne la croyait pas vraiment. Il allait devoir agir. Il voulait que Noémi profite de cette visite en Ostanie. Il voulait qu'elle tombe amoureuse de son pays – celui de leur enfant.

— Nous avons un peu de temps avant le dîner : et si je te faisais visiter le palais ?

Elle sembla ragaillardie par cette proposition. Il se décerna mentalement un bon point.

— Ce serait bien.

— Tu préfères te changer maintenant ou après ? Ce sera un dîner un peu formel. Les hommes seront en costume. Tu as prévu une robe ou deux ?

— Bien sûr que j'ai apporté des vêtements plus habillés ! J'avais compris que tu m'emmenais dans un palais, tu sais, ironisa-t-elle, un tantinet cynique.

Max s'en voulait de s'être inquiété pour rien. Noémi était une Cattaneo, elle connaissait les usages mondains.

— Je me change d'abord, décréta-t-elle.

— Très bien. Alors je vais aller me changer aussi. Et me raser.

Il sortit de la chambre. Son père avait-il raison ? Noémi n'agissait pas du tout comme les autres femmes passées dans sa vie. Toutes étaient désireuses d'être sans cesse près de lui, de l'embrasser, de le toucher. Pas Noémi. Elle était réservée. Cela devrait le soulager, pourtant il s'inquiétait de la distance qu'elle mettait entre eux. Tout ce qu'ils auraient jamais eu ensemble, c'était une nuit. Une nuit incroyable, inoubliable mais unique. Et Max se rendait compte que ce n'était pas suffisant pour lui.

11

Rester distante lui demandait un gros effort. Pourtant, Noémi savait que faire comme si tout allait bien était la meilleure solution. Depuis qu'elle avait rencontré la reine, elle était certaine que Max et elle n'étaient pas faits l'un pour l'autre. Ils venaient de deux mondes trop différents.

Elle jeta un coup d'œil à sa chambre. Elle était grande, avec de hauts plafonds et des boiseries dorées. Les peintures de paysages sur les murs étaient magnifiques. Elle s'en approcha, puis gagna une des immenses fenêtres qui donnaient sur les jardins intérieurs. Elle ne put retenir une exclamation : il y avait une patinoire !

Noémi était hypnotisée par la glace brillante. Elle patinait depuis qu'elle était enfant et adorait cela. Elle se demandait si Max savait patiner.

Elle comprit soudain qu'elle était en train de perdre la notion du temps et qu'elle devait se préparer. Elle se détourna de la fenêtre et balaya la pièce du regard à la recherche de ses bagages. Ses valises n'étaient pas là...

Elles étaient peut-être dans la salle de bains. Elle ouvrit la porte et se rendit compte que l'immense pièce, pratiquement de la même taille que la chambre, abritait un dressing. Elle l'ouvrit. Quelqu'un avait pris le temps et la peine de ranger ses vêtements. Quelle charmante attention ! Elle songea qu'il lui faudrait trouver qui remercier.

Elle examina alors chacune de ses robes en essayant de deviner laquelle pourrait plaire à la reine. Au bout de dix minutes, elle avait l'esprit encore plus embrouillé qu'au début. Elle était tellement nerveuse ! Cela ne lui ressemblait pas.

En désespoir de cause, elle choisit une petite robe noire. Celle-ci n'était ni trop voyante ni trop décontractée, et surtout elle ne révélait rien de son petit ventre de femme enceinte. Elle se regarda dans le miroir. *Pas trop mal. Mais pas génial non plus.*

Elle était tellement pâle ! Et ces cernes sous ses yeux... Elle soupira et se mit en quête de sa trousse de maquillage. Introuvable. Ce qui la mit en rage.

Allez, calme-toi, Noémi. Respire.

Normalement, elle avait plutôt confiance en son physique. Était-ce ces quelques centimètres de tour de taille supplémentaires qui la rendaient à fleur de peau ? Ou était-ce parce que Max était si peu chaleureux ? Il semblait seulement s'intéresser au bébé qu'elle portait. Elle essaya de se persuader que c'était une bonne chose. Un bébé était une complication suffisante dans sa vie, elle n'avait pas besoin d'y ajouter un prince héritier ! Pourtant, aucun des arguments rationnels qu'elle développa ne suffit à la convaincre : elle désirait davantage.

Lorsque Max frappa à sa porte, Noémi était habillée, ses cheveux étaient lissés et elle avait retrouvé son maquillage, qu'elle avait utilisé pour embellir ses traits fatigués.

Avant d'ouvrir, elle jeta un regard à son reflet dans le miroir. Alors, elle se rendit compte qu'elle avait oublié ses bijoux. C'était tellement ironique de la part de la fille des fondateurs de Cattaneo Jewels ! Son inconscient essayait-il de lui envoyer un message ?

Le souffle de Noémi se bloqua dans sa gorge lorsqu'elle se retrouva face à Max. Rasé de près, il avait l'air plus princier que jamais. Son costume noir cintré mettait en valeur ses larges épaules et ses biceps. Si elle continuait à se souvenir du torse musclé que cachaient cette cravate noire et cette chemise blanche, elle allait devenir folle de désir. Déjà celui-ci commençait à pulser au cœur de sa féminité.

— Tu es magnifique, déclara Max, ce qui la fit rougir aussitôt.

— Merci. Tu n'es pas mal non plus. Dans ta famille, on s'habille de façon formelle pour chaque repas ?

— Ma mère insiste pour que les gens s'apprêtent pour le dîner. Je suppose que c'est différent dans ta famille.

— À la maison, mes parents étaient décontractés. Ils...

Sa voix se brisa. Ils lui manquaient tellement !

— Leur grand plaisir était de réunir la famille.

— Vous êtes très proches.

Noémi pensa à ses frères. L'un s'éloignait de plus en plus et elle ne connaissait pas encore l'autre. Pas tout à fait la définition de la proximité...

— Nous l'étions. Du moins, je le croyais...

Mais avait-ce vraiment été le cas, ou avait-elle seulement vu ce qu'elle avait voulu voir ? Après tout, ses parents lui avaient menti toute sa vie. Elle ne mentirait pas à son enfant. Jamais à propos des choses importantes. Et elle l'écouterait, elle l'écouterait *vraiment*.

— Noémi ?

Elle cilla et sortit de ses pensées. Il fallait absolument changer de sujet de conversation.

— Peut-être qu'après ce soir, je pourrais manger dans ma chambre...

— À cause de ma mère ?

Noémi secoua la tête. Même si l'attitude désapprobatrice de la reine la mettait mal à l'aise, elle n'était pas du genre à reculer.

— Je ne rentre plus dans la plupart de mes robes.

Un lent sourire étira les lèvres sensuelles de Max.

— C'est tout ? Alors demain, nous irons faire du shopping.

— Après ce qui s'est passé dans la boutique de Mont-Cœur, cela ne me paraît pas très sage...

— Laisse-moi m'occuper des paparazzis.

Il lui sourit de nouveau, un grand sourire sincère qui illumina son visage et ses prunelles.

Mon Dieu, que cet homme est beau !

Si elle n'y prenait pas garde, elle finirait par laisser son cœur en Ostanie et ce ne serait bon ni pour elle ni pour le bébé. Elle se dit qu'elle devait trouver quelque chose à dire, vite, sinon elle allait se jeter sur lui.

— Je... Tu sais qu'il y a une grande patinoire, dans les jardins ?

Max rit.

— Bien sûr ! Tu aimerais patiner ?

— J'adorerais ! Et à cause de ces maudits paparazzis, on n'a pas pu faire de patin à Mont-Cœur.

— Nous en ferons ici, promis. En attendant, es-tu prête pour une petite visite ?

Max lui offrit son bras. Elle aimait beaucoup ses manières surannées. Cette galanterie, cette politesse n'étaient aux yeux de Noémi absolument pas dépassées, mais au contraire une marque d'élégance. Sans un mot, elle glissa la main dans le creux de son bras. Elle frissonna. Son pouls s'accéléra. Il serait si facile de se laisser prendre au jeu de ce conte de fées : un palais enneigé, une demoiselle au bras d'un prince, un roi et une reine qui les attendaient pour dîner dans la grande salle à manger...

— Par où allons-nous commencer ? demanda-t-elle à Max.

— Les salles d'audience. Ce sont les pièces où la famille royale reçoit.

Ils descendirent le majestueux escalier et se retrouvèrent dans l'immense vestibule.

— On pourrait presque organiser un bal, dans ce hall, dit Noémi. C'est tellement grand !

— C'est parfait pour jouer à cache-cache.

— Tu as vraiment joué à cache-cache ici ? s'ébahit-elle.

Un simple regard à son compagnon lui confirma qu'il ne plaisantait pas.

— Quand nous étions jeunes, mon frère et moi pouvions y passer des heures. Pourquoi as-tu l'air si surpris ?

— Parce que c'est un palais ! Le moindre bibelot, le moindre vase doit coûter une fortune. C'est plus un musée qu'un terrain de jeu.

— Peut-être pour toi, oui. Pour mon frère et moi, c'était juste notre maison.

— *C'était...* ?

Max haussa les épaules.

— Je suppose que j'ai été loin d'ici plus longtemps que je ne le pensais. Allons par là, ajouta-t-il en se dirigeant vers la gauche.

Noémi admira les œuvres d'art inestimables accrochées aux murs.

— Cet endroit est absolument incroyable !

— Ma mère approuverait, affirma Max.

Elle songea que dans sa stratégie pour plaire à la reine, elle devrait peut-être user d'un peu de flatterie.

Ils visitèrent de nombreuses pièces du rez-de-chaussée avant de se retrouver dans une salle aux tentures rouges tapissée de portraits d'ancêtres de Max. Certaines des peintures semblaient très anciennes. Noémi s'arrêta devant le portrait d'un bébé en robe de baptême, dont les yeux lui semblaient familiers.

— C'est toi ?

— Oui, répondit Max. Un jour, il sera remplacé par un portrait officiel avec ma couronne, mon sceptre et ma cape.

Soudain, il devint très concret pour Noémi que Max n'était pas un homme comme les autres. Un jour, il régnerait sur l'Ostanie. Elle ne pouvait même pas imaginer ce que ce serait de porter une responsabilité aussi énorme. Elle s'angoissait à l'avance des exigences de la maternité alors que lui serait responsable de centaines de milliers de vies.

Alors qu'elle continuait à regarder le portrait de Max bébé, elle se demandait si le leur lui ressemblerait. Elle jeta un coup d'œil circulaire dans la pièce pour s'assurer qu'ils étaient seuls, puis lui demanda à voix basse :

— Tu préférerais un fils ou une fille ?

Visiblement, Max ne s'attendait pas à une telle question : il ouvrit de grands yeux étonnés. Il semblait un peu ému.

— Pour être honnête, je… je n'y ai pas beaucoup réfléchi. Le simple fait d'apprendre que j'allais être père a été un choc.

— Mais si tu devais choisir ?

Max eut l'air de réfléchir sérieusement à la question.

— Je crois que je m'en fiche tant qu'il est en bonne santé.

— Je ressens la même chose, répliqua-t-elle en souriant. J'aimerai ce bébé quoi qu'il arrive. J'ai déjà acheté des livres censés m'expliquer à quoi m'attendre aux différentes étapes.

— Tu devrais m'en prêter un ou deux, pour que je m'informe.

— Tu es sérieux ?

— Bien sûr ! Je n'arrête pas de te le dire : nous sommes dans le même bateau. Ensemble.

— Tu n'imagines pas à quel point j'ai envie de te croire.

Elle se rendit compte qu'elle avait exprimé ses pensées à haute voix. Seigneur... Comment Max allait-il réagir ?

Elle n'eut pas longtemps à attendre : il était tout près d'elle et son visage descendait doucement vers le sien.

— Je vais te donner quelque chose en quoi croire, murmura-t-il contre ses lèvres.

Et il l'embrassa.

Comme son contact lui avait manqué ! se dit Noémi en savourant ce baiser. Elle ne se souvenait pas de la raison pour laquelle elle l'avait tenu à distance ; cela devait avoir du sens à un moment donné, mais plus maintenant.

Ses mains reposaient contre son torse ferme et musclé. Son baiser était tentateur. Un gémissement se forma dans sa gorge. Elle glissa les bras sur ses épaules et appuya son corps contre le sien.

Toc ! Toc !

Noémi s'écarta vivement de Max, les joues en feu. Quelqu'un s'éclaircit la gorge.

Pourvu que ce ne soit pas la reine !

— Oui, Sloan, dit Max avec calme au majordome qui se tenait respectueusement sur le seuil, tête baissée.

— Votre Altesse, on m'a envoyé vous dire que le dîner sera servi dans un quart d'heure.

— Merci.

Le majordome disparut dans le couloir. Noémi était au comble de la gêne.

— On continue la visite ? proposa Max comme si de rien n'était.

Il la conduisit dans la salle du trône. Sur une estrade, deux fauteuils massifs à dossier en bois sculpté et coussins rouges étaient disposés sous un impressionnant blason de la famille royale. La pièce adjacente était une bibliothèque. Immense. Les rayonnages en bois ouvragé montaient si haut sur le mur qu'il y avait une échelle pour atteindre les étagères supérieures.

— Tu crois que je pourrais emprunter un livre ou deux pendant que je suis ici ? J'étais tellement pressée de faire mes valises que je n'ai pas pensé à en emporter.

— Bien sûr. Cette pièce n'est pas utilisée autant qu'elle le devrait. Et maintenant, à table ! ajouta-t-il après avoir regardé sa montre. Je te montrerai le reste du palais plus tard, ou demain.

— D'accord.

— Avant d'y aller, sache que je n'ai pas oublié ton rendez-vous chez le médecin. Demain matin, nous passerons quelques coups de fil, et si nous ne trouvons aucune solution satisfaisante, je te ramènerai en jet à Mont-Cœur pour la journée.

— Je suis sûre que tu en es capable, s'exclama Noémi en riant.

— Je ferais n'importe quoi pour ma famille.

Avant qu'elle puisse dire un mot, il l'embrassa. Un bref baiser, suffisant toutefois pour faire battre son cœur. Max prit son bras pour la conduire vers la salle à manger.

— Ne t'inquiète pas, lui murmura-t-il à l'oreille. Une fois que ma mère te connaîtra, elle t'adorera.

— J'espère que tu as raison…

La table était la plus grande qu'elle eût jamais vue. On pourrait facilement y asseoir trente personnes. Les parents de Max et son frère étaient déjà là.

Noémi frissonna, nerveuse. Son regard croisa celui du roi, qui la gratifia d'un sourire chaleureux. La reine ne lui sourit pas, mais elle ne fronça pas non plus les sourcils, ce que Noémi choisit de considérer comme un signe positif.

— Alors, vous êtes la petite amie de mon frère ? demanda Tobias de but en blanc.

Le frère de Max avait les cheveux châtain clair. Il faisait environ la même taille et ne semblait pas aussi réservé que Max. Son large sourire lui faisait briller les yeux. Il n'était pas aussi beau que Max, mais il se défendait. Il lui saisit la main et lui fit un baisemain qui la prit au dépourvu.

— Je… Euh… Ravie de vous rencontrer, prince Tobias.

Embarrassée, elle le salua d'une légère inclinaison du buste.

— Détendez-vous, il n'y a que nous ici, ricana Tobias. Ne me dites pas que mon frère vous fait faire la révérence pour lui dire bonjour !

— Ça suffit, Tobias, intervint Max.

— C'est vrai, Tobias, renchérit la reine. Aurais-tu oublié tes manières ?

Noémi ignorait si la reine prenait sa défense ou si elle était vraiment choquée par l'attitude de son fils.

— J'espère que votre chambre vous plaît, dit-elle en se tournant vers Noémi.

— Elle est charmante.

Charmante ? Tu n'as pas mieux comme adjectif ? Allez, reprends-toi, Noémi !

— Merci beaucoup de me recevoir, reprit-elle. Max... Votre fils m'a fait visiter le palais et c'est à couper le souffle. J'aime particulièrement la bibliothèque.

— Vous lisez ?

La reine semblait étonnée. Noémi aurait pu être vexée par cette réaction, mais elle sourit et acquiesça. Elle faisait enfin des progrès avec la mère de Max. Elle décida de profiter de cet avantage.

— Dès que j'en ai l'occasion. Je goûte particulièrement les biographies et les récits historiques.

À cet instant, le majordome qui avait surpris Max et Noémi en train de s'embrasser annonça que le dîner était servi. Tout le monde s'attabla.

Le dîner s'étira en longueur. Six plats leur furent servis. Toutefois, l'ambiance était plus détendue que ce qu'elle avait imaginé ; même si, contrairement à ce qui se passait dans sa famille, il n'y avait pas de blagues, de taquineries ou de rires. Peut-être qu'il n'était pas nécessaire de retourner tout de suite à Mont-Cœur, après tout... Elle était vraiment curieuse d'en savoir plus sur la vie de famille de Max.

Noémi se tourna vers lui. Son désir de rester était-il lié aux baisers qu'ils avaient échangés avant de passer à table ? Que signifiaient-ils ? Et où les conduiraient-ils... ?

12

Le lendemain matin, Max fut convoqué à une réunion pour l'informer en résumé de ce qu'il s'était passé dans le pays pendant son absence. Pendant qu'il écoutait d'une oreille distraite parler les conseillers du royaume, son esprit s'égarait vers Noémi.

Bien que le dîner de la veille se soit déroulé sans problème, Noémi avait été exclue de la plupart des conversations. Il n'avait pas réalisé jusque-là combien il était important pour lui que la belle Italienne soit acceptée par sa famille. Mais ce qui était encore plus important, c'était que Noémi se sente à l'aise, non seulement avec lui mais aussi avec eux. Comment sinon pourrait-elle envisager de considérer leur enfant comme un Ostanien ?

Tout n'était pas encore perdu. Il avait encore une chance de la convaincre – de la conquérir ? Il avait prévu de lui montrer quelques-uns des charmes de son pays. Et puis il lui avait promis qu'ils s'occuperaient de son rendez-vous chez le médecin.

Au bout d'une heure de réunion, il se leva.

— Je dois y aller, annonça-t-il.

— Aller où ? lui demanda son père.

— Cette réunion est importante, enchaîna sa mère. Tu ne peux pas ignorer ton devoir. Nous t'avons longtemps laissé la bride sur le cou, mais…

— … peut-être que nous n'aurions pas dû, compléta son père. Il est grand temps que tu arrêtes de courir après les femmes et de faire la fête. Il est grand temps que tu prennes de nouveau part aux affaires du royaume, que tu retrouves ta place dans notre famille.

Tu ne seras sans doute jamais roi, mais cela ne veut pas dire que tu n'as pas un rôle essentiel à jouer.

Max nota alors seulement que son père n'avait pas l'air très en forme. Son teint était plus pâle que la veille durant le dîner et ses yeux étaient cernés. Il se demanda depuis combien de temps son père dépérissait. Les choses avaient définitivement changé pendant son absence. Oui, il était parti bien trop longtemps...

— Je comprends, répondit Max. Je vais m'investir davantage. Mais en ce moment, j'ai une invitée.

— En ce moment, tu as du travail, le contra sa mère. Ton invitée peut attendre.

Max hocha la tête. Sa mère avait raison. Il devait en faire plus dès maintenant pour alléger le fardeau des épaules de son père. Et Noémi, avec ses nausées, n'était pas très en forme le matin. Il vérifia l'heure. Il lui restait au moins une heure avant qu'elle soit en état de sortir. Ils pourraient prendre un rendez-vous chez le médecin juste avant de quitter le palais.

— Laissez-moi juste passer un coup de fil.

Il se ravisa : il ne voulait pas que sa famille entende sa conversation. Il écrivit quelques lignes et fit porter la note à Noémi par un huissier. Il ne voulait pas qu'elle pense qu'il l'avait oubliée.

Pour la première fois depuis longtemps, Noémi n'avait pas l'impression d'être une épave le matin. Son médecin lui avait dit que les nausées matinales devraient commencer à diminuer au deuxième trimestre. Apparemment, il avait vu juste.

Dieu merci !

Elle avait bien dormi et se sentait pleine d'énergie. Elle avait hâte d'aller explorer l'Ostanie. Alors, quand on frappa à sa porte, elle se précipita et ouvrit avec un grand sourire, qui s'évanouit lorsqu'elle comprit que ce n'était pas Max.

Un homme en uniforme sombre lui tendit un papier plié.

— De la part de Son Altesse le prince Maximilien.

Elle cilla, décontenancée, puis prit le papier.

— Merci.

L'homme fit un signe de tête brusque, un pas en arrière, puis demi-tour.

Désolé, je suis retardé contre mon gré. Je te rejoins dès que possible. N'hésite pas à utiliser la bibliothèque.

Max

Elle était déçue que Max ne puisse pas la rejoindre. Elle se rendit compte qu'il lui manquait, sans doute plus qu'il ne le devrait. En fait, elle pensait à lui depuis la veille au soir, lorsqu'il l'avait raccompagnée à sa chambre après le dîner. Elle avait espéré un autre baiser, en vain.

Le repas s'était déroulé bien mieux qu'elle ne l'avait imaginé. Max avait été attentionné, son frère amusant et leur mère, bien que toujours sur son quant-à-soi, s'était montrée plus cordiale. Elle lui avait même donné quelques suggestions de lecture concernant l'histoire de l'Ostanie. Égal à lui-même, le roi avait été charmant.

L'invitation de Max à explorer la bibliothèque était tentante. Enveloppée dans un gros pull - le palais était un peu froid —, Noémi s'y rendit, sans se perdre. Même si elle s'était égarée, il y avait tellement de personnel autour d'elle que quelqu'un lui aurait indiqué la bonne direction.

Le soleil traversait les vitraux, envoyant un kaléidoscope de couleurs dans toute la pièce. C'était magique ! Après quelques minutes de recherche, elle trouva le livre que la reine lui avait recommandé. Elle était curieuse d'en apprendre plus sur les ancêtres de Max, donc de leur bébé.

Elle ramena le livre dans sa chambre pour le lire en attendant Max. Elle s'installa sur un canapé près de l'une des fenêtres et se plongea dans sa lecture.

Lorsque Max apparut dans l'embrasure de la porte, elle se leva et lui sourit. Il ne lui sourit pas en retour, ce qui l'inquiéta aussitôt. Était-il arrivé quelque chose ? Avait-il changé d'avis et ne désirait-il plus passer la journée avec elle ? Avait-il réalisé qu'elle n'avait pas sa place au palais ?

Elle s'approcha de lui.

— Qu'est-ce qui ne va pas ?

— Pourquoi est-ce que quelque chose n'irait pas ?

— Je… Euh…, bredouilla-t-elle, décontenancée. C'est juste qu'on dirait que quelque chose te tracasse. Si c'est moi…

— Je t'interdis de penser une chose pareille ! la coupa-t-il. Je suis juste désolé d'être en retard. J'espère que tu ne t'es pas ennuyée.

— Pas du tout. J'ai trouvé un livre très instructif sur l'histoire de l'Ostanie.

— Tant mieux ! Et pour me faire pardonner, j'ai une surprise pour toi.

Noémi remarqua alors qu'il se tenait les bras derrière le dos.

— Oh ! J'adore les surprises ! J'ai toujours rêvé que mes parents m'organisent une fête surprise avec tous mes amis de l'école, mais ils étaient tellement occupés par leur entreprise…

Max arborait soudain un air sérieux.

— Penses-tu continuer à travailler après la naissance du bébé ?

La question la surprit, mais Noémi y avait déjà réfléchi.

— J'aimerais bien. Mais plus en tant que visage de Cattaneo Jewels.

— Tu envisages d'occuper une autre place dans l'entreprise familiale ?

Elle secoua la tête.

— Je ne veux pas travailler avec mon frère. Il ne prend pas mes avis au sérieux. J'aimerais être utile, que mon travail ait du sens : diriger une fondation, défendre une noble cause.

— Je suis certain que tu peux apporter beaucoup à n'importe quel projet !

— Merci. J'espère que tu as raison. Alors, reprit-elle d'un ton léger, quelle est ma surprise ?

— Tu es sûre de toujours la vouloir ? la taquina-t-il avec un sourire craquant. Tu n'es pas trop âgée pour les surprises ?

— Je ne le serai jamais trop !

Elle essaya de lui attraper le bras, mais il se déroba.

— Montre-moi ! lança-t-elle, faussement capricieuse.

— Après de tels préliminaires, j'espère que tu ne seras pas déçue.

Il lui tendit le lion en peluche violet qu'ils avaient oublié en s'échappant de la boutique, à Mont-Cœur.

— Oh… Merci, c'est génial !

— Je crois que tu avais eu un coup de foudre, non ?

Noémi avait les larmes aux yeux. *Stupides hormones !* Personne n'avait jamais fait quelque chose d'aussi attentionné pour elle.

Au grand étonnement de Noémi, Max avait pris le volant. Ils n'étaient que tous les deux dans la voiture, mais les gardes du corps suivaient juste derrière. Avant de prendre la route, ils avaient, avec l'aval et le concours du médecin de Noémi, pris rendez-vous pour une échographie en Ostanie.

Max était d'humeur légère et badine. Elle ne l'avait pas vu ainsi depuis leur arrivée au palais, et cela lui avait beaucoup manqué. Ici, il semblait sans cesse accablé par un fardeau.

— À quoi penses-tu ? lui demanda-t-il en manœuvrant dans les rues étroites du village.

— Qu'est-ce qui te fait croire que j'ai quelque chose en tête ?

— Parce que tu as cette lueur diabolique dans les yeux.

— Serait-ce une tentative de flirt, prince Max ?

Il se gara, coupa le moteur et tourna le visage vers elle. Il avait posé le bras sur le dossier de son siège. Noémi avait le cœur soudain affolé. Une douce chaleur commençait à se répandre dans tout son corps.

— Est-ce que ça marche ?

— Tu te souviens de ce qu'il s'est passé la dernière fois que tu as flirté avec moi, non ?

— Oui, je m'en souviens. Je ne pourrai jamais l'oublier. Toutes les autres me paraîtront fades, à présent, je t'en veux beaucoup !

Quel plaisir de passer du temps avec le Max joyeux et taquin de Mont-Cœur ! Elle non plus n'avait jamais pu oublier leur nuit ensemble, et elle mourait d'envie de recommencer. Des images torrides s'invitaient dans ses rêves, et parfois même la journée dans son esprit, ce qui provoquait en elle d'étranges et brûlantes sensations...

Ils se penchèrent l'un vers l'autre dans un mouvement parfaitement synchrone et leurs lèvres se rencontrèrent. La façon dont Max l'embrassait lui donnait l'impression d'être la seule femme au monde. C'était comme si l'un et l'autre avaient autant besoin de s'embrasser que d'oxygène.

Leurs langues se frôlèrent, se mêlèrent. Le pouls de Noémi battait furieusement dans ses veines. Son sang était de la lave à présent. Elle tendit la main, la posa sur la nuque de Max et glissa les doigts dans ses cheveux. De l'autre main, elle détacha sa ceinture de sécurité : elle voulait se rapprocher de lui, sentir son corps contre le sien. Si seulement ils n'étaient pas dans une voiture…

Elle sursauta quand trois coups furent frappés sur le toit de la voiture. En ouvrant les yeux, elle vit des costumes noirs de chaque côté du véhicule.

— Désolé qu'ils t'aient fait peur, dit Max en se rajustant. C'est ainsi qu'ils me font savoir que les alentours sont sûrs et que je peux sortir.

— Oh… Je me suis sentie comme une adolescente qui se fait surprendre avec son amoureux dans la voiture.

— Tu étais ce genre de fille ? la taquina-t-il en souriant. Étonnant…

— C'est toi qui es étonnant. Un prince qui s'échappe de la vie de château pour mener une vie de play-boy fêtard…

— Peut-être. Ou peut-être pas.

Noémi fronça les sourcils. Le ton soudain sérieux de Max venait de piquer sa curiosité.

— Qu'est-ce que tu ne me dis pas ?

Il secoua la tête et retrouva son air espiègle.

— Peu importe. Allons découvrir le village !

Ils sortirent de la voiture. Comme le soleil était de la partie, l'air s'était légèrement réchauffé : pas besoin de gants. Sans un mot, Max lui prit la main. Leurs doigts s'entremêlèrent. Plus ils passaient de temps ensemble, plus il semblait à Noémi qu'ils étaient faits l'un pour l'autre.

— Être ainsi vu en public ne t'inquiète pas ? Je ne parle pas seulement des journalistes, mais n'importe qui pourrait prendre une photo et la poster sur les réseaux sociaux.

— C'est l'Ostanie, ici. Et plus encore, c'est la Vallée verte. Ces gens m'ont toujours connu. Ils sont respectueux et protecteurs. Et n'aiment pas trop qu'on ennuie les membres de la famille royale. Les paparazzis ne sont pas franchement les bienvenus.

Ils se promenèrent dans le village. Max était gentil, abordable et attentionné envers tout le monde. Elle constata que son peuple l'aimait sincèrement. Ils déjeunèrent tranquillement dans un bistrot d'un bol de soupe et d'un sandwich chaud.

Ensuite, ils se rendirent au marché de Noël. Noémi trouva un cadeau pour chacun des membres de sa famille. Ce Noël serait si particulier ! Ce serait le premier sans leurs parents et avec Léo. Elle voulait plus que tout que ses frères se rapprochent, mais elle craignait que la question du contrôle de l'entreprise familiale n'entraîne une division entre eux. C'en était terminé de la famille unie qu'elle avait connue…

Soudain, une fillette la percuta. Elle devait avoir quatre ou cinq ans. Elle regarda Noémi, les larmes aux yeux. Elle semblait perdue.

— Salut, dit Noémi en s'agenouillant. Je m'appelle Noémi. Et toi ?

— Gemma.

— Où est ta maman, Gemma ?

— Je… Je ne sais pas.

Noémi chercha Max du regard. Il s'était un peu éloigné et lui tournait le dos. Elle ne pouvait pas laisser cette petite fille seule.

— Je vais t'aider à retrouver tes parents. Tu viens avec moi ?

Elle tendit la main. La petite fille hésita, ce en quoi Noémi ne pouvait la blâmer puisqu'elle ne la connaissait pas. Finalement, elle glissa sa petite main gantée dans la sienne. Elle rejoignit Max.

— Max, voici Gemma. Elle est perdue. Nous essayons de retrouver ses parents.

Noémi remarqua qu'il avait une sorte de brioche à la main.

— Tu vas la manger ? lui demanda-t-elle.

Max comprit aussitôt le sens de sa question et se baissa pour tendre la pâtisserie à Gemma. La fillette lui sourit et commença à manger.

— On va la confier à un de mes agents de sécurité, murmura Max. Ils s'assureront que les autorités trouvent sa famille.

Noémi baissa les yeux sur Gemma. Celle-ci la regardait d'un air suppliant. Son instinct protecteur s'éveilla.

— Elle ne peut pas rester avec nous jusqu'à ce qu'on trouve ses parents ? Elle est terrorisée !

— Comment veux-tu les retrouver ?

Noémi lui fit part de son idée : il allait prendre la fillette sur ses épaules pour qu'elle puisse scruter la foule. Gemma sembla effrayée par cette aventure. Noémi dut déployer beaucoup de patience et de douceur pour apprivoiser ses craintes. Quand Gemma apprit que Max était un vrai prince, elle accepta finalement. Max était nerveux lui aussi. Elle se demanda s'il serait aussi peu à l'aise avec leur bébé. Elle ne pouvait s'empêcher de l'imaginer avec leur enfant. Elle n'arrêtait pas de se demander si ce serait une fille ou un garçon. Chaque jour, cela devenait un peu plus concret...

— Tu les vois ? demanda Max à la petite fille juchée sur ses épaules.

Gemma secoua la tête, puis elle tendit les bras à Noémi, qui la prit dans ses bras. Un policier s'approchait d'eux, accompagné d'un des gorilles de Max – celui-ci avait dû aller chercher de l'aide. Gemma le vit et serra ses petits bras autour du cou de Noémi.

— Max, je ne peux pas l'abandonner. Elle a déjà assez peur comme ça.

— Ils vont s'occuper de la situation beaucoup mieux que nous !

Soudain, la solution s'imposa à Noémi.

— Donne-moi cinq minutes. Suis-moi !

Et, sous le regard réprobateur et étonné de Max, elle s'enfonça dans la foule.

Sur une petite estrade, quatre musiciens jouaient des airs folkloriques. Noémi se dirigea droit vers eux.

Elle fut surprise de les voir s'arrêter en plein morceau pour la saluer d'une inclinaison respectueuse de la tête. Elle comprit alors que Max l'avait suivie. Noémi s'approcha du plus âgé des musiciens et lui demanda une faveur à voix basse. Il accepta de bon cœur.

— Excusez-moi, commença Noémi en face du micro.

Personne ne fit attention à elle : les gens continuaient à se parler et à vaquer à leurs occupations. Noémi plaça l'index et le majeur entre ses lèvres et siffla. Le son aigu, fort, inattendu fit aussitôt régner le silence sur le marché. Tout le monde ou presque se tourna vers elle.

— Je suis désolée de vous déranger, mais nous avons un petit problème. Cette petite fille, Gemma, a été séparée de ses parents. Sont-ils ici ?

Elle scruta la foule dans l'espoir de repérer un couple soulagé qui lèverait la main ou se dirigerait vers elle, d'entendre quelqu'un crier, mais personne ne se manifesta. Visiblement, les parents de Gemma n'étaient pas de ce côté-ci du village…

Noémi devait penser à une alternative, et vite. *Je sais, ça y est !*

— Bien. Alors merci de bien vouloir sortir vos téléphones et commencer à faire circuler l'information sur les réseaux sociaux. Il faut que #HelpGemma devienne viral.

Les gens la regardaient sans bouger. Max s'approcha d'elle.

— Vous avez des téléphones portables en Ostanie ? lui murmura-t-elle à l'oreille.

Il éclata de rire et se pencha vers le micro.

— Merci à tous.

Aussitôt, tout le monde commença à pianoter sur son appareil. Elle envoya à Max un sourire plein d'espoir. Cela allait marcher. Il fallait que ça marche.

— Et maintenant ? lui demanda-t-il, tandis que les musiciens, qu'il avait chaleureusement remerciés et félicités, reprenaient leur concert.

— On attend. On refait le tour du marché de Noël, on reste dans les parages.

— Je n'avais jamais vu ton côté meneur. Tu es très impressionnante, je dois dire ! Et tu réfléchis vite.

— N'exagérons rien, j'aide juste un enfant qui s'est perdu, répliqua-t-elle en riant. Pas de quoi voir en moi une géniale stratège !

— Je pense que tu te sous-estimes.

Elle ne savait même pas si elle ferait une bonne mère. Elle avait tant à apprendre, mais ni père ni mère vers qui se tourner pour obtenir des conseils. Et si elle élevait mal à son enfant ? Et si elle était la pire des mères ?

— Hé, relax ! C'était juste un compliment, je ne voulais pas te contrarier.

Max avait l'air inquiet. Noémi en déduisit que ses angoisses se reflétaient sur son visage. Il lui posa une main rassurante sur l'épaule.

Noémi essaya de sourire, mais cela devait plus ressembler à une grimace.

— Ce… Ce n'est pas ta faute. Ce n'est rien. Ça va passer.

Du moins l'espérait-elle… Qu'allait-elle faire si elle abandonnait le mannequinat ? Sebastian lui avait fait comprendre qu'elle n'était pas la bienvenue comme associée opérationnelle dans l'entreprise familiale. Leurs parents avaient été durs avec lui pendant son enfance, et elle n'oubliait pas qu'il avait fait de son mieux pour la protéger. Était-ce ce qu'il croyait toujours faire aujourd'hui en l'écartant du cœur décisionnaire de Cattaneo Jewels, la protéger ? Parfois, il était difficile de se défaire de certaines habitudes. Et maintenant, avec l'arrivée de Léo dans l'entreprise, Noémi allait plus que jamais devenir un poids.

Elle soupira en constatant que son avenir était un immense point d'interrogation.

13

Ils s'étaient arrêtés devant un stand où étaient exposés des jouets en bois faits à la main. Max était captivé par la façon dont le visage de Noémi s'illuminait lorsqu'elle parlait à Gemma. Il pouvait facilement l'imaginer avec leur enfant. Et après avoir vu comment elle protégeait Gemma et s'en occupait, il n'avait aucun doute : Noémi ferait une mère remarquable.

La petite fille l'avait adoptée très vite, lui-même avait été attiré par Noémi depuis l'autre bout d'une pièce immense sans lui avoir parlé, même sa mère commençait à se dégeler en sa présence. Pas de doute, Noémi était magnétique. Et cela dépassait sa beauté physique. Il y avait quelque chose dans son sourire, sa gentillesse sincère, son empathie. Tout le monde l'appréciait.

Soudain, en constatant qu'elle surveillait du coin de l'œil sur son téléphone l'évolution du hashtag #HelpGemma, il eut envie de la serrer dans ses bras pour la réconforter, de l'embrasser. Hélas, ce n'était pas le lieu pour une démonstration d'affection. Soudain, il avait hâte de retourner à l'intimité du palais.

— Merci d'être là, dit-elle. Je suis sûre que tu as des choses plus importantes à faire que de rester ici avec nous.

Max allait répondre quand Roc, son garde du corps et ami, vint leur annoncer que les parents de Gemma étaient là. Gemma se précipita dans les bras de sa mère pour d'émouvantes retrouvailles. Puis vint le temps des explications.

La fillette avait eu hâte de voir le marché de Noël, mais ses parents devaient d'abord faire quelques courses de l'autre côté du village. Gemma leur avait faussé compagnie et, une fois sur le marché, n'avait plus su comment retourner vers ses parents. Elle venait de prendre une bonne leçon et promit à ses parents de ne plus jamais recommencer. Ceux-ci remercièrent Max et Noémi avec effusion. Au moment de prendre une photo de Gemma et Noémi, Max s'aperçut qu'il avait manqué trois appels. Dont deux de sa mère, qui ne téléphonait qu'en cas d'urgence... Un souci avec son père ?

Au moment où, après avoir pris la photo, il saluait Gemma et sa famille, Roc s'approcha de lui.

— On a besoin de vous au palais tout de suite. C'est une urgence.

Max fit un signe de tête et attendit une pause dans la conversation entre Noémi et les parents de Gemma pour glisser à l'oreille de la jeune femme :

— Je dois retourner au palais.

Le sourire de Noémi s'effaça. Il se sentait coupable d'interrompre leur journée. Rien de tout cela ne concernait Noémi et elle n'avait rien à faire au palais pendant qu'il s'occupait de sa mère. Il voulait que ce voyage soit agréable pour elle. Et jusqu'à présent, rien ne s'était passé comme prévu.

— Pourquoi ne restes-tu pas ici pour finir de visiter le village ?

— Vraiment ? Ça ne te dérange pas ?

— Pas du tout, affirma-t-il, même s'il aurait préféré rester avec elle. Je te retrouve pour le dîner.

— Je considère cela comme un rendez-vous.

Il aimait qu'elle le prenne comme un rendez-vous : cela lui donnait quelque chose de bon à attendre.

— Roc va rester avec toi et il t'escortera jusqu'au palais.

Il ne s'était jamais senti aussi protecteur envers quiconque.

Il avait envie d'être près d'elle, réchauffé par son sourire, charmé par la musique de son rire. Il était accro à Noémi. Et c'était dangereux, car elle pouvait décider que sa vie n'était pas en Ostanie tandis que lui n'avait pas le choix : il devait se préparer à diriger le pays.

De retour au palais, l'ambiance joyeuse créée par les décorations lumineuses semblait se moquer de son humeur sombre. Max était déchiré entre son envie d'être avec Noémi et son devoir envers sa famille et la nation. De plus, il était très inquiet, et le fut davantage quand le majordome lui expliqua que le médecin avait été appelé pour le roi.

Max se précipita vers la chambre à coucher de son père. Sa mère l'intercepta dans le couloir.

— Maximilien, attends.

— Mais... Père, comment va-t-il ?

— Le docteur est avec lui.

Son anxiété était palpable. C'était comme si d'un coup, elle avait vieilli de vingt ans.

— Qu'est-ce qui s'est passé ?

— Le diabète, des complications. Les reins ne fonctionnent pas bien.

Max savait depuis longtemps que son père souffrait du diabète, mais il croyait que la maladie était sous contrôle. Il ignorait que c'était si grave.

— Pourquoi est-ce la première fois que j'entends parler de ce problème ?

Sa mère eut un froncement de sourcils désapprobateur.

— Parce que ton père refusait que tu l'apprennes. Il disait que tu avais besoin de temps pour te remettre de ces années à combattre ta maladie, qu'il n'y avait aucune raison de vous inquiéter, toi ou ton frère. Mais avec le temps, ça s'aggrave.

— Donc, Tobias ne sait pas non plus ?

Les larmes aux yeux, sa mère secoua la tête. À cet instant, la porte de la chambre s'ouvrit et le docteur apparut sur le seuil. Max s'approcha mais le praticien leva la main.

— Son Altesse le roi veut juste voir sa femme, pour l'instant. S'il vous plaît, attendez ici.

Sa mère entra dans la chambre à la suite du docteur et la porte se referma. Max la fixa longuement, des questions plein la tête. Comment s'était-il laissé déconnecter de sa famille à ce point ? Comment pourrait-il être un bon père alors qu'il ne parvenait même pas à prendre soin des membres actuels de sa famille ?

Il commençait à faire les cent pas lorsqu'il remarqua que son frère était assis sur un petit banc au bout du couloir, la tête dans les mains.

Max s'approcha de lui et s'assit à son côté. Il chercha quelque chose de réconfortant à dire. Ce n'était pas facile, car il était aussi inquiet que son frère semblait l'être.

— Hé, ça va aller, lança-t-il finalement.

Tobias secoua la tête.

— Non, ça ne va pas aller du tout.

— Tu sais quelque chose que je ne sais pas ?

Vu que Max ne savait pas grand-chose, c'était tout à fait possible…

— Ils ont parlé de l'abdication de papa.

— Quoi ? ! s'écria Max.

— Je… Je n'y arriverai pas.

— Bien sûr que si !

Les prunelles de Tobias reflétaient une angoisse démesurée.

— Non, je ne peux pas. Ça devrait être toi. Tu devrais prendre le relais.

— Tu es sous le choc. Tout semblera plus clair demain.

— Je ne sais pas pourquoi ils font tout un plat de cette histoire d'avoir un héritier, poursuivit son frère comme si Max n'avait rien dit. Regarde-toi. Tu es calme. Tu pourrais gérer tout ça.

Max se passa la main dans les cheveux.

— Tu as été préparé, formé. Tu sais comment diriger le pays.

Tobias se leva d'un bond.

— Je ne veux pas !

Max se leva à son tour. Il posa les mains sur les épaules de son frère.

— Calme-toi, petit frère.

— Me calmer ? Comment suis-je censé me calmer ? Notre père est malade. Très malade. Je suis trop jeune pour tout ça. Je… Je ne suis pas la bonne personne.

Max avait la solution pour réconforter son frère, mais était-ce le bon moment pour parler du bébé alors que les choses n'étaient pas encore réglées avec Noémi ? Toutefois, il n'aurait jamais pu imaginer que la santé de son père décline de façon aussi radicale. Que faire ?

Il n'avait jamais vu Tobias aussi effrayé depuis des années – depuis l'annonce de son cancer. Avait-il le droit de le laisser dans un tel état alors qu'il pouvait apaiser certaines de ses inquiétudes ?

— Tobias, écoute-moi, commença-t-il, non sans s'être assuré que personne ne pouvait les entendre. J'ai quelque chose à te dire.

— Si c'est une mauvaise nouvelle, ce n'est pas le moment.

La pensée de son bébé à venir fit sourire Max.

— En fait, c'est une bonne nouvelle. Vraiment, vraiment une bonne nouvelle.

— OK, je t'écoute.

— Tu ne dois en parler à personne, d'accord ?

Son frère acquiesça d'un signe de tête.

— Noémi est enceinte, chuchota Max. Je vais être père.

— Mais... Comment... ? bredouilla Tobias, visiblement ébranlé. Les médecins ont dit que ce n'était pas possible !

— Je sais. Mais c'est vrai. Elle est enceinte. Un miracle.

— Pourquoi tu ne l'as dit à personne ?

— C'est compliqué. Noémi et moi, on s'habitue encore à l'idée.

— Tu es sûr que c'est le tien ?

— Certain. Mais comme tu peux l'imaginer, ce n'était pas prévu. Ne dis rien, s'il te plaît. La situation est délicate. Noémi et moi n'avons pas décidé comment nous préparer à la situation. Je te l'ai dit à toi pour que tu ne t'inquiètes pas trop. Tout va s'arranger.

— J'espère que tu as raison.

Lui aussi l'espérait. Il y avait encore tant d'inconnues sur la santé de son père, l'état du pays et ce que Noémi prévoyait de faire ensuite. Mais pour l'heure, Max se surprenait à prendre les choses en main. Se pourrait-il que se préparer à la paternité le prépare à assumer la responsabilité de son pays ?

14

Sans Max, ce n'était pas la même chose…

Bien que les parents de Gemma soient gentils au possible, Max lui manquait. Noémi se répéta pour se rassurer que c'était parce qu'ils devenaient de bons amis. Rien de plus.

De retour dans sa chambre, au palais, Noémi trouva un mot de Max. Une onde d'excitation lui parcourut le corps lorsqu'elle lut qu'il lui proposait de le retrouver « à 18 h 30 dans la pièce bleue ». Elle jeta un coup d'œil à l'horloge de la cheminée : il ne lui restait plus beaucoup de temps. Elle n'aurait pas dû rester au village aussi longtemps, mais pour la première fois depuis que ses parents étaient morts, elle avait éprouvé un sentiment d'appartenance presque familiale. Les Ostaniens qu'elle avait rencontrés étaient si amicaux et accueillants !

Elle se demanda si ce dîner se passerait mieux avec la reine. Noémi espérait que leur relation allait continuer à s'améliorer. Après tout, elles seraient amenées à se revoir une fois que le bébé serait né.

Elle ouvrit son dressing et balaya ses robes du regard. Il s'arrêta sur une bleue avec un haut à manches longues et dentelle et une jupe en mousseline. Cette dernière était peut-être un soupçon trop court, mais elle n'avait guère d'autre option.

Elle se lâcha les cheveux et se maquilla très légèrement. Lorsqu'elle se regarda dans le miroir, elle comprit qu'elle n'aurait jamais sa place dans un foyer aussi conservateur. Si Max espérait qu'elle change, elle le détromperait rapidement. Il devrait l'accepter comme elle était, et elle n'avait pas l'étoffe d'une princesse.

Dans le hall, elle se fit indiquer par une domestique le chemin vers la pièce bleue – au second étage de la tour ouest, pourvu que ce ne soit pas trop loin sinon elle serait en retard !

Lorsque Noémi passa la tête dans l'embrasure de la porte, elle remarqua une table éclairée à la bougie près de la fenêtre. Elle fit un pas dans la pièce.

— Max ?

— Par ici.

Il portait un costume sombre et une cravate. On aurait dit qu'il sortait des pages d'un magazine glamour. Il la fixait avec une telle intensité que Noémi eut soudain les jambes flageolantes.

Elle jeta un coup d'œil dans la pièce : il n'y avait qu'eux deux.

— Où est ta famille ?

— C'est un tête-à-tête.

Noémi remarqua alors que la table était dressée pour deux, avec des bougies et des fleurs.

— Je veux me faire pardonner, ajouta Max.

Se faire pardonner ? Mais il n'avait rien fait de mal. En fait, il avait été plutôt charmant.

— Pourquoi ?

— Pour t'avoir abandonnée aujourd'hui. Je ne serais pas parti si cela n'avait pas été important. J'espère que tu le sais.

Elle hocha la tête, touchée par cette attention.

— Est-ce que tout s'est bien passé ? demanda-t-elle.

— Oui et non, grimaça Max. Mais je ne vais pas t'embêter avec les problèmes de mon pays. Surtout pas les problèmes économiques !

— Détrompe-toi, ça m'intéresse ! Je t'écoute.

Max lui tira sa chaise. Elle s'installa et il s'assit en face d'elle. Il lui expliqua que l'économie de l'Ostanie ne s'était pas adaptée assez vite au monde moderne, ce qui était dangereux à court terme pour l'équilibre du pays. Les ministres et conseillers pensaient que le problème était conjoncturel quand Max était persuadé qu'il était structurel et qu'il fallait évoluer pour survivre. La tradition était un frein terrible au changement.

Pendant qu'ils échangeaient, un serveur leur avait amené une soupe à l'oignon gratinée, la meilleure que Noémi ait jamais mangée. Elle prit une gorgée d'eau glacée et plissa les yeux, concentrée.

— Tu as envisagé de faire changer les mentalités ? En ce qui concerne le commerce et les échanges, tout du moins.

— Ce pays et son peuple sont imprégnés de coutumes archaïques. La plupart des gens n'envisagent pas de changer la façon dont les choses ont toujours été faites puisque jusqu'à aujourd'hui, ça marchait.

— Alors, commence par les jeunes. Ce sont eux qui sont susceptibles de s'opposer aux traditions.

— J'y ai pensé. Mais une fois qu'ils quittent l'Ostanie pour faire des études supérieures, ils ne reviennent pas.

— Et vous perdez la ressource la plus précieuse de votre pays. As-tu envisagé d'ouvrir votre propre université ?

Une lueur d'intérêt brilla dans les yeux de Max.

— Et nous pourrions alors créer des cycles d'études orientés vers l'avenir de l'Ostanie.

— Quelque chose comme ça.

— Tu es brillante ! Je mettrai ce projet sur pied dès que je serai roi. Non. À la réflexion, ça ne peut pas attendre. Il faut commencer immédiatement.

Noémi était aux anges. Elle adorait l'idée d'avoir apporté une solution qui aiderait le pays. Et surtout, elle était ravie que Max ait tenu compte de son avis.

Le serveur avait remporté les assiettes de soupe vides et apporta une assiette de légumes verts croquants avec une vinaigrette au citron et à l'ail.

— C'est super d'être avec quelqu'un qui me comprend.

— C'est super d'être avec quelqu'un qui m'écoute et me prend au sérieux.

Il fronça les sourcils.

— Qui ne te prend pas au sérieux ?

— Ma famille. Parfois, c'est comme si je n'étais pas là. Ils parlent comme si je n'existais pas.

— Je comprends.

— Tu comprends ? Tu es un prince, tout le monde t'écoute.

Il secoua la tête de droite à gauche.

— Quand tout le monde m'a cru stérile, je suis soudain devenu invisible. On ne s'occupait plus que de mon frère, devenu l'héritier de la couronne. C'était si flagrant que je ne l'ai pas supporté. Je me sentais… inutile. Pas à la hauteur.

Leurs regards se rivèrent l'un à l'autre.

— Je suis désolée que tu aies vécu tout cela. Je me plains alors que ce que j'ai enduré n'est rien comparé à toi…

— C'est faux. Et ta douleur n'est pas moins importante que la mienne.

Noémi en eut presque les larmes aux yeux. Les mots de Max signifiaient tellement pour elle !

— Je suis devenue le visage de Cattaneo Jewels par défaut. Ma famille ne savait pas quoi faire d'autre de moi.

— Je crois que tu l'es devenue parce que ta beauté est absolument stupéfiante. Les hommes ne peuvent pas s'empêcher de te regarder, et les femmes aimeraient être à ta place. Et en portant les bijoux Cattaneo, elles ont le sentiment de se rapprocher de ta beauté.

Noémi était soufflée. Max pensait-il vraiment ce qu'il venait de déclarer ? Aucun homme ne l'avait jamais séduite ainsi simplement avec des mots.

— Et il y a tellement plus à admirer chez toi, reprit-il avec fougue. Tu es généreuse, drôle, intelligente. Je pense que nous pourrions faire une équipe du tonnerre !

Il posa la main sur la sienne. Noémi ne savait pas s'il parlait sur un plan sentimental ou professionnel, mais son cœur battait plus vite. L'idée lui plaisait sur tous les plans.

— Dis-moi qu'il n'y a pas de plat principal ! Je n'ai plus faim du tout.

— Pourtant, tu vas avoir besoin d'énergie pour ce que j'ai prévu ce soir.

Elle rougit. Est-ce que Max la draguait ? Soudain, son esprit se remplit d'images de leurs corps enlacés dans son grand lit. Ses lèvres se pressaient contre les siennes, ses mains la touchaient…

— Noémi ? Ça va ?

— Je… Euh… Oui, oui, bredouilla-t-elle, chassant ses pensées érotiques.

— Oh ! tu as pensé que je te proposais de…

Il éclata de rire, ce qui la vexa terriblement. L'idée de faire à nouveau l'amour avec elle était-elle si absurde ? Ses yeux s'embuèrent sous l'effet de l'émotion. Avant d'être enceinte, elle n'était pas si sensible. Elle cligna des yeux à plusieurs reprises.

— Hé, je suis désolé si je t'ai froissée, dit Max avec douceur. Tu sais à quel point j'aime faire l'amour avec toi. Je pensais que c'était clair, mais si tu as besoin que je te le prouve de nouveau...

— Non !

La réponse était venue trop vite et trop fort. Ils savaient tous les deux qu'elle mentait.

— Je... Je suis juste un peu émotive en ce moment.

— J'ai lu que cela arrivait chez les femmes enceintes.

Noémi fut touchée d'apprendre qu'il s'était renseigné. Elle tâcha de se ressaisir.

— Tu ne m'as toujours pas dit ce que tu avais en tête pour ce soir.

— C'est une surprise.

Le serveur leur apporta un superbe pot-au-feu, qui sentait délicieusement bon. Ils le dégustèrent en échangeant des propos banals. Très vite, Noémi fut rassasiée. Elle reposa ses couverts.

— Je suis désolée, je n'ai plus faim.

— Un peu de jus de raisin pétillant avec le dessert ?

Elle sourit de sa prévenance.

— Du jus de raisin ? Tu penses vraiment à tout, on dirait !

— Non, mais j'essaie. Je veux que tu profites de ton séjour en Ostanie.

Il se leva et lui tendit la main.

— Bon, le dessert peut attendre. Allons-y !

Max l'avait entraînée vers l'arrière du palais. Il s'arrêta devant la porte qui donnait sur les jardins intérieurs. Sur une chaise était posée une grande boîte blanche. Max s'en saisit et la tendit à Noémi.

— Ouvre !

Elle retira le ruban doré et souleva le couvercle. À l'intérieur se trouvait une paire de patins à glace blancs. Elle leva la tête vers lui, ébahie et touchée.

— Tu m'as acheté des patins ?

— Tu les aimes ?

— Je les adore !

Il posa les yeux sur sa robe et fit la grimace.

— Comme il fait froid, dehors, tu devrais peut-être aller te changer…

— Je reviens tout de suite.

Noémi regagna sa chambre. À peine avait-elle refermé la porte que son téléphone portable se mit à sonner. Elle envisagea d'ignorer l'appel tant elle avait hâte de retrouver Max, mais elle vit sur l'écran que c'était son frère Léo. Ils échangèrent quelques nouvelles, mais quand elle lui demanda s'il comptait toujours passer Noël en famille à Mont-Cœur, il resta silencieux. La gorge de Noémi se serra.

— S'il te plaît, Léo. C'est vraiment important pour moi. Je veux apprendre à te connaître. Nous sommes une famille et nous devrions passer notre premier Noël ensemble.

— Si c'est si important pour toi, alors d'accord.

— Oh ! merci ! Merci mille fois !

Après avoir raccroché, elle se changea rapidement et fila retrouver Max, excitée. Ils enfilèrent chacun leur manteau et sortirent. Noémi remarqua alors que la patinoire était éclairée par des centaines de lumières blanches scintillantes. Elle ne se souvenait pas avoir remarqué ces lumières auparavant. Elles se reflétaient sur la glace, et la neige, sur les côtés de la patinoire, semblait faite de millions de diamants étincelants. C'était magique, féerique ! Romantique, même, comme le dîner…

Elle se tourna vers Max, ravie.

— Tu as fait tout ça ?

— J'ai remarqué à Mont-Cœur que tu aimais les éclairages de Noël.

— Je les adore !

Ils s'installèrent au bord de la patinoire et enfilèrent leurs patins. Max s'agenouilla devant elle et s'assura que ses patins étaient bien lacés. Quand il se leva, il lui tendit la main pour l'aider à se mettre debout.

— Allez, je vais te montrer comment patiner.

Max commença à marcher sur la glace. Qu'est-ce qui lui faisait croire qu'elle ne savait pas patiner ? Noémi faillit dire quelque chose, mais décida de jouer le jeu. Et puis elle appréciait le contact de ses mains et la proximité de son corps.

— Ne t'inquiète pas, lui dit-il, je te tiens. Je ne te laisserai pas tomber.

— Tu n'as pas à faire ça...

— J'en ai envie. Il y a tant de choses que je veux partager avec toi !

Parlait-il toujours de patinage ? se demanda Noémi.

— Je suis d'accord, répliqua-t-elle avec un sourire en coin.

— Tu te sens bien sur les patins ?

— Tu veux vraiment me montrer, n'est-ce pas ?

— Oui. On va y aller doucement. Fais un pas. Un autre pas. Et puis glisse !

Elle suivit les conseils de Max. Elle pouvait clairement l'imaginer comme un père patient et doux avec leur enfant. Ils patinèrent lentement durant la première boucle, puis Max accéléra un peu.

— Tu t'en sors bien, assura-t-il. Au lieu d'être prince, je devrais peut-être devenir moniteur de patinage.

— Tout le monde rêve de prendre un cours de patin à glace avec un prince ! s'exclama Noémi en riant.

— Je n'en suis pas sûr...

Il s'était assombri tout à coup. Cet homme en apparence inébranlable douterait-il de lui-même ?

— Tu es un homme étonnant, Max, affirma-t-elle avec sérieux. Tu es attentionné, doux et fort. Ce pays a de la chance de t'avoir.

— Et toi ? Tu te sens chanceuse de m'avoir dans ta vie ?

— Oui, j'ai de la chance, répondit-elle sans hésiter, sincère. Et notre bébé aussi.

Max resta silencieux quelques secondes. On n'entendait plus que le crissement des lames sur la glace.

— Tu veux essayer toute seule ? proposa-t-il.

— OK !

Cela faisait quelques années que Noémi n'avait pas patiné, mais tout lui revint très vite. Elle dépassa Max, grisée par la sensation de vitesse et l'air frais sur son visage. Au bout de quelques minutes, elle se rendit compte que Max s'était arrêté et l'observait. Elle patina en arrière jusqu'à lui, dessina une boucle et stoppa. Il ne put masquer sa surprise.

— Tu sais patiner, on dirait…

— Depuis que je suis toute petite.

— Tu m'as laissé me ridiculiser avec mon cours pour débutante…

Elle rit devant sa mine déconfite.

— Pas du tout. Tu étais tellement adorable ! Je… Je n'ai pas voulu gâcher le moment. J'espère que tu n'es pas fâché.

— Qu'est-ce que j'ignore d'autre à ton sujet ?

— Mes parents aimaient beaucoup passer des vacances à Mont-Cœur. Ils adoraient le ski, mais ils ont toujours encouragé ma passion pour le patin à glace.

Parler de ses parents l'emplit soudain d'une profonde tristesse nimbée de regrets. Les évoquer lui rappelait en général une foule de bons souvenirs, mais leur dernière conversation n'en était pas un, hélas…

Max prit ses mains dans les siennes.

— Qu'est-ce qui ne va pas ? demanda-t-il d'une voix inquiète.

Ils s'assirent sur le banc qui jouxtait la patinoire.

— Tu peux tout me dire, tu sais…

Elle laissa son regard se perdre au milieu des lumières scintillantes.

— Quand j'ai appris que j'étais enceinte, je ne savais pas comment te contacter. Je me suis rendue au siège de Cattaneo Jewels, à Milan, et, n'ayant personne vers qui me tourner, j'ai tout dit à mes parents. Ils ne l'ont pas bien pris. Ils m'ont fait sentir que… que je les laissais tomber, que je les décevais. C'était horrible !

— Je suis désolé. J'aurais dû être là. Je n'aurais jamais dû te quitter ce matin-là sans prendre ton numéro. Si je pouvais remonter le temps et changer les choses, crois-moi, je le ferais.

— Moi aussi.

D'un mouvement vif, Max baissa la tête vers elle et lui effleura les lèvres. Ce fut un baiser furtif, mais il fut comme un baume au cœur pour Noémi.

— Pendant que j'étais dans les bureaux de Cattaneo Jewels, une secrétaire m'a remis une lettre. Je ne le savais pas à l'époque, mais elle ne m'était pas destinée. Elle était destinée à ma mère, et nous avons les mêmes initiales. Bref, je l'ai ouverte. Mon frère Léo écrivait à ma mère qu'il acceptait de rencontrer ses parents biologiques. C'est ainsi que j'ai appris que j'avais un autre frère.

— Ça a dû être un sacré choc !

— Dévastateur. Je déteste l'admettre, mais je ne l'ai pas très bien pris. Je ne comprenais pas comment mes parents pouvaient nous avoir caché, à Sebastian et moi, quelque chose d'aussi important.

Noémi s'interrompit, le temps de contrôler ses émotions. Elle avait malgré tout encore une boule dans la gorge lorsqu'elle reprit :

— Quand j'ai apporté la lettre à mes parents et que je leur ai demandé de s'expliquer au sujet de Léo, nous nous sommes disputés. Je ne comprenais pas comment ils avaient pu être si durs avec moi, alors que ma mère était également tombée enceinte par accident et qu'ils avaient confié leur bébé à l'adoption parce qu'ils étaient trop jeunes à l'époque pour pouvoir l'élever.

— Noémi, tu n'es pas obligée de continuer si c'est trop difficile, lui dit gentiment Max.

Elle poursuivit néanmoins. Raconter lui faisait du bien, même si c'était dur. Une larme glissa sur sa joue.

— Je leur ai dit que je ne voulais plus jamais leur parler. Et… Et quelques jours plus tard, ils sont morts dans un accident d'hélicoptère en allant voir Léo. Je ne pourrai jamais retirer mes paroles… Jamais leur dire que je suis désolée… Que je les aime, acheva-t-elle, la voix brisée.

— Chut…

Max la serra contre lui en une étreinte protectrice.

— Tes parents savaient que tu ne le pensais pas, reprit-il. Ils t'aimaient. Ils voulaient retrouver leur autre fils parce que le lien avec un enfant est plus fort que tout. Ils sont morts unis dans l'amour qu'ils se portaient et portaient à leur famille. Et c'est ce que je veux : unir notre famille.

Puis, sans un mot de plus, Max l'embrassa avec délicatesse. Le cœur de Noémi battait fort dans sa poitrine. Là, sous le ciel étoilé et les lumières féeriques, un prince l'embrassait. Ce devait être un conte de fées.

Lorsqu'il approfondit leur baiser, elle cessa de penser aux raisons pour lesquelles leur histoire était impossible. En cet instant, plus rien ne semblait impossible.

— Attends-moi là cinq minutes, dit-il après s'être écarté d'elle.

Puis il changea de chaussures et disparut sans que Noémi ait le temps de réagir.

Max la tenait par la main et l'entraînait à sa suite dans les couloirs du palais.

— Où allons-nous ? demanda-t-elle.

— Surprise !

Noémi ne put s'empêcher de sourire. Être avec Max la rendait heureuse, elle voulait que ces moments durent encore et encore. Elle s'arrêta, obligeant Max à en faire de même.

— Cette soirée a été incroyable. Et... Je ne veux pas qu'elle se termine.

Elle se hissa sur la pointe des pieds et posa les lèvres sur celles de son superbe prince. Le baiser, léger, contenait des milliers de promesses.

— Rassure-toi, dit-il d'une voix rauque, elle n'est pas encore finie.

Il lui prit la main et la mena jusqu'à la porte de sa chambre. Après ce qu'il venait de lui dire, il ne voulait tout de même pas qu'elle aille se coucher, si ?

— Nous n'avons pas encore pris le dessert, chuchota-t-il avec un ton de conspirateur.

Il ouvrit la porte et s'effaça pour la laisser entrer en premier. Les lumières étaient tamisées. Une petite table supportait deux longues bougies aux flammes vacillantes, un bol rempli de fraises dodues, un autre de crème fouettée, un seau à glace avec une bouteille et deux flûtes.

Max s'approcha d'elle.

— J'espère que tu aimes les fraises...

Elle aimait surtout qu'il se soit donné tant de mal pour elle. Elle prit une fraise, la trempa dans la crème fouettée et la tendit à Max. Il la croqua et l'avala. Puis il fit la même chose pour elle, mais Noémi bougea et de la crème fouettée s'étala à la commissure de ses lèvres. Max se pencha en avant et lécha la crème fouettée. Ensuite, du bout de la langue, il fit le tour de ses lèvres. Noémi gémit. Cela allait être la meilleure nuit de sa vie...

15

Noémi se réveilla avec le sourire. Sa main se déplaça vers l'autre côté du lit. Vide. Et l'oreiller était froid. Mais l'empreinte de Max était toujours là. Et quand elle se retourna, elle put encore sentir son odeur enivrante entre les draps.

Elle se saisit de son téléphone. Il était plus de 9 heures. Elle avait fait la grasse matinée. Pas étonnant que Max ne soit pas là. Elle avait rendez-vous avec la mère de Gemma pour déjeuner au village, puis visiter le Jardin botanique, décoré pour Noël.

Elle se glissa hors du lit et se précipita sous la douche. Elle était certaine d'avoir manqué le petit déjeuner, mais elle espérait pouvoir grignoter quelque chose pour patienter jusqu'au déjeuner. Sa grossesse lui donnait bon appétit, avait-elle remarqué.

Elle enfila une paire de leggings et un long haut fluide. Lorsqu'elle revint dans la chambre, Max était assis à la table, sur laquelle était posé un plateau avec des viennoiseries, du jus d'orange et du thé. Il leva la tête du dossier qu'il était en train de compulser.

— Bonjour, beauté. Je voulais m'assurer que tu aurais quelque chose à manger.

— Merci, dit-elle en souriant. Pourquoi tu ne m'as pas réveillée ?

— Tu dormais si profondément.

Elle se pencha en avant et lui déposa un baiser sur les lèvres. Lorsqu'elle s'assit en face de lui, elle remarqua qu'il avait l'air inquiet.

— Qu'est-ce qui ne va pas ?

— Je ne peux pas passer la journée avec toi, soupira-t-il. Je suis désolé.

— Ce n'est pas grave. Mais tu pourras quand même venir avec moi chez le médecin ce soir, n'est-ce pas ?

— Rien ne pourrait m'en empêcher !

— Alors, arrête de culpabiliser ! Tu seras là pour le moment le plus important de la journée.

— Être avec toi est important, aussi. Je t'ai demandé de venir ici pour que nous puissions passer plus de temps ensemble et je dois encore te laisser tomber.

— Ne t'inquiète pas, le rassura-t-elle en souriant. Je vais bien. Je vais *très* bien. En fait, j'ai des projets pour aujourd'hui.

Elle lui expliqua ce qu'elle avait prévu de faire. Max se montra un peu déçu, car il avait dans l'idée d'emmener Noémi au Jardin botanique.

— Je comprends que tu ne puisses pas y aller, mais tu vas me manquer quand même.

— Nous nous retrouverons bientôt.

Il se pencha et pressa les lèvres contre les siennes. Le cœur de Noémi battait comme lors de leur premier baiser. Quelque chose lui disait que peu importait le nombre de fois qu'il l'embrasserait, ce serait toujours spécial, comme la première fois.

Mais que se passerait-il lorsque ce séjour prendrait fin ?

Toute la journée, Max fut assailli par des images torrides de Noémi. Il l'embrassait, serrait contre lui son corps nu de déesse. Leur nuit ensemble avait été encore meilleure que la première fois. Plus intense. Plus débridée. Plus tendre. Elle avait comblé encore un peu la distance qui les séparait. Max était encore plus déterminé à faire d'elle sa princesse.

Et puis, il y avait ce ventre qui s'arrondissait. Assis dans la salle d'examen du cabinet médical tandis que le Dr Roussel appliquait du gel sur l'abdomen de Noémi, Max était rempli d'un sentiment d'admiration et d'amour inconditionnel pour ce bébé. Soudain, il comprenait vraiment qu'il allait devenir père, dans quelques mois seulement.

Que se passerait-il lorsque Noémi retournerait à Mont-Cœur ? Ils se rapprochaient chaque jour un peu plus, mais cela suffirait-il à la convaincre de rester ? Comment la persuader que ça pouvait coller, entre eux ? Qu'il ferait tout ce qu'il fallait pour la rendre heureuse ?

Le Dr Roussel était l'obstétricien de la famille royale depuis si longtemps qu'il avait mis au monde Max et son frère. Cela attestait sa discrétion. Cependant, l'homme était du genre à rester à la pointe de la technologie, voilà pourquoi Max lui faisait confiance pour s'occuper de Noémi et de leur bébé.

Le praticien commença à passer son appareil sur le ventre de sa patiente. Max avait les yeux rivés sur le moniteur. La main de Noémi se retrouva dans la sienne sans qu'il comprenne comment.

— Voilà votre bébé ! annonça le Dr Roussel, un doigt pointé sur l'écran.

Max retint son souffle. Cette petite tache blanche était son fils ou sa fille. Il ne dirait plus jamais qu'il ne croyait pas aux miracles. Il regarda Noémi droit dans les yeux.

— Tu pleures ? s'étonna-t-il, attendri.

— Toi aussi, tu pleures.

Il ne s'en était même pas rendu compte. Des larmes de joie et d'émotion.

— C'est la tête, marmonna le médecin comme s'il se parlait à lui-même. Et ça, c'est la colonne vertébrale. Et…

La voix du médecin s'éteignit dans un froncement de sourcils. Il plissa les yeux, comme s'il étudiait l'image avec plus d'intensité. Il déplaçait sa petite caméra sur le ventre de Noémi sans plus rien dire. Ce silence commençait à inquiéter Max. Il observa Noémi : sur son visage, l'angoisse avait remplacé la joie. Max était incapable de parler. Il priait en silence pour que leur bébé soit en bonne santé.

— Quelque chose ne va pas ? demanda finalement Noémi d'une voix blanche.

— Tout va bien, dit le Dr Roussel en souriant. Votre bébé est en bonne santé. Je vérifie juste quelque chose… Oui, c'est ce que je soupçonnais.

— Quoi ? demanda Max, en fixant le moniteur, pas rassuré du tout.

Le Dr Roussel posa le doigt au milieu du moniteur.

— Juste là.

— Qu'est-ce que c'est ? demanda Noémi d'un ton anxieux.

— Ce sont vos jumeaux, très chère.

— Des... Des jumeaux ? ! s'exclama Max.

Il avait le vertige. S'il n'avait pas été assis, sans doute serait-il tombé à la renverse.

— Oui, répondit le médecin. Je vais allumer le haut-parleur.

Un battement de cœur emplit la pièce, et Max perçut en effet un second battement, plus doux. Le Dr Roussel leur assura que c'était normal.

Le visage de Noémi était baigné de larmes. Max se pencha vers elle et l'embrassa doucement sur les lèvres.

— Tu es incroyable..., murmura-t-il.

— Pouvez-vous nous dire le sexe des bébés ? demanda Noémi.

— Pas encore, c'est trop tôt, dit le praticien en essuyant le gel de son abdomen. Sans doute lors de votre prochain rendez-vous.

Max avait l'impression d'être dans un rêve. C'était à la fois très réel et complètement irréel. Beaucoup de choses se bousculaient dans son esprit. Il devait annoncer la nouvelle à sa famille, mais aussi informer Noémi que l'état de santé de son père s'était dégradé.

Il lui dirait tout, décida-t-il. Bientôt.

Le lendemain matin, Max se retrouva coincé dans une autre réunion du cabinet royal. Tout ce qu'il avait prévu de faire avec Noémi tombait à l'eau. Mais il ne pouvait pas tourner le dos à ses responsabilités. Tout le cabinet était présent à la réunion, y compris Tobias. La seule chaise vide était celle de son père.

— Altesse ?

Un conseiller royal le regardait par-dessus ses lunettes. Max avait perdu le fil du débat sur l'économie du pays.

— Quel est l'avis de mon frère ?

— Votre père étant absent à cause de son traitement médical, son héritier doit prendre la décision.

— Et nous savons tous que c'est Tobias, répliqua Max.

— En sommes-nous sûrs ? intervint le doyen des conseillers.

Un grand froid envahit Max. *Le vieil homme savait.* Son regard se déplaça d'un conseiller à l'autre. Il eut alors la certitude que tous savaient que Noémi était enceinte.

Mon Dieu... Ce n'était pas bon, pas bon du tout. Il n'y avait qu'une explication à cette situation. Max posa un regard accusateur sur son frère. Celui-ci se racla la gorge.

— Je dois parler en privé avec mon frère. Pouvez-vous nous laisser seuls quelques instants, s'il vous plaît ?

Les conseillers obtempérèrent. Une fois tout le monde sorti dans le couloir et la porte refermée, Tobias se tourna vers Max.

— Tu dois leur dire à propos du bébé. Et que tu es redevenu l'héritier légitime du trône.

Max secoua la tête.

— Non.

— Max...

— J'ai dit non ! Ce n'est pas le bon moment. Noémi n'est pas prête. Elle est encore en train de s'habituer à l'idée que nous allons être parents, que je suis prince d'Ostanie, que nous allons avoir des jumeaux.

— Des jumeaux ? s'exclama Tobias, l'air ravi. C'est génial ! Deux bébés à gâter au lieu d'un.

— Tobias ! le refroidit-il d'un ton sévère.

— Euh... Oui, je... J'ai quelque chose à avouer, commença son frère, qui avait au moins la décence d'avoir l'air coupable. Le cabinet est au courant.

— C'est bien ce qu'il m'a semblé, en effet..., ironisa Max en fusillant Tobias du regard.

Il avait attendu le bon moment pour annoncer la nouvelle, et ce n'était pas encore le bon moment. Mais le mal était fait. Et il pouvait aider à gérer le pays. Il pouvait alléger le fardeau qui pesait sur son père et son frère. Il parlerait à Noémi plus tard.

Noémi ne tenait plus en place, surexcitée. Elle devait trouver Max. Elle ne pouvait pas attendre. Pour la première fois, les bébés avaient bougé ! C'était l'expérience la plus incroyable qui soit. Et elle avait besoin de partager la nouvelle avec Max.

Dès qu'elle croisait quelqu'un dans le palais, elle lui demandait où se trouvait le prince. Finalement, un majordome la renseigna.

Chemin faisant, elle songea avec bonheur que Max et elle étaient de plus en plus proches. Elle pouvait lui parler de tout, et il l'écoutait. Il n'était pas loin d'être l'homme parfait, réfléchi et attentionné, en plus d'être intelligent et drôle. Sans parler de ses qualités d'amant… Son cœur battait plus vite à l'idée qu'il pourrait jouer un rôle plus important et plus romantique dans sa vie.

Elle comptait l'inviter à revenir à Mont-Cœur pour Noël. Elle voulait qu'il rencontre ses frères. Elle savait que ces vacances ne s'annonçaient pas comme les plus détendues de sa vie, et qu'elle se sentirait beaucoup mieux si Max était à ses côtés.

En arrivant au bout d'un couloir, des voix d'hommes qui résonnaient lui parvinrent depuis la gauche. Elle jeta un coup d'œil. Un groupe d'une petite dizaine de personnes discutait devant les hautes fenêtres. Elle allait s'avancer vers eux quand un des hommes prononça le nom de Max. Noémi se dissimula derrière le grand palmier en pot disposé à l'angle des deux couloirs. Quelque chose lui semblait bizarre.

— Le prince Maximilien a dit au prince Tobias que nous devions attendre quelques semaines avant le test de paternité. Une fois qu'elle sera confirmée, nous pourrons organiser la succession et l'accession au trône du prince Maximilien. L'histoire reprendra son cours normal.

— Le prince est-il certain que c'est son bébé ? demanda un autre homme.

— Il a dit qu'il avait besoin du test pour être sûr. Le plus tôt sera le mieux.

Le cœur de Noémi sombra. Sa parole n'avait pas suffi à Max. Elle s'adossa au mur tant ses jambes tremblaient.

Depuis le début, Max doutait.

Une fois de plus, on ne tenait pas compte de ce qu'elle disait.

Elle avait l'impression que son cœur se déchirait en deux. Jamais elle ne s'était sentie aussi dévastée, aussi en colère. Des larmes lui montèrent aux paupières. Elle les chassa en clignant des yeux. Elle ne devait pas céder à ses émotions maintenant. Elle avait des choses à faire. Elle ne pouvait pas rester ici si on ne la croyait pas.

Elle entendit une porte s'ouvrir.

— Messieurs, continuons la réunion. Mon frère et moi aimerions discuter de la meilleure façon de procéder une fois que nous aurons les résultats du test.

C'était la voix de Max. Et il venait de confirmer cette histoire de test. La gorge serrée, elle demeura immobile. Elle ne pouvait pas l'affronter maintenant. Elle avait peur de dire quelque chose de définitif. Et ce qu'elle ressentait en cet instant importait peu : elle devait penser à ses bébés.

Quand la porte se referma, Noémi poussa un long soupir. C'était comme si elle se réveillait d'un rêve pour replonger dans une réalité violente et hostile.

Les baisers, les regards brûlants, les caresses sensuelles : tout cela était-il juste un stratagème ? Une mise en scène ? Ne ressentait-il rien pour elle ? N'avait-il durant tout ce temps pensé qu'au pouvoir ?

Elle se força à ralentir l'allure. Elle ne voulait pas que l'on puisse penser en la croisant que quelque chose n'allait pas.

Et pourtant, elle ne s'était jamais sentie aussi mal...

La réunion avec le cabinet avait été longue et parfois houleuse. En fin de compte, il valait mieux que la nouvelle de l'existence des jumeaux soit connue. Désormais, il pouvait remplacer son père, qui venait de commencer sa dialyse, et soulager son jeune frère de son stress.

Il était maintenant temps qu'il parle à Noémi. Tout ce qui avait été décidé avec le cabinet royal dépendait d'un test de paternité. Si elle refusait, Tobias redevenait l'héritier du trône, ce qui serait injuste pour lui et pour Max.

Mais d'abord, il avait besoin d'un câlin et d'un long baiser tentateur. À la perspective de tenir Noémi dans ses bras, il grimpa les marches deux à deux.

Lorsqu'il tapa à la porte de sa chambre, il n'obtint pas de réponse. Après trois essais infructueux, il ouvrit la porte et entra. Noémi n'était pas là. Il s'apprêtait à ressortir de la pièce quand il avisa une enveloppe posée sur la table de nuit. Son prénom y était inscrit. Un mot d'amour ? L'idée lui plaisait. Jamais personne ne lui avait écrit un mot d'amour. Décidément, Noémi avait été à l'origine de beaucoup de premières dans sa vie.

Max,

Je suis retournée à Mont-Cœur. Je sais que tu as parlé à tout le monde des jumeaux. C'est inacceptable. Tu ne penses qu'à toi et à ton intérêt, pas à ce qu'il y a de mieux pour moi ou nos bébés. Je refuse d'être spectatrice de ma propre vie et de celle de nos jumeaux.

Ne me suis pas, s'il te plaît. J'ai besoin de temps pour réfléchir.

Certains mots étaient tachés, comme si des larmes avaient maculé l'encre.

Comment cela avait-il pu arriver… ? Et comment avait-elle su, alors qu'il venait d'apprendre que son frère avait ébruité l'information auprès des membres du cabinet royal ? Tobias avait-il dit quelque chose devant un employé du palais ? Ils étaient généralement discrets.

La manière dont elle l'avait appris importait peu, après tout. Ce qui comptait, c'était la façon dont il allait récupérer Noémi. S'il pouvait lui parler, tout lui expliquer, elle comprendrait, n'est-ce pas ?

16

Ce matin-là, le soleil brillait au-dessus du décor féerique de Mont-Cœur. Cela ne suffisait pas à réconforter Noémi, qui avait à peine fermé l'œil de la nuit.

Elle ne fit pas l'effort d'allumer les éclairages de Noël dans le chalet familial. Elle n'était pas d'humeur à être joyeuse.

Elle ne parvenait pas à croire qu'elle s'était autant trompée sur Max. Elle le pensait gentil, loyal, attentionné, et que les magazines people renvoyaient une fausse image de lui. Comme elle s'était trompée !

La sonnette de la porte d'entrée la fit sursauter.

Quand elle était arrivée la veille au soir, aucun de ses frères n'était là, ce qui était normal à une semaine de Noël. Peut-être Léo était-il arrivé plus tôt. Après tout, c'était désormais aussi son chalet… Tant mieux, ce serait aussi bien de ne pas rester seule dans l'immense maison.

Elle ouvrit la porte et les mots de bienvenue lui restèrent collés au palais.

Max se tenait là, des roses rouges à la main. S'il s'imaginait que des fleurs allaient régler le problème, il se trompait !

— Tu n'as rien à faire ici.

Noémi essaya de refermer la porte, mais Max avait coincé son pied dans l'embrasure.

— Tu ne veux même pas m'écouter ?

Elle leva les yeux au ciel, lâcha la porte et gagna le salon. Peut-être était-il préférable de tout mettre à plat maintenant. Elle entendit la porte se refermer, puis des pas s'approcher. Elle se déplaça à l'autre bout de la pièce, pivota et croisa les bras.

— Je… Euh… Je t'ai apporté ça.

Max lui tendit les roses. Elle n'esquissa pas un geste pour les prendre. Il les posa sur la table basse. Il chercha son regard. Elle ne se déroba pas : elle n'avait rien fait de mal.

— Tu ne dis rien ? demanda-t-il.

— Je t'ai dit que j'avais besoin de temps et tu es quand même venu jusqu'ici. C'est à toi de parler.

Max enleva son manteau et se frotta la nuque.

— Tu n'aurais pas dû t'enfuir. Si tu avais attendu et parlé avec moi, on aurait pu tout arranger.

— Non, on n'aurait pas pu.

— Tu réagis de façon excessive.

— Je sais ce que j'ai entendu, déclara-t-elle froidement.

Il leva les mains en signe de reddition et s'assit sur le canapé.

— Je ne suis pas venu ici pour me battre avec toi.

— Alors pour quoi ?

— Pour te dire que je veux que tu…

Il s'arrêta, secoua la tête puis reprit :

— Je suis venu te demander d'être à mes côtés quand je monterai sur le trône.

Pas de « je t'aime » ou de « je suis désolé ».

— Je ne veux pas que nos enfants servent de monnaie d'échange pour te faciliter l'accès à la couronne.

— Ce n'est pas le cas ! s'emporta-t-il, l'air indigné. Il s'est passé beaucoup de choses au palais, des choses que je ne t'ai pas dites. Il est important de faire un test de paternité pour que je puisse assumer ma position d'héritier du trône.

— Tu ne m'écoutes pas. Il ne s'agit pas que de toi. Il y a aussi les bébés et moi à prendre en compte. À moins que nous ne comptions pas…

— Bien sûr que si ! Et si tu me laissais une chance de parler, tu comprendrais l'importance du test.

Il était tellement concentré sur son satané trône et son fichu test qu'il ne l'écoutait pas. Il agissait de la même manière que sa famille, faisant d'elle une partenaire silencieuse ; or cette fois, ce n'était pas dans la gestion de l'entreprise, mais dans celle de sa propre existence. Comment avait-elle pu ne pas voir cela avant ?

Seigneur, il était tellement douloureux de penser à l'avenir commun qu'ils n'auraient pas...

— Sais-tu ce qui fait le plus mal ? C'est qu'après la perte de mes parents, je pensais avoir enfin trouvé quelqu'un sur qui je pouvais compter. Quelqu'un sur qui m'appuyer. Quelqu'un qui m'écouterait.

— Tu l'as trouvé. Je suis là pour toi, affirma-t-il d'un ton implorant.

— Pas alors que ton seul objectif est de devenir roi. Maintenant, pars s'il te plaît.

Max se leva. Il la fixa longuement, sa bouche s'ouvrit mais aucun mot n'en sortit. Puis il attrapa son manteau et partit.

Noémi ne savait pas si elle devait être soulagée qu'il soit parti sans se battre ou blessée qu'il ait abandonné si facilement...

Assis au volant de sa voiture de location, Max n'arrivait pas à se décider à mettre le contact pour regagner la suite qu'il occupait dans le meilleur hôtel de Mont-Cœur.

Pas question d'abandonner.

Cette ténacité était nouvelle pour lui. Après son cancer, il avait lâché prise. Et pourtant, il avait guéri. Quand on lui avait dit qu'il ne pourrait pas avoir d'enfants, il avait quitté l'Ostanie. Mais cette fois-ci, alors que les choses n'allaient pas dans son sens, que Noémi lui tenait tête, il refusait d'abandonner. Il refusait de fuir.

Il réalisa à quel point il voulait prendre ses responsabilités, aider son pays. Et à quel point il voulait Noémi, fonder une famille avec elle. Il était déchiré entre deux désirs différents. Et s'il devait choisir... Eh bien, il ne pouvait pas vivre sans Noémi et les jumeaux. Donc s'il le fallait, il renoncerait au trône.

Il sauta hors de son 4x4 et se précipita vers la porte du chalet. Il devait dire à Noémi qu'il l'avait choisie. Qu'il la choisirait toujours. Qu'il l'aimait. C'était la première fois qu'il était assez courageux pour se l'avouer. Et rien n'était plus vrai : il aimait Noémi et leurs bébés avec tout son cœur.

Il appuya sur la sonnette. Une deuxième fois. Une troisième. Elle n'ouvrit pas.

— Noémi ! Noémi ! Noémi, s'il te plaît. Il faut qu'on parle.

Il fit une pause et attendit. Rien. Pourtant, il avait l'impression qu'elle l'écoutait de l'autre côté de la porte.

— Noémi, s'il te plaît, ouvre ! Je t'ai...

Il fut interrompu par le bruit du verrou. Il fit un pas en arrière : il ne voulait pas la bousculer. Et puis la porte s'ouvrit.

Noémi se tenait là. Silencieuse. À sa grande surprise, elle ouvrit la porte. Il la suivit jusqu'au salon. Elle s'assit et il l'imita, en laissant un espace respectable entre eux. Il ne put s'empêcher de remarquer que les éclairages de Noël étaient toujours éteints. Il savait à quel point elle les aimait. Cela lui disait qu'elle non plus n'allait pas bien.

Elle regardait fixement ses mains, qui s'agitaient nerveusement. Soudain, pris d'une impulsion, il s'agenouilla devant elle.

— Noémi, j'ai tout gâché. Je suis désolé.

— Vraiment ?

Il fit un signe de tête.

— Et je veux que tu saches que je n'ai pas parlé de ta grossesse aux membres du cabinet royal. Mais je l'ai dit à mon frère. Je sais que je n'aurais pas dû. Il était tellement bouleversé et effrayé quand il a appris à quel point notre père est malade. Je n'ai pas réfléchi, j'ai juste réagi. C'est lui qui a vendu la mèche.

— Attends, fit Noémi, les sourcils froncés. Qu'est-ce qui ne va pas avec ton père ?

Max lui parla du diabète de son père, des dommages causés à ses reins et de la transplantation indispensable qu'il attendait. Il eut l'impression que Noémi se radoucissait un peu.

— Tu as tout dit à ton frère pour le réconforter, pas parce que tu voulais reprendre ta place de prince héritier ?

— Je n'aurais jamais fait une chose pareille ! s'offusqua Max.

— Il n'en reste pas moins que les bébés sont ta clé pour le trône.

— J'ai beaucoup réfléchi. J'ai sondé mon cœur et mon âme. Je t'aime, acheva-t-il dans un souffle.

Les yeux de Noémi s'agrandirent. Elle semblait stupéfaite.

— Tu... Je... C'est vrai ?

— Oui. Et je ne veux pas vivre sans toi. J'ai pris une décision : si je dois choisir, je te choisis. Toi et nos bébés.

— Tu refuserais la couronne ? demanda Noémi, l'air suspicieux, comme si elle n'y croyait pas.

— Si c'est la seule façon de t'avoir dans ma vie, je le ferai sans hésiter.

Noémi avait du mal à parler. Elle ne s'entendait pas penser à cause des battements de son cœur. Tout s'embrouillait et dans le même temps s'éclaircissait. Max avait dit tout ce qu'il fallait dire.

Il l'avait choisie. Il la voulait. Il l'aimait.

— Je t'aime aussi, chuchota-t-elle en se rapprochant de lui.

Puis elle pressa les lèvres contre les siennes. Max l'attira sur ses genoux. Leur baiser devint plus fougueux. Noémi avait l'impression que son cœur allait éclater d'amour.

Lorsqu'ils s'écartèrent l'un de l'autre, elle posa la tête sur son épaule. Elle savait qu'ils ne pouvaient pas laisser les choses en l'état. Elle ne pouvait pas s'attendre à ce qu'il abandonne sa famille et son peuple pour elle. Très vite, ils seraient tous les deux malheureux.

— Je ne te demanderai jamais de renoncer au trône d'Ostanie. Tu es un vrai leader, attentionné, compatissant et déterminé. Tu feras un excellent roi. Mais je ne serai jamais plus une partenaire silencieuse. J'ai besoin de savoir que tu m'écouteras, que tu prendras mes opinions en considération.

— Je te le promets. Nous vivrons cette aventure ensemble et sur un pied d'égalité. Ce que tu dis compte pour moi, que ce soit sur notre relation, nos enfants ou la gestion du pays.

Noémi n'aurait jamais cru possible de ressentir autant de bonheur. Cet homme, l'homme de sa vie, était décidément étonnant. Incroyable.

— Comment puis-je avoir autant de chance ? murmura-t-elle.

— C'est moi qui ai de la chance.

Max se leva soudain du canapé.

— Reste là. Je reviens tout de suite, dit-il en se dirigeant vers le hall d'entrée.

Quelques secondes plus tard, il revint dans la pièce. Il souriait, un grand sourire qui illuminait ses prunelles. Il s'arrêta devant l'arbre de Noël et en alluma les guirlandes scintillantes.

— Max, qu'est-ce que tu fais ?

— Viens.

À présent, il avait une main derrière le dos et de l'autre lui faisait signe de le rejoindre. Noémi vibrait d'un mélange d'excitation et d'anticipation. Son pouls s'accéléra. Elle le rejoignit près du sapin. Alors, il s'agenouilla à ses pieds. Elle en eut les larmes aux yeux. Rêvait-elle ou cette scène se déroulait-elle vraiment ? Il prit sa main dans la sienne.

— Noémi, je t'aime. Je t'aime depuis le premier soir, quand je t'ai vue à l'autre bout de la pièce. Je n'ai jamais cru au coup de foudre, mais grâce à toi j'y crois, maintenant. Et je ne peux pas imaginer ma vie sans toi.

Elle tremblait des pieds à la tête. Max tendit la main qu'il avait gardée derrière le dos. Posée sur sa paume, une petite boîte de velours noir ouverte abritait une magnifique bague en saphir. Depuis sa visite du palais, Noémi savait qu'elle était aux couleurs royales de l'Ostanie.

— Noémi, veux-tu être ma partenaire, parce que nous déciderons ensemble de tout, mon amante, parce que je ne suis jamais rassasié de toi, et devenir ma femme, parce que je veux passer chaque jour de ma vie avec toi ?

Oh ! mon Dieu...

— Oui ! s'écria-t-elle sans hésiter, le visage baigné de larmes de joie. Oui, oui je le veux !

Alors, Max se leva et lui donna le plus voluptueux, le plus tendre, le plus beau des baisers.

17

Dans la grande salle du chalet des Cattaneo, le sapin scintillait et des chants de Noël jouaient doucement en arrière-plan. Le soir était tombé sur Mont-Cœur. Max avait allumé un feu, qui crépitait dans la grande cheminée, donnant à la pièce une lueur chaude.

Ses parents manquaient à Noémi. La famille était très importante pour eux ; aujourd'hui, c'était à elle de rassembler ses frères. Était-ce possible ? Qu'allaient-ils dire lorsqu'elle allait leur révéler la grande nouvelle ? Elle ne connaissait pas encore assez Léo, mais sans doute serait-il bienveillant ; Sebastian, c'était une autre histoire. Cette année les avait vus s'éloigner l'un de l'autre et depuis la mort de leurs parents, il n'était plus lui-même.

Max s'approcha d'elle. Il plaça l'index sous son menton et le leva jusqu'à ce que leurs regards se rencontrent.

— Pourquoi es-tu inquiète ? Tu as peur que tes frères ne réagissent pas bien à l'annonce de ta grossesse ?

— Sebastian et moi ne nous entendons pas très bien, ces derniers temps. Je... Je ne sais pas comment il va prendre la nouvelle.

— Ce serait plus facile pour toi de parler à tes frères si je n'étais pas là ?

Elle lui prit la main et la serra fermement.

— Je te veux ici, à côté de moi. T'ai-je dit dernièrement combien je t'aime ? demanda-t-elle en feignant le plus grand sérieux.

— Pas depuis un long moment. Presque une demi-heure !

— Comment ai-je pu être si négligente ? continua Noémi sur le même ton humoristique, avant de prendre une voix douce et sensuelle : Je te montrerai plus tard combien je t'aime...

— J'ai hâte !

Elle pressa les lèvres contre les siennes. Son cœur accéléra son rythme. Max était à la fois son meilleur ami et son amant. Il était sa première pensée le matin et sa dernière le soir. Si quelqu'un lui avait dit qu'elle pourrait être aussi heureuse, elle ne l'aurait jamais cru.

Quelqu'un s'éclaircit la gorge derrière elle. Elle s'écarta de Max et se retourna. Le regard sombre de Sebastian rencontra le sien. Elle ne pouvait pas lire ses pensées. Peut-être aurait-elle dû lui parler de Max *avant*...

— Sebastian, je te présente Max.

Après que les deux hommes se furent serré la main, Noémi comprit que son frère était seul.

— Où sont Maria et Frankie ?

Avant que Sebastian, visiblement embarrassé par sa question, ait pu lui répondre, on sonna à la porte. Sûrement Léo. Elle se précipita vers la porte et l'ouvrit. Son frère n'était pas seul. À côté de lui se tenait une superbe blonde au sourire chaleureux.

— Entrez ! Tu sais, Léo, tu n'as pas besoin de sonner à la porte. C'est aussi ta maison. J'espère qu'un jour, tu en auras l'impression.

— Merci.

Le regard de Léo se posa sur Sebastian et le sourire s'effaça de son visage. Pas prête à affronter la tension entre ses frères, Noémi se tourna vers la compagne de Léo et lui tendit la main.

— Salut. Je m'appelle Noémi. Je suis la sœur de Léo.

— Ravie de te rencontrer. Je suis Anissa. Léo est... euh... un ami.

— C'est ma petite amie, corrigea Léo.

Noémi aida la jeune femme à se débarrasser de son manteau, puis les précéda tous les deux dans le grand salon.

— Soyez les bienvenus.

La sonnette retentit de nouveau. Noémi jeta un coup d'œil à Sebastian par-dessus son épaule. Celui-ci se dirigea vers la porte. Noémi se joignit à la conversation qui commençait à se développer entre Léo, Anissa et Max, qui se présentèrent rapidement et posèrent des questions les uns sur les autres pour commencer à se connaître.

Noémi constata que Maria et Frankie, son neveu âgé de deux

ans, étaient arrivés. Cela lui fit chaud au cœur : ils lui avaient tant manqué ! Mais son frère et sa femme avaient une conversation feutrée dans le hall d'entrée et elle ne voulait pas s'immiscer. Elle espérait vraiment que ces deux-là seraient capables de recoller les morceaux.

Quand ils regagnèrent le salon quelques minutes plus tard, Noémi se précipita vers son amie et son neveu, un grand sourire aux lèvres.

— Coucou !

Elle embrassa rapidement Maria, puis elle s'agenouilla devant Frankie, qui semblait un peu apeuré par la présence de tous ces gens qu'il ne connaissait pas.

— Salut, Francesco ! Tu fais un câlin à tata Noémi ? Je suis si heureuse que tu sois là. Tu m'as manqué.

Après l'avoir serré dans ses bras, Noémi se redressa. Elle remarqua l'inquiétude qui se reflétait dans les yeux de son amie.

— Toi aussi, Maria, tu m'as manqué.

— On dirait que les choses vont bien pour toi, répliqua Maria en lorgnant Max.

Noémi ne réussit pas à retenir un immense sourire.

— Mieux que je n'aurais jamais pu l'imaginer.

— Je suis si heureuse pour toi !

Si le sourire de Maria était sincère, et Noémi n'en doutait pas, un voile de tristesse assombrissait malgré tout son regard.

Noémi s'approcha de Max. Il plaça le bras sur ses épaules, puis lui murmura à l'oreille :

— Tu es sûr de vouloir faire l'annonce maintenant ?

Elle lui sourit. Il savait à quel point elle était nerveuse face à Sebastian. Elle l'était d'autant plus que les relations entre Maria et lui ne semblaient toujours pas au beau fixe. Peut-être que lorsqu'il entendrait la nouvelle, il se détendrait un peu. Elle s'accrocha à cet espoir.

— Peut-être qu'Anissa et moi devrions vous laisser, dit soudain Léo, qui paraissait mal à l'aise.

— Certainement pas ! s'écria Noémi. Tu es mon frère, tout autant que Sebastian. Notre séparation a été une tragédie pour nos parents, et ils ont passé leur vie à essayer de la réparer. J'espère qu'à l'avenir, il n'y aura plus de distance entre nous. Parce que je vais avoir besoin de vous tous.

Ses frères lui lancèrent des regards inquiets.

— Ce n'est rien de grave, rassurez-vous ! Je… Je suis enceinte.

Le silence s'installa, comme si tout le monde digérait la nouvelle. Le cœur de Noémi battait la chamade.

— Nous allons avoir des jumeaux, ajouta-t-elle.

Sebastian fut le premier à s'approcher d'elle. Il avait le regard grave. Elle avait peur de ce qu'il allait dire.

— Tu es heureuse ? demanda-t-il, de la même manière que leur père l'aurait fait.

Elle lui sourit.

— Je n'ai jamais été aussi heureuse !

Il étudia son visage pendant un moment, comme pour s'assurer qu'elle lui disait la vérité. Puis il posa les mains sur ses épaules.

— Alors je suis heureux pour toi. Félicitations, petite sœur !

Il la prit dans ses bras et la serra très fort, ce qu'il n'avait pas fait depuis qu'ils avaient appris la mort de leurs parents. Cette fois-ci, c'était une bonne nouvelle qui les avait réunis.

Lorsque Sebastian recula, Léo s'avança vers elle.

— Je n'ai aucune idée de ce que sont les enfants, ni de comment devenir un oncle cool.

— Je suis certaine que tu vas trouver.

Elle l'étreignit. Léo ne bougeait pas. Il était raide. Noémi se dit qu'il allait résister, mais il se relâcha enfin et lui rendit son étreinte. Puis Noémi plaça sa main dans celle de Max et enlaça les doigts aux siens.

— Tu veux raconter la suite ?

— Tu t'en sors bien.

Elle était tellement heureuse, entourée de gens qu'elle aimait ! Elle n'avait besoin que de ça. Elle aurait voulu pouvoir se pincer pour s'assurer que tout cela était bien réel.

— D'abord, je vais vous présenter Max par son nom complet, à savoir Maximilien Steiner-Wolf, prince héritier d'Ostanie.

L'effet de surprise fut total pour tout le monde. Si le visage de Max était connu dans le monde entier, personne n'avait fait le rapprochement, car personne ne s'était attendu à le rencontrer ce soir. C'était étrange de le présenter comme un prince : il n'était que Max, pour elle. Elle espérait vraiment que son titre et sa position ne feraient pas de différence pour sa famille.

Noémi prit une grande inspiration, puis souffla lentement.

— Et il m'a demandé de l'épouser.

Maria poussa un cri de joie.

— Waouh ! Tu vas devenir princesse !

— Oui, acquiesça Max. La plus belle et la plus bienveillante des princesses. Je suis l'homme le plus chanceux du monde. Je vous promets que je ferai de mon mieux pour la rendre heureuse.

Le regard de Sebastian passa de Max à elle et d'elle à Max.

— Tu vas t'installer en Ostanie ?

Noémi hocha la tête.

— Vous serez toujours les bienvenus chez nous, intervint Max.

— Dans votre palais ? demanda Maria, l'air émerveillé.

— Oui, répondit Max. Et croyez-moi, il y a beaucoup de chambres d'amis.

— Mais nous serons ici pour Noël, précisa Noémi. Ce sera un Noël familial, comme maman et papa l'auraient souhaité.

Cela prendrait du temps, mais lentement, ils se rapprochaient, comme Nicole et Salvo Cattaneo, leurs parents, l'avaient toujours voulu.

Épilogue

Cinq mois plus tard, en Ostanie

— C'est un garçon !

Son nouveau-né dans les bras, Max entra dans la bibliothèque du palais, où le roi, la reine et son frère l'attendaient. Dans la pièce médicalisée installée non loin, Noémi venait d'accoucher du premier de leurs jumeaux.

Max ne pouvait pas s'empêcher de sourire. Il n'avait jamais été aussi heureux.

Tout le monde s'extasia sur le prince Leonardo Sebastian Steiner-Wolf, troisième dans l'ordre de succession au trône d'Ostanie.

— Il est absolument parfait ! déclara la reine, radieuse comme Max ne l'avait jamais vue.

Le roi allait beaucoup mieux après sa transplantation. Tobias, donneur compatible, avait donné un de ses reins à leur père.

— Comment va Noémi ? demanda la reine.

— Elle est épuisée et se repose avant que bébé numéro deux arrive. C'est une vraie battante !

— Excusez-moi…, fit une voix depuis le seuil.

Toutes les têtes se tournèrent vers l'infirmière qui venait d'entrer.

— Je voulais juste informer Son Altesse le prince Maximilien que le second bébé est sur le point de faire son entrée dans le monde.

Max se rua hors de la bibliothèque. Il ne parvenait pas à croire à sa bonne fortune. Durant une longue période de sa vie, il ignorait s'il allait vivre ou mourir. Et maintenant, il avait l'épouse la plus merveilleuse du monde et, au lieu d'être stérile comme on le lui avait annoncé, il était père de jumeaux. Cela prouvait que l'on ne savait jamais ce que nous réservait le destin. Il ne fallait jamais renoncer à croire que quelque chose de mieux, quelque chose d'incroyable pouvait survenir dans l'existence à n'importe quel moment.

Max entra dans la pièce. Noémi gémissait, en sueur. Il se précipita à son côté et lui prit la main. Il aurait tellement voulu qu'elle ne souffre pas ! C'était injuste. Mais elle ne se plaignait pas. Comme il l'admirait ! Elle était si courageuse.

— Tu t'en sors très bien, lui chuchota-t-il à l'oreille. Je t'aime.

Après quelques minutes de travail, un grand cri résonna dans la pièce. Le Dr Roussel souleva le bébé et sourit.

— Un autre petit prince ! Il est en pleine forme.

Les larmes brouillèrent la vue de Max. Il se tourna vers sa femme, qui avait elle aussi les larmes aux yeux.

— Tu fais de beaux bébés.

— *Nous faisons* de beaux bébés, corrigea-t-elle.

Il se pencha et lui déposa un baiser sur les lèvres. Son cœur s'était agrandi deux fois, ce jour-là. Jusqu'ici, il ignorait qu'il était possible d'aimer autant. Grâce à Noémi, il savait désormais que les miracles ne survenaient pas seulement dans les contes de fées.

SOPHIE PEMBROKE

Conquise par Sebastian Cattaneo

Traduction française de
ERWAN LARHER

HARLEQUIN

Titre original :
CEO'S MARRIAGE MIRACLE

Ce roman a déjà été publié en 2021

1

Maria serra un peu plus dans la sienne la petite main de son fils. Elle regardait fixement l'immense et luxueux chalet planté devant elle. Comment un endroit aussi familier pouvait-il dans le même temps lui sembler aussi étrange ? Elle avait passé tellement de Noëls et de vacances dans ce chalet familial des Cattaneo ! Elle avait commencé à venir à Mont Cœur bien avant que Sebastian et elle ne se marient et qu'elle ne devienne Maria Cattaneo. Elle s'appellerait de nouveau Rossi dès que le divorce serait prononcé…

À l'intérieur, des lumières scintillaient derrière les rideaux. Maria savait qu'un énorme arbre de Noël décoré de rouge et d'or se dressait dans le salon. Rien n'avait changé. Sauf elle.

— Maman ? demanda Frankie en levant les yeux, son petit visage presque caché par le capuchon de son anorak.

Il faisait froid et l'obscurité tombait ; elle devait le faire rentrer. Ce qui signifiait qu'il fallait frapper à la porte… Maria se força à sourire. Si Frankie ressentait son malaise, il se sentirait lui aussi mal à l'aise – il était déjà si sensible à seulement deux ans ! Cela ne ferait que compliquer encore un peu plus la situation.

Maria prit son fils dans ses bras et monta les marches menant à la véranda qui ceinturait le chalet. Puis elle prit une profonde inspiration et appuya sur la sonnette, en priant pour que ce soit Noémi qui vienne lui ouvrir. Ou n'importe qui d'autre que…

Sebastian.

Quand la silhouette musclée de son mari s'encadra dans l'ouverture, Maria fut persuadée que rien n'avait changé, qu'elle n'était jamais partie, qu'elle était toujours amoureuse de lui, qu'ils étaient heureux… Elle mit fin à ce moment de trouble d'un battement de paupières. Elle n'était plus heureuse, raison pour laquelle elle était partie.

Le bonheur était à des centaines de kilomètres, dans le petit cottage en bordure de la propriété de ses parents où Frankie et elle vivaient depuis douze mois. Il n'était pas ici, dans les Alpes suisses, et certainement pas avec Sebastian, quels qu'aient été ses rêves et espoirs de jeune femme amoureuse.

Car Sebastian Cattaneo ne pouvait pas lui donner ce dont elle avait besoin. Si elle avait pensé une seconde qu'il le pouvait, jamais Maria ne l'aurait quitté. Elle devait garder cette pensée à l'esprit pendant toute la visite, sinon son pauvre cœur déjà meurtri allait encore souffrir.

Lorsque Sebastian l'avait appelée et lui avait demandé de venir avec Frankie passer Noël à Mont Cœur, son premier mouvement avait été de refuser. Elle avait réussi à éviter de le croiser pendant une année entière, s'arrangeant pour ne pas être là quand Sebastian récupérait son fils, mais celui-ci avait besoin de son père dans sa vie. Et Sebastian avait tellement souffert ces derniers temps… Alors Maria avait accepté l'invitation à Mont Cœur.

À peine avait-elle atterri en Suisse qu'elle avait trouvé un message vocal incompréhensible de Noémi ; tout ce qu'elle en avait retenu était que sa belle-sœur et amie espérait qu'elle serait là ce soir, car elle avait quelque chose à discuter avec toute la famille. Donc, aux yeux de Noémi, elle était toujours membre de la famille. Cela lui avait fait chaud au cœur.

Quand Sebastian fit un petit pas en avant et que la lumière de la véranda illumina son visage, le souffle de Maria se bloqua dans sa gorge.

Mon Dieu…

Son mari n'était pas aussi insouciant et enjoué que sa sœur, certes, mais Maria ne l'avait jamais vu aussi abattu et épuisé. Était-ce à cause d'elle ? Elle se mordit la lèvre en attendant qu'il dise quelque chose, mais il se contentait de les regarder, de les boire du regard plus exactement, comme s'il voulait imprimer leurs traits dans sa mémoire pour toujours. Elle ne pouvait pas s'empêcher de faire la même chose.

Ses cheveux brun foncé étaient coupés bien plus court que dans son souvenir, et cela le faisait paraître encore plus grand que son bon mètre quatre-vingt-cinq. Elle avait toujours aimé le fait qu'il soit grand, aimé appuyer la tête contre son torse et sentir son cœur battre contre sa joue, comme s'ils avaient été liés d'une manière beaucoup plus profonde que par le mariage arrangé par leurs familles respectives.

Cet homme avait toujours occupé une place importante dans sa vie, depuis aussi longtemps qu'elle se souvienne. Ils avaient grandi ensemble, dans beaucoup de domaines de l'existence. Comment avait-elle pu imaginer qu'elle pourrait l'effacer de la sienne ? Même si elle s'enfuyait au bout du monde, Sebastian Cattaneo serait toujours en elle…

— Tu es venue, dit enfin Sebastian.

Sa voix grave résonna dans tout le corps de Maria. Elle ravala un juron : elle avait oublié à quel point le simple fait d'être près de lui, de l'entendre parler, pouvait l'affecter.

Tu n'aurais pas dû venir !

— Tu me l'as demandé.

Il eut un petit sourire crispé.

— Ce n'était en aucun cas une garantie que tu le ferais.

Un autre signe qu'il ne la connaissait pas vraiment, se dit Maria. S'il avait compris à quel point elle l'avait aimé, il aurait su qu'elle n'aurait jamais pu refuser une demande aussi désespérée.

S'il te plaît, Maria, j'ai besoin de toi et de Francesco pour Noël. Tout est différent, maintenant. Viens, je t'en prie.

Alors, elle était venue. Elle devait bien s'avouer que c'était en partie pour constater si « différent » signifiait ce qu'elle avait toujours espéré : que leur mariage pourrait être ce qu'elle avait rêvé qu'il serait. Et aussi parce qu'elle se sentait toujours coupable d'être partie et de ne pas être revenue soutenir Sebastian quand Noémi lui avait annoncé la terrible nouvelle.

— J'ai failli venir te voir quand j'ai appris pour tes parents, avoua-t-elle.

Salvo et Nicole Cattaneo avaient été sa deuxième famille. Quand elle avait appris leur mort dans un accident d'hélicoptère à New York, Maria avait cru qu'elle n'arrêterait jamais de pleurer. Mais, tout comme lorsqu'elle avait quitté Sebastian, elle avait fini par se redresser et recommencer à vivre.

Il aurait sans doute été plus facile pour Sebastian de faire face aux retombées émotionnelles de la mort de ses parents s'il avait pu se perdre dans le travail pour étouffer son chagrin. Mais le testament de Salvo et Nicole lui avait réservé une double surprise de taille. Non seulement il avait appris l'existence de son frère Léo, que ses parents n'avaient eu d'autre choix que d'abandonner à la naissance, mais il avait également découvert que ce dernier s'était vu attribuer pour six mois le contrôle de Cattaneo Jewels, l'entreprise familiale de joaillerie mondialement connue. Connaissant Sebastian, le coup avait dû être rude.

Pourtant, même si elle avait eu mal pour lui, elle n'avait pu se résoudre à le revoir avant que lui-même ne l'appelle pour le lui demander. Après tout, c'était le premier signe tangible qui lui prouvait que son mari avait bien enregistré qu'elle l'avait *quitté*, et non qu'elle était seulement partie pour des vacances prolongées.

— Pourquoi n'es-tu pas venue pour les funérailles ? demanda Sebastian.

Il n'y avait aucune accusation dans sa voix, juste de la curiosité.

— Je n'étais pas sûre que c'était ma place.

Je n'étais même pas sûre que tu le remarquerais si j'étais là, ajouta-t-elle intérieurement.

Les prunelles de Sebastian s'assombrirent.

— Maria, il y a toujours une place pour toi, ici. Pour toi et pour Frankie. Quoi qu'il arrive. Cela, je peux te le promettre.

Ce n'était pas suffisant. Cela n'avait jamais été suffisant. Mais s'il ne l'avait pas compris par lui-même quand elle était partie, il n'allait pas le comprendre maintenant.

Sebastian posa les yeux sur son fils. Lorsqu'il tendit les mains pour le prendre, Frankie se retourna et enfouit le visage dans son cou avec un gémissement. Maria ne pouvait pas le blâmer d'être effrayé par son père, qu'il avait peu vu durant l'année écoulée – et il venait d'avoir un an quand elle avait quitté Sebastian.

Celui-ci reposa les bras le long du corps avec une brève grimace de douleur.

— La journée a été longue. Nous sommes tous les deux un peu fatigués, dit Maria.

Le sourire triste de Seb lui disait qu'il appréciait le mensonge et le fait qu'elle le protège, comme elle l'avait toujours fait. Pourtant, il ne récoltait que ce qu'il avait semé. Elle n'aurait pas dû ressentir de culpabilité et s'efforça de la chasser. Ce n'était pas sa faute si Sebastian n'avait jamais été à la hauteur en tant que père ; ni en tant que mari, d'ailleurs. Elle refusait aussi de se sentir coupable d'être partie en quête de bonheur. Comment aurait-elle pu rester quand cela signifiait accepter que l'amour de sa vie ne l'aime jamais vraiment en retour ?

Savoir que Sebastian ne l'avait épousée que parce que son père lui avait dit de le faire était une chose, l'entendre le lui jeter au visage durant l'horrible nuit qui avait précédé son départ en était une autre. Les mots résonnaient encore avec violence dans sa mémoire : « Tu savais dans quoi tu t'engageais quand tu as accepté les plans de nos pères. Tu m'as épousé pour sauver ton entreprise familiale, et je t'ai épousée pour qu'elle fusionne avec Cattaneo Jewels. Et maintenant, tu te plains que je passe trop de temps à travailler ? »

C'était une version biaisée de la réalité. À l'époque, elle avait des projets pour l'entreprise familiale, mais personne n'était disposé à l'écouter. Alors elle avait épousé Sebastian Cattaneo, et le nom de Rossi avait disparu de ses papiers d'identité comme du papier à en-tête de la société. Elle avait abandonné ses études de commerce, sa famille était sortie de sa situation financière catastrophique, tout le monde était content. Sauf elle.

Certes, elle n'aurait jamais accepté ce mariage si elle n'avait pas déjà été à cette époque amoureuse de Sebastian. Et candide comme elle l'était, Maria s'imaginait alors qu'un jour, ce sentiment serait réciproque. Ce jour n'était jamais arrivé. Les années et un enfant n'avaient pas réussi à totalement dissiper son amertume. Maintenant qu'elle avait enfin réussi à aller de l'avant, elle ne pouvait plus revenir en arrière.

Sebastian ouvrit la porte plus largement jusqu'à ce que la

lumière de l'intérieur du chalet se répande pour les englober tous. Puis il s'effaça.

— Entre. Et… Bienvenue chez vous.

La poitrine de Maria se serra un peu plus alors qu'elle franchissait le seuil. Ce chalet ne serait jamais plus chez elle. Dès les fêtes de Noël passées, elle serait de nouveau seule avec Frankie. Et ensemble, ils se construiraient une vie, loin des Cattaneo et de Mont Cœur.

C'était la meilleure solution. Pour tout le monde. Même si ça faisait mal.

Elle avait changé de coiffure.

Seb était certain que d'autres changements étaient à l'œuvre chez sa femme, tout comme il constatait combien son fils avait changé lui aussi. Mais il était obsédé par sa chevelure de jais, épaisse, brillante, qui autrefois lui arrivait presque à la taille et aujourd'hui à peine aux épaules, encadrant son visage délicat.

Un an auparavant, sa femme avait les cheveux longs et lui était un homme d'affaires calme, posé, sûr de lui. En douze mois, il avait perdu ses parents, le contrôle de l'entreprise familiale et Maria. Sa vie entière était partie en lambeaux.

Tout avait commencé le jour où il était rentré à la maison et avait trouvé Maria en train de remplir de vêtements les valises qu'il avait achetées pour leur lune de miel des années auparavant.

Dans l'immense salon du chalet, sa sœur, le frère dont il avait appris l'existence quelques semaines auparavant ainsi que leurs partenaires respectifs faisaient connaissance. Il n'était pas prêt à partager Maria et Frankie avec eux pour l'instant.

Maria avait placé leur fils sur ses pieds et lui enlevait anorak, bonnet et écharpe. Cependant, son regard était posé sur lui, pesant, interrogateur.

— Tu t'es coupé les cheveux, dit-il, avec un demi-sourire contrit. Ça te va bien.

— Ma vie me va bien, maintenant, répliqua-t-elle simplement.

La vie dans laquelle elle l'évitait à tout prix, songea Sebastian. Au moins, cela convenait à un des deux…

Maria se redressa et le regarda droit dans les yeux.

— Avant de rejoindre les autres, je veux être claire sur une chose, reprit-elle. C'est une visite, rien de plus. Une fois passé Noël, Frankie et moi rentrerons chez nous.

Elle avait insisté sur « chez nous ». Sebastian ignora le sentiment de peur qui grandissait en lui.

— Nous ne restons pas, continua-t-elle. Je veux que ce soit compris dès le début.

Seb s'obligea à sourire.

— Bien sûr.

L'expression de Maria se détendit. Il savait qu'il devait en rester là, au risque de ruiner la paix fragile qu'ils semblaient avoir obtenue. Pourtant, il ne pouvait pas s'empêcher d'essayer de pousser son avantage. C'était sa personnalité, c'était ainsi que son père l'avait élevé.

— Mais si tu changes d'avis..., poursuivit-il. Ce sera toujours un peu chez vous, ici.

— Seb..., soupira Maria en levant les yeux au ciel.

— Je sais que Noémi aimerait te voir plus souvent. Tu lui manques.

Sa sœur et sa femme étaient les meilleures amies du monde, ce qui pouvait devenir un avantage dans sa stratégie de reconquête.

— Noémi me manque aussi, dit Maria d'un ton sévère. Je vais d'ailleurs aller lui dire bonjour.

Puis elle prit Frankie dans ses bras et gagna d'un pas rapide l'extrémité du salon où tout le monde était réuni. Noémi se précipita vers elle, un grand sourire aux lèvres. Elle l'embrassa, puis elle s'agenouilla devant Frankie, qui semblait un peu apeuré par la présence de tous ces gens qu'il ne connaissait pas.

— Salut, Francesco ! Tu fais un câlin à tata Noémi ? Je suis si heureuse que tu sois là. Tu m'as manqué.

Le cœur de Seb sombra dans sa poitrine en voyant son fils heureux de se lover dans les bras de sa tante, alors qu'il avait presque eu peur de lui. Comment avait-il pu laisser cela se produire ? Il avait espéré que quelques jours passés ensemble de loin en loin et quelques bisous à l'occasion d'appels vidéo auraient maintenu une forme de lien entre eux deux. Quelle erreur !

Il avait déjà tellement manqué de la vie de son fils... Et il savait déjà que ces quelques jours volés ne lui suffiraient pas. Comment pourrait-il laisser repartir Maria en sachant tout ce qu'il manquerait encore ?

Frankie retourna dans les bras de sa mère. Noémi se redressa. Les deux jeunes femmes commencèrent à bavarder. Leur complicité était évidente. Seb se servit un grand verre, puis rejoignit Léo et les autres.

Le compagnon de Noémi, Max, plaça le bras sur les épaules de celle-ci. Il y avait de la nervosité dans l'air. Était-ce dû à la raison pour laquelle Noémi les avait tous réunis au chalet quelques jours avant la date prévue ? Avait-elle une annonce à leur faire ? En lien avec le testament de leurs parents ?

— Peut-être qu'Anissa et moi devrions vous laisser, dit soudain Léo, qui paraissait mal à l'aise dans cette ambiance de plus en plus pesante.

— Certainement pas ! s'écria Noémi. Tu es mon frère, tout autant que Sebastian. Notre séparation a été une tragédie pour nos parents, et ils ont passé leur vie à essayer de la réparer. J'espère qu'à l'avenir, il n'y aura plus de distance entre nous. Parce que je vais avoir besoin de vous tous.

Seb fronça les sourcils, inquiété par cette entrée en matière.

— Ce n'est rien de grave, rassurez-vous ! reprit sa sœur en souriant. Je… Je suis enceinte.

Le silence s'installa, comme si tout le monde digérait la nouvelle. Nom d'un chien ! Sa petite sœur allait vraiment devenir maman ?

— Nous allons avoir des jumeaux, ajouta-t-elle.

Sebastian s'approcha d'elle. Il plongea le regard dans le sien et essaya de deviner ce que leur père aurait dit. Salvo Cattaneo avait toujours le bon mot au bon moment.

— Tu es heureuse ? demanda-t-il.

Finalement, c'était tout ce qui importait, n'est-ce pas ? Sa sœur lui sourit.

— Je n'ai jamais été aussi heureuse !

Il étudia son visage pendant un long moment pour s'assurer qu'elle lui disait la vérité. Puis il posa les mains sur ses épaules, comme son père le faisait souvent.

— Alors je suis heureux pour toi. Félicitations, petite sœur !

Il la prit dans ses bras et la serra très fort, ce qu'il ne se souvenait pas avoir fait depuis la mort de leurs parents. Leur relation n'était pas exempte de tensions, mais il aimait profondément sa petite sœur, même s'il ne la comprenait pas toujours, ni ce qu'elle attendait de lui.

Lorsque Sebastian recula, Léo s'avança vers elle. Comment leur frère aîné tombé du ciel allait-il s'en sortir… ?

— Je n'ai aucune idée de ce que sont les enfants, ni de comment devenir un oncle cool.

— Je suis certaine que tu vas trouver.

Elle l'étreignit. Léo semblait avoir été pris par surprise. Lorsqu'ils s'écartèrent l'un de l'autre, Noémi plaça sa main dans celle de son mec et enlaça les doigts aux siens.

— Tu veux raconter la suite ? lui demanda-t-elle.

— Tu t'en sors bien, lui répondit Max, qui ne semblait pas du tout perturbé par la perspective d'avoir des jumeaux.

Seb se demandait ce que pouvait bien être « la suite ». N'y avait-il pas eu assez de surprises pour aujourd'hui ?

— D'abord, je vais vous présenter Max par son nom complet, à savoir Maximilien Steiner-Wolf, prince héritier d'Ostanie.

Un *prince* ? Sa sœur était enceinte d'un prince ? Il avait été distrait, ces derniers temps, mais comment avait-il pu passer à côté de cette information ? Et maintenant qu'il regardait à nouveau Max, en effet, il connaissait son visage. Il n'avait tout simplement pas fait le rapprochement.

Noémi prit une grande inspiration, puis souffla lentement.

— Et il m'a demandé de l'épouser.

Maria poussa un cri de joie.

— Waouh ! Tu vas devenir princesse !

— Oui, acquiesça Max. La plus belle et la plus bienveillante des princesses. Je suis l'homme le plus chanceux du monde. Je vous promets que je ferai de mon mieux pour la rendre heureuse.

Le regard de Sebastian passa de Max à Noémi et de Noémi à Max.

— Tu vas t'installer en Ostanie ?

Il n'était pas sûr de ce qu'il ressentait à cette idée. D'un côté, ils se disputeraient peut-être moins, mais d'un autre côté, sans Maria, sans ses parents, sans Noémi, Seb serait tout seul. Complètement seul, pour la toute première fois de sa vie. À cette perspective, la tête lui tourna.

— Vous serez toujours les bienvenus chez nous, intervint Max.

— Dans votre palais ? demanda Maria, l'air émerveillé.

— Oui, répondit Max. Et croyez-moi, il y a beaucoup de chambres d'amis.

— Mais nous serons ici pour Noël, précisa Noémi. Ce sera un Noël familial, comme maman et papa l'auraient voulu.

Tous ensemble, y compris Maria et Frankie. Même si c'était peut-être la dernière fois que cela se produisait.

Non. Il ne laisserait pas ça arriver. Impossible ! Il devait arranger les choses. Et sans son père pour le guider, il allait devoir se débrouiller tout seul.

— Maintenant que vous savez tout, on peut se concentrer sur les festivités, lança Noémi en tapant des mains. Max, je ne t'ai même pas présenté correctement la femme de Sebastian. Voici Maria, que j'aime comme une sœur.

— Enchanté, madame Cattaneo, la salua Max en lui prenant la main.

— Pas Cattaneo, dit Maria avec précipitation. Rossi.

Sebastian se raidit. C'était comme si elle l'avait giflé en public. Ils n'étaient pas divorcés ; légalement, elle était encore une Cattaneo.

Sebastian lui jeta un regard assassin.

— Avons-nous divorcé sans que je m'en aperçoive ?

Il vit la colère flamboyer dans les prunelles de Maria. Bien. Il n'y avait aucune raison pour qu'il soit le seul à être furieux.

— Vu tout ce qui s'est passé dans notre mariage sans que tu t'en aperçoives, ça ne m'étonnerait pas, rétorqua-t-elle, caustique.

— Voilà : maintenant, ça ressemble *vraiment* à un Noël en famille, intervint Noémi en lui faisant les gros yeux. Viens, Maria, j'ai fait aménager une chambre pour Frankie et toi. Allons la lui montrer.

Une chambre séparée ? Une émotion primitive qui ressemblait à de la possessivité enfla dans la poitrine de Sebastian. Maria était sa femme, et il voulait qu'elle revienne à sa place, dans son lit. Dans ses bras. Était-ce trop demander ?

Son visage devait refléter ses émotions, car Noémi lui fit la grimace.

— Quoi ? fit sa sœur. Tu ne pensais pas vraiment qu'elle allait revenir dans ta chambre, si ?

Si, c'était ce qu'il avait imaginé quand il s'était laissé aller à se projeter. Mais il n'avait jamais vraiment pensé que Maria reviendrait pour les fêtes, jusqu'à ce qu'il ouvre la porte et se retrouve face à elle. En fait, il avait *espéré*. Et ce retour à Mont Cœur ne ressemblait pas du tout à celui de ses rêves...

— Frankie peut rester ici avec moi, proposa-t-il doucement.

Il avait également espéré de joyeuses retrouvailles avec son fils, même s'il n'avait pas cru que celui-ci lui aurait autant manqué. Il ne s'en rendait compte que maintenant que le petit bonhomme était là, innocent, fragile – et sachant à peine qui Sebastian était.

— Frankie veut voir sa chambre, affirma Noémi. Allez, mon bébé, viens avec tante Noémi et tonton Max. Laissons papa bouder ici tout seul.

Elle passa un bras autour de la taille de Maria et guida Frankie de l'autre main. Quand leur fils trébucha, Maria le récupéra et le hissa dans ses bras en riant et en l'embrassant.

Puis toute sa famille disparut par la porte dans un tourbillon d'excitation, sans jamais se retourner vers lui.

Ils le laissaient seul.

Encore une fois.

2

Frankie dans les bras, Maria suivit Noémi et Max jusqu'au deuxième des quatre niveaux du chalet. D'ailleurs, « chalet » était un mot ridicule pour désigner la résidence suisse des Cattaneo. La bâtisse, gigantesque, comportait des chambres à coucher spacieuses avec balcon, de grands espaces de vie, une vaste cuisine et un immense salon qui faisait aussi office de salle à manger. Sans parler de la piscine intérieure chauffée située dans la dépendance...

Les parents de Maria avaient toujours été assez riches, mais semblaient pauvres comparés aux Cattaneo. Et lorsque l'entreprise de son père avait traversé une période difficile, au point de risquer la faillite, celui-ci avait ourdi le mariage de sa fille unique avec Sebastian Cattaneo afin de se sauver.

Dans l'esprit de son père, Maria n'avait été qu'un moyen pour arriver à ses fins. Pendant qu'elle étudiait l'économie, le commerce et les affaires, se découvrant un flair et des aptitudes qui l'avaient surprise, il avait fait d'autres projets pour son avenir. Sauf que si Maria était fille unique, donc unique héritière, c'était loin d'être le cas de Sebastian, surtout depuis que Léo était apparu dans le paysage.

Le père de Maria était revenu des funérailles de Salvo et Nicole Cattaneo avec une rumeur : il y aurait un troisième enfant. Il avait demandé à Maria de se renseigner auprès de Sebastian, mais elle n'avait eu aucune envie de l'appeler et avait interrogé Noémi à la place. Et en effet, Salvo et Nicole avaient conçu un fils ensemble, hors mariage, alors qu'ils n'étaient qu'adolescents. Leurs familles respectives avaient été scandalisées et avaient exigé que le bébé soit donné à l'adoption.

Or, une fois libérés du joug de leurs parents, mariés l'un à l'autre et toujours follement amoureux, Salvo et Nicole avaient cherché leur fils. Pendant plus de trente ans. Et au moment où ils l'avaient retrouvé, ils étaient morts dans un accident d'hélicoptère en allant le rencontrer.

C'était tragique. C'était même déchirant. Mais la seule chose que le père de Maria avait retenue de l'histoire, c'était qu'il y avait désormais un autre héritier de Cattaneo Jewels.

« Peut-être que tu as eu raison de quitter Sebastian, après tout, avait-il tranché. Le divorce devrait t'être favorable et tu es encore assez jeune pour te remarier. Nous ferons un meilleur choix, la prochaine fois. »

Maria ne lui avait pas parlé depuis.

— Et voilà ! s'écria Noémi, tirant Maria de ses pensées.

Les appartements de Sebastian. Ceux qu'ils partageaient depuis leur mariage. Elle se mordit la lèvre. Comment pouvait-elle revenir ici, même dans une chambre à part, et continuer à croire que les choses étaient différentes ? Qu'elle n'aimait plus son mari, et qu'il n'était plus aussi indifférent à son égard ?

Maria connaissait Sebastian probablement mieux que quiconque, même sa sœur. Elle était presque certaine que se glisser de nouveau dans sa vie (et dans son lit) était exactement ce à quoi il s'attendait. Il était persuadé qu'elle abandonnerait sa petite rébellion maintenant qu'elle avait de nouveau sous les yeux ce à quoi elle avait renoncé. Et qu'elle avait oublié les disputes et la solitude, ces raisons qui l'avaient poussée à partir.

Donc cette histoire de chambres séparées n'était que la première des nombreuses désillusions qu'il était susceptible d'éprouver lors de sa visite.

— Tu vas bien ? lui chuchota Noémi à l'oreille, tandis que Frankie jouait à faire des grimaces avec Max.

Maria hocha la tête – elle doutait de pouvoir mentir à voix haute. Non, elle n'allait pas bien. Elle n'irait jamais bien tant qu'elle serait là.

Comment tout avait-il pu changer à ce point ? Un nouveau frère pour Noémi et Sebastian, bientôt une belle-sœur à en croire la manière dont Léo regardait Anissa, et Noémi qui allait devenir maman et princesse… Et pourtant certaines choses n'avaient pas changé du tout, comme l'état de son propre mariage.

— Mon frère est vraiment un idiot, soupira Noémi.

Maria ne la contredit pas. Elle l'enviait un peu. Elle enviait son excitation à fonder une famille avec l'homme qu'elle aimait. Et elle aimait Max, Maria pouvait le dire, tout comme Max aimait Noémi – c'était clair dans chaque regard, chaque sourire qu'il lui lançait. Ils vivraient heureux pour toujours, comme Maria avait imaginé qu'elle vivrait avec Sebastian.

Tu étais jeune, aveugle et naïve.

Au moins, maintenant, elle savait.

Maria suivit les autres à travers le grand espace de vie jusqu'à la deuxième chambre à coucher, en ignorant le petit couloir qui menait à la chambre principale et au lit géant dont elle se souvenait si bien. Celui où Frankie avait été conçu…

— Eh bien, qu'en penses-tu, Frankie ? demanda Maria en se forçant à sourire à son fils. Le chalet sera un endroit amusant pour passer Noël, non ?

Frankie, qui sautait déjà sur l'un des lits jumeaux, hocha la tête avec excitation.

— Avec papa, tante Noémi et tonton Max !

— Bien sûr ! approuva Maria. Et avec tonton Léo et tante Anissa, je suppose.

Noémi acquiesça d'un battement de cils.

— Nous l'espérons, en tout cas. C'était le dernier souhait de maman et de papa d'avoir tous leurs enfants autour de la table pour Noël. J'aurais tellement aimé qu'ils soient là pour le voir, termina-t-elle avec un sourire triste.

Max enroula un bras autour des épaules de Noémi et la serra contre lui. Maria sentit une pointe de jalousie la traverser. Quand Sebastian l'avait-il réconfortée de cette manière ? Jamais. Cela aurait signifié qu'il comprenait ce qu'elle ressentait. Or Seb n'avait jamais détourné son attention de l'entreprise familiale assez longtemps pour même essayer de le faire.

Noémi dut capter son expression, car elle s'avança vers elle, l'air inquiet. Aussitôt, Max se tourna vers son fils.

— Frankie, si on descendait explorer la cuisine ? Je crois que j'y ai vu de délicieux biscuits de Noël, tout à l'heure.

Les yeux de Frankie s'élargirent. Maria fit « oui » de la tête, reconnaissante à Max pour son tact. Celui-ci prit Frankie dans ses bras et sortit.

— Nous sommes tous de la même famille ici, murmura Noémi. Et Max a besoin d'entraînement avec les enfants.

Elle ne pouvait pas dissimuler ses peurs et ses inquiétudes à sa belle-sœur. Au contraire, elle savait que celle-ci était un appui et une confidente sur laquelle elle pouvait compter.

— Alors, y arriveras-tu ? demanda Noémi.

Maria s'assit sur le lit et se couvrit le visage avec les mains. Y arriverait-elle ? Parviendrait-elle à passer Noël avec le mari et la famille qu'elle avait laissé derrière elle ?

— Je n'en ai aucune idée, admit-elle dans un souffle.

Seul.

Seb regarda Maria et Frankie s'éloigner, et le mot terrible résonna dans son esprit. Dans son cœur.

Frankie ne l'avait même pas reconnu quand il avait ouvert la porte, s'était éloigné de lui quand il avait essayé de le prendre dans ses bras. Il aurait voulu faire des appels vidéo plus souvent, mais il était toujours difficile de trouver un moment pendant les heures où son fils était réveillé. Maria ne se donnait même pas la peine de répondre si Frankie dormait déjà.

En redécouvrant son fils, Seb se demandait comment il avait pu imaginer que dix minutes de vidéo une fois par semaine environ pourraient suffire à maintenir le lien entre eux. Le bébé qu'il avait tenu dans ses bras le Noël précédent était parti pour toujours. Quand Maria l'avait quitté, Frankie commençait à peine à ramper ; à présent, il semblait courir partout sur des jambes robustes qui ne ressemblaient en rien à celles du petit calamar dont il avait gardé le souvenir. Même au cours des quatre mois qui s'étaient écoulés depuis sa dernière visite, Frankie avait tellement grandi ! Ses yeux étaient aussi brillants que sur la photo de son bureau, mais ils ne le regardaient plus avec confiance. Au lieu de cela, ils étaient perplexes, voire méfiants. Comme si Sebastian était devenu un étranger pour son propre fils.

Seb s'agrippa au dossier de la chaise la plus proche pour se stabiliser. Comment cela s'était-il passé ? Comment avait-il pu manquer tant de choses ? Et comment pourrait-il rattraper le temps perdu ?

Tu ne pourras pas.

La voix dans sa tête ressemblait à celle de Maria, celle qu'elle avait le jour où elle était partie.

« Tu ne peux pas comprendre, avait-elle dit ce jour-là. Tu n'en es pas capable. Je le vois, maintenant. »

Capable de quoi ? aurait-il voulu demander. Mais elle était déjà partie, le laissant s'occuper de l'entreprise, de sa famille puis de tout ce qui lui était tombé sur la tête. Et il avait manqué une année entière de la vie de son fils.

Cette prise de conscience lui faisait mille fois plus mal que d'avoir appris qu'il avait un frère aîné dont ses parents ne lui avaient jamais parlé. Cela faisait un million de fois plus mal que d'avoir appris qu'ils avaient laissé pour un temps à Léo le contrôle de l'entreprise familiale.

Cela faisait presque aussi mal que d'entendre Noémi lui apprendre entre deux sanglots que leurs parents étaient morts.

Ses parents étaient partis, Noémi allait bientôt disparaître avec Max dans son petit pays, Maria allait emmener Frankie, et tout ce qui resterait à Seb, c'était Léo, le frère dont il avait découvert l'existence un mois auparavant. Du moins si celui-ci ne retournait pas à New York, avec dans ses bagages l'entreprise à laquelle Seb avait consacré toute sa vie.

Comment son existence avait-elle pu se disloquer si complètement en si peu de temps ?

La tête lui tournait, son cœur battait à un rythme lent, sourd et lugubre dans sa poitrine, il étouffait.

Il avait besoin d'air.

Il lâcha le dossier de la chaise et tituba jusqu'à la porte d'entrée. Lorsqu'il l'ouvrit, une bise glacée le gifla. Il referma la porte derrière lui et s'avança sous la véranda. Là, presque à portée de main, les sommets enneigés s'assombrissaient. Un peu plus bas, Mont Cœur grouillait de vie sous les éclairages de Noël. Il y avait tout un monde, là. Alors pourquoi avait-il l'impression que le sien avait disparu pour de bon ?

— Sebastian ?

Au son de la voix de Léo, Seb se retourna.

— Tu vas bien ? reprit Léo. Tu as l'air… C'est à cause de Noémi ?

Seb ne put s'empêcher de rire. Noémi, sa petite sœur, allait devenir princesse… Une princesse enceinte, en plus ! Au moins, l'un d'eux avait cherché la vie qu'il voulait et l'avait trouvée. Non, deux : Léo semblait fou de sa nouvelle compagne, Anissa. Depuis leur arrivée, ils partageaient des sourires de connivence, des petites caresses et se murmuraient des secrets à l'oreille, tout comme Noémi et Max, d'ailleurs. Deux couples soudés et complices, ce que Maria et lui n'avaient jamais été.

— Pourquoi ne pas nous asseoir un moment ?

La voix de Léo, calme et apaisante, culpabilisa aussitôt Sebastian. Même s'il n'appréciait pas la décision de leurs parents, il devait admettre que ce n'était pas la faute de Léo. Il ne pouvait pas blâmer son frère pour les circonstances de sa naissance, les mensonges de leurs parents, ni le testament qu'ils avaient laissé derrière eux.

Il aurait aimé pouvoir le faire, mais il était logique et rationnel. C'était indispensable pour réussir dans les affaires. Dès sa plus tendre enfance, son père lui avait appris qu'il avait des obligations envers sa famille. Et Seb avait donné tout ce qu'il pouvait pour être à la hauteur de ces attentes. Il avait travaillé dur, fait tout ce qu'on lui avait demandé.

Et pourtant, cela n'avait pas été suffisant.

Ni pour son père, ni pour Maria, ni pour personne.

Il se laissa guider par Léo jusqu'au banc en bois posé sous la véranda. Tous deux s'assirent. Peut-être que s'il avait eu un grand frère depuis le début, plutôt que de le découvrir à l'âge de trente-deux ans, les choses auraient été différentes.

— As-tu déjà eu l'impression que ta vie entière s'effilochait et que tu ne pouvais rien faire pour l'en empêcher, un peu comme du sable glisse entre nos doigts ?

Léo rit, un rire retenu et amer, un peu ironique.

— Qu'est-ce que tu crois ? J'ai passé toute ma vie à penser que personne ne voulait de moi, que mes propres parents m'avaient abandonné, pour découvrir un jour qu'ils n'avaient jamais cessé de me chercher. Et au moment où nous devions enfin nous rencontrer, ils sont morts.

— Et te voilà coincé avec Noémi et moi, compléta Sebastian. Oui, ça a dû être une énorme déception.

— En fait, je vous considère comme un bonus inattendu, affirma Léo. Le bon côté des choses.

Seb leva les yeux, surpris.

— Qu'est-ce que tu veux dire ?

— Eh bien, je pensais avoir perdu toute chance d'avoir une famille. Puis je suis venu ici et je vous ai rencontrés tous les deux, et Anissa... Maintenant, il y a Max, Maria et Frankie. Bientôt arriveront les bébés de Noémi. Soudain, j'ai tant de famille que je ne sais plus qu'en faire, acheva Léo avec une pointe d'humour.

— Maria et Frankie ne restent pas, déclara Sebastian, de nouveau morose à cette pensée.

— Ah bon ?

— Ouais.

Léo étendit ses jambes devant lui en s'adossant au banc. Presque inconsciemment, Sebastian l'imita. Il se rendit compte que les jambes de Léo étaient un peu plus longues que les siennes. Être le petit frère allait vraiment demander un certain temps d'adaptation...

— Tu te souviens de ce que tu m'as dit quand je t'ai appelé de New York ? demanda Léo après un long silence.

Seb pencha la tête en arrière et essaya de se souvenir. Cela ne faisait que quelques semaines, mais d'une certaine manière, cela semblait plus loin. Comme si son univers avait encore changé depuis, avec le retour de tout le monde à Mont Cœur.

Léo était allé à New York avec Anissa, mais elle s'était enfuie pour revenir en Suisse. Cet échec sentimental avait rendu Léo plus humain aux yeux de Sebastian et facilité le réchauffement de leur relation.

— Je t'ai conseillé d'attendre, c'est ça ? dit-il finalement.

— Tu as dit que si je l'aimais, je devais respecter sa décision, sa liberté et lui donner du temps, précisa Léo. Que je devais laisser Anissa revenir à moi si elle le voulait.

— Et c'est ce qu'elle a fait.

— Maria aussi, fit remarquer Léo. Je veux dire qu'elle est là pour Noël, n'est-ce pas ?

— Seulement parce que je l'ai appelée et que je lui ai demandé de venir. Et comme je te l'ai dit, elle ne restera pas.

Il lui avait donné du temps, avait respecté ses choix et sa liberté. Et ça n'avait rien changé...

Léo soupira. Seb fronça les sourcils. N'avait-il pas compris le message que son grand frère essayait de lui faire passer ?

— Tu m'as donné un excellent conseil, reprit Léo, et je suis heureux de l'avoir suivi. Mais je ne peux pas m'empêcher de penser que tu as suivi ton propre conseil pendant un peu trop longtemps. Maria est partie depuis, quoi ? Un an ?

— À peu près...

Jamais Sebastian n'avouerait qu'il savait que cela faisait douze mois et quinze jours.

— Attendre l'amour, c'est très bien. Mais peut-être que l'amour a parfois besoin d'un petit coup de pouce. De quelques efforts.

L'amour... Il aimait Maria. Bien sûr qu'il l'aimait. Elle avait toujours fait partie de sa vie, de sa famille, et il l'aimait autant qu'il aimait Noémi ou avait aimé ses parents. Mais leur amour n'avait jamais été ni romantique ni passionnel. C'était peut-être ce qui avait manqué, songea-t-il, ébranlé. Il faudrait y réfléchir.

Léo s'éclaircit la gorge, visiblement un peu mal à l'aise face à la tournure très personnelle qu'avait prise la conversation. Ils ne se connaissaient pas assez bien pour aborder des sujets intimes. Sebastian avait été étonné lorsque Léo l'avait appelé depuis New York pour lui demander ce qu'il devait faire au sujet d'Anissa ; puis il s'était rendu compte que son frère n'avait tout simplement personne d'autre à qui parler de ce genre de choses.

Et lui non plus, semblait-il. Noémi prendrait le parti de Maria, comme toujours. Ses parents étaient partis, et il n'avait avoué à aucun de ses amis ni de ses relations d'affaires que Maria était partie. Il avait gardé la façade du parfait homme d'affaires et chef de famille.

Soudain, Léo brisa le silence d'un ton sérieux :

— En fait, je ne t'ai pas retrouvé ici pour évoquer ta vie amoureuse.

— J'apprécie que tu n'aies pas ajouté l'adjectif « lamentable », plaisanta Seb, ce qui fit sourire Léo. Alors, de quoi voulais-tu me parler ?

Léo prit une longue inspiration.

— De Cattaneo Jewels.

3

Noémi s'installa sur le lit à côté de Maria et lui entoura l'épaule du bras. Reconnaissante, Maria sourit à sa belle-sœur.

— Alors, allons-nous enfin parler de la raison de ton départ ? Je veux dire, à part le fait que mon frère est un idiot.

Maria se sentait coupable. Elle n'avait pas seulement laissé Sebastian derrière elle quand elle s'était enfuie, mais aussi sa meilleure amie et toute sa famille. Elle avait toujours été plus proche des Cattaneo que de ses propres parents et, n'ayant pas de frères et sœurs, Noémi et Sebastian avaient comblé ce vide.

Pourtant, chaque fois que Noémi avait essayé de lui parler de Sebastian au cours de l'année écoulée, Maria avait changé de sujet. Elle n'avait tout simplement pas été prête à admettre à quel point elle avait été stupide. Qui s'attendait à voir un mariage de convenance s'épanouir en amour véritable en dehors des films et des romans d'amour ?

— Pourquoi crois-tu que je sois partie ?

Maria essayait de gagner du temps, même si elle savait que c'était lâche.

— Pourquoi est-ce que *je* crois que tu es partie, ou pourquoi *Sebastian* pense-t-il que tu es partie ?

— Les deux.

Maria était curieuse de connaître la réaction de Sebastian à son départ, un sujet qu'il n'aborderait jamais avec elle. Quand il l'avait trouvée en train de faire ses valises, le lendemain de leur terrible dispute, il lui avait demandé de rester. Et quand elle avait refusé, lui avait dit qu'il ne comprendrait jamais, il s'était contenté de la regarder partir. Mais elle savait qu'il avait pensé qu'elle reviendrait tôt ou tard, qu'il lui suffisait d'être patient. Il avait eu tort. Et il avait été trop fier pour lui demander de revenir. Jusqu'à présent.

Noémi posait sur elle un regard calme et perspicace.

— D'après moi, il pensait que tu te sentais négligée, dit Noémi. Dès votre retour de lune de miel, il s'est jeté à corps perdu dans l'expansion de Cattaneo Jewels. Même moi, j'ai remarqué qu'il travaillait plus que jamais. Et rien n'a changé quand Frankie est né.

— En effet.

Le souvenir de ces jours de solitude, seule puis avec un bébé, était trop vif pour qu'elle n'en ressente pas à nouveau la morsure. Seb avait suggéré d'engager une nounou pour que Maria ait un peu d'aide – ce n'était pas comme s'ils ne pouvaient pas se le permettre. Mais comme, sous prétexte de lui éviter du stress, Seb avait cessé de discuter avec elle de la marche de Cattaneo Jewels dès qu'elle était tombée enceinte, elle n'avait plus que Frankie dans sa vie. Elle avait donc refusé la nounou.

Ce dont elle avait besoin, ce n'était pas d'une nounou, mais du soutien de Sebastian. De l'amour de Sebastian. Malheureusement, il était incapable de lui offrir cela.

Avant qu'il soit question de mariage entre eux, il lui donnait le sentiment qu'elle faisait partie de sa famille. Ils parlaient pendant des heures de l'entreprise, du monde, des endroits où ils aimeraient voyager, des choses que chacun aimerait faire. Maria s'était imaginé qu'une fois mariés, ils feraient des choses ensemble au lieu d'en parler. Comme elle avait été naïve !

— Quant à moi, reprit Noémi avec un regard triste, je n'ai jamais cru que tu voulais vraiment partir.

Décidément, son amie était bien trop perspicace…

— Je ne voulais pas, admit Maria dans un soupir. Mais je devais le faire. Et je suis heureuse de l'avoir fait. C'était la bonne décision, et pour moi et pour Frankie.

— Tu sembles plus… sûre de toi, déclara Noémi. Comme si tu savais à quoi tu voulais que ressemble ta vie, désormais.

— Peut-être, oui. J'ai appris beaucoup de choses sur moi-même depuis que je suis partie. J'étais si jeune quand Seb et moi nous sommes mariés ! Je n'avais jamais vraiment été seule, auparavant.

Je me suis occupée de Frankie, j'ai appris ce dont il avait besoin, et ce dont j'avais besoin.

Elle avait traversé des moments difficiles, mais dans l'ensemble cette année avait été épanouissante, gratifiante, et si pleine d'amour que certains jours, Maria en avait pleuré ; non pas de chagrin à cause de ce qu'elle avait perdu, mais de gratitude tant elle se sentait chanceuse.

Noémi plissa le front, comme si elle était en pleine réflexion.

— Oui, tu es différente. Tu as l'air d'avoir… grandi. Comme si tu étais l'adulte de nous deux. La mère.

— Et tu le seras bientôt à ton tour, répliqua Maria avec un sourire. Est-ce que je t'ai dit à quel point j'étais heureuse pour toi ? Tu me donnes de l'espoir !

— De l'espoir ? demanda Noémi en fronçant les sourcils. Qu'est-ce que tu veux dire ?

— Que l'amour existe, et que je le trouverai peut-être un jour. Que moi aussi je pourrai vivre ce genre de bonheur à deux.

— Mais pas avec Sebastian ? demanda sa belle-sœur d'une voix triste. Maria, je sais que c'est un idiot et une tête de cochon la plupart du temps, mais… il veut bien faire. Et cette dernière année, sans vous, il a été si triste. Et exaspérant, et irritable. Mais surtout triste.

Maria regarda ses mains. Exaspérant et irritable, elle s'y était attendue. Voire en colère. Mais que Sebastian ait pu être *triste*, elle ne l'avait pas imaginé. Dans le scénario qu'elle avait élaboré, son mari était frustré pendant quelques jours, furieux pendant une semaine ou deux, puis se remettait au travail et oubliait qu'il avait une femme ou un enfant.

— Et moi, j'étais triste quand j'étais *avec* lui, et il ne le remarquait pas. C'est comme si à partir du jour de notre mariage, j'étais devenue invisible pour lui. Même Frankie… Je sais qu'il l'aime, mais je pense parfois qu'il le voit plus comme un héritier que comme un fils.

Elle savait pourquoi, bien sûr, et Noémi aussi : c'était ainsi que Salvo avait toujours traité Seb, de la même manière que le père de Maria l'avait toujours traitée comme un atout pour faire avancer ses affaires. D'ailleurs, à l'adolescence, la conscience que leur fonction était plus importante que leur personnalité les avait rapprochés. La seule différence était que les parents de Seb l'avaient aimé, même quand ils le préparaient à reprendre l'entreprise familiale. Pour le père de Maria, épouser Seb était ce qu'elle pouvait espérer de mieux ; elle n'avait pas de valeur intrinsèque, mais liée à la valeur de son futur mari.

— Maria, tu sais combien nos parents étaient des gens merveilleux et aimants. Mais notre père a élevé Seb dans l'optique de sa succession à la tête de Cattaneo Jewels, et...

— ... Et ils en ont laissé le contrôle à un fils qu'ils n'avaient pas vu depuis le jour de sa naissance, acheva Maria, surprise de la colère qu'elle ressentait soudain face à cette injustice.

Même si elle avait fui son mariage, elle vibrait de la même colère qui devait animer Sebastian depuis la lecture du testament de Salvo et Nicole.

— Voilà. Et c'est un peu le bazar, grimaça Noémi. Mais j'espère qu'on pourra trouver un moyen de régler tout ça. Nous sommes une famille, après tout, non ?

Le regard qu'elle lança à Maria montrait très clairement qu'elle l'incluait dans cette affirmation.

— Oui, nous sommes une famille.

Une famille perturbée, tiraillée, avec des non-dits et des rancœurs, mais une famille quand même. Les Cattaneo étaient sa famille bien avant qu'elle n'épouse Seb. Ils lui avaient donné un endroit où elle se sentait chez elle, alors que son foyer était froid et vide parce que ses parents étaient souvent partis en voyage sans elle, ou trop occupés par les affaires pour lui prêter attention. Salvo et Nicole avaient toujours gardé du temps pour la famille. Hélas, cela semblait être la seule chose qu'il n'avait pas enseignée à Sebastian... À cause de Frankie, Maria serait toujours liée aux Cattaneo, quoi qu'il arrive entre son mari et elle.

— Je voudrais tellement que tous ceux que j'aime soient aussi heureux que moi, déclara Noémi.

— Crois-moi, je le veux aussi, répondit Maria. Mais je serai déjà satisfaite de passer ce Noël sans avoir le cœur brisé encore une fois.

Noémi se leva et tira Maria du lit.

— Viens, allons retrouver ton magnifique petit garçon, nous

verser un verre de vin et profiter simplement d'être tous ensemble. D'accord ?

— D'accord.

Maria sourit à sa belle-sœur et la suivit dans l'escalier. Noémi avait raison : quitte à être au chalet, autant essayer de passer de bons moments. Frankie pourrait apprendre à connaître son père, et peut-être que Seb et elle pourraient trouver un juste milieu au sujet de la garde. Leur fils avait besoin d'un père un peu plus présent. Il n'était pas interdit de penser qu'ils pourraient réussir à construire une relation équilibrée, même séparés.

Ce ne serait pas aussi féerique et sexy que le bonheur incandescent qui irradiait de Noémi, mais peut-être que ce serait suffisant.

Il le faudrait.

« De Cattaneo Jewels », avait répondu Léo...

Un frisson glacé qui n'avait rien à voir avec le froid ambiant traversa Sebastian. On y était. Son frère allait lui dire qu'il voulait plus qu'une simple part de contrôle dans l'entreprise familiale. Il visait le pouvoir absolu, souhaitait le pousser dehors.

Que lui resterait-il, alors ?

C'était logique, d'une certaine manière. Léo était un homme d'affaires brillant, et il avait réussi à bâtir son empire et sa fortune seul. Salvo Cattaneo n'avait pas guidé chacun de ses pas, ne lui avait pas dit quand il allait commettre une erreur, ne l'avait pas aidé à réparer ses bêtises. Et à l'arrivée, le fils qui avait travaillé comme un fou pour faire ses preuves allait se faire éjecter. Léo voulait certainement diriger à sa façon, avec ses idées, une vision neuve et originale du métier.

Sebastian avait réussi à faire prospérer Cattaneo Jewels, mais il s'était contenté de construire sur ce qui existait déjà, sans rien créer de nouveau. Même Noémi, le visage de la marque, avait eu plus d'influence que lui sur l'évolution de l'entreprise, sur son image en tout cas. Elle avait fait pression pour obtenir davantage de poids dans sa gestion. Seb savait qu'elle en était capable, mais il n'avait pas donné suite. C'était *sa* responsabilité, leur père le lui avait toujours dit. C'était à lui de faire tourner l'entreprise, de s'occuper de sa sœur et de sa mère si quelque chose lui arrivait.

— Je veux te céder mes parts.

Seb se tourna vers son frère, abasourdi.

— Tu t'en vas ? Tu tournes le dos à ta famille ?

Comment Léo pouvait-il prendre une telle décision alors qu'ils venaient juste de se retrouver ? Alors que Sebastian commençait à penser qu'ils pourraient trouver un terrain d'entente ? Léo avait un petit sourire en coin. Soudain, Seb comprit : son frère lui proposait tout ce qu'il avait toujours souhaité et lui était préoccupé par l'idée de rompre les liens qu'il commençait à tisser avec son aîné ! Voilà qui ne lui ressemblait pas...

— Je ne m'éloigne pas de notre famille, Seb, reprit Léo. Je remets juste la direction de l'entreprise entre les bonnes mains.

— Je... Les miennes ?

Léo fit un signe de tête.

— Tu as travaillé dur pour développer cette société, et pour qu'elle reste à flot après la mort de nos parents, alors que tu étais en deuil. C'est à toi qu'il revient de la diriger.

— Mais nos parents... Leur dernière volonté...

Même si Seb désirait plus que tout reprendre le contrôle de Cattaneo Jewels, et de sa vie, surtout maintenant qu'il savait que cela ne signifiait pas le départ de son frère, il ne voulait pas passer outre au testament de ses parents.

Léo se pencha en avant et inclina le buste vers Seb. Pendant un instant, Seb eut l'impression qu'ils étaient deux enfants complices, deux frères qui manigançaient quelque tour pendable à leurs parents.

— Le testament a été écrit il y a des années, fit remarquer Léo. Avant même qu'ils sachent s'ils me trouveraient. J'y ai beaucoup réfléchi, j'ai pensé à beaucoup de choses ces derniers temps.

— Depuis que tu as rencontré Anissa, devina Seb.

Léo rit.

— Ouais, peut-être. Quoi qu'il en soit, je pense que ce testament était un moyen de réunir notre famille si nos parents n'étaient pas là pour le faire eux-mêmes. Leur objectif est atteint, non ? Nous sommes tous ici, à Mont Cœur, pour passer Noël ensemble.

— Je... Je suppose que oui.

— De mon côté, je n'ai pas besoin de ces actions pour me rappeler que je suis ton frère ou que Noémi est ma sœur. Et j'espère que je n'en ai pas besoin pour gagner ma place dans cette famille.

— Bien sûr que non !

Aussi mal qu'il ait pu réagir en découvrant qu'il avait un frère, maintenant que Léo était là, Seb se battrait contre tous ceux qui disaient qu'il n'était pas un Cattaneo.

— Donc je n'ai aucune raison de garder ces actions. J'ai mes propres entreprises à gérer et, pour être honnête, tu en sais plus sur l'industrie de la joaillerie que je ne pourrais jamais en apprendre. Les bijoux, ce n'est pas mon domaine.

Le moral de Seb remontait pour la première fois depuis qu'il avait vu Maria et Frankie sur le pas de la porte.

— Je parlerai demain à mon avocat. Nous rendrons tout cela légal dès que les termes du testament le permettront.

— Merci, dit Seb, sincère et reconnaissant. Je suis sérieux, Léo. Merci.

En se levant, son frère lui donna une petite tape sur l'épaule.

— De rien.

Léo commença à s'éloigner vers la porte du chalet, puis s'arrêta et se retourna.

— Et tu sais, Seb, je n'ai peut-être pas été votre grand frère pendant les trente dernières années, mais si vous en avez besoin, il suffit de demander.

Il rentra dans le chalet avant que Sebastian ait pu trouver une réponse appropriée.

Seb resta quelques instants seul sous la véranda. Il se remémora les différentes étapes de sa relation avec Léo. Tout d'abord, il avait appris son existence, puis qu'il était un puissant homme d'affaires new-yorkais. Ce ne fut qu'à la lecture du testament des parents qu'il avait compris ce que Léo avait signifié pour eux.

Cette discussion avec son frère lui avait fait considérer les choses sous un autre angle. À la mort de ses parents, Seb s'était senti perdu. Peut-être avait-il besoin de commencer à se concentrer sur ce qu'il lui restait, sur les éléments positifs de sa vie. Sa sœur heureuse comme jamais, son nouveau beau-frère, des neveux ou nièces à venir, un grand frère bienveillant et protecteur, une entreprise florissante. *Pas mal, non ?* songea-t-il avec une pointe d'humour.

Il avait aussi un fils qu'il adorait de tout son être, même s'il ne le montrait pas assez.

Et il avait Maria…

La seule femme qu'il ait jamais imaginé épouser. La seule avec laquelle il se soit imaginé passer sa vie. La plus belle femme qu'il ait jamais vue.

Leur histoire n'était peut-être pas une histoire d'amour passionnelle, mais c'était *leur* histoire, et Seb n'était pas prêt à ce qu'elle se termine. Maria était sa femme, il ne voulait pas que cela change. Alors peut-être qu'il l'avait perdue, mais il avait une chance de la reconquérir – du moins s'il parvenait à trouver un moyen de le faire. Il ne devait pas gâcher cette opportunité.

Certes, son mariage avait été arrangé, décidé entre leurs deux familles, mais cela signifiait-il qu'ils ne pouvaient pas en faire autre chose ? Ajouter un peu de romantisme, découvrir ce que Maria attendait de lui pour être heureuse ? S'il pouvait le lui donner, il le ferait.

Lorsqu'il entra dans le chalet, il vit Maria et Frankie debout près de l'immense sapin de Noël. Maria souleva leur fils afin qu'il puisse toucher une des jolies décorations qui ornaient l'arbre. Le petit visage de Frankie s'illumina d'une joie qui se reflétait dans le sourire de Maria. Le cœur de Seb se contracta. Maria semblait tellement plus sûre d'elle, et plus heureuse qu'avant son départ. Lui prouver – et se prouver à lui-même – qu'ils pourraient trouver ce bonheur ensemble ne serait pas facile.

Mais il devait essayer.

C'était ce que ses parents auraient voulu. C'était ce qu'il voulait, s'il était honnête avec lui-même. Léo avait raison : il avait attendu trop longtemps. Il était temps de montrer à Maria qu'elle devait revenir, qu'ils pouvaient être heureux à nouveau.

Car ils l'avaient été n'est-ce pas ? Il sourit en repensant à leur lune de miel. Il y avait eu un peu de romance entre eux à cette époque. Des promenades romantiques sur la plage, des dîners aux chandelles, de longues et sensuelles étreintes. C'était ce dont ils avaient besoin à nouveau. Il pouvait le faire, il en était sûr. Il lui suffisait de convaincre Maria de le laisser essayer.

— Tu espionnes ta femme et ton fils, lui murmura Noémi en arrivant derrière lui, ce qui le fit sursauter. Tu devrais plutôt être avec eux, non ?

Sebastian lui répondit d'un sourire. Il se rendait compte qu'avec sa sœur aussi, il devait être plus attentionné. S'il voulait réparer leur relation fraternelle, il fallait que ce soit *maintenant* ; et quelle meilleure période que celle de Noël ?

Mais d'abord, Maria et Frankie.

— Je vais la reconquérir, Noémi, chuchota-t-il. Nous allons être heureux à nouveau.

L'excitation lui parcourait les veines à cette perspective. Noémi lui sourit en grand et lui déposa un baiser sur la joue.

— Il était temps..., acquiesça-t-elle.

4

Ils avaient pris un verre tous ensemble, puis avaient partagé un dîner improvisé et détendu à l'issue duquel Léo et Anissa avaient rejoint leur propre chalet. Sans doute Léo ne se sentait-il pas encore tout à fait chez lui ici, avait songé Maria.

Heureusement, Noémi et Max ne s'étaient pas retirés. Tous les quatre, plus Frankie, s'étaient installés autour de la table basse dans l'espace salon. Noémi avait mis une musique douce et joyeuse. La conversation roulait sur des sujets légers.

Maria était reconnaissante à son amie pour ses talents de maîtresse de maison. Elle ne pouvait pas imaginer à quel point la soirée aurait été gênante seule avec Sebastian. Il était déjà assez difficile de se détendre comme ça !

Elle ne pouvait s'empêcher de ressentir avec un pincement au cœur l'absence de Salvo et Nicole. Celle-ci se serait occupée de chacun, attentive à ce que les verres ne soient jamais vides, relançant la conversation si nécessaire. Salvo aurait été installé dans son fauteuil habituel, près de la fenêtre, appréciant le bavardage de sa famille autour de lui. Ils auraient tous les deux été si heureux pour Noémi !

En revanche, elle n'avait aucune idée de ce qu'ils auraient pensé de la situation entre Sebastian et elle, ni même de ce qu'ils avaient pensé de son départ. Elle soupçonnait Seb de leur avoir dit de la laisser tranquille : il s'attendait probablement à ce qu'elle change d'avis et revienne sans qu'ils aient à s'en mêler.

Maria se souvenait parfaitement du jour où elle avait annoncé à ses parents qu'elle était enceinte. Son père avait simplement hoché la tête et dit : « Bon travail » ; sa mère s'était mise à réfléchir à une date pour le baptême et avait commencé à dresser des listes d'invités pour décider à qui ils montreraient le bébé et dans quel ordre. Nicole et Salvo, eux, l'avaient chacun serrée très fort dans leurs bras et lui avaient murmuré des félicitations affectueuses à l'oreille.

Donner un héritier à Cattaneo Jewels était ce qui avait motivé son mariage avec Seb ; or les Cattaneo ne le lui avaient jamais fait ressentir, au contraire de ses parents. Nicole et Salvo étaient vraiment heureux de l'avoir dans la famille et ravis de savoir que celle-ci allait s'agrandir.

Elle avait été désirée ici, d'une manière qu'elle n'avait jamais vraiment ressentie avec ses propres parents. C'était peut-être la véritable raison pour laquelle elle avait accepté d'épouser Sebastian Cattaneo.

Maria posa les yeux sur celui qui était toujours son mari, en pleine discussion avec Noémi et Max. Non, elle ne pouvait pas se mentir. Son mariage n'avait pas été une question de business ou de famille.

Lorsque ses parents lui avaient annoncé un beau jour qu'elle ne retournerait pas à l'université, elle avait cru qu'ils plaisantaient. Lorsqu'ils lui avaient expliqué la situation financière catastrophique de Rossi Gems, elle avait pensé pouvoir y remédier. Mais son père s'y était opposé. Il avait déjà organisé une fusion avec son vieil ami Salvo Cattaneo, et comme il voulait que le nom des Rossi soit associé à la nouvelle société, il avait mis le mariage avec Seb dans la balance.

Mais hors de question pour Maria de cautionner des pratiques d'un autre âge. Elle s'était fâchée, avait pleuré, négocié, menacé... puis avait cédé. Non parce que c'était ce que ses parents voulaient ni parce qu'elle se sentait bien au milieu des Cattaneo, mais à cause d'une petite voix intérieure qui lui soufflait que c'était sa chance d'être heureuse.

Maria avait accepté d'épouser Seb parce qu'elle était déjà amoureuse de lui. Depuis des années, bien avant qu'elle ne parte à l'université. Depuis une nuit glaciale, longtemps auparavant, quand il lui avait donné l'impression d'être la fille la plus importante du monde.

Pour Sebastian, ce mariage avait été *pratique*. Il avait besoin d'une femme pour consolider son image d'homme d'affaires respectable, et il voulait un héritier pour perpétuer la lignée des Cattaneo. Et, plus important encore, l'épouser avait fait la fierté de son père, ce à quoi Seb tenait le plus.

Mais maintenant ? Maintenant que Salvo n'était plus là pour juger des succès ou des échecs de Sebastian, cela changerait-il les choses ?

— Il est presque endormi.

La voix douce et profonde de Seb la fit sortir de ses pensées.

— Et toi aussi, on dirait..., ajouta-t-il, taquin.

— Je ne dors pas, répliqua-t-elle, vexée. Je réfléchis. Mais tu as raison à propos de Frankie.

Étendu sur ses genoux, son fils avait les yeux papillotants. On aurait dit qu'il ne voulait pas manquer un seul instant de ce qui se passait autour de lui.

— Il semble... heureux d'être ici, maintenant, reprit timidement Seb.

— Max lui a donné de la glace et des biscuits. Un moyen sûr de s'attirer la sympathie de n'importe quel petit garçon.

Sebastian soupira. Il semblait désemparé.

— Quand Frankie est arrivé, j'ai été un peu contrarié de constater qu'il m'avait oublié.

Maria grimaça. C'était elle qui avait tenu Frankie à l'écart de son père et, aussi bonnes que soient ses raisons, elle se sentait un peu coupable. Surtout quand elle se souvenait que Salvo et Nicole étaient partis sans l'avoir tenu dans leurs bras depuis des mois. Et maintenant, il était trop tard.

— Ça a été une longue année pour nous tous, dit-elle. Et une très longue journée pour ce petit garçon.

Elle prit Frankie dans ses bras et lui murmura :

— C'est l'heure d'aller au lit, *piccolo*.

Sebastian se leva d'un bond et se pencha vers son fils, bras ouverts.

— Je peux le prendre ?

Il en avait plus qu'envie, c'était un véritable besoin, viscéral, devina Maria. Elle pouvait au moins lui accorder cela…

— *Papà* va te porter jusqu'au lit, d'accord ?

— Hum…, marmonna Frankie d'une voix endormie. Tu viens aussi ?

— Bien sûr.

Ils souhaitèrent bonne nuit à Noémi et Max. À la manière dont ils se frôlaient, Maria se doutait que le sommeil n'était pas leur priorité… Soudain, elle songea qu'une fois Frankie endormi, le moment qu'elle redoutait arriverait enfin : elle serait seule avec son mari pour la première fois depuis un an.

Et elle ne savait pas quoi lui dire…

Sebastian tenait Frankie contre son torse tandis qu'ils montaient l'escalier. Il profitait de chaque seconde avec son fils dans les bras, de chaque détail : sa respiration, la douceur de ses fins cheveux contre sa joue, sa petite main qui tenait son pull, ses longs cils…

Une fois dans la chambre, Maria le déshabilla et le mit en pyjama, tout en lui murmurant des paroles de réconfort. Seb ne pouvait s'empêcher de l'admirer. Elle avait toujours été une mère fantastique, et sa proximité avec leur fils semblait avoir encore grandi pendant leur absence.

Il aurait tant souhaité être là pour le voir.

— Tu peux lui trouver son renard, s'il te plaît ? demanda Maria.

Elle se dirigea vers la valise à moitié ouverte sur l'autre lit. Le lit de Maria, se dit-il. Il détestait cette pensée. Sa place était auprès de lui. Pas parce qu'il la désirait physiquement – même si c'était le cas, et cela avait toujours été le cas –, mais juste parce qu'il voulait la tenir dans ses bras pendant son sommeil, pour être certain, au cas où il se réveillerait pendant la nuit, que son retour au chalet n'était pas qu'un rêve.

— Seb ?

Pourquoi Maria le fixait-elle en fronçant les sourcils, comme s'il avait fait une bêtise ? Bon sang ! Le renard !

Seb traversa la pièce et commença à fouiller dans le grand sac qui contenait les affaires de Frankie. Son fils possédait l'animal en peluche depuis sa naissance, un cadeau de ses grands-parents paternels, et Seb fut touché de découvrir qu'il dormait toujours avec. Nicole aurait été touchée, elle aussi. Elle avait passé des heures à chercher dans les magasins de jouets la peluche idéale pour son premier petit-enfant. Sa mère en savait cent fois plus sur le monde qu'il n'en apprendrait jamais. Cela lui manquait de ne plus pouvoir l'interroger sur ce qu'il ne comprenait pas.

Lorsqu'il trouva le renard, il le tint contre sa joue pendant un moment avant de le remettre à Maria ; si elle l'avait remarqué, elle ne fit cependant aucun commentaire.

Seb regarda Maria border la couverture autour de Frankie, alors même que ses petites mains saisissaient le renard et le tenaient sous son menton. Pendant un moment, il eut l'air du bébé dont Seb se souvenait. Comme si le temps n'avait pas passé.

Il pressa les lèvres sur le front de son fils et, comme il le faisait chaque soir du temps où Frankie vivait près de lui, murmura :

— Fais de beaux rêves, *piccolo*.

En reculant, il vit le visage méfiant de Maria, ses yeux plus durs, et il se souvint que tout avait changé. Il devait faire en sorte que cela change à nouveau.

Le romantisme était la clé, il en était presque sûr. Maria était partie, car elle se sentait délaissée – elle le lui avait jeté au visage quand ils s'étaient disputés, la veille du jour où elle avait fait ses valises. « Tu ne me vois même pas ! lui avait-elle crié. Parfois, je ne suis pas sûre que tu le remarquerais si je partais ! »

Mais il l'avait remarqué. Oh comme il l'avait remarqué…

Seb savait exactement ce que sa mère lui aurait dit : « Prends soin de ta femme, Sebastian. Prends soin de ta famille. » Et c'était ce qu'il allait faire. Il allait parler à Maria, pour commencer. L'écouter. Lui faire savoir à quel point il voulait qu'elle soit là et jusqu'où il était prêt à aller pour la garder avec lui.

Il lui proposa de boire un verre près du feu. Maria le regarda avec surprise.

— Je crois que nous avons beaucoup à nous dire, ajouta-t-il. Pas toi ?

Elle aurait dû penser davantage à ce qu'elle dirait une fois à nouveau seule avec Sebastian. Hélas, elle s'était toujours imaginé qu'il monopoliserait la parole pour lui faire des reproches, énumérer ses défauts, lui dire qu'elle était une piètre épouse et une mauvaise mère, qu'elle le décevait, ne respectait pas sa part du marché. Exactement ce que son père lui avait dit quand elle était arrivée à la maison avec Frankie...

Elle n'aurait jamais imaginé qu'ils seraient assis ensemble sur le canapé douillet de leur ancienne suite, buvant du bon vin rouge devant le feu en attendant que l'autre commence à parler. Or elle n'avait jamais été très douée pour le silence. Elle craquait toujours la première.

— Je sais que nous avons beaucoup de choses à nous dire. Et que tu dois avoir des questions à me poser. Et... Je ne te reproche pas d'être en colère contre moi.

— Je n'ai jamais dit que j'étais en colère contre toi, répondit Seb, si calmement qu'elle ne put s'empêcher de le croire. Je l'étais quand tu es partie. Demande à Noémi : j'ai été aimable comme une porte de prison pendant des mois ! Je n'ai pas aimé ça, mais maintenant je comprends pourquoi tu t'es enfuie.

Maria tiqua. Avait-il vraiment compris pourquoi elle n'avait pu rester ? À quel point cela lui avait fait mal d'être si proche de lui et de ressentir une telle différence entre eux ? Elle en doutait fort.

— Tu sembles tellement plus heureuse, reprit Sebastian. Comme si tu t'étais trouvée. Je sais que je ne t'ai pas donné l'attention dont tu avais besoin, j'ai trop travaillé, tu étais souvent seule avec Frankie.

— C'était en partie à cause de cela, dit Maria avec prudence.

Mais surtout parce qu'il était incapable de l'aimer.

— J'ai réalisé quelque chose, aujourd'hui. Je ne veux pas être un père absent et un mari détaché. Je ne veux pas passer ma vie sans toi ou sans Frankie.

Il prit une profonde inspiration puis expira lentement, comme s'il venait de produire un effort. Maria ne put s'empêcher d'admirer son torse large et son profil magnifié par la danse des flammes dans l'âtre.

— Je voudrais que nous utilisions ce moment où nous sommes tous rassemblés pour trouver une meilleure façon d'avancer ensemble, poursuivit Sebastian. Une qui te donne ce dont tu as besoin, mais qui ne m'exclue pas complètement de vos vies. Une qui nous permette de faire de notre mariage ce que nous nous étions promis qu'il serait : un vrai partenariat.

Maria croisa son regard et y lut de la sincérité. Il le voulait vraiment ; et il *la* voulait...

Mais pas comme elle en rêvait.

Il voulait que sa famille se retrouve – et n'était-ce pas naturel après la perte de ses parents et tous les changements auxquels il avait récemment fait face ? Oui, bien sûr, il aimait Frankie. Et elle était une présence familière pour lui, rassurante ; elle faisait partie de son paysage. Mais cela n'avait rien à voir avec de l'amour.

— Qu'en dis-tu ? demanda-t-il.

Il se rapprocha d'elle sur le canapé. Ils étaient si proches qu'elle pouvait sentir l'odeur de sa peau. Il serait si facile de retomber dans les vieux schémas : le laisser la prendre dans ses bras et s'y sentir en sécurité ; laisser leurs corps bouger à l'unisson et provoquer d'incroyables séismes de plaisir. Or s'autoriser à l'aimer de nouveau de tout son cœur la briserait encore plus que la première fois puisque Sebastian ne pouvait pas l'aimer comme elle voulait être aimée.

Maria recula en secouant la tête.

— Seb, je ne suis pas revenue pour rester. Frankie et moi ne sommes venus que pour Noël.

— Je sais. Mais peux-tu me reprocher d'en vouloir plus ?

Il lui décocha un sourire dévastateur.

— Non, mais... J'ai une vie ailleurs, maintenant. Et Frankie aussi.

Certes, sa vie tournait surtout autour de son fils, et des études de commerce qu'elle avait reprises à distance. Sa mère s'occupait aussi de Frankie. Quant à son père, il ruminait sa déception, mais au moins Maria n'avait plus à s'efforcer d'être la fille dont il avait rêvé. Elle pouvait simplement être elle-même.

— Est-ce que... ? As-tu rencontré quelqu'un d'autre ?

Était-ce de la peur qu'elle avait décelée dans la voix de Seb ? Mais pourquoi diable aurait-il peur de cela, sinon parce que cela risquait de ternir son image ?

Maria n'avait jamais compris pourquoi Seb, qui était magnifique, riche, drôle quand il le voulait, et plus généralement un type bien, était resté seul durant cette année de séparation – c'était Noémi qui le lui avait affirmé. Il aurait pu avoir toutes les femmes qu'il voulait. La seule explication à laquelle Maria pouvait penser, c'était que son entreprise et sa réputation étaient plus importantes pour lui que son propre bonheur.

De son côté, elle n'avait jamais été capable d'essayer de rencontrer quelqu'un d'autre.

— Non, dit-elle. Plusieurs fois, des gens ont essayé de m'arranger des rendez-vous, mais non, il n'y a personne d'autre.

— Bien. Donc il y a encore de l'espoir.

— De l'espoir ?

Dans ses yeux, Maria vit le même genre de détermination que quand il devait négocier un contrat difficile. Ou quand, juste après leur mariage, il avait entrepris de découvrir tout ce qui la faisait vibrer sous la couette. Et un Seb déterminé pourrait accomplir de grandes choses. Son corps le lui rappela sans un frisson exquis.

— L'espoir que je peux tout réparer. Si tu me laisses essayer.

Maria baissa les yeux, vaincue. Elle n'avait jamais pu lui résister quand il concentrait toute son attention sur elle, résolu à faire tout ce qu'il fallait pour lui plaire. Si seulement il avait agi ainsi plus souvent, elle ne serait probablement jamais partie.

Elle prit une gorgée de vin pour apaiser ses nerfs. Ce n'était que jusqu'à Noël. Le lendemain, Frankie et elle partiraient, à moins que quelque chose de fondamental ne change dans sa relation avec Seb. Elle pouvait lui accorder ces quelques jours. Ce serait son cadeau de Noël.

— OK, dit-elle d'une voix rauque. Essayons.

5

Sebastian se leva tôt le lendemain matin, non afin de travailler, pour une fois, mais parce qu'il avait hâte de s'atteler à sa nouvelle mission : « Projet Reconquête Femme et Enfant ».

Il fallait peut-être un meilleur nom pour ce projet, se dit-il en entrant dans la douche. Il n'avait pas dormi aussi bien que d'habitude. Au bout d'un an, il s'était finalement habitué à l'absence de Maria dans son lit à côté de lui ; toutefois, la nuit précédente l'avait ramené aux premiers jours de solitude qui avaient suivi son départ. Il avait passé son temps à chercher dans un demi-sommeil quelqu'un qui n'était pas là.

Il est clair qu'il avait besoin de ce projet plus que jamais. Peut-être d'ailleurs que « Projet Famille » était un nom plus approprié. Il avait le sentiment que Noémi approuverait. Il l'espérait en tout cas, parce qu'il allait avoir besoin de son aide pour le réaliser.

Lorsqu'il sortit de sa chambre, la porte de celle de Maria et Frankie n'était toujours pas ouverte. Il décida de les laisser dormir et descendit à la cuisine.

Comme il s'y attendait, Noémi préparait du café. Il l'embrassa et s'installa sur un tabouret de bar. Maintenant qu'il savait pour sa grossesse, il était impossible de rater son ventre légèrement proéminent, elle qui avait habituellement un corps svelte. Sans parler du halo de bonheur qui l'entourait.

— Je peux en voler une tasse ? demanda-t-il. J'ai besoin d'énergie pour mes projets du jour.

Elle remplit une tasse de café et la poussa vers lui, un sourcil élégamment arqué.

— Des projets ? Qui concernent Maria ?

— C'est l'idée.

Seb prit une gorgée de la boisson chaude et fumante. Noémi s'appuya au comptoir entre eux, les coudes sur la surface en bois.

— Comment puis-je t'aider ?

— J'espérais que tu me poserais cette question, répliqua Seb en souriant.

— Parce que tu n'as aucune idée de comment conquérir une femme ?

— Hé ! Elle m'a épousé ou pas ?

— C'était un contrat. Personne n'a jamais nié que tu étais un redoutable homme d'affaires, le taquina-t-elle en roulant les yeux.

Hélas c'était la triste réalité. Si le père de Maria n'avait pas eu de problèmes avec son entreprise, elle ne l'aurait jamais épousé. Et il n'aurait sans doute jamais trouvé le temps de se marier, trop occupé par Cattaneo Jewels. Mais il y avait eu autre chose entre eux, surtout après qu'il avait découvert combien il adorait faire l'amour à sa femme...

— Nous étions amis. Partenaires, même. Et nous sommes parents. Ce n'est pas rien, tu sais.

— Moi, je suis tout à fait d'accord pour les deux gamins fous que vous êtes, dit Noémi. Je pense juste que tu dois essayer de comprendre pourquoi elle est partie et comment tu peux arrêter de tout ficher en l'air.

— J'ai toujours su pourquoi elle était partie. Elle me l'a dit quand on s'est disputés, la veille de son départ. Elle se sentait ignorée, négligée. Elle a dit que je ne la voyais plus.

— Bien, dit lentement Noémi, comme s'il passait à côté de quelque chose.

— Alors je vais lui prouver que je la vois. Que si elle rentre à la maison, je ne l'ignorerai pas. Qu'il peut y avoir du romantisme et tout ça dans notre mariage, même si ce n'est pas ce qui nous a poussés à nous marier.

— « Du romantisme et tout ça », répéta Noémi. Tu m'en diras tant !

— Donc tout va bien se passer, conclut Seb, triomphant.

Il avait encore plus confiance en son plan maintenant qu'il

en avait discuté avec sa sœur. Tout ce qu'il avait à faire, c'était montrer à Maria combien il voulait qu'elle soit là. Ce qui était facile, car c'était la vérité.

— Alors, que dois-je faire ? demanda Noémi.

Elle semblait bien trop sceptique au goût de Seb. Pourtant, il décida de ne pas la lancer sur ce sujet.

— Est-ce que toi et Max pourriez surveiller Frankie, aujourd'hui ? Même si je veux passer du temps avec mon petit gars, je me dis qu'un peu de romantisme avec Maria est la première étape.

— Bien sûr, dit Noémi. Qu'allez-vous faire, Maria et toi ?

Seb sourit.

— Un rendez-vous en tête à tête.

— Je suis désolée, je crois qu'on a fait la grasse matinée ! s'exclama Maria en entrant dans la cuisine avec Frankie.

Sebastian et Noémi sirotaient un café assis au comptoir.

— Ne t'inquiète pas ! Vous n'avez rien manqué d'important, déclara Noémi.

— En fait, nous étions en train d'organiser la journée, ajouta Seb.

Il avait l'air détendu, heureux. Il était toujours aussi superbe, alors qu'elle se sentait affreuse. C'était vraiment injuste !

Au moins, elle aurait Frankie comme tampon entre eux, aujourd'hui. Seb ne pourrait pas poursuivre la conversation de la veille avec leur fils dans les parages. Il lui suffirait de rester amicale et polie, en évitant de laisser Sebastian franchir ses défenses.

Noémi se leva et s'accroupit devant Frankie, un sourire malicieux sur le visage.

— Ça te dirait de passer la journée avec tata Noémi et tonton Max, mon cœur ?

Le souffle de Maria se bloqua dans sa gorge. Elle posa les yeux sur Sebastian pour voir sa réaction. Il souriait sereinement. Elle comprit alors que c'était *son* plan. Il voulait être seul avec elle…

— Noémi, tu n'as vraiment pas à…

— Ça me fait plaisir, la coupa sa belle-sœur. À Max aussi. Ce sera un bon entraînement pour nous.

— Oui, je comprends. C'est juste que..., bafouilla-t-elle, je ne suis pas sûre que Frankie soit...

Elle s'interrompit, essayant de trouver une excuse qui n'offenserait pas Noémi.

— Je pourrai avoir une glace ? intervint Frankie.

La température était inférieure à zéro, mais son fils voulait une glace...

— Bien sûr ! s'exclama Noémi avec allégresse. Mais pas pour le petit déjeuner. Et si on mangeait d'abord des gâteaux ? Ensuite, on ira voir tonton Max et on décidera ce qu'on fera d'autre aujourd'hui.

Frankie semblait tellement heureux que Maria n'eut pas envie de protester. Elle n'avait aucune raison de l'empêcher de partager un bon moment avec Noémi et Max. Et aucune excuse pour ne pas passer de temps avec Sebastian, même si elle avait peur de reperdre tout le terrain qu'elle avait gagné pendant leur séparation. Elle sentait sa résistance s'estomper.

— Et si je t'invitais à déjeuner ? proposa Seb, qui s'était levé et rapproché d'elle.

Maria ne put s'empêcher de hocher la tête. *Mon Dieu, faites que je sois forte...*

Maria donna des instructions détaillées à Noémi et Max, puis expliqua à Frankie le comportement qu'elle attendait de lui – tout en sachant que, malgré ses hochements de tête et ses yeux larges et innocents, il ne se souviendrait de rien. Elle vêtit chaudement son fils et, une fois celui-ci sorti avec son oncle et sa tante, elle se prépara et s'habilla.

Seb et elle déambulaient dans les rues animées de Mont Cœur lorsqu'elle réalisa soudain qu'il la conduisait vers le restaurant le plus chic du village.

— Tu sais, un simple hamburger m'irait très bien, protesta-t-elle.

Seb lui lança un regard amusé, comme s'il avait saisi qu'elle essayait de trouver un moyen de faire en sorte que ce déjeuner soit court. Il avait toujours été doué pour lire en elle. En surface, en tout cas, pas quand il s'agissait des choses qui comptaient vraiment.

— Tu te rends compte que c'est notre tout premier vrai rendez-vous galant ? dit Seb en poussant la porte vitrée du restaurant.

— C'est un rendez-vous galant, maintenant ? s'étonna Maria, soudain gagnée par la panique.

Elle songea qu'elle aurait vraiment dû trouver un moyen d'aller construire un bonhomme de neige avec Frankie, Noémi et Max.

— Toi et moi dans le meilleur et le plus romantique restaurant de Mont Cœur : oui, Maria, c'est un rendez-vous galant.

C'était bien ce qu'elle craignait : Seb avait l'intention de la courtiser. Il allait sortir le grand jeu et les violons. Or elle savait pertinemment que son mari n'avait aucune idée de ce que cela impliquait...

Elle connaissait Seb depuis toujours, car leurs pères étaient des amis de longue date, devenus des relations d'affaires. Rossi Gems avait fourni de nombreuses pierres précieuses utilisées dans les créations de Cattaneo Jewels. Les familles s'étaient rapprochées au fur et à mesure que les enfants grandissaient ensemble. Maria avait vu Seb évoluer : garçon sérieux, adolescent maladroit, puis jeune homme beau, confiant, prêt à se lancer dans le monde des affaires. Il avait dix-sept ans lorsqu'il partit pour l'université, elle quinze.

Il avait toujours été trop occupé à faire la fierté de son père pour perdre son temps avec les filles. Certes, il avait dû faire quelques conquêtes avant leur nuit de noces pour qu'elle soit aussi fantastique, mais il accordait beaucoup moins d'importance aux femmes qu'à Cattaneo Jewels.

Sebastian la guida jusqu'au pupitre d'accueil, derrière lequel il n'y avait personne. Un restaurant chic était un bon départ, se dit-elle. Cliché, mais pas rédhibitoire. Cela aurait pu être bien pire. Au moins, elle savait à quoi elle était confrontée ; elle pourrait se défendre. Et Seb lancé dans une offensive de charme pourrait être amusant à observer.

Elle se souvint soudain de ce qu'il venait d'affirmer et fronça les sourcils.

— Attends... Nous avons sûrement eu un rendez-vous galant avant aujourd'hui. Nous sommes tout de même mariés depuis des années !

— Quand ? Je t'écoute...

Elle réfléchit, mais dut se rendre à l'évidence : il avait raison. Ils étaient sortis ensemble, bien sûr, mais pour des dîners d'affaires ou en famille. Jamais pour le simple plaisir de passer du temps ensemble.

Maria n'eut pas à avouer sa défaite, car le maître d'hôtel arriva. Il se confondit en excuses pour les avoir fait attendre. Il les conduisit à leur table en affirmant que c'était un honneur pour lui de voir M. et Mme Cattaneo déjeuner dans l'établissement. Il installa Maria et leur donna des cartes. Sebastian commanda une bouteille de vin blanc.

— Alors ? demanda Sebastian en la regardant par-dessus son menu. Tu as retrouvé la trace d'un rendez-vous galant ?

— Et le soir où nous sommes allés au théâtre pour assister à la représentation de cette pièce que tu avais tellement envie de voir ?

Certes, Seb n'avait vu que la première partie parce qu'un appel professionnel urgent l'avait obligé à passer le reste de la soirée au téléphone dans le foyer du théâtre, mais quand même...

Seb posa son menu.

— Je pense que nous devons réévaluer tes critères pour un rendez-vous galant.

— Quelle est ta définition ? le défia-t-elle.

— Toi et moi seuls dans un endroit romantique, seulement concentrés sur l'autre.

Voilà qui sonnait bien, devait admettre Maria, troublée. Le sommelier se présenta sur ces entrefaites et fit goûter le vin à Sebastian. Celui-ci approuva d'un signe de tête et le sommelier le servit.

— Dans ce cas, je suis d'accord : cela pourrait bien être notre tout premier rendez-vous galant depuis notre lune de miel.

Ils n'en avaient pas eu non plus avant leur voyage de noces. Leur union avait été organisée par leurs pères, ils se connaissaient depuis toujours, ils n'en avaient pas eu *besoin*.

L'esprit de Maria dériva jusqu'au souvenir de la main de Seb dans la sienne, une nuit, sur un lac gelé, quand elle avait quinze ans. Mais Sebastian ne considérerait pas ces moments de grâce comme un rendez-vous galant. Parce que pour lui, à l'époque, cela n'en avait pas été un.

Maria leva son verre vers Seb. Il l'imita et ils trinquèrent.

— Au romantisme, dit-il, avec ce sourire qui avait toujours fait battre son cœur le plus fort.

— Au romantisme, lui fit-elle écho.

Oui, elle était prête, à présent...

Le restaurant tenait toutes ses promesses, et Sebastian se dit qu'il avait bien fait de suivre les conseils de Noémi. La nourriture était exquise, le personnel attentif, mais discret, et l'atmosphère merveilleusement romantique, surtout avec la neige qui tombait de l'autre côté des baies vitrées.

L'endroit parfait pour son premier rendez-vous galant avec sa femme, qui finissait sa mousse au chocolat avec une moue gourmande.

Il s'habituait peu à peu à tous les changements en elle : ses cheveux plus courts, son regard plus perçant, sa silhouette plus fine, comme si elle avait perdu un peu de poids. Cela lui donnait plus de délicatesse, même s'il n'y avait rien de fragile chez la femme assise en face de lui.

Sa robe en tricot rouge foncé épousait ses courbes parfaites, ce qui lui rappelait son corps élancé – et qu'il avait une envie folle de redécouvrir.

Sa personnalité s'était affirmée, il en était persuadé désormais. Cela ne faisait que l'inciter à la désirer davantage.

Tout au long du déjeuner, ils avaient bavardé avec légèreté, surtout de Frankie et de leurs familles respectives. Il avait évoqué sa relation de plus en plus étroite avec Léo, sans toutefois mentionner son offre généreuse. Maria lui avait fait un compte rendu de la manière glaciale dont ses parents avaient accueilli son arrivée avec Frankie. Seb connaissait ses beaux-parents : il n'avait pas eu besoin de détails pour imaginer la scène.

— Et toi ? demanda-t-il alors que Maria reposait sa cuillère. Qu'as-tu fait au cours des douze derniers mois ?

Elle eut l'air surprise qu'il s'intéresse à elle. Avait-il vraiment été distant à ce point avant qu'elle ne parte ? Probablement. Il était tellement habitué à ce que Maria soit toujours là, à ce qu'elle fasse partie de sa vie, qu'il l'avait tenue pour acquise. Il avait lésiné sur l'attention qu'elle méritait pourtant. Il ne referait pas cette erreur, si elle lui redonnait une chance.

— Je me suis surtout occupée de Frankie.

Sebastian attendit. Connaissant Maria, cela ne pouvait pas être tout.

— Et je... J'ai suivi des cours, finit-elle par ajouter, le regard baissé. Des cours de commerce, d'économie, ce genre de choses.

— Vraiment ? demanda-t-il, intrigué. Pourquoi ?

Il comprit que sa question était une erreur au moment où il la posait, et la grimace de Maria ne fit que le confirmer.

— Je devrais me considérer comme chanceuse d'être une épouse et une mère, c'est ça ? répliqua-t-elle, le regard assassin. Je devrais me satisfaire de rester à la maison et d'être jolie, au lieu de vouloir moi aussi travailler ?

— Non ! s'exclama Sebastian en levant les mains en signe de reddition et d'excuse. Ce n'est pas... Je voulais juste dire que tu as toujours été naturellement forte en affaires. Tu m'as toujours donné des conseils avisés quand je t'ai demandé ton avis sur la marche de l'entreprise. Je me demandais juste pourquoi tu avais ressenti le besoin d'étudier à nouveau après...

... Après avoir abandonné tes études pour m'épouser, à la demande de ton père.

Seb secoua la tête. Quel idiot ! Mais l'expression de Maria s'adoucit.

— Je suis désolée. C'est juste que... j'ai passé beaucoup de temps avec mon père ces derniers mois.

Le père de Maria n'avait jamais voulu qu'elle soit impliquée dans Rossi Gems. Pour lui, son seul travail consistait à se marier suffisamment bien pour qu'un *homme* s'occupe de l'entreprise familiale. Seb savait que son propre père aurait entrepris la fusion même sans mariage, pour aider son vieil ami. Mais pour Antonio Rossi, voir sa fille entrer dans le clan Cattaneo était un moyen de ne pas perdre complètement le contrôle. Et Salvo avait été heureux de voir son fils commencer à fonder une famille en se mariant.

— Il n'aime pas beaucoup que je suive des cours, reprit Maria. Mais je voulais finir ce que j'avais commencé des années auparavant et décrocher mon diplôme. Je suis adulte maintenant. Je fais mes propres choix.

— Je n'ai jamais pensé que tu ne l'étais pas, dit Seb avec douceur. Et je ne ferais jamais des choix à ta place.

— Tant mieux. Je me demandais juste, parce que…

Elle s'interrompit, comme si Sebastian savait ce qu'elle avait été sur le point de dire. Or il l'ignorait, et il avait *besoin* de savoir. De savoir tout ce qu'il avait fait de mal pour pouvoir le réparer. Sinon, dans quelques jours, elle s'éloignerait à nouveau de lui, pour de bon cette fois.

— Parce que… ?

Elle soupira.

— Avant notre mariage, et même un peu après, tu me parlais souvent de l'entreprise. Tu me demandais mon avis, tu me laissais réfléchir avec toi à l'avenir de Cattaneo Jewels. Et j'aimais ça. C'était quelque chose que nous partagions. J'avais l'impression que mon opinion comptait pour toi.

— C'était le cas, affirma Sebastian. Tu as toujours su poser les bonnes questions, cerner les problèmes avec précision, trouver des solutions. C'était constructif d'échanger avec toi.

Son père lui avait donné de plus en plus de contrôle et de responsabilités, pour le préparer à prendre la relève lorsqu'il prendrait sa retraite. Avoir Maria auprès de lui pour discuter affaires avait rendu cette situation moins effrayante. Il s'était senti moins seul.

— Alors pourquoi as-tu arrêté ? demanda Maria d'une voix douce, d'un ton qui n'était pas de reproche du tout. Dès que je suis tombée enceinte de Frankie, c'était comme si ma seule responsabilité, la seule chose pour laquelle j'étais encore bonne était de te donner un héritier.

Sebastian eut l'impression de recevoir un coup de massue.

— Ce n'était pas…, bafouilla-t-il. Je… Ce n'est pas du tout ce que je pensais.

Mais à quoi pensait-il ? Tout avait été si confus et effréné depuis qu'il lui était difficile de se souvenir. Mais il savait qu'il devait s'y efforcer.

— Alors, explique-moi.

Maria se recula sur son siège et attendit.

— Je vais... Je vais essayer. Laisse-moi juste demander l'addition, ajouta-t-il en levant le bras pour appeler le serveur. Je ne veux pas que nous ayons cette conversation ici, c'est trop important.

Tandis qu'il payait, il songeait à leur passé et à la manière dont il influait sur leur présent. Une grande partie de leur histoire s'était embrouillée à cause des décisions de leurs pères. Pourraient-ils démêler tout cela pour trouver ensemble une nouvelle voie, un nouvel avenir ?

La conversation à venir pouvait faire ou défaire son mariage, il en était certain. Il devait agir avec discernement. De plus, il n'était pas prêt à mettre déjà fin à leur rendez-vous galant. Pour la première fois, Maria et lui se parlaient à cœur ouvert. Il ne voulait pas que ces moments précieux s'évanouissent, pas avant d'avoir eu l'occasion de s'attaquer aux vrais problèmes.

Soudain, alors qu'il laissait son regard errer sur le paysage, il vit le moyen idéal de préserver leur bulle d'intimité et de sincérité. Il replaça sa carte bancaire dans son portefeuille et remit celui-ci dans la poche de sa veste.

— Viens, dit-il en tendant la main à Maria. J'ai une idée.

6

Seul Sebastian aurait pu imaginer qu'une promenade en traîneau constituerait le cadre idéal pour la plus importante conversation de son mariage – et peut-être de sa vie… Il se lançait vraiment à cœur perdu dans le romantisme, et le résultat était pour le moins surprenant, songea Maria avec une indulgence amusée.

Devant eux, tirant leur traîneau vert, deux chevaux blancs trottaient dans les rues de Mont Cœur en direction des champs et des collines enneigés. Le cocher qui les guidait portait une épaisse chapka, si bien que Maria était certaine que leur intimité était préservée. Cependant, Seb et elle, comme d'un commun accord, n'avaient pas repris la conversation laissée en suspens au restaurant. Ils s'extasiaient sur le paysage, les éclairages de Noël, les vitrines décorées.

Seb pointa du doigt un lac gelé juste à la sortie du village.

— Regarde, des patineurs ! Tu te souviens de cette nuit où nous sommes allés faire du patin à glace sur le lac, chez tes parents ?

— Bien sûr.

Maria sourit, un peu mélancolique. Comment aurait-elle pu oublier la nuit où elle était tombée amoureuse de Sebastian ? Même si elle ne le lui avait jamais dit…

— J'aurais probablement dû aller en prison pour t'avoir emmenée là-bas. C'était stupide et dangereux. Tu avais quoi ? Treize ans ?

— Quinze, corrigea Maria. Et je voulais y aller.

— C'est pour ça que je t'ai emmenée, dit Seb, avec un sourire malicieux.

Les souvenirs déferlèrent dans l'esprit de Maria. C'était pendant les vacances de Noël, quelques mois avant que Sebastian ne parte pour l'université. Quand elle le regardait, elle voyait déjà un homme, un homme superbe. Comme Salvo et Nicole étaient en voyage, Seb et Noémi étaient venus séjourner le temps d'un week-end chez ses parents. Maria les avait suppliés toute la journée de les laisser patiner sur le lac gelé du domaine, mais ils avaient refusé de céder. Trop dangereux. Trop risqué.

Mais c'était tout ce à quoi aspirait Maria : un peu de risque, un peu de danger, n'importe quoi qui l'aide à se sentir un peu libre alors qu'elle était coincée dans la maison familiale.

Cette nuit-là, après que tout le monde était allé se coucher, Sebastian avait frappé doucement à sa porte, une paire de patins à glace au bout des doigts.

Elle ne s'était jamais sentie aussi vivante que cette nuit-là, patinant dans l'obscurité avec Sebastian Cattaneo. Et elle avait su alors qu'elle n'aimerait jamais personne d'autre. Mais elle ne pouvait pas y penser maintenant. Pas quand il y avait encore tant de choses à régler entre eux. Elle n'avait plus quinze ans, il fallait qu'elle s'en souvienne.

— C'est la première fois que je fais du traîneau, avoua-t-elle en regardant les arbres enneigés défiler. Frankie adorerait ça. Ou serait terrifié, on ne peut jamais prévoir les réactions d'un gamin de deux ans.

— Nous l'emmènerons en ville pour voir les chevaux, alors, proposa Seb. On verra comment il réagit.

Nous. Ensemble. Comme une famille. Elle savait que c'était là que Seb voulait en venir. Toutefois, elle avait besoin de ses réponses d'abord.

Elle inclina le buste vers lui, ses mains gantées posées sur ses genoux. Il était si beau dans la lumière du soleil qui se reflétait sur la neige ! Ses yeux verts étaient pensifs.

— Alors, as-tu une explication à me fournir ? demanda-t-elle.

C'était important pour elle. S'ils voulaient vraiment réparer leur relation – ne serait-ce que pour pouvoir élever Frankie à distance de manière plus sereine –, alors elle devait comprendre ce qui avait changé chez lui dès qu'elle avait été enceinte, pourquoi il avait commencé à l'écarter alors qu'elle espérait au contraire qu'ils se rapprochent.

— Je n'essaie pas vraiment de trouver une explication, mais plutôt de me souvenir exactement de ce que je pensais et ressentais. J'ai tendance à agir par instinct au lieu de réfléchir, parfois.

Maria ne l'ignorait pas. Elle connaissait Sebastian. S'il pouvait éviter de penser à ses émotions et les échanger contre des feuilles de calcul, il le ferait. Mais aujourd'hui, elle n'allait pas le laisser s'en tirer.

— Je pense que... Tu te souviens comme tu étais malade au début de ta grossesse ?

Elle grimaça. Comment aurait-elle pu l'oublier ? Elle avait vomi tous les jours à 11 heures et 16 heures pendant douze semaines, réglée comme une horloge.

— Bien sûr que je m'en souviens.

— Je ne t'avais jamais vue comme ça avant. Tu n'avais jamais eu plus qu'un rhume depuis que je te connaissais. Même quand nous avons tous attrapé la varicelle, l'année de mes dix ans je crois, tu es passée au travers. Te voir malade, faible et émotive, c'était un peu effrayant pour moi, je crois. Je détestais que ce soit ma faute, et je détestais encore plus ne rien pouvoir faire pour que tu te sentes mieux.

— C'étaient juste les effets secondaires de la grossesse, Seb, répliqua Maria, peu convaincue par son argument. Des millions de femmes en souffrent chaque jour, et beaucoup d'entre elles sont bien plus malades que moi.

— Je sais. Mais aucune de ces millions de femmes n'était la mienne.

Elle prit sa main gantée dans la sienne et la tint sur ses genoux.

— Tu as cessé de m'impliquer dans Cattaneo Jewels seulement à cause de mes nausées ?

— En partie, soupira Sebastian. Je n'allais pas t'embêter avec des trucs de boulot alors que tu te sentais si mal. Je voulais que ta grossesse soit la plus apaisée possible. Je ne voulais pas t'importuner avec mes soucis.

— Mais tu es mon mari ! Tes soucis auraient dû être *nos* soucis.

C'était ce qu'il n'avait jamais compris. Elle voulait une vraie relation, intense et complice, quand lui voulait une femme et un héritier pour asseoir sa respectabilité.

— Et ce n'est pas comme si attendre un enfant m'avait déglingué le cerveau, poursuivit Maria. J'étais toujours la même personne, je m'intéressais toujours à l'entreprise.

— Je le sais, maintenant. Mais à l'époque, j'avais l'impression que ton monde se limitait à Frankie, et que mon rôle était juste de m'assurer que vous ne manquiez de rien, comme mon père l'avait toujours fait pour ma mère.

Je voulais mon mari, songea Maria. *Je voulais ton amour.* Mais aussi intime que soit cette promenade romantique en traîneau, elle n'était pas encore prête à l'avouer, pas plus qu'elle n'était prête à avouer qu'elle voulait qu'ils forment une équipe, un vrai duo – c'était ce qu'ils s'étaient promis l'un à l'autre quand ils avaient accepté le projet de mariage de leurs pères.

Ils ne s'étaient jamais promis l'amour, à part quand ils avaient prononcé leurs vœux, mais ce n'étaient que des mots... Et puis il existait différentes façons d'aimer. Maria n'avait jamais douté que Seb l'aimait, comme une vieille amie de la famille avec laquelle il partageait une fantastique alchimie sexuelle. Elle avait eu son affection, son amitié, et même son fils. Jamais plus. Il ne l'avait pas aimée de tout son cœur, de la manière douloureuse et dévorante dont elle l'avait aimé. Sinon, il n'aurait jamais pu la laisser partir.

— Je voulais juste ce que nous nous étions promis : que nous formions une équipe.

Au lieu de cela, elle avait vécu de longues journées solitaires avec Frankie, puis quand Sebastian rentrait, ils ne se disaient plus rien. Sa vie s'était limitée aux couches et aux biberons. Elle adorait son bébé, adorait être mère, mais elle aspirait à plus.

— Je n'avais pas réalisé. Inconsciemment, je croyais que... que tu voulais le même genre de mariage que nos parents.

Maria laissa échapper un rire amer en pensant au couple morne et silencieux que formaient ses parents.

— Crois-moi, c'est la dernière chose à laquelle je rêvais !

Seb serra la main de Maria à travers son gant et le sien.

— Je suis désolé.

Il s'était comporté comme un idiot. Maria ne s'était pas seulement sentie négligée, mais aussi mise à l'écart. Il avait connu cette douloureuse situation lors de ses premières années dans l'entreprise, quand il essayait de faire sa place par son seul mérite, au-delà de son statut de fils et héritier du patron. Chaque fois qu'il avait entendu quelqu'un chuchoter dans son dos qu'il n'aurait pas eu cette place s'il n'avait pas été le fils de Salvo, il avait un peu plus douté de lui-même. Il avait finalement gagné le respect des employés, mais cela avait pris du temps ; une denrée qu'il n'avait pas avec Maria.

Néanmoins, même s'il ne pouvait pas réparer le passé, il pouvait essayer de changer l'avenir. Vite. Et si tout ce qu'elle voulait était qu'ils soient à nouveau *partenaires*, il pouvait le lui donner.

— J'aurais aimé savoir ce que tu ressentais, déclara-t-il, sincère. Et maintenant que je le sais, on peut arranger les choses, non ? Je serais plus que ravi de bénéficier à nouveau de tes conseils et de tes lumières concernant la marche de l'entreprise, tu sais !

Elle ne le croirait jamais s'il lui disait à quel point cela lui manquait. Cela lui manquait déjà quand elle était encore là, quand Frankie n'était qu'un bébé. Les jours encore plus lointains où ils échangeaient à propos de la vie, de l'avenir, de leurs espoirs et de leurs rêves lui manquaient aussi.

Il se souvint du couple harmonieux et heureux que formaient ses parents. Ils avaient décidé *ensemble* que Salvo s'occuperait des affaires et Nicole du foyer. Ils avaient chacun leurs propres responsabilités, et ils avaient toujours travaillé dans un but commun : le bonheur de leur famille.

Il avait perdu de vue cet objectif avec Maria. Elle avait raison : quelque part sur le chemin, ils avaient cessé d'être une équipe. Et il voulait plus que tout retrouver ce sentiment.

— Ce serait bien, déclara Maria.

Seb aurait crié sa joie si le ton retenu de sa voix ne lui avait pas mis la puce à l'oreille.

— Mais... ?

Maria soupira et se retourna pour regarder la neige. Pendant un long moment, tout ce que Seb put entendre était le bruit étouffé des sabots sur la neige fraîchement tombée. Et son propre monologue intérieur, bien sûr, car son âme angoissée inventait des choses de plus en plus horribles que Maria pourrait lui dire.

Mais *ce mariage ne me suffit pas.*

Mais *tu n'es pas assez bien pour moi.*

Mais *je veux être libre de trouver quelqu'un qui peut me donner ce dont j'ai besoin.*

Mais *Frankie a besoin d'un meilleur père que toi.*

Finalement, elle posa de nouveau les yeux sur lui.

— *Mais*... Est-ce que tu te souviens que tu passais tout ton temps au bureau quand j'étais enceinte ? demanda-t-elle comme si elle lui posait une colle.

— Oui, mais c'est parce que nous étions en train de lancer la nouvelle gamme de bijoux et de commencer l'expansion vers le marché...

— Qu'est-ce que cela t'inspire, le coupa-t-elle, de te rendre compte que tu te souviens *exactement* de ce qui se passait dans l'entreprise à l'époque, alors qu'il t'a fallu vingt minutes pour te souvenir de ce que tu vivais dans notre mariage ?

Seb sentit la chaleur envahir son visage malgré l'air glacial. Oui, il pouvait se souvenir de chaque étape de son parcours dans l'entreprise familiale : le premier jour où son père l'avait emmené au bureau, son premier stage, l'apprentissage des ficelles du métier, le moment où son père lui avait cédé la majorité des parts... Cattaneo Jewels faisait partie de sa vie depuis toujours. Il avait grandi en sachant que l'entreprise était plus que son destin, plus qu'un droit de naissance, mais sa *responsabilité*. Son fardeau et sa joie.

S'il faisait une erreur, il ne serait pas le seul à perdre de l'argent : ses investisseurs, ses actionnaires, son conseil d'administration en perdraient eux aussi. Ses employés seraient menacés ; ses fournisseurs pourraient faire faillite. Son père serait déçu. Seb savait qu'il pourrait ressentir la déception de Salvo par-delà la tombe. Si Cattaneo Jewels faisait faillite, il serait capable de revenir d'entre les morts pour le réprimander !

Comment pourrait-il expliquer tout cela à Maria... ?

— Je... Je sais ce que je fais en affaires ; du moins je l'espère. Dans ce domaine, il est facile de mesurer le succès ou l'échec : tout est dans les rapports trimestriels et les bilans financiers. Mais en ce qui concerne les relations humaines…

Maria arqua ses sourcils noirs. Ses yeux bleus étincelaient.

— Tu as besoin d'un rapport trimestriel sur notre mariage ? Notre famille ?

— Honnêtement ? Ça m'aiderait probablement, plaisanta à moitié Seb, avant de pousser un long soupir. Personne ne m'a jamais appris ces choses, Maria. On attend de moi que je sache comment être un mari, un père. Et je… Je ne sais pas.

Cet aveu lui faisait mal. Toute sa vie, il avait essayé d'être le meilleur, de rendre son père fier en ne commettant jamais d'erreurs, en faisant comme s'il savait déjà tout ce que Salvo essayait de lui apprendre, en étudiant plus que tout le monde, en connaissant la réponse à chaque question avant même qu'elle ne soit posée.

Mais si la seule façon de reconquérir Maria était d'admettre qu'il ne savait rien ? Alors il le ferait. Il reconnaîtrait son ignorance et accepterait d'apprendre.

— Personne n'a la science infuse, Seb. Personne ne naît avec le mode d'emploi de la connexion aux autres. C'est quelque chose que nous devons tous apprendre.

Pensait-il qu'on lui avait donné une formation spéciale pour devenir une bonne épouse ou une bonne mère ? Des conseils et des astuces pour câliner un enfant en bas âge ou soutenir un mari qui avait eu une mauvaise journée au travail ? Des cours pour chasser la peur constante qu'il arrive quoi que ce soit à l'un ou à l'autre de ses amours ?

— *Toi*, tu sais. D'instinct.

Maria avait toujours supposé que ce qu'elle savait sur les familles aimantes venait des Cattaneo, qu'elle fréquentait depuis sa naissance. Son père ne lui avait pas donné beaucoup d'indices à ce sujet et sa mère était le genre de femme persuadée que tout ce que son mari disait était parole d'Évangile. Elle était certainement aussi déçue que lui par Maria après l'échec de son mariage, mais elle était trop polie pour faire une scène. Marguerite Rossi n'avait jamais fait de scène à propos de quoi que ce soit. Quand Maria avait dû quitter l'université afin d'épouser Sebastian, ce pour éviter la faillite de Rossi Gems, elle lui avait seulement dit : « Ton père sait mieux que quiconque, ma chérie. »

Et de toute façon, si Maria savait comment être une bonne épouse et une bonne mère, elle ne voulait pas être une étrangère pour l'homme qu'elle aimait et qui ne pourrait jamais l'aimer en retour.

— Je sais ? Je n'en suis pas si sûre..., murmura-t-elle.

Aussitôt, le bras de Seb entoura ses épaules.

— Maria, je t'ai vue avec Frankie. Avant, et maintenant. Crois-moi, tu es une mère merveilleuse.

— Même si je l'ai enlevé à son père ?

Maria se mordit la lèvre. La culpabilité qui l'avait rongée chaque jour de l'année écoulée était toujours bien présente. Méritait-elle l'amour de Seb, après avoir agi ainsi ? Elle était consciente que le quitter et prendre Frankie avait pu ruiner toute chance qu'il l'aime un jour.

Il voulait toujours qu'elle revienne, elle n'avait aucun doute à ce sujet. Mais à quel point s'agissait-il de fierté, ou de facilité et de confort ? Comment savoir quel était le réel degré d'affection ?

— Je... Je crois que je comprends pourquoi tu es partie. Plus qu'avant, en tout cas. Cela ne me plaît toujours pas, mais peut-être que la compréhension est un bon point de départ.

— Peut-être...

Peut-être que c'était ce qui avait manqué. Peut-être avaient-ils juste besoin de mieux se comprendre ; et d'espérer qu'une fois qu'ils se seraient compris, ils auraient encore une chance de pouvoir s'aimer. C'était possible.

— J'ai besoin que tu saches que tu n'es pas la seule qui a changé, l'année dernière, déclara Seb.

En apparence, il semblait être resté le même, mais comment nier que toute sa vie avait été mise sens dessus dessous au cours des douze derniers mois ?

— Je me doute, oui.

— Je ne pense pas avoir réalisé à quel point j'avais changé jusqu'à la nuit dernière, quand je vous ai revus, toi et Frankie.

Maria était surprise. Avec elle, Seb n'avait jamais été aussi ouvert, honnête et *sensible*. C'était bien la preuve qu'il n'était plus l'homme qu'elle avait quitté. Mais elle avait besoin de plus. Elle attendit pour voir si Sebastian allait poursuivre. Il semblait chercher ses mots.

— Quand Frankie s'est détourné de moi, hier soir, j'ai ressenti un tel sentiment de perte ! Et la culpabilité, la douleur… C'était comme un coup de poignard dans le cœur. Tout ce que j'avais manqué m'est soudain apparu avec clarté. Pas seulement pendant cette année loin de vous, mais aussi depuis sa naissance. Quand je partais au bureau, il dormait, quand je rentrais le soir, il s'était endormi. J'ai manqué beaucoup, Maria, et je sais que je ne pourrai jamais rattraper ces moments.

Maria cilla pour chasser les larmes totalement inattendues qu'elle sentait monter à ses paupières. Devinant que Sebastian n'avait pas terminé, elle resta silencieuse.

— Ça m'a fait penser à mes parents et à Léo. Salvo et Nicole ont tout manqué de la vie de leur fils aîné. Pas par choix, ni d'un côté ni de l'autre. Ils auraient été ensemble s'ils avaient pu. Je ne supporte pas l'idée qu'en un clin d'œil Frankie devienne adulte et que j'aie tout raté. Pas quand je peux encore faire quelque chose pour que cela n'arrive pas.

Il se tourna vers elle. Quand il plongea le regard dans le sien, elle capta sa sincérité et la vérité de sa douleur.

— Perdre mes parents, te perdre, rencontrer Léo : comment veux-tu que je sois le même homme que celui que tu as épousé ? J'espère être devenu quelqu'un que tu pourras apprécier et respecter davantage. Quelqu'un qui pourra t'offrir ce que tu attends d'un mariage.

Le bras de Seb était toujours autour de ses épaules, solide et rassurant. Il serait si facile de se laisser aller à cette étreinte ! D'accepter ses promesses de changement et de retomber dans son ancienne vie. Mais même s'ils avaient plus parlé ces dernières heures qu'au cours des dix-huit mois qui avaient précédé son départ, ils avaient encore beaucoup de chemin à parcourir.

Maria s'écarta légèrement de Sebastian et tourna la tête. Le traîneau revenait à présent vers Mont Cœur. Ils n'allaient pas tout régler en un seul rendez-vous. Peut-être que Seb avait assez changé pour être devenu un meilleur père, mais la question de leur mariage restait posée : pouvaient-ils vraiment l'arranger ?

— Maria ? murmura Seb d'une voix douce et fragile comme des flocons de neige, comme s'il ne voulait pas qu'elle s'envole. Je veux que nous nous retrouvions, comme avant.

Elle tiqua. *Comme avant ?* Avant, elle se sentait perdue, seule, mal aimée, et il ne le remarquait pas. Même s'il avait changé, ces sentiments négatifs pourraient-ils disparaître sans amour ?

— Je ne veux pas revenir en arrière, dit-elle d'une voix tranchante. *Si* je te donne une autre chance, je veux que ce soit pour aller de l'avant, vers quelque chose de nouveau.

Une nouvelle dynamique familiale, peut-être, faute d'amour. Parce que même si elle avait besoin de protéger son cœur, elle devait aussi protéger Frankie. Pour lui donner la famille et le père dont il avait besoin. Elle ne pouvait pas faire passer ses propres sentiments avant le bonheur de son fils.

— Et tu me donnes une autre chance ?

Seb s'était rapproché. Elle pouvait sentir la chaleur de son souffle contre sa joue. Elle devait être forte. Ne pas plonger dans ces yeux verts qu'elle connaissait si bien et qui, elle le devinait, reflétaient l'espoir.

Elle repoussa son bras et s'éloigna de Seb.

— Je ne sais pas encore. Laisse-moi y réfléchir.

Sebastian Cattaneo n'était pas habitué à ne pas obtenir ce qu'il voulait. Il n'était pas habitué à ce que les choses ne se passent pas comme il l'avait décidé. Mais elle n'était pas une opportunité commerciale, et leur famille n'était pas un contrat qu'il pouvait décrocher grâce à une bonne négociation.

Pourtant, une petite voix en elle la poussait à transiger. Peut-être pouvait-elle vivre sans son amour tant qu'elle savait qu'elle avait son respect et qu'il faisait passer leur famille avant son travail.

Ce n'était pas son idéal, mais c'était un compromis acceptable. Pour un temps du moins. Surtout si elle considérait que jamais elle n'avait rencontré un homme qui faisait battre son cœur comme Sebastian Cattaneo.

Elle devait à Frankie d'essayer de sauver leur mariage ; elle lui devait une chance d'être avec son père. Et si cela ne marchait pas, au moins elle pourrait se dire, sans culpabilité, qu'elle avait essayé.

— Tu as un regard inquiétant, nota Sebastian, la tirant de sa réflexion. On dirait que tu prépares ma disgrâce.

Non, c'était sa propre survie qu'elle préparait, pas la disgrâce de Seb. Et si elle s'y prenait bien, ils pourraient tous les deux obtenir ce qu'ils recherchaient. Ou pas loin. Et parfois, « pas loin » était préférable à « pas du tout », n'est-ce pas ?

7

— J'ai réfléchi.

En entendant la voix de Maria, Seb cligna des yeux dans la pénombre du matin. Si c'était le matin… Il avait l'impression d'être au milieu de la nuit.

— Quelle heure est-il ? demanda-t-il en se redressant sur un coude.

Était-ce son imagination, ou rêvait-il encore ? Il aurait juré que Maria avait longuement fixé son torse nu quand la couette avait glissé. Quoi qu'il en soit, elle le dévisageait à présent, les bras croisés sur son haut de pyjama, le regard déterminé. Il connaissait ce regard : c'était celui qu'elle avait quand elle l'avait quitté. Et il le détestait…

Seb attrapa son téléphone posé sur la table de nuit. 5 h 35 !

— Frankie sera debout dans moins d'une heure, déclara Maria avant qu'il ait pu protester. Je voulais te parler avant.

Seb sourit à l'évocation de son fils. Quand Maria et lui étaient revenus de leur promenade en traîneau, la veille, ils avaient trouvé Frankie enthousiaste et impatient de leur raconter son après-midi avec Max et Noémi. Il s'était amusé comme un fou. Ensuite, il s'était endormi pendant le dîner. Maria était allée le coucher – seule, elle avait insisté – et n'était pas redescendue.

Il s'adossa à la tête de lit et tapota le matelas à côté de lui.

— Assieds-toi, au moins, si on doit parler. Tu me donnes le torticolis.

Maria sembla peser le pour et le contre, puis finit par s'asseoir au bout du lit. Ce n'était pas tout à fait ce qu'il espérait, mais il s'en contenterait.

— Donc, tu as réfléchi... Alors ?

Seb essayait de paraître détendu alors qu'en réalité, son pouls battait follement vite. Son avenir dépendait peut-être de cette conversation...

— Tu m'as dit hier que tu étais plus à l'aise avec les affaires qu'avec la famille, n'est-ce pas ?

Au mot « famille », il se dit soudain qu'il avait dû être terriblement difficile pour elle de retourner chez ses parents et d'admettre que son mariage ne fonctionnait pas. Que ce soit juste ou non, les Rossi avaient vu cela comme un échec. Comme elle devait être malheureuse pour avoir choisi la réprobation de ses parents plutôt qu'une vie avec lui !

— Oui, je crois. Désolé, je suis encore à moitié endormi.

Elle se mordit la lèvre. Seb fut incapable de se concentrer sur autre chose que sa bouche pulpeuse, qu'il avait tellement envie d'embrasser.

— Dans ce cas, je pense que nous devrions élaborer un plan prévisionnel pour notre mariage.

— Quoi ? s'exclama-t-il, persuadé d'avoir mal compris.

— Un plan prévisionnel, répéta-t-elle en articulant exagérément. Pour notre mariage. Avec des objectifs, des étapes. Et des engagements.

Bon sang ! Il passait ses journées à faire des business plans et des prévisionnels au bureau, il n'allait pas le faire aussi en famille !

— Je pensais que nous avions pris des engagements lorsque nous avons prononcé nos vœux de mariage, souligna Seb.

— Eh bien, il semble clair que ce n'était pas suffisant. Alors cette fois, pourquoi ne pas le faire à ta façon ?

— À *ma* façon ? C'est ton idée, pourquoi le faire à ma façon ?

Oui, mais... N'avait-il pas réalisé la veille qu'il avait échoué à suivre le seul modèle qu'il avait – celui de ses parents ? Échoué aussi à se concentrer sur l'essentiel en le gardant au premier plan, comme il le faisait pour n'importe quel objectif professionnel ?

— Écoute, Seb, j'essaie de trouver un moyen de faire en sorte que ça marche. Ça aiderait si tu y mettais du tien au lieu de discutailler.

— Ça m'aiderait si je prenais un café, grommela Seb en se passant la main dans les cheveux.

Il fallait qu'il essaie. D'ici au jour de Noël, il devait essayer tout ce qui pouvait l'aider à sauver son mariage. Même un satané *plan prévisionnel.*

— D'accord. Je t'écoute. Dis-moi comment cela fonctionnerait.

Cela semblait si évident quand elle avait eu l'idée. Seb connaissait les affaires, alors Maria transformerait leur relation en quelque chose qu'il comprenait. Et en fixant elle-même les paramètres, cela lui permettrait de contrôler les choses, pour mieux protéger son cœur, cette fois. En théorie, c'était parfait.

C'était le problème avec les illuminations du milieu de la nuit : elles ressemblaient toujours à des idées de génie. Mais quand il s'agissait de les exposer à l'aube à son mari endormi, elles n'avaient plus rien de génial.

Non, c'était une bonne idée. En fait, c'était sa seule idée. Elle devait donc l'expliquer à Seb en des termes qu'il était capable de comprendre avant le café.

— Quand nos pères ont insisté pour que nous nous mariions, quel était leur raisonnement ? commença-t-elle.

— C'était... Heu... Je suppose que c'était du business, balbutia-t-il avec un air gêné qu'elle trouva très craquant. L'entreprise de ton père était en faillite, mais il ne voulait pas seulement se faire racheter ses parts par Cattaneo Jewels, il voulait une fusion.

— Une fusion très physique, puisqu'elle impliquait que je mette une robe de mariée. Et je me suis dit hier soir que notre erreur a peut-être été d'essayer de faire de ce mariage quelque chose qu'il n'est pas.

Dans son cas, l'erreur avait été d'espérer qu'il se révèle mieux que prévu puisque ce n'était pas arrivé et qu'elle avait eu le cœur brisé.

— Maria, je ne t'ai pas épousée uniquement parce que c'était bon pour les affaires. Tu le sais, n'est-ce pas ?

Elle hocha la tête.

— Bien sûr que je le sais. Tu m'as épousée parce que ton père t'a dit de le faire.

Être francs et carrés était la seule façon pour eux de s'en sortir. Il fallait que tout soit clair. Sauf pour la partie où elle tombait bêtement amoureuse de lui, bien sûr. À quoi bon lui avouer cette faiblesse ? De plus, elle ne pourrait pas supporter de voir la pitié dans ses yeux.

Elle ne pouvait pas non plus lui demander de tirer le drap sur son torse nu, car cela reviendrait à lui avouer que son corps la perturbait. Elle avait chaud, et ce n'était pas seulement à cause de son pull. Ses seins étaient tendus, et un désir sourd pulsait dans son ventre. Il ne fallait pas. Surtout pas...

— Nous étions une équipe, Maria. Je t'ai épousée parce que je te respecte et que je t'aime bien. Et je n'apprécie pas beaucoup de gens. Ce n'était peut-être pas une histoire d'amour de conte de fées ni une passion brûlante, mais notre mariage n'était pas rien non plus.

— Je n'ai jamais dit qu'il n'était rien.

Maria se déplaça pour s'asseoir un peu plus sur le lit et tendit la main à Seb. Il la prit au bout d'un moment, et elle se détendit un peu. Certes, elle était partie, mais elle était revenue quand il le lui avait demandé. Cela non plus, ce n'était pas rien, si ?

— Seb, si ce mariage ne signifiait rien pour moi, je n'essaierais pas si fort de le sauver.

Il serra sa main puis la relâcha.

— Alors, que faisons-nous ?

— Comme je te l'ai dit, il nous faut un plan. Comme tu l'élaborerais pour n'importe quel partenariat commercial. Je pense qu'une partie du problème vient du fait que nous avions des attentes différentes vis-à-vis de ce mariage. Et nous n'en avons jamais parlé ensemble.

— Et maintenant, nous devrions le faire ? demanda Seb, qui n'avait pas l'air entièrement convaincu.

— Et maintenant, nous devrions le faire, oui. Penses-y. Qu'est-ce que nous risquons ? Le pire qui puisse arriver, c'est que nous comprenions que nos envies ne sont pas compatibles et que ça ne peut pas marcher entre nous.

— Et alors tu pars encore et tu prends Frankie avec toi ?

— Et alors nous nous asseyons et nous trouvons une solution

qui nous permette de rester *tous les deux* dans la vie de Frankie, répondit Maria. Je ne veux pas t'enlever ton fils, Seb. Il a besoin de toi. Mais il faut lui faire de la place. Il ne peut pas s'agir uniquement d'appels vidéo un soir par-ci par-là. Ce n'est pas ça, être père.

Sebastian baissa la tête, l'air honteux. *Au moins, il se rend compte de ses insuffisances passées*, songea Maria.

— Je sais, je sais, concéda-t-il. Je suppose que c'est un point de notre hypothétique accord... ?

— Notre accord n'aura rien d'hypothétique. Nous allons tout écrire, signer et nous y conformer.

— Dans ce cas, je vais certainement avoir besoin d'un café, gémit Seb.

Maria sourit. Il n'avait pas dit non. C'était un progrès. Et en effet, peut-être qu'un peu de caféine pourrait aider.

— Je veux que Frankie me connaisse, déclara Sebastian en tapant sur son ordinateur portable en même temps qu'il parlait. C'est mon point numéro un, non négociable. Je voudrais qu'il soit aussi heureux de passer du temps avec moi qu'avec toi. Et à l'aise en ma compagnie.

Il croisa le regard de Maria par-dessus la fumée odorante de leurs mugs de café posés sur le comptoir de la cuisine. Frankie dormait encore, et Seb ne pouvait s'empêcher de penser que c'était mieux ainsi. Avec un peu de chance, ses parents auraient lissé son avenir quand il se réveillerait et il aurait retrouvé une famille unie.

Maintenant qu'il avait pris un café, il devait admettre que l'idée de Maria n'était pas aussi stupide qu'il l'avait pensé au premier abord. Un mariage ressemblait à une fusion d'entreprises par bien des aspects. Et Maria avait raison, il savait comment gérer une fusion.

— Seb, je ne peux pas te donner ça, commença Maria comme si elle s'excusait.

Il s'apprêtait à argumenter, mais elle leva la main pour l'arrêter avant même qu'il ne puisse commencer.

— Non, laisse-moi t'expliquer. Je ne dis pas que je garderai Frankie loin de toi, je dis que la relation que tu tisseras avec ton fils dépendra de toi. Qu'il soit à l'aise ou pas avec son père ne dépendra ni de moi ni de lui.

Sebastian fixa son café. Maria avait raison. Déjà, avant qu'elle ne retourne en Italie sur la propriété de ses parents, il ne passait pas beaucoup de moments avec Frankie. Il se préoccupait davantage de bâtir une entreprise florissante. D'une manière ou d'une autre, il fallait qu'il dégage du temps pour les deux. Sinon, à quoi bon ? Il avait mis longtemps à réaliser l'importance des instants partagés avec son fils, mais maintenant qu'il avait compris, il n'allait pas continuer à faire les mêmes erreurs. Il avait déjà assez raté de l'enfance de Frankie.

— Tu as raison. Mais il serait beaucoup plus facile pour moi de passer du temps avec notre fils si nous vivions sous le même toit.

Elle hocha lentement la tête, mais il n'avait toutefois pas l'impression que c'était un signe d'accord.

— Cela va dépendre du reste de ce document, non ? Si nous pouvons trouver un compromis qui nous satisfait tous les deux…

— … Tu resteras, finit-il à sa place.

Pas de signe de tête, cette fois-ci. Seb crispa les doigts sur l'anse de son mug.

— Maria, c'est dans cette optique que je fais tout cela ! Je suis assis ici à Dieu sait quelle heure du matin à rédiger un satané *plan prévisionnel* pour ma vie. Quel est l'intérêt si vous ne restez pas ?

— Je ne dis pas que nous ne resterons pas ! protesta Maria. Je dis juste que nous devons d'abord nous mettre d'accord sur beaucoup d'autres points.

Sebastian fut soudain submergé par une vague de colère.

— Non ! Frankie est ce qui compte le plus. Je pensais que nous serions au moins tous les deux d'accord sur ce point.

— Bien sûr que nous sommes d'accord !

— Alors j'ai besoin d'une promesse de ta part avant que nous n'allions plus loin, asséna Seb d'une voix dure. Si j'accepte le plan que tu prépares…

— Que *nous* préparons, le coupa Maria, comme si elle croyait vraiment qu'il avait son mot à dire.

— Très bien, que nous préparons. Si je suis d'accord, si je m'y tiens d'ici Noël, tu dois rester. Tu dois nous donner une vraie chance de sauver notre mariage.

Les yeux de Maria s'agrandirent. Elle semblait estomaquée.

— Tu veux dire que si tu trouves vraiment du temps pour notre famille, pour Frankie et... et tout le reste, je dois revenir habiter avec toi ?

— Si je ne gâche pas tout dans les deux semaines à venir, oui.

Seb se demanda brièvement s'il était trop exigeant, pas assez raisonnable. Mais en affaires, la chose la plus importante était d'être capable de négocier durement.

— Je ne suis pas...

— J'ai besoin d'une réponse, Maria, l'interrompit-il. Sinon, inutile de continuer.

Être impitoyable était la clé. Il n'y avait pas de place pour la faiblesse, en affaires. Ni au sein d'un couple, semblait-il...

Il pouvait voir les arguments se bousculer dans la tête de Maria : ils se reflétaient sur son visage, aussi nets que si elle les avait énoncés à haute voix. Traiter sa femme de cette façon le mettait mal à l'aise et c'était l'estomac noué qu'il attendait sa réponse. Après tout, elle avait voulu que leur mariage se réduise à un contrat, il ne lui donnait que ce qu'elle avait demandé.

Elle finit par craquer :

— Mais tu devras remplir toutes les conditions que nous aurons fixées. Respecter chaque règle que nous établirons. Je ne crois pas aux troisièmes chances, Seb.

— Très bien. Je suppose que tu as établi une liste ?

— En fait... Oui, admit Maria, l'air un peu piteux.

— J'aurai des clauses à ajouter.

Il fallait juste qu'il y pense d'abord. Maria avait douze heures d'avance sur lui.

— On y va ? proposa-t-il.

— D'accord.

Sebastian se saisit de la cafetière. Il avait le sentiment que cela allait prendre un certain temps...

8

— Attendez... Vous avez élaboré un plan prévisionnel pour votre mariage ? s'exclama Noémi, l'air ahuri.

Appuyée à côté de son amie à la balustrade qui courait tout autour du chalet, sous la véranda, Maria rougit, en espérant que Noémi mettrait cela sur le compte de l'air froid. Son projet ne lui avait pas semblé si fou jusqu'à ce que Noémi s'étonne ainsi.

— Seb est un homme d'affaires. Je me suis dit qu'il fallait lui parler en des termes qu'il comprenait.

Et son stratagème avait fonctionné. Il y avait consacré une grande partie de la matinée, mais ils avaient à présent un plan avec des engagements et des objectifs, imprimé en trois exemplaires signés par tous les deux. Ils en avaient chacun gardé une copie, et la troisième avait été entreposée dans le coffre-fort du chalet, dans le petit salon du rez-de-chaussée. « Si nous faisons cela, nous le faisons correctement », avait dit Seb en refermant le coffre.

Frankie avait fait une grasse matinée, puis ses oncles et tantes s'étaient occupés de lui pendant que Seb et elle terminaient leurs négociations.

Noémi souffla sur le mug de thé à la menthe brûlant qu'elle tenait entre ses mains.

— Après tout, dès le départ, votre mariage était bizarre, dit-elle avec un sourire.

— C'était un moyen pour arriver à une fin : sauver la fierté et la fortune de mon père, acquiesça Maria, amère.

— Mais vous étiez d'abord des amis, et depuis très longtemps.

Toi et Seb avez toujours semblé si proches ! Honnêtement, j'ai toujours eu le sentiment que tu faisais partie de notre famille.

Des larmes picotèrent les yeux de Maria. Les Cattaneo étaient sa famille. Retourner dans la propriété de ses parents aurait dû lui donner l'impression de rentrer à la maison ; or cela n'avait pas été le cas, loin de là !

— Sauf quand je suis partie l'année dernière et que je vous ai tous laissés...

— Non, affirma Noémi en secouant la tête. Tu étais encore de la famille et tu seras toujours de la famille. Quoi qu'il arrive entre toi et Seb, tu seras toujours ma sœur.

Maria prit la main de Noémi et la serra.

— Merci.

— Alors, que doit faire mon pauvre frère pour respecter sa part de l'accord ?

Maria posa son café sur la rambarde et commença à énumérer sur ses doigts :

— Me montrer que sa famille est plus importante que son entreprise. M'inclure dans sa vie personnelle et professionnelle. S'occuper de Frankie : jouer avec lui, lire des histoires, le mettre au lit. Il en a besoin pour connaître la routine de Frankie et adopter son rythme. Ne pas saper tout le travail éducatif que j'ai fait avec Frankie au cours de l'année écoulée. Me consulter avant de prendre certaines décisions, comme les longs voyages d'affaires à l'étranger. Prévoir de vraies vacances en famille l'année prochaine, sans ordinateur ni téléphone.

Noémi lança un petit sifflement mi-moqueur mi-amusé.

— Ce sont des objectifs élevés. J'espère qu'il pourra les atteindre.

— Moi aussi.

Maria était sincère. Même si elle devait passer le reste de sa vie avec un mari qui ne l'aimerait jamais, si Sebastian respectait leur contrat, ce serait bon pour Frankie. Alors elle serait contente. Du moins l'espérait-elle...

— Et cela explique la leçon de ski actuelle, poursuivit Noémi.

Maria pencha la tête vers le jardin enneigé devant le chalet, où Sebastian était en train de donner à Frankie son premier cours de ski. Leur fils paraissait heureux d'être dans la neige avec son père. *C'est déjà ça...*, se dit-elle.

— Rien dans votre plan ne me paraît très romantique, reprit sa belle-sœur.

— Nous sommes dans un partenariat, pas dans un conte de fées. Décorer notre engagement avec des roses et des chansons d'amour n'y changera rien.

Et cela lui donnerait de faux espoirs, alors qu'elle devait protéger son cœur, si elle décidait de rester.

— Mouais, marmonna Noémi, qui ne semblait pas convaincue. J'ai entendu tes conditions. Quelles sont celles de Seb ?

Maria grimaça. Elle avait espéré que son amie ne lui poserait pas cette question.

— Oh ! des réunions de temps en temps sans Frankie, pour faire le point le temps d'un dîner..., dit-elle, évasive.

— Tu veux dire des rendez-vous galants ! traduisit Noémi, l'air ravi.

Maria ne releva pas. Ils avaient écrit « réunions », ce seraient des réunions. Même si Seb avait suggéré que la première se tienne dans le restaurant où ils avaient déjeuné la veille. Mais un soir cette fois, pour qu'ils aillent *peut-être* danser après.

— Il a demandé aussi que lui et Frankie aient une journée entre garçons de temps en temps, juste tous les deux.

— Comme c'est mignon !

Oui, Maria devait en convenir. C'était aussi un peu troublant : elle avait été seule avec Frankie pendant si longtemps ! L'idée de laisser Sebastian s'occuper de Frankie sans elle lui semblait... étrange.

— Il veut que nous venions tous les trois en Ostanie pour vous rendre visite.

Noémi posa la main sur son petit ventre de femme enceinte. Ses yeux brillaient d'excitation.

— Il a écrit ça dans votre contrat ? s'écria-t-elle.

— Oui.

Maria sourit. Elle savait que la relation entre le frère et la sœur était tendue depuis la mort de leurs parents et la lecture du testament qui avait mis Léo à la tête de Cattaneo Jewels. Si son retour auprès de Sebastian pouvait contribuer à combler le fossé entre les frères et sœurs, Maria se sentirait utile.

Elle reporta son regard sur son fils et son mari. Léo et Anissa remontaient l'allée derrière eux. Léo se pencha, ramassa une poignée de neige, puis en fit une boule qu'il lança sur Sebastian, le touchant à l'arrière de la tête.

Maria se mordit la lèvre et retint son souffle tandis qu'une boule d'angoisse se formait dans son ventre. Seb n'avait jamais bien réagi aux taquineries et détestait tout ce qui risquait de lui faire perdre la face. Alors devant Frankie...

Mais Seb éclata d'un rire profond et chaleureux. Il s'agenouilla dans la neige et commença à faire des boules de neige pour que Frankie les lance sur tonton Léo.

— Waouh ! s'exclama Noémi. Je ne m'attendais pas à ça.

— Moi non plus.

Anissa rejoignit Seb et Frankie. Tous les trois firent équipe pour bombarder Léo. Après tout, se dit Maria, peut-être que Seb avait vraiment été chamboulé par les récents bouleversements survenus dans sa vie.

Seb hissa Frankie sur ses épaules pour lui donner l'avantage de la hauteur. Anissa lui fournissait des munitions pour continuer à canarder Léo. Tous riaient, criaient et plaisantaient. Maria pouvait lire la joie sur le visage de son fils. C'était ce qu'elle voulait pour lui. C'était la raison pour laquelle elle était revenue.

Seb se retourna et lui sourit, les joues roses et les yeux brillants. Le Seb qu'elle avait quitté n'aurait jamais fait une bataille de boules de neige avec un enfant de deux ans, ne se serait jamais laissé aller, serait resté cloîtré dans son bureau.

Alors, pour la première fois, Maria se dit que cela pourrait peut-être vraiment marcher.

— Peut-être a-t-il vraiment changé, murmura-t-elle, pour elle-même autant que pour Noémi.

— Oui, peut-être que les miracles de Noël se produisent vraiment.

Dès que la première boule de neige le frappa, Sebastian s'apprêta à réagir comme à son habitude face à tout ce qui était inattendu :

se mettre en colère. Or Frankie éclata de rire au moment où Seb se retournait. Il vit Léo et Anissa qui souriaient. Léo avait une boule de neige à la main, prêt à attaquer de nouveau.

— Lance une boule de neige, papa ! Lance une autre boule de neige ! cria Frankie.

Seb sentit alors un rire profond et sincère monter en lui, et il le laissa sortir, habité d'une joie pure. Quand avait-il ri ainsi pour la dernière fois ? Avait-il déjà ri aussi fort, d'ailleurs ?

Seb façonna en vitesse des boules de neige et les donna à son fils pour qu'il les lance sur son oncle. Il se demandait comment il avait pu mettre aussi longtemps à découvrir un plaisir aussi simple et réjouissant.

La bataille s'intensifia. Anissa avait pris son parti et celui de Frankie, désormais juché sur les épaules de son père. À un moment, tout en évitant les projectiles de Léo, Seb se tourna vers le chalet et vit Maria et Noémi qui les observaient en souriant. Le regard que Maria posait sur lui alluma dans son cœur un espoir fou. Il faisait quelque chose de bien, mais il comprit dans un éclair soudain, aussi aveuglant que la lumière du soleil sur la neige, que cela ne suffirait pas. Il pouvait atteindre tous les objectifs de leur contrat, ce ne serait pas suffisant.

Parce qu'il ne voulait pas d'un partenariat d'affaires, il voulait un mariage, une famille. Une relation.

Et même lui savait qu'il fallait plus pour cela qu'une signature au bas d'un contrat. Mais comment convaincre Maria ?

Le soleil commençait à glisser derrière les montagnes, et tous s'étaient réfugiés dans le chalet pour se réchauffer devant un bon feu de cheminée. Seb se séchait les cheveux dans une serviette quand Léo s'approcha de lui.

— Sans rancune, frangin ?

Seb fut sûr d'avoir perçu un soupçon d'anxiété dans sa question. Il lui retourna un sourire rassurant.

— Je me demandais juste si grandir avec toi aurait ressemblé à ça.

— Oh ! je pense que ça aurait été bien pire, lui retourna Léo du même ton taquin.

— C'est tellement chouette de vous voir revivre tous les deux l'enfance que vous avez manquée, ironisa Noémi. Parce que deux gamins de plus, c'est vraiment ce dont nous avons besoin, ici.

— Je me suis dit que ce serait un bon entraînement pour toi, répliqua Seb en riant.

— Tu veux aller boire un verre en ville ? lui proposa Léo.

Seb avait envie d'accepter, de passer du temps avec son frère, de continuer à bâtir leur relation toute neuve. Toutefois, il y avait une autre relation dont il devait s'occuper en premier.

— Un autre soir. Je veux aider Maria à mettre Frankie au lit. Notre pauvre petit gars est épuisé.

Frankie n'avait peut-être pas appris grand-chose sur le ski cet après-midi, mais il s'était beaucoup amusé. Et peut-être qu'il avait aussi appris quelque chose sur la famille. Peut-être qu'ils avaient *tous les deux* appris quelque chose à ce sujet...

— OK, un autre soir, confirma Léo en lui tapant sur l'épaule.

Sa serviette humide à la main, Sebastian monta l'escalier pour aller retrouver sa femme et son fils.

Il les entendit avant de les voir : les cris et les éclaboussures le conduisirent directement à la grande salle de bains attenante à la suite principale.

Appuyé au chambranle de la porte, il regarda Maria, assise près de l'immense baignoire, jouer avec Frankie à essayer de faire couler une famille de canards en plastique.

— Il aime toujours autant prendre son bain, on dirait, déclara-t-il.

Il se souvenait des rares fois où, rentré exceptionnellement à temps, il avait été présent pour voir Frankie s'amuser comme un fou en faisant des éclaboussures partout. Et il regrettait à présent de ne pas avoir fait en sorte de vivre plus de ces moments magiques et privilégiés. Il avait du mal à comprendre pourquoi il ne voyait pas à l'époque ce qui aujourd'hui lui semblait si évident, une évidence du cœur et non de la raison : combien Maria comptait pour lui et combien chaque moment passé avec Frankie était précieux.

— On fait encore une bataille de boules de neige, papa ? demanda Frankie en levant les yeux de ses canards.

— Peut-être demain, *piccolo*, répondit Seb. Pour l'instant, c'est l'heure de te coucher.

— Tu veux que papa te lise ton histoire pour t'endormir ? demanda Maria.

Frankie acquiesça avec enthousiasme, et Seb eut l'impression que son cœur allait exploser de gratitude et de bonheur.

Voilà ce qui était important. Essentiel. Vital. Et il ferait tout ce que l'accord avec Maria stipulait s'il avait l'assurance qu'il pourrait le garder pour toujours. Et *pour toujours* lui donnerait le temps de la convaincre que ce n'était pas seulement une histoire de contrat entre eux, mais qu'il s'agissait de leur famille.

9

— Je crois qu'il dort, chuchota Sebastian en revenant dans le salon de la suite. Ses yeux se sont fermés à la fin de la dernière histoire.

Il laissa entrouverte la porte de la chambre que partageaient Maria et Frankie.

— Tu en as lu combien ? demanda Maria.

Seb haussa les épaules.

— Heu... Quatre. Peut-être cinq. Il n'arrêtait pas de me donner des livres, alors j'ai continué à les lire.

Maria leva les yeux au ciel, un sourire aux lèvres toutefois.

— Il ne peut normalement en avoir que deux.

Mais Frankie, qui adorait les histoires, essayait toujours de s'en faire lire une de plus.

Sebastian s'assit sur le canapé.

— J'ai raté beaucoup d'histoires, je crois. Je dois me rattraper.

Que pouvait-elle bien répondre à cela... ? Rien, alors elle désigna d'un geste les tasses posées sur la table basse devant le feu de cheminée.

— J'ai fait du chocolat chaud. J'ai pensé que tu aurais peut-être encore besoin de te réchauffer un peu après tes aventures dans la neige.

— J'adore le chocolat chaud, dit Seb, en tendant la main vers sa tasse. Oh ! tu as même ajouté des marshmallows !

— Bien sûr ! Je n'ai pas tout oublié pendant mon absence, tu sais.

Elle n'avait *rien* oublié, mais il n'avait pas besoin de le savoir. Et puis elle voulait penser à autre chose qu'à cette séparation, d'autant que pour le moment, Sebastian faisait tout pour répondre à ses attentes et aux objectifs qu'elle lui avait fixés. Si elle avait compris plus tôt que c'était si efficace, elle aurait essayé beaucoup plus tôt !

Mais s'il continuait dans cette voie, Maria devrait elle aussi respecter sa part du marché et rester auprès de lui. Une perspective qui la terrifiait et l'excitait tout à la fois.

Quelques mois après leur séance nocturne de patin à glace, Sebastian était parti étudier à Londres. Jusqu'à son propre départ pour l'université, elle ne l'avait revu que très rarement, mais son amour pour lui n'avait pas faibli. En revanche, durant sa première année à la fac, elle avait flirté avec d'autres garçons, était sortie avec ses nouveaux amis et surtout avait travaillé dur en vue de décrocher son diplôme. Peu à peu, elle s'était convaincue que ce qu'elle avait ressenti pour Seb n'était qu'un béguin d'adolescente.

Puis, deux ans après son entrée à l'université, alors qu'elle n'avait jamais revu Sebastian depuis ce jour-là, elle avait rendu visite aux Cattaneo. Quand elle avait revu Seb, qui l'attendait sur le perron du chalet à côté de Salvo, et qu'il lui avait souri, elle était tombée instantanément amoureuse de lui. Encore une fois. Mais plus fort.

Maintenant, elle avait peur que l'histoire se répète, mais elle ne savait pas comment l'arrêter. Peut-être même était-il déjà trop tard...

— Alors, ai-je respecté notre contrat, aujourd'hui ? demanda Seb, la tirant de ses pensées.

— Je pense qu'on peut le dire.

Maria but une gorgée de son chocolat chaud. Elle revoyait des images de son mari l'air heureux, rajeuni, qui jouait dans la neige avec Frankie et Léo. Elle n'avait pas vu ce Sebastian depuis longtemps et n'avait pas réalisé à quel point il lui avait manqué.

— Dans ce cas, puisque tout se passe si bien, nous pourrions peut-être parler de... de quelque chose...

Seb gardait les yeux baissés sur les marshmallows qui flottaient dans son chocolat chaud, ce qui la rendait un peu nerveuse.

— Bien sûr. De quoi ?

— Eh bien..., commença Seb d'une voix hésitante en levant finalement le regard. Si vous restez, si je remplis toutes vos conditions... Comment vois-tu les choses ?

Maria fronça les sourcils. Ils avaient passé toute la matinée à mettre ça au point, non ?

— Tu as besoin que je te relise notre contrat ?

— Non, ce n'est pas ce que je veux dire.

Seb regardait autour de lui, l'air gêné, comme s'il souhaitait ne jamais avoir entamé cette conversation.

— S'agit-il de Frankie ?

Il secoua la tête.

— Non. Il s'agit de nous.

Seb soupira. Comment allait-il se dépêtrer de cette discussion, qu'il avait pourtant lui-même initiée et qu'il était indispensable qu'ils aient ? Car si Maria restait, il voulait plus qu'une partenaire : il voulait que sa *femme* revienne. Et tout ce qui allait avec...

— Ce que j'ai besoin de savoir, c'est quel genre de... *relation* nous aurions si tu revenais à la maison.

Il vit les yeux de Maria s'écarquiller comme elle réalisait ce qu'il demandait.

— Tu... Tu veux savoir si notre relation sera... Enfin, si nous allons reprendre une relation physique ? bredouilla-t-elle en rosissant.

La première réaction de Sebastian fut de sourire en imaginant comment Maria réagirait s'il demandait à intégrer un chapitre sur les relations sexuelles dans leur contrat. Puis il fronça les sourcils. Ce n'était pas du tout ce qu'il voulait. Il ne voulait pas que de telles relations soient une obligation. Si jamais il avait à nouveau Maria dans son lit, ce serait uniquement parce qu'elle le désirait ; parce qu'elle avait besoin de ce lien physique entre eux autant que lui. Car sur ce plan-là, ils étaient *vraiment* connectés.

Il n'avait eu aucune relation sérieuse dans sa vie avant d'épouser Maria, mais il savait comment le sexe pouvait être avec des femmes qui l'attiraient et dont il appréciait la compagnie. Et cela n'avait jamais approché l'intensité de la communion sensuelle vécue avec Maria quand ils faisaient l'amour.

Cette harmonie ne tenait pas seulement à la beauté de Maria, à ses courbes magnifiques ou à l'amitié qu'ils avaient construite au fil des ans. Il y avait quelque chose de plus entre eux, quelque chose qu'il n'avait jamais pu résumer en un seul mot ou une seule phrase. Mais c'était réel. Et cela lui avait coupé le souffle dès la première fois qu'il l'avait touchée, et chaque fois depuis.

Impossible que ces souvenirs parfaits soient gâchés par une vulgaire négociation.

— C'était peut-être une mauvaise idée d'en parler, dit-il brusquement.

Certes, Sebastian voulait connaître ses intentions, mais la conversation avait dévié et perdu toute légèreté. Il ferait mieux d'attendre que cela arrive naturellement – ou n'arrive pas...

— Non, dit Maria. Tu as raison. Notre relation physique est un aspect important de notre partenariat. Nous devrions en discuter. Nous ne nous sommes même pas demandé si nous aimerions que Frankie ait un frère ou sœur un jour.

Un autre bébé ! Un avec lequel il pourrait bien faire les choses dès le départ. Un compagnon pour Frankie, comme Noémi l'avait été pour lui, comme Léo le deviendrait sans doute. Fille unique, bien sûr que Maria se posait cette question ! Et lui ne pensait qu'au sexe, comme un idiot... Pas étonnant qu'elle se soit dit qu'il avait besoin d'un plan prévisionnel pour simplement agir comme un être humain normal.

Sa stupéfaction devait se lire sur son visage, car Maria commença à faire marche arrière :

— Je t'ai probablement mal compris. Tu souhaitais sans doute savoir si, dans le cadre de notre accord, nous sommes libres de... voir quelqu'un d'autre.

Voir quelqu'un d'autre ? C'était exactement le contraire de ce à quoi il pensait ! Il connaissait Maria : avant de commencer une nouvelle relation, elle s'assurerait d'abord que tout soit clair entre eux sur ce sujet. Voulait-elle voir d'autres hommes ? Mettre un point final à leur relation ou trouver un arrangement qui lui donne assez de liberté pour partir en quête de son bonheur ?

La colère, la crainte et la confusion s'emparèrent de lui. Il dévisagea Maria, qui restait silencieuse. Elle n'avait pas l'air d'une femme qui demandait la liberté ou attendait avec impatience de pouvoir trouver un nouvel amour. Elle avait l'air... résignée ? Comme si elle croyait que c'était ce que *lui* voulait. Ils avaient passé trop de temps à ne pas se comprendre ni se deviner. Alors Sebastian décida de parler clairement.

— Maria, la seule femme avec laquelle je veux être, c'est toi.

La surprise qui se peignit sur son visage était presque comique. Mais il vit aussitôt le doute s'insinuer derrière.

— Crois-moi, insista-t-il, je ne m'intéresse pas aux autres femmes, je ne désire personne d'autre que ma femme. Toi. Pour moi, tu es et tu as toujours été la plus belle femme du monde.

— Tu ne m'as jamais… Tu ne m'as jamais dit ça, avant, bredouilla Maria.

Parce que j'étais un idiot.

— J'aurais dû.

Il aurait dû le lui dire tous les jours, et il le ferait désormais si elle restait.

— J'aurais dû parce que c'est vrai. Ta beauté me coupe le souffle.

— Alors, si je reste, tu voudrais que nous… ?

— … Que nous soyons mari et femme autant que partenaires, complices et coéquipiers de la même équipe. Je veux tout cela.

Maria pouvait sentir l'espoir naître en elle, le même optimisme qu'elle avait ressenti après le jour de leur mariage. Ensuite, chaque jour de leur lune de miel l'avait fait grandir. Les deux fantastiques semaines qu'ils avaient passées ensemble aux Seychelles constituaient l'un des moments les plus heureux de sa vie : pas de famille, pas de réunions, pas d'appels, pas de courriels, juste eux deux. Alors qu'elle avait épousé un ami de la famille, elle avait appris à connaître *son mari.*

Quant au sexe… C'était le seul aspect de leur mariage qui avait rendu Maria nerveuse. Elle savait que leurs familles et leurs intérêts commerciaux s'accordaient, et elle avait passé assez de temps avec Sebastian avant pour savoir qu'ils s'entendaient bien. Mais avant leur lune de miel, ils n'avaient jamais, en dehors de quelques baisers, testé leur compatibilité physique.

Maria s'était aperçue très vite qu'elle était optimale… Les lèvres, les mains, la langue, le sexe, la peau de Sebastian avaient fait vibrer son corps dès la première fois. Dans ses bras, elle s'était envolée, elle avait crié, elle avait joui, comme jamais avant et comme jamais depuis.

Hélas, dès que leur vol de retour toucha le sol italien, Seb avait vérifié ses messages professionnels sur son téléphone. Et d'une certaine manière, elle avait l'impression que de cet instant, il n'avait plus levé les yeux sur elle. Oh ! bien sûr, ils avaient refait l'amour, et leurs étreintes avaient été chaque fois un enchantement de tous les sens, mais ce n'était vraiment plus la priorité de son mari.

Or tout semblait avoir changé. Là, devant le feu de cheminée, dans la suite qu'ils avaient partagée durant tant de séjours à Mont Cœur, leur fils endormi dans la chambre voisine, il ne pouvait pas détacher ses yeux d'elle. Il la voyait de nouveau.

Et il lui avait dit qu'elle était la plus belle femme du monde... L'homme le plus superbe qu'elle avait jamais vu lui avait dit ces mots.

Ressaisis-toi, Maria ! se dit-elle en se mordillant la lèvre. Il était trop tôt pour céder déjà. Certes, Sebastian avait joué dans la neige avec Frankie et l'avait complimentée comme jamais, cependant ce n'était pas suffisant pour qu'elle se laisse aller à espérer. Elle savait d'expérience que cela ne conduisait souvent qu'à de la déception et du chagrin.

Plus d'une fois, elle avait pensé que les choses pourraient changer entre son mari et elle. Par exemple quand elle était tombée enceinte de Frankie et que Seb avait été si attentif, si présent les premiers temps. Et quand leur fils était né, il avait réussi à quitter une réunion stratégique pour arriver à l'hôpital à temps et lui tenir la main. Mais chaque fois qu'elle avait pensé avoir regagné son attention – et peut-être gagné son amour –, il s'était éloigné à nouveau, pris par son travail.

Comment dès lors ne pas craindre que l'histoire se répète ? Elle ne pouvait pas oublier les douloureuses et amères leçons de leur passé commun. Elle devait protéger son cœur et son avenir.

Si elle restait, ce serait à ses propres conditions, et sans nourrir de faux espoirs. Elle pourrait exiger que Seb passe du temps avec Frankie et elle, mais elle ne pourrait pas exiger qu'il tombe amoureux d'elle. Il lui fallait donc un autre moyen de s'épanouir, quelque chose qui la rende heureuse. Et ce à quoi elle avait toujours aspiré sans que jamais on ne lui en laisse l'opportunité était une carrière, un emploi dans lequel elle pourrait prouver sa valeur.

Et Seb pourrait le lui offrir, s'il le voulait. Si elle le lui demandait. Avant, elle s'attendait à ce qu'il devine instinctivement ce dont elle avait besoin. Elle savait désormais que ça ne marchait pas ainsi avec Seb. Si elle voulait quelque chose, elle devait le lui dire.

— Tu ne parles plus ? nota Sebastian.

— Je... J'espère moi aussi que nous pourrons nous retrouver plus... intimement. En temps voulu.

Elle était sincère. En vérité, elle le laisserait lui faire l'amour immédiatement sur le canapé si elle ne pensait pas que cela finirait par lui briser le cœur au matin.

— En temps voulu, répéta Seb, l'air déçu.

Mais il savait comment se comporter pour qu'elle reste. Et s'il continuait dans cette voie du renouveau, Maria se doutait qu'il ne lui faudrait pas beaucoup de temps pour être de retour dans ses bras et dans son lit. Après tout, elle n'était qu'un être humain.

— Moi aussi je voudrais te parler de quelque chose. Quelque chose lié au travail.

Sebastian leva un sourcil narquois.

— Je pensais que le but de notre contrat était que je me concentre moins sur le travail, pas plus, ironisa-t-il.

— Je suis sérieuse, Seb ! répliqua Maria, avant de prendre une grande inspiration pour se donner du courage. Est-ce que tu crois que lorsque j'aurai décroché mon diplôme, je pourrai postuler chez Cattaneo Jewels ?

Cette fois, Sebastian haussa les deux sourcils, visiblement interloqué.

— Tu veux un travail ? s'exclama-t-il.

En quatre mots, il réussit à dissiper le je-ne-sais-quoi de sensualité qui s'était installé entre eux.

— C'est une demande si extravagante que cela ? lui retourna-t-elle, amère. Grotesque, peut-être ? Je me surestime, je ne suis pas assez capable, selon toi ?

Il chassa son cynisme d'un geste impatient de la main.

— L'entreprise aurait de la chance de te compter dans ses rangs.

J'ai juste été… surpris. Mais c'est une bonne idée. Cela nous donnerait autre chose en commun. Quelque chose qui nous rapprocherait.

— Exactement ! s'enthousiasma-t-elle, heureuse qu'il l'ait comprise.

— Cattaneo Jewels est une entreprise familiale. Or tu fais partie de la famille. Donc il y a un poste pour toi si tu le désires. Et je ne plaisantais pas : on aurait de la chance de t'avoir avec nous.

— Tu ne dois pas demander à Léo d'abord ? hasarda-t-elle.

Elle était consciente que le sujet était sensible, mais Seb semblait suffisamment détendu pour qu'elle l'aborde.

À sa surprise, son demi-sourire s'élargit pour devenir un grand sourire.

— En fait, Léo m'a proposé de me céder ses parts. Donc de me rendre le contrôle de l'entreprise.

— C'est génial ! s'exclama Maria.

Elle le pensait sincèrement, même si cela signifiait que Sebastian aurait sans doute plus de responsabilités que jamais ; donc moins de temps pour sa famille…

Il sembla deviner son inquiétude, car il posa une main sur sa cuisse et la regarda droit dans les yeux, comme pour la convaincre de son honnêteté.

— Cela ne change rien, Maria. Je te le jure. C'est une promesse. Rien ne passe avant notre famille. Plus maintenant. D'accord ?

— D'accord, chuchota Maria.

Elle le croyait. Pourvu qu'elle ne soit pas en train de commettre une énorme erreur…

10

Assis à son bureau, Sebastian soupira et reprit le contrat qu'il venait de repousser. Il revint à la première page et, concentré, recommença à le lire.

Un léger coup à la porte l'interrompit après quelques instants. Au lieu d'être contrarié, il fut soulagé : la distraction était bienvenue.

— Entrez !

Le beau visage de Maria apparut. Avec un doux sourire, elle s'installa sur la chaise en face de lui.

— Sur quoi travailles-tu ?

— Le dernier projet de contrat de mon père, gémit-il.

En prononçant ces mots, il se souvint que la seule fois où Maria avait frappé à la porte de son bureau durant la semaine écoulée, c'était pour venir le chercher parce qu'ils avaient prévu de sortir et qu'il s'était laissé prendre par le temps.

— Désolé, on était censés faire quelque chose avec Frankie ? J'ai l'impression de me perdre dans ces documents depuis des jours. Mais je vais arrêter maintenant et on peut…

— Seb, tout va bien, l'interrompit Maria. J'apprécie ta volonté de tout laisser tomber pour passer du temps avec ta famille, mais Frankie a été emmené au magasin de jouets par ses oncles et tantes. Apparemment, il est temps pour lui de choisir ses cadeaux de Noël.

— Et tu n'as pas voulu y aller ? demanda Seb, surpris.

— Ta sœur m'a dit que je n'étais pas invitée.

Seb eut un sourire en coin.

— Il se fait gâter alors que tu n'es pas là pour les en empêcher, quelle chance il a !

Il se dit soudain que lui aussi avait peut-être de la chance, qu'une opportunité s'offrait à lui.

— Si tu es désœuvrée, tu as peut-être le temps de faire quelque chose avec moi, dit-il joyeusement.

Maria roula les yeux et, avant qu'il ait pu suggérer quelque chose de romantique, elle se pencha sur le bureau et ramassa le contrat. Ses sourcils se soulevaient au fur et à mesure qu'elle le feuilletait, puis elle recommença depuis le début. Ce n'était pas romantique, mais Seb était curieux de savoir ce que Maria ferait du contrat.

Au bout de cinq minutes, elle reposa le document sur le bureau.

— J'ai du mal à croire que Salvo a rédigé ce contrat.

— Ce n'est pas lui, c'est l'autre partie qui le lui a soumis. Qu'est-ce qui t'a mis le doute ?

— C'est alambiqué, confus et peu clair sur les points qui risquent de se retourner plus tard contre Cattaneo Jewels.

C'était exactement ce qui préoccupait Sebastian.

— Tu veux m'aider à trouver comment le modifier ?

— Avec plaisir, affirma Maria, rayonnante.

Si Seb avait eu des doutes sur la capacité de Maria à intégrer Cattaneo Jewels, ils auraient été levés, à présent. Depuis une heure, ils travaillaient sur l'accord conclu par Salvo – le rachat d'une petite entreprise de joaillerie suisse. Maria était d'une redoutable efficacité et avait souvent une ou deux longueurs d'avance sur lui. Occupé par un autre projet à l'époque, Sebastian n'avait pas participé aux négociations, alors essayer de deviner ce que son père avait en tête était délicat.

Finalement, ils arrivèrent à la fin du document, désormais couvert de notes griffonnées. Seb s'assit en roulant les épaules pour essayer de relâcher la tension.

— Tu vas bien ? lui demanda Maria.

— Oui. Je suis content que tu sois là pour m'aider. Sinon, ça m'aurait pris toute la nuit.

Maria fronça les sourcils et sortit son téléphone.

— Frankie devrait être revenu, à présent.

Elle fit glisser son doigt sur l'écran et son visage s'illumina.

— Ils sont allés manger une glace. Noémi dit qu'ils seront de retour dans une heure et que Frankie leur a demandé de lui donner son bain et de lui lire son histoire ce soir.

Sebastian ne put s'empêcher de sourire. Il aimait que Frankie soit devenu la coqueluche de toute sa famille.

— Vraiment ? Dans ce cas, je suppose que nous avons un peu de temps devant nous...

— Pour travailler ? demanda Maria en s'étirant les bras devant elle, les doigts entrelacés.

Elle devait souffrir autant que lui, mais il n'y avait pas le moindre soupçon de lassitude dans sa voix. Mais Seb avait fini de travailler pour la journée. Il était le temps de s'amuser.

— J'ai une bien meilleure idée...

La nuit tombait lorsque Maria sortit du chalet. Sebastian la précédait, un sac sur l'épaule.

— Tu ne veux vraiment pas me dire où nous allons ? demanda-t-elle en le suivant dans la neige fraîche qui craquait sous leurs pas.

Seb jeta un regard par-dessus son épaule, tout sourire.

— C'est une surprise. Je suis romantique.

— C'est bien le problème..., murmura Maria.

Elle était habituée à ce que Seb soit concentré sur son travail. Cette nouvelle version de lui, qui la couvrait d'attentions, ne manquait jamais un rendez-vous et lisait à Frankie des histoires tous les soirs était un mystère total.

Elle avait adoré le moment qu'ils venaient de passer ensemble sur le contrat de Salvo. Il était agréable de se sentir à nouveau utile à l'entreprise familiale. Si les choses continuaient à aller aussi bien entre eux, Frankie pourrait avoir deux parents qui lui consacraient du temps, elle pourrait avoir une carrière épanouissante, et elle pourrait même avoir une belle relation avec un mari qui la respectait et qu'elle respectait en retour.

Est-ce que cela lui suffirait... ?

Maria réalisa tout à coup que Seb ne les menait pas vers Mont Cœur. Au lieu de cela, ils avaient quitté la route principale et traversaient un champ en direction de...

— Nous allons faire du patin à glace ? demanda-t-elle, excitée, en apercevant le lac gelé.

Seb tira deux paires de patins de son sac, lui en tendit une et enfila les siens.

— Tu penses que tu sais encore patiner ? demanda-t-il en faisant ses lacets. Tu t'es entraînée durant toutes ces années ?

Maria secoua la tête. Il n'y avait pas de patinoire près de la propriété de ses parents, et le lac ne gelait que rarement. Et puis sans Seb, les souvenirs auraient été trop douloureux. Le seul endroit où elle aurait pu patiner était Mont Cœur, mais les Cattaneo avaient tendance à préférer le ski.

Lorsqu'elle eut terminé de lacer ses patins, il lui tendit la main.

— Moi non plus, affirma Seb. Mais si nous nous tenons la main, je suis sûr que tout ira bien.

« Tiens ma main et tout ira bien. » Alors que ses doigts enserraient les siens, elle pouvait entendre la voix du Seb de dix-sept ans. Tout comme à l'époque, elle serra sa main pendant qu'ils faisaient leurs premiers pas sur la glace. Mais cette fois-ci, elle ne s'accrochait pas parce qu'elle avait peur que la glace se brise – ce plan d'eau peu profond était plus une mare qu'un lac, d'ailleurs, et il avait gelé dur tout l'hiver – ou que ses parents les surprennent. Cette fois-ci, elle ne voulait pas lâcher prise.

— Prête ? demanda Seb.

Maria fit un signe de tête puis s'élança sur la glace avec lui. Et alors, ce fut… merveilleux. L'air froid de la nuit lui piquait les joues pendant qu'ils tournaient en rond sur la glace, au milieu d'un décor de rêve fait d'arbres couverts de neige, d'imposantes montagnes en arrière-plan et des lumières de Mont Cœur au loin. Pour la première fois depuis longtemps, Maria se sentait libre. Quitter Seb ne lui avait pas vraiment apporté la liberté qu'elle recherchait, mais *lui* le faisait, juste pour cette nuit du moins.

Main dans la main avec Seb, c'était comme si le monde entier avait disparu ; tout ce qui comptait, c'était eux et ce moment parfait. Tout comme la nuit où elle était tombée amoureuse de lui, des années auparavant.

Finalement, à bout de souffle et un sourire béat aux lèvres, ils se laissèrent tomber dans la neige sur la berge.

— Ça fait du bien, non ? demanda Seb.

Maria opina du chef, incapable de trouver les mots. Lui lâchant la main, Seb la positionna entre ses jambes pour qu'elle puisse appuyer le dos contre son torse. Il l'entoura de ses bras.

— Je trouve aussi. C'est plus excitant que les contrats !

Maria rit.

— Je n'aurais jamais cru t'entendre dire une chose pareille, le taquina-t-elle.

— J'aurais dû passer du temps avec toi, confessa Seb, soudain sérieux. Cela a toujours été mieux que n'importe quel accord commercial ou réunion.

Quelque chose se serra dans la poitrine de Maria. Le pensait-il vraiment ? Parce que si tel était le cas... Bon, ce n'était pas une déclaration d'amour, bien sûr, mais dans la bouche de Seb, cela y ressemblait.

— Je suis heureuse de te l'entendre dire.

— Je peux te demander quelque chose ? demanda Seb après un long silence.

— Bien sûr.

— Pourquoi m'as-tu épousé ?

Maria sursauta, s'éloigna de lui et s'assit de manière à lui faire face, le front plissé.

C'était la nuit parfaite : le clair de lune, le lac gelé, sa femme serrée dans ses bras... jusqu'à ce qu'il gâche tout. Comme toujours.

— Qu'est-ce que tu veux dire ? Tu sais pourquoi.

— Non. Je sais pourquoi ton père t'a ordonné de m'épouser. Ce que je ne sais pas, c'est pourquoi tu as dit oui.

Elle aurait pu avoir n'importe quel homme au monde. Elle était belle, intelligente, et tellement hors de sa portée que Seb n'avait pas cru son père la première fois qu'il lui avait dit que les fiançailles étaient arrangées. Il s'était toujours demandé, surtout après qu'elle l'avait quitté, comment le vieux Rossi l'avait contrainte. Mais il n'avait jamais eu le courage de lui poser la question.

Maria le regarda droit dans les yeux pendant un long moment. Seb ne détourna pas le regard. Il pouvait attendre. Ils avaient déjà mis à nu tant de choses à propos de leur relation, mais comment pourraient-ils continuer à avancer sans décoller cette dernière couche vitale ?

Finalement, le regard de Maria se posa sur les montagnes.

— J'étais à l'université. J'avais presque terminé ma deuxième année quand un jour, mon père est arrivé sur le campus sans prévenir. J'ai pensé qu'il avait une réunion dans le coin, et que c'était gentil de sa part de me surprendre comme ça. Il m'a emmenée déjeuner dans le restaurant le plus chic de la ville, comme il le faisait toujours. Mon père aime les choses parce qu'elles sont chères, pas parce qu'elles sont bonnes. Mais alors que j'étais assise là à manger mon entrée hors de prix, à boire du vin à cent euros la bouteille, il m'a dit : « La société fait faillite. Soit nous mettons la clé sous la porte, soit tu épouses Sebastian Cattaneo. »

Instinctivement, Seb tendit la main pour rapprocher Maria de lui, maudissant silencieusement Antonio Rossi. Il avait toujours su que ce n'était pas un homme très recommandable, mais il avait au moins espéré qu'il aimait sa fille. Pas tant que ça, apparemment...

Maria se blottit dans ses bras comme si c'était sa place naturelle.

— Je me suis dit qu'il devait y avoir un autre moyen, reprit-elle. Je voulais regarder les livres de comptes, parler aux investisseurs, trouver un moyen de sauver l'entreprise en utilisant tout ce que j'avais appris sur les affaires. Mais il n'a même pas voulu me laisser essayer.

— Tu ne me l'as jamais dit, chuchota Seb. Quand je t'ai demandée en mariage, tu as souri. Tu as dit que c'était ce que tu voulais.

— Et tu m'as donné une porte de sortie. Tu m'as dit que si je ne voulais pas t'épouser, je devais juste le dire et que tu trouverais un autre moyen.

— Mais tu ne l'as pas fait. Tu as dit oui. Pourquoi ?

Maria soupira et détourna le regard.

— Parce que... Parce que c'était la meilleure solution. Puisque mon père ne voulait pas de mon aide, mieux valait une fusion avec Cattaneo Jewels, où j'aurais peut-être pu trouver ma place. T'épouser, cela signifiait aussi m'échapper de ce mausolée que mes parents appelaient maison. Toi et moi avons toujours été amis. Je me suis dit qu'il y avait pire punition que de t'épouser.

Pas vraiment une acceptation enthousiaste..., songea Seb. Mais toutes ces choses qu'elle avait espérées du mariage, il pouvait encore les lui donner. Ses parents n'étaient plus là, mais les Cattaneo étaient toujours une famille. De plus, Maria et lui avaient encore prouvé cet après-midi qu'ils formaient une équipe redoutable en affaires. Quant à être amis, il espérait qu'ils pourraient devenir bien plus que cela...

Une pensée démoralisante lui vint à l'esprit.

— La vie avec moi a dû être vraiment horrible pour que tu retournes chez tes parents ! murmura-t-il, peiné.

Maria s'agenouilla devant lui et appuya la paume contre sa joue. Il plongea dans ses yeux bleu foncé et une vérité lui apparut aussitôt, limpide, évidente : cette femme était tout pour lui.

Il devait la rendre heureuse. Il devait lui donner la vie qu'elle méritait. Il devait être le mari qu'elle méritait, et le père que Frankie méritait aussi.

Parce que rien d'autre ne comptait.

— Ça va mieux, maintenant, chuchota Maria d'une voix rauque.

Puis elle l'embrassa, un baiser tendre et doux, parfait.

Alors, l'espoir jaillit de nouveau dans le cœur de Sebastian.

Sebastian leva les yeux de son écran, perturbé une nouvelle fois par l'image de Maria, la sensation de ses lèvres sur les siennes.

Déjà une semaine...

Une semaine qu'ils avaient patiné main dans la main, couru jusqu'au chalet en riant, plus complices que jamais. Sebastian avait espéré avoir une chance de se rapprocher un peu plus de Maria une fois dans leur suite. Noémi et Max auraient fini de lire les histoires de Frankie, qui aurait été endormi. Hélas, à leur arrivée, ils avaient trouvé le salon allumé en grand et Frankie excité par sa visite au magasin de jouets... Depuis, ils n'avaient eu aucun moment à deux, aucune opportunité de retrouver cette proximité magique. Or Noël approchait. Sebastian devait provoquer une occasion.

Par ailleurs, la semaine avait été harmonieuse au chalet. Entre Maria et lui, tout était plus détendu, plus naturel. Même si tous les soirs, sa femme dormait dans la chambre voisine de la sienne avec Frankie, et qu'il rêvait d'elle chaque nuit, il se sentait bien.

Léo et Anissa étaient venus les voir tous les jours, et il y avait eu beaucoup de dîners en famille, de conversations et de rires. L'esprit de Noël, festif, régnait sur le chalet, en faisait un cocon, un havre de paix et de bonne humeur. Ses parents lui manquaient, mais Seb ne s'y était pas senti aussi bien depuis une éternité.

— Papa ! cria Frankie en se ruant dans son bureau.

Ramené au présent, Seb ferma son ordinateur portable et donna à Frankie toute son attention. Celui-ci agitait un papier brillant dans sa petite main. Ses yeux brillaient d'excitation.

— Regarde, papa ! dit-il en s'arrêtant devant lui.

Noémi le suivait de près, souriant avec indulgence.

— Qu'avons-nous là ? demanda-t-il à son fils.

Il le souleva et le posa sur ses genoux. Frankie lui tendit ce qui était un dépliant publicitaire coloré – rouge, doré et vert.

— Le Père Noël arrive ! cria Frankie.

Seb en eut la confirmation en lisant le prospectus : le Père Noël serait en visite à Mont Cœur le 24 décembre, dans deux jours.

— M'amèneras-tu rencontrer *Babbo Natale*, papa ? demanda Frankie avec douceur, en utilisant le nom italien du Père Noël.

— Bien sûr ! s'exclama Sebastian en souriant à son fils.

Frankie lui fit un câlin et sauta de ses genoux. Il rayonnait d'une joie pure. À ce moment-là, Maria entra à son tour dans la pièce. Frankie se précipita vers elle.

— *Mamma !* Papa va m'emmener voir le Père Noël !

Maria leva un sourcil interrogatif à l'intention de Seb. Il lui tendit le prospectus.

— Bien sûr que tu iras voir le Père Noël, mon chéri ! Par contre, je ne sais pas si ton papa a été assez gentil pour mériter une gâterie à Noël…, ajouta-t-elle d'une voix sensuelle pleine de sous-entendus.

Aussitôt, le corps de Seb s'embrasa. Il désirait Maria comme jamais. C'était fou.

— Penses-tu que j'aie une chance ? demanda-t-il d'un air mal assuré.

— Hum… C'est possible.

Le cœur de Seb fit un bond dans sa poitrine. Enfin, il décelait une ouverture ! À ce stade d'une négociation d'affaires, il saurait exactement quoi faire : pousser son avantage. Mais pouvait-il prendre le risque avec Maria ?

Et elle avait déjà pivoté et se dirigeait vers la porte avec Frankie dans les bras. Noémi les avait précédés. S'il voulait agir, c'était maintenant.

— Dans ce cas, je pense que tu me dois un autre rendez-vous.

Maria s'arrêta sur le seuil et tourna la tête vers lui.

— Je te *dois* quelque chose… ?

Il vit sa sœur lever les yeux au ciel derrière Maria, comme s'il avait dit une bêtise.

— Cela faisait partie de notre accord, non ? Faire le point régulièrement sur la situation dans un cadre romantique.

— Je crois me souvenir que j'étais d'accord avec ça, en effet…

— Ce soir ? insista-t-il.

— Noémi et Léo ont des projets pour ce soir, donc pas de baby-sitter.

Seb jeta un coup d'œil à sa sœur pour vérifier la véracité de cette déclaration.

— Désolée, dit-elle, sans s'expliquer plus avant.

— Alors nous aurons la maison pour nous seuls, lança Sebastian. Dîner à 20 heures. Je ferai la cuisine.

Voilà comment se gagnait une négociation.

11

Après avoir couché Frankie, pendant qu'au rez-de-chaussée, Seb avait investi la cuisine, Maria se dit qu'elle devrait peut-être se changer, puisque c'était un rendez-vous galant.

Si elle n'avait pas fait ses valises dans la perspective de soirées chics ou festives, elle avait cependant emporté une robe en jersey verte resserrée à la taille, qui mettait en valeur ses courbes et sa silhouette élancée. Son décolleté était suffisamment plongeant pour laisser deviner sa plus belle parure de lingerie – qu'elle ne portait que parce qu'elle allait avec la robe, pas parce qu'elle s'attendait à ce que Seb lui ôte celle-ci plus tard…

Menteuse ! C'est exactement ce que tu espères !

Depuis leur voyage au lac, Maria ressentait plus que jamais une tension érotique entre eux. Chaque sourire de Seb, chaque regard lui envoyait du feu dans les veines. Elle se souvenait de la sensation de ses lèvres sous les siennes lorsqu'elle l'avait embrassé, de son regard émerveillé…

En fait, faire l'amour avec Seb ce soir serait la conclusion idéale d'une semaine plutôt parfaite. Bien sûr, il avait travaillé tous les jours, mais il l'avait appelée plusieurs fois pour discuter de ses affaires en cours, avait toujours éteint son ordinateur à temps pour les repas, s'était montré étonnamment patient avec Frankie quand celui-ci déboulait dans son bureau. Il avait joué avec lui dans la neige, lui avait donné des leçons, fait visiter Mont Cœur en traîneau… Bref, son mari lui avait donné une parfaite vision de ce que pourrait être la vie avec lui s'il s'en tenait à leur accord.

C'était maintenant à son tour de respecter le contrat : une soirée romantique. Et peut-être plus... Un frisson traversa le corps de Maria à cette pensée.

Après avoir vérifié une dernière fois que Frankie dormait, Maria descendit vers la grande cuisine ultramoderne.

Seb avait dressé une jolie table dans un coin, avec un délicat bouquet de saison au milieu et quelques bougies basses qui lui donnaient un air romantique.

— J'ai pensé que c'était plus intime que la salle à manger.

Seb lui tendit un verre de vin blanc et se pencha pour l'embrasser sur la joue.

— Tu es très belle.

Maria lui sourit, heureuse qu'il se soit fait un devoir de lui dire au moins une fois par jour combien, il la trouvait belle. Comme s'il se rattrapait pour toutes ces années où il avait à peine l'air de la voir. C'était presque suffisant pour lui faire croire que cette fois-ci, tout pourrait vraiment être différent.

Sebastian retourna au fourneau pour remuer ce qui sentait si bon dans le faitout. Elle s'installa sur un tabouret au comptoir pour le regarder cuisiner. Il ne l'avait pas souvent fait pour elle, mais elle savait aussi que Nicole Cattaneo avait mis un point d'honneur à lui apprendre, ainsi qu'à Noémi, à cuisiner les grands classiques de la gastronomie italienne. Ou à savoir préparer une assiette d'antipasti parfaite, telle celle qui était posée devant elle – olives, légumes rôtis et fromage. Elle piqua dedans, déjà en appétit.

— Qu'est-ce qu'on mange ?

— Ce plat de pâtes et de saucisses de *mamma* que tu as toujours adoré. Tu veux goûter la sauce ?

Elle hocha la tête, ravie. Seb lui tendit la cuillère, non sans avoir soufflé dessus pour qu'elle ne se brûle pas. Les yeux fermés, Maria laissa la délicieuse sauce épicée se répandre sur ses papilles.

— Alors ? demanda Seb, un soupçon de nervosité dans la voix.

— Parfait !

Quand Maria ouvrit les paupières, elle constata que Seb la fixait avec une troublante intensité. Avant même qu'elle ne puisse réagir, Seb se pencha par-dessus le comptoir et l'embrassa.

Seigneur, il avait oublié à quel point c'était bon...

Sebastian maudit le comptoir qui les séparait et l'empêchait de prendre Maria dans ses bras. Mais lorsqu'ils rompirent le baiser, il se dit que c'était peut-être mieux ainsi. Il voulait la séduire, ce soir. Pour lui montrer à quel point il était prêt à être le genre de mari dont elle avait besoin, à tous égards. Pour se concentrer complètement sur elle. S'il l'emmenait au lit avant même le dîner, cela ressemblerait à un échec.

Il sourit en constatant qu'elle avait les joues roses, les yeux brillants et que sa poitrine montait et descendait au rythme de sa respiration haletante sous sa robe moulante. Le bruit de l'eau bouillante qui débordait de la casserole derrière lui interrompit sa contemplation. Il se retourna pour gérer la crise.

Dix minutes plus tard, le dîner était servi.

— C'est comme dans tes souvenirs ? demanda-t-il, alors que Maria mangeait de bon appétit.

Ses parents approuveraient ses tentatives pour reconquérir Maria, il en était sûr. Son père s'inquiéterait qu'il néglige l'entreprise, mais sa mère comprendrait, et elle persuaderait son mari comme elle l'avait toujours fait.

— C'est délicieux ! répondit Maria en souriant. Quand je venais, ta mère cuisinait toujours ce plat pour moi le premier soir, tu te rappelles ?

— Oui. Je le considérais comme preuve que tu étais sa préférée, bien avant que tu n'entres dans la famille.

Maria rit.

— Je pense qu'elle aimait juste cuisiner pour un public qui appréciait. Toi et Noémi étiez trop habitués à ses plats incroyables. J'étais trop heureuse d'échapper au poulet à la vapeur de ma mère ! Il n'y a que chez vous que je mangeais correctement.

— Je savais bien qu'il y avait une raison qui expliquait que tu sois toujours fourrée chez nous ! répliqua Seb, taquin. J'espérais juste que cela avait un peu plus à voir avec mon charme.

— Oh ! cela jouait un peu aussi, dit Maria sur le même ton. Mais j'avais surtout l'impression de me retrouver au sein d'une vraie famille. La mienne, on aurait dit trois personnes collées ensemble parce qu'elles n'ont nulle part ailleurs où aller.

Sebastian, qui avait passé le premier Noël suivant leur mariage dans l'ambiance morne du manoir des Rossi, comprenait exactement ce qu'elle voulait dire.

— Cela ne les dérange pas que tu sois là pour Noël avec Frankie cette année, et non avec eux ?

— Je ne leur ai pas dit, admit Maria après une gorgée de vin. Ils sont partis chez des amis pour les vacances. Et puis je n'habite pas vraiment chez eux, je voulais que Frankie et moi soyons un peu indépendants. J'ai investi la petite maison au bord du lac, tout au bout de la propriété. J'adore cet endroit. Et Frankie aussi. Nous sommes bien ensemble.

Le cœur de Sebastian sombra. Il n'avait plus faim du tout. Il reposa ses couverts.

— Vous aimez être seuls tous les deux ? demanda-t-il d'une voix étranglée.

— Disons que nous sommes plus proches que nous ne l'aurions été autrement, dit Maria. Même si ce n'était pas très différent de vivre avec toi...

Elle lui fit un petit sourire d'excuse qui n'atténua aucunement la culpabilité et la douleur qui rongeaient Seb de l'intérieur.

— Et maintenant ? Est-ce ce que tu as ressenti, cette semaine, que vous étiez seulement tous les deux ?

Parce que si elle disait oui, c'était fini. Dans la mesure où il ne pouvait pas complètement abandonner la gestion de Cattaneo Jewels, il avait fait de son mieux. Il s'était lancé dans la recherche d'un équilibre susceptible de rendre tout le monde heureux. Cela avait-il été suffisant ?

Maria repoussa son assiette et darda sur lui un regard chaleureux.

— Cette semaine a représenté quelque chose de complètement nouveau entre nous. Qui me plaît beaucoup.

Sebastian faillit crier son soulagement.

— J'en suis heureux. Et je ressens la même chose. En fait, j'espère que cela pourra continuer très longtemps.

— Je l'espère aussi.

Maria soutint son regard si longtemps qu'une violente poussée de désir enflamma Sebastian. Son érection était presque douloureuse. C'était comme si elle le voyait à nouveau, et surtout qu'elle voulait ce qu'elle voyait. Auquel cas, tout était en place pour la dernière partie de son plan...

— Que dirais-tu de prendre le dessert à l'étage ?

— Au salon ? demanda Maria.

— Non. Dans le jacuzzi.

Maria se glissa sur la pointe des pieds dans la chambre qu'elle partageait avec Frankie afin d'enfiler son maillot de bain. Pas question que Seb la trouve nue dans le jacuzzi, le message aurait été bien trop explicite.

Car après une semaine et demie de tentatives pour être à la hauteur des attentes de l'autre, Maria était plus que prête à revenir au lit avec son mari. Ou dans le jacuzzi. N'importe où, pour être honnête. Elle voulait juste retrouver son mariage – amélioré, renouvelé, mais toujours son mariage. Celui qu'elle avait cru détruit à jamais. Retrouver son mari. L'homme qu'elle aimait.

Elle se figea. Elle avait été tellement transportée par la manière dont les choses se passaient entre eux qu'elle n'avait même pas remarqué jusqu'à maintenant que le mot « amour » ou le verbe « aimer » n'avaient toujours pas franchi les lèvres de Sebastian. Il avait adopté l'idée du mariage vu comme un contrat entre partenaires, et il avait été à la hauteur des buts et objectifs qu'elle lui avait fixés ; tout comme il l'aurait été au travail. Et si elle n'était qu'une *affaire* comme les autres, une *acquisition* avec laquelle il s'amusait, couchait, discutait, mais qui faisait en fait partie des *actifs* de la famille Cattaneo ? Et s'il voulait juste cocher « reconquête de ma femme » sur sa liste d'objectifs annuels ?

Elle se mordit la lèvre. Cela avait-il vraiment de l'importance ? S'il ne disait jamais « je t'aime », et même s'il ne le ressentait jamais, tant qu'il lui offrait respect et affection, n'était-ce pas suffisant ? Elle pouvait vivre avec ça. Surtout si cela signifiait faire l'amour dans un jacuzzi ce soir avec l'homme le plus beau qu'elle ait jamais rencontré.

Avant de changer d'avis, elle enleva ses vêtements et enfila son maillot de bain. Puis elle s'enveloppa dans sa robe de chambre – le jacuzzi était sur le balcon. Peut-être que l'air froid de l'extérieur l'aiderait à rafraîchir son esprit en surchauffe. Et sa libido...

Par la baie vitrée du salon de la suite, cachée derrière les voilages, elle constata que Seb était déjà dans l'eau brûlante. Elle savait que le jacuzzi se préparait au moins deux heures à l'avance si on voulait une eau à bonne température. Ce qui signifiait qu'il avait tout prévu depuis le début. Elle ne pouvait pas le blâmer : s'il était aussi frustré qu'elle par leur absence de relations sexuelles, elle était même surprise qu'il ne l'ait pas simplement attirée dans la baignoire !

Et cela signifiait qu'il anticipait pour eux. Il avait fait l'effort de préparer son plat préféré, de déboucher son vin préféré... Il se donnait du mal. Or n'était-ce pas exactement ce qu'elle avait demandé ?

Alors elle se débarrassa de son maillot de bain, referma sa robe de chambre et sortit sur le balcon. Seb se retourna et sourit alors qu'elle fermait la porte derrière elle.

— Prête ? demanda-t-il.

— Oui.

Puis elle laissa tomber la robe de chambre et se tint nue devant Sebastian, dont elle n'avait jamais vu les yeux s'écarquiller autant.

Allongée à côté de son mari endormi, Maria savourait la délicieuse langueur qui avait envahi son corps comblé. Peut-être qu'il ne l'aimerait jamais comme elle l'aimait, mais le nouveau Seb auprès duquel elle était revenue avait compensé son absence de discours passionné par la qualité de ses actes. Qu'importait que le véritable amour, éternel et inconditionnel, soit une fable ou pas : le respect et l'adoration pouvaient être tout aussi merveilleux. Du moins au lit...

Seb avait chéri son corps, l'avait enflammé, assouvi, réveillé, vénéré. Chaque centimètre de sa peau en gardait un souvenir bouleversant. Ils n'avaient fait qu'un et elle avait joui comme jamais, plusieurs fois.

Un moment parfait.

Maria se laissa doucement gagner par le sommeil, sourire aux lèvres.

Mais lorsqu'elle se réveilla seule dans l'immense lit de Sebastian, elle se dit que le cauchemar recommençait peut-être…

12

Seb avait eu des projets pour ce matin : se réveiller avant son fils et persuader sa femme de poursuivre leur rapprochement sensuel. Juste au cas où il n'aurait fait que rêver à quel point cela avait été incroyable – mais aucun rêve n'avait jamais été aussi intense.

Dès le moment où elle avait laissé tomber sa robe de chambre et qu'il avait revu son corps parfait, il avait eu l'impression de recevoir son cadeau de Noël en avance. Et la confirmation dont il avait besoin que tout ce qu'ils avaient entrepris depuis dix jours était possible.

Maria était à nouveau sa femme. Elle lui faisait à nouveau confiance pour exalter son corps et son bonheur. Elle allait rester maintenant, il le savait. Non pas grâce au sexe, toujours aussi incroyable entre eux, mais grâce à cette confiance retrouvée.

Peut-être que cette idée de plan prévisionnel et de contrat n'avait pas été si stupide, après tout. Et il avait eu en tête de remercier, d'une manière plutôt intime, Maria d'y avoir pensé.

Au lieu de cela, il se retrouvait dans un hélicoptère, direction Genève où il devait gérer une crise de dernière minute. Il ne voulait pas y aller, mais il n'avait tout simplement pas eu le choix. Le contrat que Maria et lui avaient passé des heures à décortiquer, le dernier contrat sur lequel son père avait travaillé, était sur le point de tomber à l'eau. Et il était la seule personne qui pouvait empêcher le désastre.

Lorsque son téléphone avait vibré juste avant 5 heures, son premier instinct avait été de l'ignorer – il avait prévu de se réveiller avant Frankie, mais pas aussi tôt.

Hélas, le téléphone avait bourdonné à nouveau. Maria avait commencé à s'agiter dans son sommeil, il avait donc saisi l'appareil avant qu'elle ne se réveille. Il avait alors vu les SMS paniqués de son bras droit, qui gérait la fusion depuis Genève, et il avait compris que ce ne serait pas une bonne journée. Il s'était levé et préparé le plus discrètement possible, avait rassemblé toutes les notes que Maria et lui avaient prises, avait embrassé son front et était parti.

Le pire après avoir quitté Maria avait été de devoir monter dans un fichu hélicoptère. Il avait déjà fait ce trajet une demi-douzaine de fois et ne pouvait compter le nombre de voyages effectués ainsi jusqu'à Mont Cœur, mais c'était avant que ses parents ne meurent dans un accident d'hélicoptère.

Le cœur battant, Seb s'efforçait de ne pas penser à la terreur qu'avaient dû ressentir ses parents. Une manière parfaite de passer l'avant-veille de Noël, vraiment, songea-t-il, furieux et angoissé à la fois. Il essaya de se concentrer sur ce maudit contrat. Cet accord voulu par son père n'était que le premier d'une série qui devait assurer l'expansion de Cattaneo Jewels. S'il ne se concluait pas, ses actions ne vaudraient peut-être même pas le prix des papiers qu'il faudrait signer pour les liquider.

Le pire, c'était que Maria lui avait fait remarquer le point sensible à l'origine de la crise actuelle quand ils avaient travaillé ensemble, et qu'il lui avait assuré que tout irait bien… Il avait encore fait une erreur. Il avait mis en danger le dernier contrat de son père. Toute l'entreprise était en danger. L'héritage de son père dépendait de sa capacité à trouver des solutions. Vite. Et il n'avait jamais laissé tomber son père.

Seb ferma les yeux, et ce fut le visage de Maria qui apparut, avec cette lueur dans ses yeux lorsqu'elle avait laissé tomber sa robe et était entrée nue dans le jacuzzi. Il avait hâte de la retrouver. Tout ce qu'il avait à faire, c'était de survivre à ce trajet en hélicoptère, à une réunion infernale puis au voyage retour. Ensuite, il ne serait plus là pour personne – sauf sa famille, bien sûr.

Ensuite, tout serait à nouveau merveilleux.

Comment pourrait-il en être autrement, maintenant que Maria était de retour à la maison, près de lui, à sa place ?

— Comment ça, « il est parti » ? s'indigna Noémi en fronçant ses fins sourcils. L'avant-veille de Noël, alors qu'il devait emmener son fils rencontrer le P... Rencontrer tu sais qui ! ?

Maria comprit qu'elle ne voulait pas prononcer « Père Noël » devant Frankie, qui en parlait sans cesse depuis qu'il s'était réveillé, des étoiles dans les yeux.

Maria tendit à Noémi le mot que Seb avait laissé sur la table de nuit. Son amie le lut à haute voix :

— « J'ai dû aller à Genève pour un dossier urgent. J'espère être de retour pour le dîner. » Eh bien, c'est... succinct.

Elle soupira. Envolées, ses promesses de l'impliquer dans son monde, aussi bien professionnel que personnel. Apparemment, cela ne faisait pas le poids face à un « dossier urgent ». Leur fils non plus.

Frankie était assis dans l'escalier du couloir, son renard en peluche dans les bras, abattu, le regard triste. Il était excité à la perspective de voir le Père Noël, bien sûr, mais surtout que ce soit son père qui l'emmène.

Et son stupide père se trouvait dans cette stupide ville de Genève.

Maria nota soudain combien le visage de Noémi était pâle. Il lui fallut un moment pour comprendre pourquoi.

— Il a pris un hélicoptère, dit-elle à voix basse.

C'était le moyen de transport le plus évident et le plus rapide pour aller de Mont Cœur à Genève. Ainsi, Seb était si impatient de reprendre le travail qu'il s'était envolé à deux jours de Noël *en hélicoptère...*

— Tu l'as appelé ? demanda Noémi.

Maria comprit qu'en réalité, son amie lui demandait : « Tu crois qu'il va bien ? »

— Pas encore.

Comment le pourrait-elle ? Il avait fait un choix très clair : le travail avant la famille. Comme toujours. Le pire, c'était qu'elle avait cru qu'il avait changé ; qu'il avait enfin compris la valeur de leur mariage, l'importance de leur fils. Elle avait pensé qu'ils avaient un avenir. Apparemment, Seb avait simplement voulu la remettre dans son lit. Maintenant que la mission était accomplie et qu'il était certain qu'elle allait rentrer à la maison, il était retourné vers ce à quoi il tenait le plus au monde : son travail.

Le seul point positif était que cela se produisait avant la fin de la période d'essai convenue. Si elle avait déjà dit à Frankie qu'ils restaient avec son père pour de bon, cela aurait été bien pire. Son cœur se brisait peut-être à nouveau, mais au moins, elle n'avait pas donné à Frankie de faux espoirs.

Seb n'avait sans doute jamais retenu cette histoire de peau d'ours qu'il ne fallait pas vendre avant de l'avoir tué. Ce n'était pas une surprise pour elle : la patience n'avait jamais été son fort.

Tout à coup, elle fut submergée par les souvenirs de leur dernier combat, la veille de son départ, un peu plus d'un an auparavant. Elle ferma les yeux et se laissa emporter.

— Où étais-tu ? lança Maria à son mari au moment où il franchissait la porte. Tu avais promis que tu serais là ce week-end !

— J'ai été coincé au bureau. Un problème avec une des nouvelles campagnes, qu'il fallait régler à tout prix. Et puis quelle importance ?

— *Quelle importance ?* s'écria-t-elle. Seb, tu n'as pas vu ton fils depuis trois jours !

— Écoute, j'ai eu un boulot de dingue. Crois-moi, j'aurais préféré être ici. Je suis épuisé. Je me rattraperai auprès de Frankie, promis.

Maria savait qu'il était sincère. Or il avait promis la même chose chaque week-end depuis un mois. Et désormais, elle savait qu'il ne se rattraperait jamais auprès de son fils.

— Je ne te crois pas, affirma-t-elle, les poings sur les hanches, le menton levé en signe de défi.

Sebastian posa sa mallette au sol. Il se frotta le visage avec les mains et poussa un soupir las.

— Maria, tu savais dans quoi tu t'engageais. Tu m'as épousé pour sauver Rossi Gems, tout comme je t'ai épousée pour obtenir la fusion de nos entreprises. Et maintenant, tu te plains que je passe trop de temps à travailler pour *notre* entreprise ?

Elle fit quelques pas en arrière. Elle avait osé espérer que leur mariage représentait plus que cela pour lui ; en quelques phrases, il venait de lui prouver que c'était encore moins que ce qu'elle pensait.

Elle n'était rien pour lui.

Alors que lui était tout pour elle.

— Tu ne me vois même pas ! s'emporta-t-elle. Parfois, je ne suis même pas sûre que tu le remarquerais si je partais !

Maria retrouva aussitôt son calme. Un calme effrayant. Car pour la première fois, elle voyait leur mariage sous la lumière crue de la réalité. Et elle acceptait la douloureuse vérité.

Elle se redressa et regarda son mari droit dans les yeux.

— Ce n'est pas suffisant pour moi, Seb. Et je réalise maintenant que tu ne peux pas me donner ce dont j'ai besoin. Tu n'en es pas capable.

— Je dois faire mes bagages, dit Maria en ouvrant les yeux.

Frankie leva soudain la tête. Maria ne savait jamais ce que son cerveau de deux ans comprenait. Certains jours, les concepts de temps et de lieu semblaient hors de sa portée et d'autres, il semblait déchiffrer mieux qu'elle le monde qui les entourait.

— Tu t'en vas ? demanda Noémi, l'air sidéré.

— Comment pourrais-je rester ?

Elle avait fixé des conditions, bon sang ! Ils avaient un contrat ! Si elle laissait passer, Seb saurait qu'il pourrait recommencer impunément. Or il s'était envolé pour Genève au lieu d'emmener son fils rencontrer le Père Noël. Ce n'était pas un accroc dans leur accord, c'était une trahison !

— Je veux voir le Père Noël ! dit soudain Frankie, qui s'était mis debout sur la première marche de l'escalier. Je veux voir le Père Noël *maintenant* !

Maria était sur le point de lui rappeler qu'il fallait toujours demander poliment, mais Noémi la devança :

— Bien sûr qu'on va aller voir le Père Noël, mon ange ! Nous allons aller le voir ensemble tout de suite. Frankie, maman et tata Noémi, ajouta-t-elle en lui entourant les épaules du bras.

Frankie se libéra et commença à trépigner, le visage crispé.

— Je veux y aller avec papa !

Maria soupira. C'était ce qu'il lui avait été promis et comme tous les enfants, Frankie n'oubliait jamais une promesse qu'on lui avait faite. Seb l'aurait su s'il avait fait suffisamment attention à son fils.

— Papa n'est pas là, *piccolo*, dit-elle aussi doucement que possible, avec un grand sourire réconfortant.

Pas assez doucement sans doute, car Frankie devint tout rouge et éclata en sanglots hystériques, le corps saisi de convulsions.

— Je veux papa ! Papaaaaa ! hurla-t-il.

Il hoquetait, le nez coulant, et le cœur de Maria se brisa encore un peu plus. Elle s'agenouilla et prit son fils dans ses bras. Tout en lui caressant la tête et en lui murmurant des paroles rassurantes à l'oreille, elle s'efforçait de ne pas penser aux larmes qui coulaient sur ses propres joues.

Il faisait nuit quand Seb arriva enfin au chalet. Une seule fenêtre était illuminée, au deuxième. Il vérifia sa montre : il était bien plus tard que ce qu'il pensait. Seigneur, cette horrible journée avait duré une éternité ! Pourtant, ce n'était pas pour cette raison qu'il était heureux de rentrer. Il était excité à la perspective d'en parler avec Maria. Elle comprendrait qu'il ait été terrifié par le vol en hélicoptère, la renégociation de dernière minute avec ses nouveaux partenaires, la réussite de son sauvetage – en partie grâce à elle et à ses remarques à propos du contrat. Elle l'écouterait et lorsqu'elle l'embrasserait, tous ses soucis s'évanouiraient.

Oui, il avait *besoin* de retrouver sa femme.

Un an auparavant, il n'aurait jamais imaginé une telle issue. Leur dernière dispute avait été terrible. Il était rentré tard, certes, mais ce n'était pas la première fois. Il n'avait jamais compris pourquoi cette fois-là avait été différente. Il s'était excusé, comme toujours, mais cela n'avait pas suffi. C'était comme si à l'époque, elle ne comprenait pas qu'il travaillait aussi dur pour eux. Et pour Frankie, bien sûr, tout comme son père avait travaillé dur pour Noémi et lui. S'il pouvait accomplir la moitié de ce que Salvo Cattaneo avait accompli, Frankie serait tranquille toute sa vie. Vivre à la hauteur de cet idéal demandait du temps et de l'énergie – et il n'en restait pas beaucoup pour le reste.

Mais désormais, il avait le sentiment qu'ils se comprenaient. Et il était en passe de devenir le mari dont elle avait besoin.

Sebastian fronça les sourcils lorsqu'il se rendit compte que la seule lumière qui brillait provenait de la fenêtre de son bureau. Pourquoi cette pièce était-elle éclairée ? Il entra dans le chalet silencieux et monta l'escalier. Puis il ouvrit la porte de son bureau et se figea, interloqué.

Maria était assise sur sa chaise, un verre de whisky à la main, ses pieds sur le plateau posé à côté d'un prospectus vert et rouge.

Le Père Noël. Frankie. C'était aujourd'hui…

Il se laissa tomber contre le chambranle de la porte, effondré.

— Mon Dieu, Maria, je…

— Je m'en fiche.

Elle se leva et posa les mains de chaque côté du prospectus en se penchant vers l'avant.

— Tu avais promis d'emmener ton fils voir le Père Noël. Évidemment, cela ne signifie pas grand-chose pour toi ; mais pour lui, c'était important. Il n'a pas voulu y aller sans toi, tu te rends compte ? Il a été malheureux ici toute la journée, malgré les glaces, les gâteaux et les câlins. Et puis il s'est endormi en pleurant, alors que tu n'étais toujours pas rentré de ton si important voyage d'affaires.

— C'était *vraiment* important, soupira Sebastian.

Il se passa une main dans les cheveux. Bon sang, il avait passé toute la journée à négocier avec des abrutis, et maintenant il devait négocier avec sa femme ! Ce n'était pas ainsi qu'il avait imaginé sa soirée. Un recommencement. Et tout comme un an auparavant, il était épuisé, tendu et rien n'avait de sens.

Maria le fixait comme si elle attendait une réponse magique qui améliorerait tout. Mais il n'en avait pas. Finalement, elle secoua la tête et se redressa.

— J'ai déjà fait mes valises. Nous n'avons pas pu prendre de vol aujourd'hui, sinon nous serions déjà partis, mais nous avons une réservation pour demain midi.

Quoi ! ?

— Tu… Tu t'en vas ? bredouilla-t-il, avec l'impression de s'être fait heurter par un bus lancé à pleine vitesse. Tu ne peux pas partir ! Tu… Tu as dit que tu resterais pour Noël.

— Et toi, tu as dit que tu ferais passer ta famille en premier pendant ces vacances. Tu as dit que tu prouverais que si je restais, les choses seraient différentes.

— Et elles ont été différentes ! se défendit-il en avançant vers Maria, les paumes levées.

Elle l'avait admis elle-même, la veille, non ? Elle ne pouvait pas se dédire !

— En effet. Jusqu'au moment où tu m'as fait l'amour dans le jacuzzi. C'était bien de cela qu'il s'agissait, en fin de compte, n'est-ce pas ? Tu voulais te prouver que tu pouvais m'avoir à nouveau, et maintenant que tu as atteint cet objectif, plus besoin de faire d'efforts !

— Non !

Comment pouvait-elle penser cela de lui ? Même s'il devait bien convenir que les faits étaient contre lui : il avait couché avec elle puis était parti travailler très tôt le lendemain matin, l'avant-veille de Noël en plus… Comment avait-il pu être aussi stupide ?

— C'était ce contrat avec les Suisses, Maria. Souviens-toi de la clause que tu as trouvée et qui…

— Ça n'a plus d'importance, maintenant, le coupa-t-elle. On a essayé, Seb. On a vraiment essayé. Mais je ne pourrai jamais me contenter d'être délaissée pendant que tu cours après l'adrénaline des affaires. Et Frankie non plus. Je pensais que…

— Quoi ? l'interrompit-il à son tour. Qu'est-ce que tu pensais ?

Soudain, Sebastian soupçonnait qu'il y avait *autre chose* derrière cette histoire de plan prévisionnel pour leur mariage et la colère actuelle de Maria. Or s'il ne savait pas ce que c'était, comment pourrait-il s'en sortir ?

— Je pensais que si tu pouvais suivre quelques règles, si nous pouvions faire en sorte que notre contrat permette à notre mariage de fonctionner, ce serait suffisant.

Le regard de Maria s'arrima au sien. Un regard si sincère, si honnête que Seb comprit que, enfin, ils en arrivaient à la *vraie* raison de son départ un an auparavant, et de l'échec de leur seconde chance.

— J'avais tort, reprit-elle. Oui, tu as foiré aujourd'hui. Mais ce n'est pas pour ça que je pars.

Maria s'interrompit et prit une profonde inspiration.

— Alors pourquoi ? demanda-t-il d'une voix douce, désireux de ne pas la brusquer, mais impatient de comprendre, de savoir.

— Parce que je suis tombée amoureuse de toi et que tu ne m'aimeras jamais comme je t'aime.

13

Voilà, elle l'avait dit. Et maintenant que Sebastian connaissait ses sentiments pour lui, il serait probablement soulagé qu'elle parte…

Parce qu'elle n'avait jamais pu se résoudre jusqu'ici à demander ce qu'elle voulait vraiment, peut-être était-elle responsable, au moins un peu, de ce qui s'était passé entre eux auparavant. Elle n'avait pas été honnête sur ce qu'elle espérait de leur union, mais désormais, elle l'était.

Maria avait été furieuse quand elle s'était réveillée seule, puis avait compris que Seb avait laissé tomber Frankie. Mais si elle était honnête avec elle-même, ce n'était pas pour cela qu'elle partait.

Elle partait parce que, s'il l'avait aimée, il l'aurait réveillée et lui aurait expliqué la situation. Ils l'auraient gérée *ensemble*. Elle aurait même pu aller avec lui à Genève et lui tenir la main dans l'hélicoptère pour lui apporter un soutien moral. Mais il ne lui était même pas venu à l'esprit de demander.

— Tu…

— Je suis tombée amoureuse de toi, oui, le coupa-t-elle. Avant même que nous soyons mariés. Seb, je t'aime depuis que j'ai quinze ans, depuis la nuit où tu m'as emmenée faire du patin à glace. Et puis je suis retombée amoureuse de toi quand on s'est mariés. Et puisque j'en suis aux aveux, ce sentiment n'a fait que s'intensifier.

— Alors pourquoi pars-tu ? Si tu m'aimes, pourquoi me quitter ?

Maria pouvait entendre la frustration et la confusion dans la voix de Sebastian. Il ne comprenait pas. Ce n'était pas l'accord qu'ils avaient conclu, et il ne comprenait que les négociations et les accords.

Mais ils ne pouvaient pas négocier l'amour.

— Parce que tu ne m'aimes pas.

— Bien sûr que je t'aime ! protesta Seb.

— Tu m'aimes comme amie et partenaire. Mais tu n'es pas amoureux de moi. Tu ne l'as jamais été.

— Je ne vois pas la différence, dit Seb d'une voix lasse. Bien sûr que je vous aime, toi et Frankie. Tu es ma femme. Ça fait partie du marché.

Maria leva les yeux au ciel avec ricanement amer.

— Non, justement pas. Quand on s'est mariés, j'étais un atout pour tes affaires. Et quand nous avons découvert l'alchimie sexuelle entre nous, ce fut un bonus pour toi, n'est-ce pas ? Puis Frankie est arrivé et tu t'es dit que le boulot était fait : tu avais une femme pour te soutenir et pour la respectabilité, et un héritier pour reprendre l'entreprise.

L'expression gênée de Seb lui confirma qu'elle avait tapé dans le mille.

— Mais ce n'est pas suffisant pour moi, ajouta-t-elle.

— J'ai compris ! explosa Sebastian. C'est pourquoi j'ai fait des pieds et des mains pendant dix jours pour atteindre tes objectifs ! Pour te donner ce que tu voulais. Tu auras un emploi. Tu peux même avoir l'entreprise si tu veux. Après la journée d'aujourd'hui, je ne suis pas sûr qu'elle me manquerait. Mais ce n'est toujours pas suffisant pour toi.

— Non, dit simplement Maria, ce n'est pas suffisant. Parce que la façon dont je t'aime n'a rien à voir avec les affaires, ne peut pas faire l'objet d'un contrat, ne se comptabilise pas. Ce n'est même pas Frankie, la question. C'est... dévorant. Tu es ma première pensée du matin et la dernière avant que je m'endorme. Tu es dans mes rêves, la nuit. Même quand je n'étais plus là, si je devais prendre une décision, tu étais la personne à qui je voulais en parler. Mais même quand j'étais encore à tes côtés, je ne pouvais pas, car tu n'étais jamais là pour m'écouter. Tu ne me voyais pas, tu ne m'entendais pas, et pourtant tu étais tout mon univers. Et être invisible pour toi, sauf quand tu avais besoin de moi, ça allait me détruire. Je ne peux pas replonger. Je ne veux pas.

Sebastian s'approcha du bureau. Maria le contourna pour sortir de la pièce. Elle avait besoin d'être seule. Il la saisit par la taille pour l'arrêter et la serra contre lui.

— Attends ! Maria, s'il te plaît, ne pars pas. Pas comme ça.

Maria gigota pour se libérer et Seb relâcha sa prise en soupirant.

— Je t'enverrai un message quand je serai chez moi, dit-elle. Nous pourrons établir un calendrier de visites pour Frankie. Je... Je ne plaisantais pas, je veux qu'il t'ait dans sa vie.

— Je vais me rattraper, dit Seb.

C'était comme si les mots étaient sortis de sa bouche automatiquement. Cela lui rappela toutes les fois où il l'avait dit auparavant.

— Oui, tu vas *essayer*, ironisa Maria avec fiel. Tu ne peux pas acheter l'amour de ton fils avec plus de jouets, tu sais. Il voulait te voir plus que rencontrer le Père Noël.

— Je vais... Je vais arranger ça, Maria, je te le jure, affirma Sebastian d'un ton désespéré et suppliant. D'ici le nouvel an, je ne travaillerai pas du tout. J'ai réglé la question du contrat avec les Suisses, aujourd'hui. Tout le reste, je peux le déléguer. Probablement. Il n'y aura que toi, moi et Frankie, la semaine prochaine. Noémi et Max rentrent en Ostanie tandis que Léo et Anissa retournent à New York. Juste nous. Notre petite famille. S'il te plaît, donne-moi une autre chance !

Maria réalisa alors qu'il ne comprenait toujours pas. Il ne comprendrait jamais.

— Ce n'est pas quelque chose que tu peux arranger, Seb. Il s'agit de qui tu es.

Et qui il était ne l'aimerait jamais, n'était même pas capable d'envisager l'amour. Sans compter que vivre en accord avec l'héritage de son père lui importait trop.

— Tu as tort. Je peux changer. Regarde !

Seb sortit son téléphone portable de sa poche, se dirigea vers la fenêtre, l'ouvrit d'un coup sec et jeta l'appareil dans la neige. Puis il se tourna vers elle en souriant fièrement.

— Tu vois ?

Maria secoua la tête.

— Je suis désolée, Seb. Ce n'est pas suffisant.

Elle sortit du bureau et regagna la chambre qu'elle partageait avec Frankie. Elle se jeta sur le lit et pleura jusqu'à ce que le sommeil la gagne, comme Frankie l'avait fait quelques heures plus tôt.

C'était fini. Pour de bon cette fois.

Seb fixa la porte pendant un long moment. Puis il prit la bouteille de whisky.

Maria l'aimait. Vraiment, profondément, comme sa mère avait aimé son père, comme Léo aimait Anissa, comme Noémi aimait Max. C'était cela l'amour, le vrai, il le pressentait ; et à présent, il y était confronté.

La première fois que son père avait évoqué la possibilité d'une union avec la fille de son vieil ami, il avait refusé catégoriquement. Salvo avait épousé l'amour de sa vie, pourquoi pas lui ? À cette différence près qu'il n'y avait pas d'amour de sa vie. Il n'avait pas le temps de se concentrer sur autre chose que les affaires. C'était ce que son père avait attendu de lui. Et la plupart du temps, son travail était plus amusant que les femmes avec lesquelles il sortait...

Pourtant, quand il avait revu Maria après deux ans sans se croiser, elle avait vingt ans et elle était sublime ! Il s'était dit : « Pourquoi pas ? » Pourquoi attendre le véritable amour, qui ne viendrait peut-être jamais, alors qu'il pouvait épouser la plus belle femme qu'il ait jamais vue, faire la fierté de son père et sauver Rossi Gems tout en enrichissant Cattaneo Jewels ?

Il aurait été un idiot de refuser. D'autant que la personnalité de Maria était toujours aussi solaire et qu'elle semblait aussi attirée par lui qu'il l'était par elle. Il avait donc dit oui à son père.

Comme leur mariage était un mariage de raison, des deux côtés, et que Sebastian était un homme pragmatique, il ne s'était jamais laissé aller à penser à *ce que ce n'était pas*. Donc l'amour ne faisait pas partie de l'équation. Il lui aurait même paru incongru d'y penser.

Or tout venait de changer.

Maria l'aimait...

Comment aurait-il pu envisager une telle possibilité ? La réponse était simple : il ne s'était jamais autorisé à le faire, cela ne lui avait même jamais traversé l'esprit. De même, il ne s'était jamais demandé s'il aimait Maria. L'aimait-il ? Non, la question était : était-il *amoureux* d'elle, comme elle disait être amoureuse de lui ? Ce qu'il éprouvait pour elle, cette évidence qu'il n'avait jamais questionnée, était-ce de l'amour ?

Ces interrogations qui envahissaient son esprit n'avaient eu aucune importance jusqu'à maintenant, car Maria était déjà sa femme. Mais désormais, elles étaient importantes. Cruciales, même. Essentielles.

Sebastian prit une gorgée de whisky au goulot. Il essaya de s'imaginer se réveiller chaque jour sans Maria à son côté. Il essaya de s'imaginer rentrer à la maison sans la promesse de lui parler de sa journée – ce n'était pas difficile, il l'avait vécu pendant un an.

Puis il s'imagina rentrer tôt du travail pour passer du temps avec Frankie et Maria – et peut-être un ou deux autres enfants. Il s'imagina dans les locaux de Cattaneo Jewels en train de traverser le couloir pour passer de son bureau à celui de Maria afin de discuter les détails d'un contrat. Il imagina les vacances qu'ils allaient prendre, juste tous les trois au soleil.

Surtout, il s'imagina embrasser Maria tous les matins et tous les soirs. Il l'imagina heureuse et comprit que c'était la seule chose au monde qu'il voulait vraiment. Cela lui fit un choc.

Avant ce jour, la seule chose pour laquelle il s'était vraiment battu avait été l'approbation de son père. Désormais, il avait un nouveau combat.

Il voulait que Maria soit heureuse. Et Frankie, bien sûr.

S'il avait ça, il n'avait besoin de rien d'autre.

Bon sang ! Seb, tu l'as, la réponse à tes questions !

Il l'aimait. Exactement comme elle l'aimait, même s'il lui avait fallu trop de temps pour le réaliser. Oui, il était amoureux de sa femme. Et soudain, il comprit une vérité fondamentale que son père ne lui avait pas enseignée, probablement parce qu'il pensait que cela allait sans dire : le bonheur de sa famille était la plus grande réussite qu'un homme pouvait espérer.

Mais cet objectif, il ne pourrait l'atteindre seul. Il avait besoin d'aide. Il avait besoin de gens qui avaient déjà vécu dans cette obscurité et connaissaient le chemin vers la lumière.

Maria se réveilla avec un mal de tête carabiné lorsque Frankie grimpa dans son lit. Alors qu'elle serrait son petit corps contre elle, elle essaya de trouver le courage et l'énergie nécessaires pour faire face à cette journée.

Ils partaient. Dans quelques heures, Frankie et elle se retrouveraient dans leur petite maison sur la propriété de ses parents, en Italie, prêts à passer Noël ensemble, rien que tous les deux.

Et elle en était heureuse. Vraiment. Heureuse d'avoir pris une décision, du moins. Heureuse de ne pas passer le reste de sa vie à attendre que Seb se réveille et voie la femme qu'il avait épousée. Heureuse de pouvoir envisager son avenir et…

Elle soupira. Non, elle n'était pas heureuse. Elle détestait cette situation. Mais cela ne changeait rien au fait que c'était le bon choix. Elle s'était ouverte à Seb, lui avait avoué ses sentiments, et il avait jeté son téléphone par la fenêtre comme si cela remplaçait tous les « je t'aime » qu'elle n'entendrait jamais de sa bouche.

— Allez, *piccolo* ! lança-t-elle à son fils. Allons retrouver tante Noémi !

Une fois lavée et habillée, Maria décida que Frankie pouvait rester encore un peu en pyjama. Elle écouta à la porte pour s'assurer que Seb ne l'attendait pas derrière. Pas un bruit. Convaincue qu'il dormait encore, ou qu'il était déjà parti au bureau, elle sortit et descendit avec Frankie en direction de la cuisine.

Elle s'arrêta au milieu de la volée de marches qui menait au rez-de-chaussée, médusée. À côté d'elle, Frankie poussa un petit cri de surprise effarouché. Il serra sa petite main dans la sienne, la regarda avec de grands yeux, avant de se concentrer à nouveau sur la scène qui s'offrait à eux.

Là, sous le sapin de Noël géant illuminé, se trouvait une pile de cadeaux emballés dans des papiers multicolores. Et à côté des cadeaux, il y avait…

— Le Père Noël ! cria Frankie, extatique.

Léo déguisé en Père Noël n'était pas ce qui surprenait le plus Maria dans ce tableau, même si avec sa grande barbe et son bonnet rouge, il était très difficile de le reconnaître. C'était Sebastian, vêtu d'un costume d'elfe. À côté de lui, Anissa en portait une version féminine, tandis que Max et Noémi arboraient tous deux des serre-tête avec des faux bois de renne.

Comment diable avait-il convaincu sa famille de participer à ce spectacle, sachant qu'elle avait quitté son bureau à minuit passé, six heures auparavant ? Apparemment, le pouvoir de persuasion de Sebastian ne se limitait pas aux affaires. Il avait promis de se racheter auprès de Frankie, et c'était ce qu'il faisait. Même si c'était très bizarre, c'était une belle façon de terminer leur séjour – Maria n'avait pas l'intention de revenir sur sa décision, costume d'elfe ou pas.

— Je peux y aller, maman ? demanda Frankie.

Elle donna son accord d'un hochement de tête. Il descendit l'escalier et se dirigea vers le Père Noël, mais il s'arrêta en reconnaissant le chef des elfes.

— Papa ? demanda-t-il, l'air déconcerté.

Seb s'accroupit à côté de lui.

— C'est moi, fiston. Je suis vraiment désolé de ne pas avoir été là pour t'emmener rencontrer le Père Noël, hier.

— Mais le Père Noël est là, maintenant.

— C'est vrai, Frankie, intervint Léo d'une voix caverneuse. Ton papa m'a dit combien il était désolé et combien tu voulais me rencontrer, alors j'ai fait un voyage spécial pour revenir ici ce matin. Je lui ai fait promettre de m'aider en étant mon elfe pour la journée. Alors, que dirais-tu d'un cadeau ?

Léo prit un énorme paquet vert brillant et le tendit à Frankie, qui avait presque la même taille que la boîte. Sebastian se tenait aux côtés de son fils, le regard dardé sur elle. Quand il fit un pas dans sa direction, elle secoua la tête, espérant qu'il avait compris le message. Il ne pouvait plus rien faire pour la faire changer d'avis.

Mais le Père Noël s'adressa à elle, une grande enveloppe à la main :

— Frankie, je crois que j'ai un cadeau pour ta maman. Tu le lui donnes ?

Frankie, absorbé par le déballage de son cadeau, ne leva même pas les yeux vers Léo.

— Papa, fais-le.

Avec un sourire qui fit bouger sa fausse barbe, Léo remit

l'enveloppe à Sebastian, qui sourit lui aussi. Tout comme Noémi, Max et Anissa.

Je n'aime pas ça du tout, songea Maria.

— Pourquoi ne pas l'emmener à côté pour l'ouvrir ? proposa Noémi, en faisant un geste vers le petit salon.

— Vas-y, maman, dit Frankie. Je reste ici avec le Père Noël.

Noémi poussa Sebastian vers la porte. Maria n'eut pas d'autre choix que de le suivre. En entrant dans la pièce, elle eut l'impression de pénétrer dans la fosse aux lions.

14

Seb tint la porte du petit salon pour Maria et la referma derrière elle en se répétant une dernière fois ce qu'il voulait lui dire. Il n'avait pas dormi depuis plus de vingt-quatre heures, il était habillé comme un elfe, mais pas question de gâcher ce qui serait sa dernière chance de reconquérir sa femme.

Maria se retourna pour lui faire face, appuyée contre le dossier du petit canapé.

— Seb, c'était un beau geste pour Frankie. Je l'apprécie. Vraiment. Mais je crois qu'on s'est tout dit hier soir, non ?

— Non. J'ai encore beaucoup à dire. À commencer par ça.

Il lui tendit l'enveloppe sur laquelle Noémi avait collé un ruban en papier noué. Sa sœur l'avait harcelé pour qu'il lui dise ce qu'elle contenait. Il ne l'avait pas fait et Léo, qui était dans la confidence, avait gardé le secret.

Elle prit l'enveloppe avec précaution.

— Tu sais, tu ne peux pas m'acheter avec des cadeaux, moi non plus.

— Je te jure que ce n'est pas ce que j'essaie de faire. Ouvre-la, puis laisse-moi t'expliquer, d'accord ?

Maria fit un signe de tête et ouvrit l'enveloppe. Seb retint son souffle quand elle souleva le rabat et sortit le document qui se trouvait à l'intérieur.

— C'est un autre contrat ?

— Pas exactement.

Ses yeux s'élargirent tandis qu'elle lisait en diagonale.

— C'est… C'est une participation majoritaire dans Cattaneo Jewels ? Tu me donnes les parts de Léo ?

— Léo le fera, dès qu'il en aura le droit. Une fois que ce sera fait, l'entreprise familiale sera plus à toi qu'à moi.

— Pourquoi ferais-tu cela ? demanda-t-elle, une note d'exaspération dans la voix. Ce n'est pas ce que je veux. Je veux juste…

— … Être libre de trouver quelqu'un qui t'aime, compléta-t-il. Comme mes parents s'aimaient. Trouver la bonne personne, comme Léo et Noémi.

— Écoute, je sais que je serai toujours dans ta vie parce que nous avons Frankie. Mais je n'ai pas besoin de ça. Et je ne pense pas que ça aiderait, de travailler si étroitement avec toi.

Le regard de Maria devint méfiant.

— Attends, tu me donnes tes actions pour me garder près de toi ? Parce que comme je suis ta femme, tu ne veux pas que quelqu'un d'autre m'ait. C'est… C'est mesquin !

— Non ! protesta-t-il.

Oh ! bon sang, tout se passait de travers ! Il aurait dû dormir un peu avant d'échafauder son plan.

Dans un long soupir, il se laissa tomber sur le canapé et ôta ses oreilles pointues d'elfe. Il était épuisé. À sa grande surprise, Maria vint s'asseoir à côté de lui.

— D'accord, alors. Je t'écoute.

Sebastian prit quelques secondes pour réfléchir. S'il lui disait simplement « je t'aime », Maria penserait que c'étaient seulement des mots, prononcés pour la faire rester. Ces mots signifiaient beaucoup pour elle, mais il ne suffisait pas de les dire, il fallait les habiter.

— Hier soir, tu as dit que je ne te voyais pas. À bien des égards, tu avais raison. Quand on s'est mariés, je croyais que notre relation n'était qu'un partenariat d'affaires. Donc je ne l'ai jamais considérée autrement. Et il ne m'est jamais venu à l'esprit d'imaginer qu'elle puisse être autre chose. Jusqu'à la nuit dernière.

— J'avais remarqué, dit Maria d'un ton sec.

— Pourtant, cela ne veut pas dire que tu étais seulement la femme du directeur de Cattaneo Jewels pour moi, ou la mère de l'héritier de Cattaneo Jewels.

Seb se tourna sur le canapé pour se retrouver face à Maria. Il avait besoin qu'elle voie la sincérité sur son visage.

— Je n'avais pas réfléchi à ce que tu représentais pour moi, à ce que je ressentais pour toi, parce que dès le départ les dés étaient pipés : tu m'épousais par devoir. Maintenant que je l'ai fait, je peux t'affirmer que cette amie, cette confidente, cette partenaire, la mère de mon fils, la plus belle femme que j'aie jamais vue, je suis tombé amoureux d'elle. Dès le départ. Cet amour était tellement une part intégrante de ma vie que je ne le voyais pas. Je n'ai pas compris que c'était mon amour que tu me demandais, parce que pour moi il était évident que tu l'avais déjà. Je t'aime, Maria.

Maria se raidit. D'abord les actions de Léo, maintenant une déclaration d'amour : Seb sortait le grand jeu pour essayer de la faire rester.

— Est-ce que tu… ?

— Non, la coupa-t-il d'une voix douce, n'imagine même pas que c'est une ruse pour te convaincre. La nuit dernière, tu m'as dit que j'étais ta première pensée le matin et la dernière le soir. J'aimerais te parler de ma journée d'hier.

Elle fronça les sourcils. Pensait-il vraiment qu'évoquer le jour où il était parti travailler en douce au petit matin et avait manqué à la parole donnée à son fils allait aider sa cause ? Mais il semblait si posé, si sincère, si apaisé…

— Quand mon téléphone a vibré à 5 heures du matin, tout ce que je voulais faire, c'était rester au lit avec toi. Mais comme le correspondant insistait et que je ne voulais pas que le bruit te réveille, j'ai regardé. C'était le contrat avec la Suisse. Le dernier contrat de mon père.

La dernière affaire de Salvo, songea Maria. Son héritage. La dernière chance pour Sebastian de rendre son père fier de lui. Elle comprenait mieux pourquoi il s'était précipité à Genève. Être à la hauteur des attentes de son père avait toujours été ce qui comptait le plus pour lui.

— Et je ne pouvais pas le laisser capoter sans combattre, tu comprends ? J'ai dû prendre un hélicoptère. Je n'arrêtais pas de penser à mes parents, et puis à toi et Frankie. Combien j'avais envie d'être avec vous. Comme j'aurais préféré que tu sois assise à côté de moi pour me tenir la main. Personne d'autre. Seulement toi.

— Et il ne t'est même pas venu à l'esprit de me demander de t'accompagner ?

— C'était impossible ! J'étais en train de violer notre accord !

— C'est pour ça que tu ne m'as pas réveillée ? s'étonna-t-elle.

Non pas parce qu'il n'avait pas pensé à elle, ou parce qu'elle n'était pas importante pour lui, mais parce qu'elle avait établi des règles qui avaient créé un cas de conscience chez lui. Leur mariage était vraiment devenu un sac de nœuds…

— Bien sûr. Sinon, pourquoi ? En plus, j'aurais vraiment préféré que tu sois avec moi à Genève. Tous ces idiots étaient en colère à propos du contrat, et si tu avais été là pour en discuter avec eux, nous aurions réglé le problème en deux fois moins de temps. Quand je suis revenu, j'étais frustré, épuisé, et tout ce que je voulais, c'était parler avec toi. Mais je me suis rappelé Frankie et cette histoire de Père Noël, et j'ai compris que j'avais tout gâché. J'avais passé ma vie à essayer de rendre mon père fier, toute ma journée à essayer de sauver son dernier contrat et à la fin, cela allait me coûter ce qui compte le plus au monde pour moi. Toi et Frankie.

Ce qui compte le plus. Pas l'héritage de son père. Pas les attentes de celui-ci. Elle. Leur famille.

Une petite lueur chaleureuse qui ressemblait beaucoup à de l'espoir commença à se déployer en elle.

— Alors tu as appelé Léo pour lui demander ses parts et d'enfiler un costume de Père Noël. Et il a dit oui. Il s'est très bien intégré dans la famille, on dirait ! conclut-elle en souriant.

Sa note d'humour fit rire Sebastian, qui redevint très vite grave.

— En fait, Léo m'a dit quelque chose qui m'a fait réfléchir, hier soir.

— Quoi ?

— D'après lui, peut-être que les attentes que j'essayais de satisfaire n'étaient pas les miennes.

Maria pencha la tête, curieuse.

— Que penses-tu qu'il voulait dire ?

— Je n'ai jamais eu vent de l'existence de Léo jusqu'à ce que papa et maman décèdent. Mais maintenant que je sais, je me demande si la pression que j'ai ressentie n'était pas plus liée à la culpabilité de Salvo suite à la perte de Léo qu'à ce qu'il attendait de moi. Inconsciemment, j'essayais peut-être d'être deux fils réunis en un seul, ce qui expliquerait pourquoi je ne me sentais jamais à la hauteur.

Maria hocha la tête.

— Oui, je trouve que cette hypothèse a du sens. Mais sache que tu leur as suffi. Salvo et Nicole t'aimaient tellement ! Pas comme un remplaçant de Léo, mais pour toi-même.

— Je sais, affirma Sebastian d'une voix étranglée.

Elle décida de changer de sujet. Il s'agissait d'eux deux, pas des sentiments de Seb envers ses parents.

— En tout cas, ils ont tous joué le jeu pour Frankie. C'était super !

— Tout le monde ici veut que tu restes. Pas autant que moi, bien sûr, mais pas loin. Ils t'aiment tous. Ils sont ta famille autant qu'ils sont la mienne. En plus, apparemment je suis beaucoup plus agréable à vivre quand tu es ici, termina-t-il avec une touchante autodérision.

Maria était émue. Une famille, c'était ce à quoi elle aspirait quand elle avait épousé Seb. Un endroit auquel elle appartenait, où elle était aimée. Et c'était ce qu'elle voulait pour Frankie, plus que tout. Et elle pourrait l'avoir si elle restait. Si elle était certaine que Seb disait la vérité quand il disait qu'il l'aimait.

Ce qu'ils avaient vécu ensemble ces dix derniers jours avait été formidable, mais elle attendait plus de son mariage. Et certainement pas un contrat avec des objectifs que son mari devrait atteindre.

Il fallait commencer par ce qui importait le plus : l'amour.

— Si je reste, commença Maria, et Seb sentit son cœur se gonfler d'espoir, nous devrons nous y prendre autrement. Pas de contrat ou d'objectifs.

— Oui. Parce que je veux être le mari que tu mérites, et le père dont Frankie a besoin, mais il faut y parvenir ensemble, comme une équipe, pas en ayant chacun un programme à suivre.

— Une équipe, répéta Maria en souriant. C'est ce que je veux aussi. Toi et moi contre le monde entier. Toi, moi et Frankie, pour être précise.

— Exactement. Je pense que la seule façon d'échouer à être une famille est d'arrêter d'essayer. Tant que nous voulons être ensemble…

— Et c'est mon cas, l'interrompit Maria en lui prenant les mains.

Seb fut surpris de constater qu'elle avait les larmes aux yeux. Lui-même tremblait presque tellement cet aveu spontané faisait vibrer tout son être.

— C'était toujours le problème, reprit-elle, je voulais tellement rester, mais je savais que petit à petit cela me détruirait, me rendrait malheureuse.

— Que tu sois heureuse sera le but le plus important de ma vie, affirma Sebastian. Et je te propose… des vœux. De nouveaux vœux de mariage pour nous deux. Qu'en dis-tu ?

Il se souvenait à peine de ce qu'il avait promis la première fois – il avait été trop occupé à dévorer Maria des yeux, sublime dans sa robe de mariée. Cette fois-ci, il était vêtu d'un costume d'elfe et non d'un smoking, mais ce n'était pas le plus important…

— Des vœux ? J'aime cette idée, déclara Maria avec un sourire lumineux. Quel serait le premier ?

— Et si… Et si je te promettais de toujours te garder la première place dans mon cœur, et dans mon âme ?

Maria se rapprocha de lui. Il plaça un bras autour d'elle et lui caressa l'épaule en douceur.

— J'aime bien celui-là, dit-elle. Moi, je te promets de toujours te dire ce dont j'ai besoin, et de te laisser trouver le moyen d'y répondre.

— D'accord ! À mon tour. Je voudrais que tu me promettes de ne plus t'enfuir. Si les choses vont moins bien entre nous, parle-moi d'abord, je t'en prie.

— Vendu ! s'exclama-t-elle avec un sourire espiègle.

Elle s'agenouilla sur le canapé et lui prit le visage entre les mains. Dans ses yeux, Seb ne voyait rien d'autre que de l'amour. Il s'en émerveilla et se demanda comment il avait pu ne pas le déceler plus tôt.

— Je te le promets, reprit-elle. À partir de maintenant, on se serre les coudes et on travaille en équipe.

— C'est tout ce que j'avais besoin d'entendre.

— Alors je pense qu'il est temps que j'embrasse le marié !

Elle se pencha vers lui et posa les lèvres sur les siennes. Sebastian sentit toutes ses tensions s'envoler. Le poids qui lui comprimait la poitrine avait disparu. C'était le plus beau, le plus intense, le plus puissant baiser de sa vie. Il était au paradis.

Il crut que l'enfer s'ouvrait sous ses pieds lorsque Maria bondit sur ses pieds.

— Attends ! s'écria-t-elle.

— Quoi ? demanda-t-il, paniqué.

Maria traversa la pièce jusqu'à la bibliothèque et dégagea les livres qui masquaient le coffre-fort.

— Ouvre-le !

Sebastian respira de nouveau, soulagé. Le contrat. Leur tentative malheureuse pour arranger leur mariage. Il se leva et récupéra le document.

— Qui le déchire ? demanda-t-elle. Toi ou moi ?

— J'ai une meilleure idée, dit Seb.

En regardant une dernière fois le document qui avait presque sauvé et presque détruit son mariage, Seb le jeta dans la cheminée. Puis il prit Maria dans ses bras.

— Où en étions-nous ? susurra-t-il contre ses lèvres.

— Ici, répondit Maria, avant de l'embrasser avec fougue.

15

Dans la grande pièce à vivre du chalet, Léo, Max et Frankie avaient construit un immense et complexe parcours pour le petit train en bois de son fils. Il y avait un pont au-dessus d'une table basse, une boucle autour du sapin et même une petite gare. Frankie, toujours en pyjama, était assis au milieu du décor et regardait ses oncles pousser la locomotive et les wagons en faisant des « *tchou-tchou* » sonores.

Le tableau était parfait.

Noémi s'approcha d'elle et lui tendit une tasse de café. Anissa les rejoignit.

— Tu n'es pas heureuse d'être restée pour voir ça ? lui demanda Noémi.

— Si, bien sûr.

Dire qu'elle avait failli manquer cela… En quittant son mari un peu plus d'un an auparavant, puis en essayant à nouveau la veille. Si elle avait eu un vol à ce moment-là, elle n'aurait peut-être jamais vu Frankie jouer au petit train avec ses oncles. Et peut-être jamais su que Seb l'aimait… C'était une raison suffisante pour ne pas fuir quand les choses devenaient difficiles, songea-t-elle.

— Donc tout va bien au pays de Maria ? poursuivit Noémi. Est-ce que nous aurons notre miracle de Noël ?

Maria regarda Seb s'agenouiller pour aider patiemment Frankie à installer une petite forêt d'arbres en bois sur le côté de la voie. Elle ne put s'empêcher d'imaginer un ou deux autres bambins avec Seb. Toute une petite famille, avec des frères et sœurs sur lesquels Frankie pourrait compter, comme Seb avait pu compter sur les siens aujourd'hui.

Noémi avait raison : c'était un miracle de Noël.

— Oui, c'est possible, avoua Maria, les yeux fixés sur les deux personnes qu'elle aimait le plus au monde.

Noémi et Anissa poussèrent un petit cri de joie et trinquèrent avec leurs mugs, ce qui élargit le sourire de Maria. Elle regarda l'une après l'autre ces deux femmes merveilleuses qui étaient un peu ses sœurs, puis les embrassa.

— Merci à toutes les deux. Pour tout. Je sais que Seb n'aurait pas pu réussir sans vous deux, ni sans Max et Léo. Et c'est tellement important pour Frankie.

— Tu sais qu'on ne l'a pas fait que pour lui, n'est-ce pas ? déclara Anissa.

— Je sais, dit Maria en rougissant.

— S'il y a une chose que j'ai apprise au cours des six derniers mois, commença Noémi, c'est que lorsque les temps sont durs, il faut avoir sa famille derrière soi.

— Je suis heureuse de retrouver la mienne, admit Maria. Et je crois que tout va bien se passer.

Entre ses nouveaux vœux avec Maria, le soulagement d'avoir brûlé leur contrat, la joie de Frankie déballant ses cadeaux, la journée en famille, cette veille de Noël n'avait pas été loin d'être parfaite, songea Sebastian, assis au salon avec Noémi et Léo. Le lendemain, ce serait le dîner de Noël. Toute la famille autour de la table pour la première fois depuis la mort de leurs parents, et pour la première fois avec Léo.

Maria était partie s'occuper de Frankie, Max avait décidé de préparer une sorte de cocktail traditionnel ostanien qui semblait dévastateur et pour l'accompagner, Anissa cuisinait les biscuits de sa grand-mère.

— Alors, qu'y avait-il dans l'enveloppe ? demanda soudain Noémi.

Elle était assise en travers sur le canapé, les jambes passées par-dessus l'accoudoir, comme quand elle était adolescente. Sous cet angle, on devinait son petit ventre de femme enceinte. Seb ne put s'empêcher de sourire à l'idée de sa petite sœur devenant mère.

Il aurait tant aimé que leurs parents soient là pour la voir ! Ils seraient fiers de la manière dont leurs enfants évoluaient.

— Les parts de Léo dans Cattaneo Jewels, avoua Seb.

Et il attendit l'explosion...

— Quoi ? s'exclama Noémi en se redressant vivement.

— J'ai proposé à Sebastian de lui céder mes parts dès que ce serait légalement possible, expliqua Léo. Je n'en ai pas besoin pour me sentir membre de cette famille, et il connaît l'univers de la joaillerie mieux que moi.

— Cette partie-là, je la comprends. Mais... Seb, tu as renoncé au *contrôle* de notre entreprise familiale ? Tu l'as abandonné à Maria ?

Noémi semblait stupéfaite. Mais il y avait autre chose, et Seb n'arrivait pas à mettre le doigt dessus.

— Heu... Oui. Tu es en colère ?

Peut-être aurait-il dû en parler aussi à Noémi. Maintenant qu'ils s'entendaient bien à nouveau, il ne voulait vraiment pas tout gâcher.

Mais Noémi éclata d'un rire joyeux. Seb se détendit.

— Je ne suis pas en colère du tout. Je pense que c'est merveilleux ! Tu as toujours aimé Cattaneo Jewels plus que tout et maintenant, c'est Maria que tu aimes plus que tout. Tu as fait le bon choix. Je suis fière de toi, grand frère !

— Ouf ! Tu m'as fait peur. Je suis content que tu approuves. Cela dit...

Elle s'interrompit et posa sur lui, puis sur Léo, un regard acéré.

— Je veux vous céder mes actions, à Maria et toi, reprit-elle d'une voix ferme. Je suis sur le point de devenir une princesse, ce n'est pas comme si j'en avais besoin.

Sebastian sourit à la petite sœur qu'il aimait tant. Il était si content pour elle ! Il ne doutait pas un instant que Max la rendrait heureuse.

— Si tu es sûre de toi, dit-il, nous en discuterons, d'accord.

Noémi lui fit un clin d'œil complice, puis jeta un coup d'œil à Léo, qui n'avait rien dit.

— C'est probablement le moment idéal pour discuter de ce dont je t'ai parlé, Seb, tu ne crois pas ?

— Absolument ! approuva-t-il avec un sourire en coin.

Se penchant vers l'avant, Noémi fit tourner l'anneau passé à son annulaire droit jusqu'à pouvoir le retirer. Elle le tendit à Léo, qui semblait confus.

— C'était la bague de fiançailles de notre mère, expliqua Sebastian, amusé de voir son frère pour une fois décontenancé. Nous voudrions qu'elle te revienne. Pour Anissa.

Léo paraissait perdu.

— Je... C'était la bague de votre mère. Elle te l'a laissée, Noémi.

— C'était notre mère, et je choisis de te donner cette bague.

Elle plaça l'anneau dans la main de Léo, qu'elle tint dans la sienne pendant qu'elle poursuivait :

— Nous avons toute une vie de souvenirs avec notre mère. Je n'ai pas besoin d'une bague pour me souvenir d'elle. Toi, tu as raté tout ça. Cette bague ne peut pas le compenser, mais...

— Merci, dit Léo d'une voix tremblante d'émotion. Merci à tous les deux.

— Si tu as besoin de conseils par rapport à Anissa, j'ai quelques idées..., plaisanta Seb.

— Étant donné que ta dernière idée consistait à me déguiser en Père Noël à 6 heures du matin, je pense que je vais gérer ça moi-même, merci, rétorqua Léo, pince-sans-rire.

— Tu as tort, intervint Noémi. Je pense qu'Anissa a beaucoup aimé le costume de Père Noël...

Tous trois éclatèrent de rire. Sebastian songea alors qu'il avait vraiment de la chance.

Maria se leva doucement du lit de Frankie, qui venait de s'endormir. Elle rejoignit Sebastian, appuyé au chambranle de la porte, qui était venu embrasser son fils pendant qu'elle finissait de lui lire une histoire. Ils sortirent de la chambre et tirèrent la porte derrière eux.

— Il a eu une longue journée, nota-t-il, puis il bâilla à s'en décrocher la mâchoire.

— Pas aussi longue que la tienne ! Mon pauvre mari n'a pas dormi depuis au moins trente-six heures.

Elle se serra contre lui.

— Demain, nous lui offririons le Noël le plus parfait, murmura Seb à son oreille. Même si ses grands-parents ne sont pas là pour le voir.

Des larmes piquèrent les yeux de Maria en pensant à tout ce que Seb avait perdu cette année. Et à tout ce qu'elle avait failli lui prendre en plus.

Il lui glissa un doigt sous le menton et l'obligea à relever la tête.

— Ne pleure pas. Les choses ne sont peut-être pas parfaites, mais l'avenir sera merveilleux.

— Comment le sais-tu ? demanda Maria en s'essuyant les yeux.

— Parce que j'ai eu mon miracle de Noël. Tu es rentrée à la maison, et c'est tout ce dont j'ai toujours eu besoin.

Maria se hissa sur la pointe des pieds pour l'embrasser. Un amour fou lui embrasait le cœur… et le corps !

— Tu es tout ce dont j'ai toujours eu besoin, toi aussi. Toi, Frankie et moi. Ensemble.

— À jamais, promit Seb.

Et il l'embrassa à nouveau.

16

Le jour de Noël, comme Salvo et Nicole Cattaneo l'avaient espéré, leurs trois enfants étaient assis autour de la grande table du chalet de Mont Cœur, avec leurs familles et leurs proches, pour partager un festin.

Avant qu'ils ne commencent à manger, Sebastian se leva, verre de vin à la main.

— Je voulais juste dire quelques mots, si ça ne vous dérange pas.

Le silence se fit et toutes les têtes se tournèrent vers lui.

— Cette année a été difficile pour nous tous, dit-il. Nous avons perdu nos parents, dans le cas de Léo avant même qu'il ne les rencontre. Nous avons été confrontés à des problèmes personnels, professionnels, relationnels. En de multiples occasions, chacun d'entre nous aurait pu renoncer à sa famille, à l'amour, à son propre bonheur et simplement s'en aller.

Léo passa un bras autour des épaules d'Anissa et la serra contre lui, un geste possessif et amoureux qui signifiait clairement qu'il ne la laisserait plus s'éloigner de lui.

— Mais nous ne l'avons pas fait, poursuivit Sebastian. Nous nous sommes battus pour ce qui comptait le plus pour nous. Et cela a payé. Chacun a obtenu plus que ce dont il rêvait, et nous sommes tous ici aujourd'hui pour partager nos histoires et notre dîner de Noël, comme *mamma* et *papà* l'auraient voulu.

À ce moment-là, Noémi posa la tête contre l'épaule de Max et tendit la main pour prendre celle de Léo – le frère qu'ils venaient de rencontrer et dont Seb ne pouvait déjà plus imaginer se passer.

— Aujourd'hui, je voudrais vous remercier de faire partie de ma famille. D'avoir su ce dont j'avais besoin quand moi-même je l'ignorais. De m'avoir soutenu quand j'en avais le plus besoin. Et d'avoir répondu à l'appel de la famille pour m'aider à réparer la plus grosse erreur que j'ai faite dans ma vie en laissant Maria s'éloigner de moi.

Seb chercha le regard de sa femme et le tint, lui promettant en silence qu'il ne laisserait jamais cela se reproduire. Puis il leva les yeux vers le plafond en bois et imagina que s'il regardait bien, il pourrait voir ses parents les observer.

— Mais surtout, je voudrais porter un toast aux absents. Maman, papa, vous nous manquez. Et j'aimerais que vous soyez ici aujourd'hui pour voir où nous en sommes. Je pense que vous seriez très fiers.

Autour de la table, tout le monde leva son verre.

— Aux absents !

Seb se rassit, la gorge nouée par l'émotion.

— Joli toast, chuchota Maria en se pressant contre lui. Tes parents seraient fiers de toi, c'est certain.

— Qu'est-ce qui te fait croire ça ?

— Parce que je suis fière de toi, dit-elle avant de déposer un baiser au coin de sa bouche. Je suis si fière de t'appeler « mon mari », Sebastian Cattaneo.

— Et je suis au moins deux fois plus fier de t'avoir comme femme.

De l'autre côté de la table, Noémi se pencha en avant et prit la main gauche d'Anissa, qu'elle souleva pour étudier la bague passée à l'index.

— Tu la portes à merveille ! s'exclama-t-elle, radieuse. Maman serait si heureuse de vous voir fiancés, Léo et toi !

— Et tellement excitée par la préparation d'un mariage royal ! ajouta Maria.

Elle se figea soudain, ses yeux s'agrandirent et sa bouche forma un O.

— Mon Dieu ! s'écria-t-elle en se levant d'un bond. Nous avons oublié la sauce aux airelles !

Elle se rua vers la cuisine. Sebastian la suivait des yeux quand il repéra des feuillages accrochés au-dessus de la porte qui menait à la cuisine.

— Lequel d'entre vous est responsable de cela ? demanda-t-il en se dirigeant vers le gui.

Noémi haussa les épaules avec une élégance faussement désinvolte.

— Eh bien… À un moment donné, hier, nous n'étions pas sûrs que tu n'aurais pas besoin d'un coup de pouce supplémentaire…

— Si j'étais toi, j'en profiterais puisqu'il est là, dit Max en souriant.

À ce moment-là, Maria revint, une saucière à la main. Sebastian l'attrapa en douceur par la taille et l'embrassa sous le gui. Des cris de joie et des applaudissements saluèrent son geste.

— *Mamma ! Papà !*

Excité par le chahut, leur fils avait sauté de sa chaise pour les rejoindre. Il enroula ses petits bras autour de leurs jambes.

— Frankie fait un câlin aussi !

— Imaginez, à Noël prochain, nous aurons des jumeaux pour ajouter au chaos, plaisanta Noémi, faisant rire tout le monde.

Sebastian serra un peu plus sa femme contre lui et ébouriffa les cheveux de son fils. Un bonheur immense l'envahissait, une félicité incroyable. Tous ses vœux de Noël s'étaient réalisés. Et même si la vie n'était pas une comédie romantique, c'était tellement mieux quand l'amour triomphait.